Das große Hans Scheibner Buch

Das große Hans Scheibner Buch

Satire, Spott und dummes Zeug

ROTBUCH

Bibliografische Information Der Deutschen Bibliothek

Die Deutsche Bibliothek verzeichnet diese Publikation in der Deutschen Nationalbibliografie; detaillierte bibliografische Daten sind im Internet über http://dnb.ddb.de abrufbar.

Umschlaggestaltung: Axel Seifert
Typografie und Satz: antonberta design
Druck und Bindung: Fuldaer Verlagsanstalt GmbH & Co. KG, Fulda

Printed in Germany
ISBN-10: 3-434-50598-9
ISBN-13: 978-3-434-50598-3

Informationen zu unserem Verlagsprogramm finden Sie im Internet unter www.rotbuch.de

Danke! sage ich meiner Frau Petra
und meinem Freund Andreas Nowak
für viele Jahre Anregungen, Ideen,
Kritik und viel Geduld.

Dankgebet

Lieber Gott, das hast du gut gemacht,
dass, wer heute den Papst auslacht,
weder gevierteilt wird noch geblendet,
sondern bloß nicht im Fernsehn gesendet.

Wie doch Satire die Welt verändert

(an Stelle eines Vorworts)

Glauben Sie, dass Sie mit Ihrer Satire etwas verändern konnten in der Welt, in der Gesellschaft? – fragen mich immer wieder alle möglichen Interviewer.

Aber selbstverständlich, sage ich dann. Es gibt keinen Bereich des öffentlichen Lebens, den ich nicht verändert habe.

Nehmen Sie mal nur zum Beispiel mein Lied vom Fließband.

»Ich mag so gern am Fließband stehn«.

Das war ein Protestlied. Vor 30 Jahren habe ich es gesungen.

Gegen den geisttötenden Arbeitsplatz Fließband. Und heute? Merken Sie nichts? Es gibt kein Fließband mehr! Das ist doch wohl mein Erfolg! Wessen denn sonst?

(Ja, gut: Es gibt jetzt auch keine Arbeit mehr. Und mancher Arbeitslose seufzt morgens beim Aufstehen: »Ich möchte so gern wenigstens mal wieder am Fließband stehen.«)

Also bitte, das habe ich vorausgesehen!

Oder sprechen wir mal von der SPD. Immer habe ich sie verspottet: Wann endlich hast du deine Vergangenheit überwunden und endgültig vergessen, SPD, dass du mal eine Arbeiter-Partei warst, eine Partei für die Kleinen und Schwächeren? Darüber hat sie sich so geärgert, dass sie unter Gerhard Schröder Selbstmord beging.

Nun gibt es keine SPD mehr – jedenfalls keine, die diesen Namen verdient: Alles ein Ergebnis meiner Satire.

Und noch ein schönes Beispiel: Erst neulich hat der bayerische Ministerpräsident Edmund Stoiber tatsächlich gefordert: Gotteslästerung muss hart bestraft werden.

Das hat mich ja fast umgehauen. Wie oft hatte ich schon gefordert, dass die Verantwortlichen der Kirchen endlich mal hart bestraft werden dafür, dass sie den lieben Gott Jahrhunderte lang und heute immer noch als engstirnigen, moralinsauren Dummkopf verleumdet haben, in dessen Namen man Frauen diskriminieren, Sexualität ver-

teufeln und den gesunden Menschenverstand leugnen darf.
Halleluja, Stoiber, dass du das erkannt hast.

Ja, ich bin stolz darauf, dass mein Werk eine solche große Wirkung hatte. (Nur für mein Lied »Das macht doch nicht, das merkt doch keiner« möchte ich mich entschuldigen. Ich konnte nicht wissen, dass diese harmlosen Zeilen von Kohls Spendenaffäre bis zum SPD-Müllskandal und überhaupt immer noch und jeden Tag von neuem unseren Politikern als Handlungs-Motto dienen würden!)

Im August 2006

Ob Hunde begreifen, wie gut sie es haben?

I. Das Bombenleger-Formular

Der Maulwurf muss weg

Herr Kremer sah zum Fenster raus
aus seinem eignen Eigenhaus.
Und wohlgefällig ruht sein Blick
auf seines Rasens Musterstück.
So frisch gemäht, so ordentlich,
so grün, ach, man beschreibt es nicht!
Da plötzlich! Nein, das darf nicht sein!
»He, Klara!« Klara stürzt herein.
»Nun sieh doch mal, o Gott, o Schreck!«
Der Maulwurf, der muss weg!

Herr Kremer auf den Rasen lief
zum Maulwurfshügel. Und er rief:
»Du Kreatur! Du frecher Hund!
Du Wühler in dem Untergrund!
Du wagst es, diesen Rasen hier,
das Meisterwerk, die Gartenzier
zu schänden! Hiermit sag ich dir
zum letzten Mal: Verschwinde hier!
Komm raus, komm raus aus dem Versteck!«
Der Maulwurf, der muss weg!

Die ganze Nacht Herr Kremer stand
mit seinem Spaten in der Hand.
Wo sich was rührt im Mondenschein,
da rief er »Ha!« und stieß hinein.
»Verflucht! Wer meine Ordnung stört,
ist diese heile Welt nicht wert!«
Doch morgens – weh! Was ist geschehn?
Zwei neue Hügel muss er sehn!
»Mein Heiligtum! Mein Lebenszweck!«
Der Maulwurf, der muss weg!

Herr Kremer schwor und lief herum:
»Ich bring dich um! Ich bring dich um!«
Ließ Wasser aus dem Gartenschlauch
ins Erdreich ein, kroch auf dem Bauch.
Pumpt Auspuffgase in den Bau.
Im Töten ist Herr Kremer schlau.
Doch da! Im Morgensonnenschein:
Drei neue Hügel! »Nein! Nein! Nein!
Du Teufel, du! Verreck! Verreck!«
Der Maulwurf, der muss weg!

»Dass einer Recht und Sauberkeit
frech zu missachten sich nicht scheut!«
Herr Kremer rief: »Ich kriege ihn!«
Goss auf den Rasen das Benzin.
Die Flammen schlugen hoch hinauf.
Sogar bis zu dem Dachstuhl rauf.
Das ganze Haus ist abgebrannt.
Herr Kremer in der Asche stand,
er tanzte wie ein Ziegenböck:
Der Maulwurf, der ist weg!
Der Maulwurf, der ist weg!!

Einschaltquoten

Ein Einblick ins Allerheiligste: Hier, meine Damen Herren, sehen Sie einen Fernsehprogrammdirektor in seinem Fernsehprogrammdirektorbüro mit großer ledergespolsterter Sitzecke und den unvermeidlichen Zimmerpalmen. Er ist gerade gekommen und macht sich als Erstes mal über das Textprogramm in seinem Computer her:

»Da müssten doch jetzt allmählich mal die Einschaltquoten von gestern Abend im Videotext stehen. *(sucht auf dem Bildschirm)*

Verdammt noch mal, wieso schlafen die schon wieder!

Frau Stegemann! Die Einschaltquoten. Und die sitzt auch auf den Ohren. Alles muss man selber machen.

(springt auf, geht zur Tür)

Die Einschaltquoten für Halbgötter in Weiß! Wer bin ich denn hier? *(an der Tür)* Was soll das heißen: abgestürzt? Der Computer? Das ist ja nichts Neues.

(Frau Stegeman bringt ihm ein Blatt Papier)

Aber das sind sie jetzt, die Quoten? Geben Sie her. Danke.

(studiert die Zahlen)

Um Gottes willen. Was ist denn das? Das sollen die Quoten sein für Halbgötter in Weiß? 480.000 Zuschauer, 2,8% Marktanteil? Das darf doch wohl nicht wahr sein. Verbinden Sie mich sofort mit Kunert, dieser Pfeife! Kunert will ich haben! Ich habe es ja gewusst. Warum hört denn keiner auf mich?

(Telefon läutet) Ja, bitte? Was heißt hier guten Morgen? Den guten Morgen können wir ja wohl vergessen, Herr Kunert! Haben Sie die Einschaltquoten für Ihr Machwerk gesehen?

Sie Wurm, Sie! Jajajaa. Ogottogottogott! Was habe ich Ihnen immer wieder gepredigt: Quiz und Quiz und noch mal Quiz, Reality-Shows, Originalselbstmorde, das sind die Renner, Sie Idiot. Aber Sie müssen ja Ihre großartige Ärztesatire senden und kommen sich auch noch schlau vor. Die Abendprogramm-Zuschauer sind zu 90 Prozent Gehirnamputierte, habe ich Ihnen gesagt. Die wissen überhaupt nicht, wie Satire geschrieben wird. Wie bitte? Ich? Ich hätte Ihnen zugeraten? Ich will Ihnen mal etwas sagen, Kunert: Wenn Sie jetzt versuchen, den Schwarzen Peter auf mich abzuwälzen, da sind Sie aber falsch gewickelt, mein Lieber. Das wird Ihnen noch leid tun. Bringen Sie was völlig Neues, habe ich Ihnen gepredigt. Wie weit sind Sie mit Big-Brother als Bordell? Haben Sie die freiwilligen Nutten schon unter Vertrag? Nein, Sie kommen nicht voran. Was ist mit der Brustkrebs-Operation von dieser Dings, dieser Spears oder wie die heißt? Die hat noch keinen? Ja, dann sorgen Sie dafür! So was wollen die Leute sehen! Ethische Vorbehalte? Sie sind doch nicht zu retten! Aber stattdessen dann diese Altweiberserie anbieten!

Halbgötter in Weiß, wenn ich das schon höre! Bitte? Angetan? Ich? Ich war von Ihren Prognosen angetan, jawohl. Aber die waren einwandfrei getürkt, wie man jetzt sieht! Sagen Sie mal: Haben Sie Alzheimer oder was? Ich habe nicht gesagt: Endlich mal wieder etwas mit Niveau, ich habe gesagt: Das einzige Niveau, das mich interessiert, ist das Niveau der Einschaltquoten. Jetzt stehen Sie wenigstens zu Ihrem Versagen! Ach was! Halten Sie den Mund! Sie hören von mir. Darauf können Sie Gift nehmen. *(knallt den Hörer auf)*

Halbgötter in Weiß. Eine satirische Krankenhauskomödie. Dieser Idiot, dieser elende Kretin! Ich hab gesagt: Ich will Beckenbauer live, wie er Heidi Klum bumst oder irgendeine andere von diesen Hupfdohlen. Ich habe gesagt: Fragen Sie Westerwelle, ob er sich für eine Million öffentlich aufhängen würde. Aber nein... Ich habe vorgeschlagen: Freiwillige für eine Big-Brother-Sendung im russischen U-Boot bis zum Ende... *(sieht auf den Bildschirm)*

Aha. Der Text ist wieder da.

Wurde ja auch Zeit. Wo ist denn... ? 21.45 Uhr...

Halbgötter in Weiß... *(ganz nah am Bildschirm)*

Was ist das? Wowwww! Donnerwetter. *(greift zum Hörer)* 28 Prozent! 4,8 Millionen. Na bitte. *(ruft ins Vorzimmer)* Der Zettel, den Sie mir gegeben haben, Stegemann, jetzt ist der Text... Aha, falsch abgeschrieben, Stegemännchen. Sie sind ja auch nur ein Mensch. Ich brauche Kunert. Ach, was – ich wähl ihn selbst an. *(wählt, spricht mit sich selbst)* Noch mehr, als ich erwartet habe. 28 Prozent. Hohohoho. Hab ich doch gleich gewusst. *(in den Hörer)* Ja, Bölte hier. Also Kunert, noch das eine... Jajajaja. Beruhigen Sie sich doch. Die Verantwortung... Ja, ist ja gut, übernehmen Sie. Nein, nein, Sie behalten Ihren Posten.

Im Gegenteil, mein Lieber, ich wollte Sie grade fragen:

Wär vielleicht mal an der Zeit, dass wir beide zu unserem Italiener gehen, was meinen Sie? Ja, Ihr Programmdirektor lädt Sie ein. Nein, es ist doch so, mein Lieber: Einschaltquoten, schön und gut, aber: Es darf doch wirklich nicht so weit gehen, dass wir allmählich jede Scham und jeden Anstand verlieren. Am Ende sind wir noch bereit, Beckenbauer zwei Millionen zu bieten, wenn er Heidi Klum live auf der Weihnachtsfeier bumst oder so was. Wohin sind wir verdammt noch mal gekommen, frage ich Sie? Voyeurismus als Programm, eine ganze Nation geilt sich daran auf, eine Gruppe Schwachsinniger im Gefängnis zu belauschen. Ich rechne es Ihnen ganz hoch an, dass Sie in dieser Situation meine Idee einer satirischen Krankenhauskomödie unbeirrt durchgesetzt haben... Bitte? Ja sicher, das wissen Sie doch: Ich hatte sie Ihnen doch vorgeschlagen – als Alternative zu diesen Hirnkrankheiten der anderen – und bei Ihnen ist der Funke dann sofort übergesprungen. Und nun haben wir den verdienten Erfolg. Ich habe es immer gesagt: Unsere Zuschauer sind ja nicht lauter Gehirnamputierte. Man darf den Zuschauer niemals unterschätzen, sage ich immer. Ach, Sie wissen es noch gar nicht?

Ja, schalten Sie doch mal den Videotext ein, sehen Sie sich doch mal diese sensationelle Quo... *(sieht auf den Bildschirm)*

Was ist denn jetzt schon wieder? Scheiße! Also doch. 2,8 Prozent. Bitte? Natürlich sehe ich es, Sie Weihnachtsmann. Quatschen Sie keinen Blödsinn, Kunert! Was Sie auch anfassen: Es wird ein Flop! Aufhängen? Sie sich? Von mir aus gerne. Ich habe Ihnen immer gesagt: Ich brauch was Wahnsinniges! Ich brauche die Merkel beim Gruppensex im Dschungelcamp, ich brauche Müntefering, der sich als Schwuler outet. Wieso denn nicht? Die andern schaffen das doch auch!

Mein Gott, warum bin immer ich von solchen Hampelmännern umgeben! *(rennt raus)* Stegemann, Sie sind entlassen!!

Kralle am richtigen Platz

Im Tierreich passieren oft haarsträubende Sachen.

Als die Tiere die Meldepflicht eingeführt hatten und jedes Tier sich auf dem Einwohnermeldeamt einen Meldeschein besorgen musste – da bekamen die Mäuse einen furchtbaren Schreck.

Am Mäusemeldeschalter saß doch tatsächlich ein großer Kater mit gefährlichen gelben Augen. Die Mäuse machten sofort eine Eingabe an die Regierung.

»Es ist doch nicht zumutbar, dass ausgerechnet dieser riesige Kater am Mäuseschalter sitzt. Der leckt sich ja schon das Maul, wenn man nur aufgerufen wird. Wir beantragen die Versetzung des Katers. Uns Mäusen wäre ein Eichhörnchen recht oder ein Meerschweinchen.«

Vom zuständigen Ministerium kam folgender Bescheid:

»Nach sorgfältiger Prüfung Ihrer Eingabe teilen wir Ihnen mit, dass für die Auswechslung des Beamten Kater Kralle keinerlei Anlass besteht. Herr Kater Kralle wurde gerade wegen seiner ausgezeichneten Fachkenntnisse in Mäuseangelegenheiten mit der Leitung der Mäuseerfassungsstelle betraut. Herr Kralle hat langjährige Erfahrung mit Mäusen aller Arten und Geschmacksrichtungen. Er gilt weithin als ausgezeichneter Mäusespezialist. Die Eingabe ist abgelehnt.«

Die Mäuse erschraken.

Aber den richtig großen Schreck bekamen sie erst, als sie den Regierungsstempel unter dieser Ablehnung entzifferten:

Innenministerium. Staatsrat Gerhard Hakenschnabel, Mäusebussard.

Sesso Santo (Heiliger Sex)

Wie tröstlich, dass es in diesen aufgeregten, sinnentleerten Zeiten doch immer wieder diese tröstende, kraftgebende Institution gibt. Ich habe der katholischen Kirche viel zu verdanken – nicht nur für mein satirisches Werk. Nein, auch ganz praktische Lebenshilfe.

Wenn ich zum Beispiel manchmal am Abend ein bisschen kaputt vom Sportplatz zurückkomme und meine Frau empfängt mich gleich wieder in ihren scharfen Dessous, dann sage ich mit fester Stimme:

»Liebling, wir haben doch schon vier Kinder.«

»Was hat das damit zu tun?«, säuselt sie dann. »Ich habe Lust auf dich.«

»Hör bitte auf«, sage ich. »Sex nur so aus Lust, davon kriegt man Krebs.«

»Wer sagt das denn?«, fragt sie entgeistert.

»Der Heilige Vater hat das gesagt«, sage ich.

»Und ich finde es sehr richtig, dass endlich mal ein Sachverständiger zu diesem Thema Stellung genommen hat.«

Ja, und dann kann ich mich in aller Ruhe vor den Fernseher setzen und gemütlich Fußball gucken.

Wussten Sie überhaupt, dass der Vatikan – noch unter der Mitwirkung des Kardinals Ratzinger – ein so genanntes Liebesbrevier veröffentlicht hat mit dem Titel »Sesso Santo« (Heiliger Sex)?

Das sollten Sie sich wirklich mal zur Brust nehmen, dann wissen Sie überhaupt erst, wie tief Sie schon drinstecken in der Verdammnis. Wissen Sie zum Beispiel, dass es drei Grundarten des Kusses gibt?

Und wie sie definiert sind? Na, bitte. Überall Küsse verteilen – im Sportclub, auf Partys und was weiß ich, wo – aber keine Ahnung davon haben, dass der Kuss mit der Dreifaltigkeit zusammenhängt. Jawohl. Ist alles in dem Liebesbrevier nachzulesen:

»Erstens: Der freundschaftliche Kuss. Hat nichts zu bedeuten.

Zweitens: Der Kuss unter Verlobten. Er darf eine gewisse Intimität ausdrücken, aber keine erotische Leidenschaft wecken.«

(Ja, ich weiß, so küssen Sie immer Ihre Frau bzw. Ihren Mann. Aber das ist falsch.)

Drittens: Der eheliche Kuss, der darf (Zitat)

...»süß hinabtransportiert werden und mit Ungeduld zum Sichberühren, Ausziehen und Vereinigen führen«. Aber, meine lieben Freunde: (wieder Zitat) *»Diese Form der gegenseitigen Beiwohnung von Mund und Zunge ist strikt Gattensache,* (ich zitiere immer noch) *denn sie bedeutet doch zugleich auch eine Vermischung der flora batterica«* –

Das heißt ja wohl: dass sich beim Zungenkuss auch die Bakterien vereinigen. Und das dürfen sie nur bei verheirateten Paaren.

Ja, meine Damen und Herren: Da kommen sie natürlich jetzt ins Grübeln. Lassen Sie das bitte in Zukunft mit den Zungenküssen bei irgendwelchen Partnern im Büro, im Sportclub oder was weiß ich, wo: Erstens ist es verbotene Lust, aber zweitens machen Sie Millionen von Bakterien auch noch zu Ehebrechern.

Eines aber muss man dem Vatikan ja hoch anrechnen: Die gehen ohne weiteres davon aus, dass Ehepartner immer Lust empfinden, wenn sie zusammen schlafen. Na ja, die wissen das eben nicht besser.

Und darum fangen sie jetzt an, ganz modern zu denken.

Sie haben extra ein Kapitel eingefügt in ihr Liebesbrevier:

Wie verhütet ein Ehepaar beim Beischlaf ohne Verhütungsmittel die Empfängnis?

Na, wie wohl? Ganz einfach.

Ich zitiere wieder: *»Mit der Position Eden.«*

Position Eden kennen Sie nicht? Mal wieder typisch, sonst kennen Sie das ganze Kamasutra auswendig – aber Position Eden ist Ihnen neu. Macht nichts – die wird genau erklärt im Liebesbrevier:

»Der Mann liegt nackt auf dem Rücken und klemmt seinen Pipino…«

Pipino, jawohl – so nennen die Vatikan-Autoren etwas verschämt meinen kleinen Hans oder Ihren kleinen Dieter! – also:

»klemmt seinen Pipino zwischen den Schenkeln ein. Und dann legt sie sich nackt auf ihren Mann – und so kann nichts passieren!«

Bitte sehr – darauf wären Sie doch nie gekommen. Aber es geht noch weiter mit der ehelichen Lust:

»Sie kann ihren Mann küssen und streicheln und auch dabei beten!«

Also bitte, liebe Freundinnen und Freunde: So klappt es hundertprozentig mit der Verhütung. Alles ganz einfach. Man muss es nur wissen!

Fortgeschrittener Entsättigungszustand

Mein Bekannter, Herr Z., sagte neulich zu mir (wir standen an der Bushaltestelle): »Der Bus hat heute wohl wieder eine leicht geänderte Pünktlichkeit.«

»Verdammt!«, sagte ich. »Er hat fünf Minuten Verspätung!«

»Sie müssen das nicht so hart ausdrücken. Haben Sie nie etwas von den Schonwörtern gehört?«

»Nein. Erklären Sie mir das bitte.«

»Ich könnte Sie jetzt zum Beispiel fragen: Befinden Sie sich zurzeit im Zustand fortgeschrittener Entsättigung?«

Ich blickte ihn etwas verständnislos an.

»Ich könnte Sie auch fragen: Haben Sie Hunger? Aber das klingt zu schonungslos. Oder, eine andere Frage: Unterliegt Ihre Gesundheit zurzeit einer außergewöhnlichen Belastung?«

»Ach, Sie meinen…«, versuchte ich zu raten.

»Ich könnte Sie auch fragen: Sind Sie krank? Aber das hieße ja, die Dinge beim Namen nennen. Ist Ihnen noch nicht aufgefallen, dass die so genannten Schonwörter sehr in Mode sind? Nehmen Sie sich zum Beispiel nur einmal das letzte Schreiben Ihres Vermieters vor. Finden Sie dort etwa das Wort ›Mieterhöhung‹? Nein! Da ist höchstens von Unkostenangleichung oder allenfalls von Mietanhebung die Rede. Damit Sie nicht etwa denken, die Miete wird erhöht. Sie müssen nur mehr zahlen.

Ich persönlich habe immer eine große Freude an dem Wort ›Entsorgung‹.« Herr Z. bekam richtig schwärmerische Augen. »Entsorgung, ist das nicht schön? In seiner ganzen Pracht kommt dieses Wort ja als ›Entsorgungspark‹ vor. Ach, da denke ich immer irgendwie ans Paradies. An einen Park, in dem man keine Sorgen mehr hat. Pfui, wer wird stattdessen Atommülllager sagen!

Die so genannten Schonwörter sind eine geniale Erfindung. Früher hat man vielleicht geglaubt, man müsse das Böse in der Welt bekämpfen und alles zum Guten wenden. Inzwischen hat man gemerkt, dass das sowieso nicht zum Ziel führt und hat sich umorientiert. Man bekämpft nicht mehr das Böse, man benennt es einfach um.

›Es werden 100 Leute entlassen‹ – sehen Sie, so etwas sagt heutzutage einfach kein Firmenchef mehr. Er drückt sich viel schonender aus: ›Die Direktion hat sich entschlossen, zur Verbesserung der Unternehmenslage eine begrenzte Zahl von Arbeitsplätzen freizusetzen.‹ – Nicht wahr? ›Freizusetzen‹. Man denkt irgendwie an Sonnenschein und grüne Wiese. Und das alles noch zur Verbesserung der Unternehmenslage.

Ein ganz besonders schönes Beispiel ist für mich auch die ›Schadstoffbelastung‹. Finden Sie das nicht auch? Wer wird denn so brutal sein und etwa von Luftverpestung oder Erdvergiftung sprechen? Schadstoff ist doch eigentlich gar nichts Schlimmes. Schadstoffbelastung. Schad ja nichts. Belastet bloß so'n bisschen.

Vielleicht versuchen Sie das einmal morgen Abend auch bei sich zu Hause. – Wenn Ihnen zum Beispiel das Essen nicht schmeckt, das Ihre Frau Ihnen zubereitet hat, dann sagen Sie nicht, wie sonst immer ›Schmeckt ja scheußlich!‹ – Sie drücken sich etwas schonender aus. Sie sagen: ›Gabi! Das Essen befindet sich heute wieder erheblich unterhalb der Appetitlichkeitsgrenze.‹«

»Ich habe wieder etwas gelernt«, sagte ich zu Herrn Z. »Aber die Pünktlichkeitsverschiebung unseres Busses scheint mir eine steigende Tendenz zu haben.«

Auf dem Elternabend

Ja, wo liegt denn die Ursache zu dieser Pisa-Blamage?

Wer ist denn eigentlich verantwortlich für die Zukunft unserer Nation, für ihr kulturelles Niveau, für die Freiheit und die Kraft des Geistes? Natürlich Sie, meine verehrten Leserinnen und Leser, Sie – wenn Sie Kinder haben, also, wenn Sie Eltern sind. Denn wo werden die Weichen gestellt für die Bildung der nächsten Generationen und damit für das Schicksal der Nation?

Auf dem Elternabend, meine Lieben, auf dem Elternabend. Und ich sage Ihnen: Es ist beeindruckend, es ist einfach großartig.

Schon habe ich Platz genommen auf einem dieser kleinen Schülerstühle, die einem nach spätestens drei Minuten die Hinterbacken abkneifen, da kommt auch schon die erste freundliche Dame, modisch gekleidet, und hält mir einen Zettel mit meinem Namen hin:

»Für die Klassenkasse. Geben Sie, was Sie wollen. Und wie ich sehe: Ihre Frau hat den Beitrag für den Blumenstrauß noch nicht gezahlt.«

»Was für'n Blumenstrauß?«

»Na, für Herrn Mangelsdorff, den Klassenlehrer, weil er doch krank war.«

Aha. Ein kranker Klassenlehrer, mein Gott, da tun sich ja Abgründe auf. Bloß nicht irgend so einen Gedanken aufkommen lassen: Ich war doch auch krank, wieso hat mir kein Mensch einen Blumenstrauß…? Aber schon geht es weiter im großen Engagement für die Zukunft der Jugend der Nation.

»Wer backt diesmal einen Kuchen?«

Drei Mütter melden sich freudig.

»Und wer macht die Salate?« –

»Hier! Heidenreich und Glänzer!«

Es geht um irgendein Schulfest. Später verrät mir meine Frau: Das ist immer das Beste. Salat machen oder 'n kleinen Kuchen backen, dann bist du dabei und brauchst dich nicht mehr zu melden. Aber noch ist nicht geklärt: Machen wir diesmal auch warme Speisen, und soll auch Alkohol an die Eltern ausgeschenkt werden? Ja oder Nein. Abstimmen, bitte. Genügt, per Hand. Nein, geheime Wahl ist hier noch nicht nötig.

Schon bin ich völlig eingefangen von der tiefen Ernsthaftigkeit und Bedeutung dieser Sitzung verantwortungsbewusster Menschen. Achtung: Fachlehrer stellen sich vor. Es tritt nach vorn Fräulein Diepenholtz – ach, nee, Fräulein sagt man ja nicht mehr, aber wie soll man denn dieses unscheinbare Wesen in Grau mit angedeutetem Bubikragen sonst beschreiben?

»Ich bin die neue Biologielehrerin. Mein Unterrichtsprogramm für den Zeitraum 36. bis 52. Woche: die Lippenblütler, Aufbau der Wurzel, Flachwurzler, Tiefwurzler, Büschelwurzler und Hauptwurzler – sowie die Sexualität des Menschen.«

Fräulein Diepenholtz hat es mit diesen zwei Sätzen schon geschafft, dass ich von einer wohligen Müdigkeit befallen werde. O, ihr Schüler, ich bewundere euch: Was für eine Energieleistung, bei dieser Schlafsuse nicht einzuschlafen.

Aber dann kommt endlich das Hauptthema dieses Abends: Vorbereitungen für die Klassenreise nach Braunlage:

Schulze-Biehler, ein echter CDU-Abgeordneter, springt auf. Er ist zwar nur Hinterbänkler, im Parlament durfte er noch nie das Wort ergreifen, aber zum Elternabend, da geht er regelmäßig hin, da zeigt er dann auch seine parlamentarischen Qualitäten.

»Meine Tochter bekommt 100 Euro mit auf die Klassenreise, und da können Sie hier von mir aus noch so viele Bedenken haben. Wir leben in einem freien Land und einer freien Leistungsgesellschaft und lassen uns nicht von irgendwelchen sozialistischen Hirngespinsten beeinflussen. Das ist ja schließlich auch die neue Politik der Bundesregierung!«

»Also, entschuldigen Sie bitte, da möchte ich dann doch auch mal was dazu sagen.«

Frau Schürmann ist hochrot im Gesicht. Da ist sie nämlich ganz anderer Meinung.

»Mein Mann verdient nicht schlecht«, sagt sie, »das kann hier jeder wissen, aber darum geht es gar nicht: sondern darum, dass die Kinder den Wert des Gelds auch respektieren lernen. Aber das ist wohl heute sowieso die Krankheit der Erbengeneration. Erbengeneration!«

»Sehr richtig, sehr richtig!«, wirft Herr Schlotfeld (Securitas-Wachdienst) sich in das Gespräch. »Mein Sohn bekommt 5 Euro mit und keinen Cent mehr. 5 Euro, das waren früher 10 Mark, und die sind nämlich viel Geld. Sie glauben gar nicht, was man mit 5 Euro alles auf die Beine stellen kann. Ich bin damals mit 10.000 Mark Kredit angefangen – also weniger als gar nichts – und wo stehe ich jetzt? Das ist nämlich so im Leben: Der Antrieb kommt aus der Notwendigkeit, sonst passiert nämlich gar nichts. Und das sehen wir ja schließlich an diesem Sozialstaat jeden Tag. Wieso soll einer sich noch anstrengen, wenn er sowieso alles geschenkt kriegt. 5 Euro und keinen Cent mehr!«

»Und was ist mit den Handys?«

»Wieso, welche Handys?«

»Wir wollten doch über die Handys reden. Also meine Tochter bekommt ein Handy mit«, ruft Frau Lohmüller dazwischen (selbstständige Kleintierpsychologin).

»Ich weiß zwar ganz genau, dass das von der Schule nicht gern gesehen wird, aber nun haben wir mal das Handy, und nun nimmt sie es auch mit.«

Herr Friedhelm Moller (Werbeagentur und – wie man ihm anhört – ziemlich schwul) sieht allerdings gerade diesen Punkt ganz anders:

»Ich will da ja niemandem wehtun, aber das ist leider so typisch für unsere Zeit: Wir glauben, die Technik könne alle unsere Probleme lösen. Statt Vertrauen zu schaffen und uns gerade auch mit der Not eines Triebtäters zu befassen und von daher, vom Mitmenschlichen, die Ursachen der Probleme anzufassen…«

»Wie ist eigentlich die Qualität des Leitungswassers in Braunlage in der Jugendherberge? Haben Sie sich da schon die Analysedaten beschafft?«

Frau Sabine Bärtl (Galeristin):

»Ich bin die Mutter von Cynthia Bärtl, obwohl sie eigentlich Schobert heißt durch meinen ersten Mann, er hat sich ja der Namensgebung Bärtl widersetzt, wie ich hier schon einmal gesagt habe, aber bis zur Rechtsgültigkeit des Urteils trägt sie meinen Namen, und das bitte ich auch zu respektieren. Es geht mir jetzt aber darum, dass Cynthia von Mineralwasser Kopfschmerzen bekommt. Von Mineralwasser bekommt jeder dritte Mineralwassertrinker Kopfschmerzen, weil die radioaktiven Strahlungen in den Inhaltsstoffen Cadmium und Strontium durchschnittlich das Zehnfache des Normalwertes betragen, wogegen ganz normales Leitungswasser kaum radioaktive Elemente enthält… oder ob man vielleicht in Glasbehältern Wasser von zu Hause einfach abfüllen und mitnehmen könnte…«

(Gelächter von mehreren Teilnehmern) »Sie können sich da ruhig über mich lustig machen, Herr Rittberger, wenn Sie das so lustig finden, wenn Ihr Sohn frühzeitig an Frühschäden… Ach, ich lasse mich doch hier nicht auf eine Diskussion mit Ihnen ein. In Glasflaschen ja, in Glasflaschen, ich würde das sehr gern übernehmen.«

Zwei bis drei Stunden sitze ich nun schon auf dem Elternabend, meine Hinterbacken sind inzwischen schmerzfrei eingeschlafen. Das Klassenreisethema ist tatsächlich abgehakt, und ich denke: Jetzt, jetzt kann ich endlich nach Hause und mir ein Bier reinpfeifen…

Aber nein: Die Härte kommt erst. Wahl der Elternvertreter. Um Gottes willen, am besten sich in der hintersten Reihe flach auf den Boden legen, damit mich bloß keiner vorschlägt. Eine Stunde Diskussion, wer diesmal und warum Herr Mergenthaler nicht zum zweiten Mal antritt. Die meisten wollen ja gar nicht.

Bis auf Schulze-Biehler und Sabine Bärtl. Und die können es kaum noch aushalten, dass keiner sie vorschlägt. Bis sie sich gegenseitig vorschlagen.

Aber nun geht's um die Abstimmung über die Abstimmung. Soll verdeckt oder offen abgestimmt werden? Alle sind für offene Abstimmung – aber die offene Abstimmung für die offene Abstimmung gilt nicht, wenn auch nur einer der Eltern für verdeckte Abstimmung ist.

Und so passiert es. Nachdem schon beschlossen war: offene Abstimmung, meldet sich Herr Bolltenhagen, der sich noch nie gemeldet hat:

»Verdeckte Abstimmung ist aber doch besser. Wegen der Demokratie.«

Klassenlehrer Mangelsdorff freut sich, weil er nun doch noch seine vorbereiteten kleingeschnittenen Zettel verteilen kann.

Alle gehen nach vorn und stecken ihre Zettel in den Karton – richtig wie das im Parlament in einer Demokratie ist. Wir vollziehen eine hoheitliche Aufgabe – und die Hinterbacken wachen nach dem Aufstehen wieder auf und fangen furchtbar an zu kribbeln.

Und falls Sie glauben, dass jetzt Schluss ist, können Sie noch nie auf einem Elternabend gewesen sein. Denn jetzt kommt die Wahl der Vertreter der Vertreter...

Aber ich will barmherzig sein mit Ihnen... Der Elternabend ist zu Ende.

Dokumentation I

Scheibner sprengt die Eiswette

Protokoll einer Kabarett-Einlage

vor den Ehrengästen der Bremer Eiswette am 6. Januar 1989

Die Bremer Eiswette geht zurück auf eine heitere Wette aus dem Jahre 1828. Junggesellen wetteten damals, dass die Weser am Punkendeich am 6. Januar noch offen ist, d. h. dass ein 99 kg wiegender Schneider mit einem heißen Bügeleisen sie trockenen Fußes überqueren kann. Aus dieser heiteren Wette entwickelte sich dann ein Bremer Fest, das an jedem 6. Januar begangen wird und zu dem u. a. der Bremer Senat Politiker und andere hohe Persönlichkeiten des Landes einlädt.

(Anwesend also auch am 6. Januar 1989 die Creme der deutschen Wirtschaftsbosse und höchste Parlamentarier und Minister wie z. B. Volker Rühe, Konteradmiral Braun, ZEIT-Chefredakteur Theo Sommer, Dr. Klaus Wedemeier u.v.a. – alle Herren im Smoking – eine reine Männergesellschaft, keine einzige Frau darunter)

(Scheibner tritt auf die Bühne, setzt sich auf einen Stuhl, entfaltet die BILD-Zeitung und beginnt zu singen:)

Das hab ich gerne, wenn mein Bild
von Blut und Tränen überquillt.
Tieffliegerabsturz an der Elbe.
Die schreiben jeden Tag dasselbe.
Die Banken haben in Karlsruhe Verdruss.
Dass es immer die Ärmsten treffen muss.
Albrecht, der Grinser, die Abstimmung gewann.
Jetzt fühlt er sich wieder als ehrlicher Mann.
Nur eine Meldung macht mich wirklich etwas kecker:
Er hat wieder gewonnen, unser Boris Becker!

(noch alles ganz normal, man hört zu)
Lambsdorff kommt wieder ganz groß raus.
Steuerhinterziehung zahlt sich aus.
(erste Unruhe. He, was soll das? Grummel, Grummel...)
Bangemann lässt sich nach Brüssel wegloben.
Sieht man es wieder: Fett schwimmt oben.
(einzelne Lacher – dann schrille Pfiffe!)
Strauß wird verlegt nach München rauf.
Hoffentlich steht er nicht wieder auf.
(jede Menge Pfiffe, Rufe: Pfuiiiiii, Pfuiiiiii!
Große Unruhe – die nächsten Zeilen gehen fast unter)
Studenten demonstrieren. Was wollen die bloß?
Nach dem Studium sowieso arbeitslos!
(weiter große Unruhe)
Mehr Sicherheit fordert Zimmermann.
Tritt doch zurück, das genügt doch dann.
Nur eine Meldung macht mich wirklich etwas dreister:
FC St. Pauli wird Deutscher Meister! (Ende des Liedes)
(großes schrilles Pfeifkonzert. »Aufhören. Pfui! Pfuiiiii! Aufhören, Aufhören....«)

Scheibner:
(trotz Mikrofon kaum zu verstehen.
Immer wieder: Aufhören! Mach, dass du wegkommst!)

Wunderbar, es klappt also. Sie haben mich ja als Kontrastprogramm hier heute Abend eingeladen zur Eiswette. Die Weser ist ja inzwischen auch mehr so eine Öl-Schmutzwasser-Emulsion. Deswegen gefriert sie auch nicht mehr wie früher bei 0 Grad Celsius. Aber dabei fiel mir ein, dass mich neulich unser Umweltminister Töpfer so beeindruckt hat. Er ist ja durch den Rhein geschwommen. Da habe ich spontan für meine Kinder den Struwwelpeter umgeschrieben. Da steht jetzt folgendes Kapitel drin:

Die Geschichte vom stinkenden Lügenklaus

Hört, Kinder, von dem Lügenklaus.
O weh, die Sach geht übel aus.
Er ging umher im ganzen Land,
schrieb seine Lügen an die Wand.
»Glaubt nur an mich, ihr Kinderlein,
ich halte euch das Wasser rein.
vom klaren Wasser leben wir,
habt keine Angst: Ich sorg dafür.«

Doch heimlich ging der Lügenklaus
beim Flussvergifter ein und aus,
der Flussvergifter aber spricht…
(tosender Protest: Pfiffe, Pfuii, der ganze Saal fängt an zu toben, so dass die folgenden Verse nicht mehr zu verstehen sind)
das Wasser interessiert mich nicht.
Ich lasse weiter in den Rhein
Gift, Farben und noch sonst was rein.
Und Umweltlügenklaus, ei ei,
drückt beide Augen zu dabei.
Drum, Kinder, heißt er Lügenklaus.
(Abtreten, Aufhören! Du linke Sau! Halt die Schnauze!!!)

Ruft ihm nun zu: Klaus, zieh dich aus.
Steig in den Rhein bis zu dem Bauche
und schwimm durch diese Stinkejauche!
Und also sprang er in den Rhein,
igittigitt, mitten hinein.
(immer mehr anschwellendes Pfeifen, eine Flasche fliegt auf die Bühne)
Halt dir fortan, mein Kind auch du,
wenn du ihn siehst, die Nase zu!
(ohrenbetäubender Lärm, weitere Pfiffe, Aufhören, stellt das Mikrofon ab!!)

Scheibner:

(dazwischen)

Es freut einen Kabarettisten, wenn er sich endlich einmal nicht vorwerfen lassen muss, er könnte seinem Publikum zu sehr gefallen.

(wieder Pfiffe, einzelne zaghafte Klatschversuche von der SPD-Seite… weiter Tumult und Pfui-Rufe)

So schnell werden Sie mich noch nicht los. Hören Sie jetzt etwas aus der deutschen Klassik. Das entspricht ja vielleicht etwas mehr Ihrer Geisteshaltung

(Schrei: Nein! Abtreten! Aufhören!…)

Johann Wolfgang von Goethe – Prolog im Himmel

(immer weiter Rufe: Aufhören! Große Unruhe)

Aber meine Herren, das können Sie sich doch noch antun. So schwach kann doch Ihr Demokratieverständnis nicht sein.

(Aufhören!…)

Also Sie hören sich jetzt bitteschön noch den Faust an und dann verspreche ich Ihnen, dass ich danach abtrete.

(höhnischer Beifall: Bravo! Bravo! Abtreten! ein Gegenstand fliegt auf die Bühne)

(Scheibner – unter immer weiteren Pfiffen – spricht seinen Prolog im Himmel.) (Siehe vollständigen Text auf Seite 71)

Scheibner in der Bremer Glocke

Prolog im Himmel:
Der Herr und Mephistopheles

(Beim ersten Vers wird es etwas ruhiger im Raum.)

Der HERR sagt:
Wie bin ich stolz, auf meine lieben Christen.
Sie haben sich entschlossen, abzurüsten.

(aber dann kommt Mephistopheles)

Ei Herr, Ihr irrt, es waren nicht Eure Christen,
die sich entschlossen haben, abzurüsten.
Die Gottesleugner waren's, die Atheisten,
für die's Euch gar nicht gibt: die Kommunisten.

(wieder aufkommende Unruhe, die wieder zum Tumult wird bei den Versen…)

Die Christen sträuben sich noch,
die Schreckenswaffen abzuschaffen.
Mit Atomraketen kann man Millionen
Schuldlose vernichten:
Kein guter Christ mag darauf gern verzichten.

(Die Rufe werden unertäglich.
Scheibner versucht es noch und schreit die beiden Endverse ins Mikro:)

… und ich der Teufel, bau auch ferner
auf Christen wie den Scholz und wie den Wörner!

(Alle Herren sind aufgestanden und drohen zur Bühne rauf: Du linke Sau! Hau ab! usw.)

(Scheibner packt seine Blätter zusammen, grüßt wortlos in den Raum und geht ab.)

Eiswettspiel ging im Pfeifkonzert unter

Viele Gäste über Kabarettist Scheibner verärgert

23. Jan. 1989 § 85.60

Um 16 Uhr war es am Sonnabend auf der „Eiswette" noch wie immer: Rund 700 Männer in Smoking, Frack oder Galauniform hatten an den festlich gedeckten runden Tischen Platz genommen. Doch was dann gegen halb neun passierte, hat es in der 160jährigen Tradition dieses Festes noch nicht gegeben: Etliche der so förmlich gekleideten Herren vergaßen ihre gute Kinderstube: Sie buhten und pfiffen den Kabarettisten Hans Scheibner gnadenlos aus. „Aufhören, aufhören", schallte es durch den Saal, und manche der Beschimpfungen hätte man eher im Weserstadion als bei einer solch piekfeinen Veranstaltung erwartet.

Was war passiert? Scheibner ist seit Jahren im Geschäft und für seine spitze Zunge landauf, landab bekannt. Daß er Ansichten vertritt, die links von der CDU angesiedelt sind, dürfte auch dem Eiswett-Präsidium nicht entgangen sein. Doch als Scheibner sich „erdreistete", während seines Auftritts Bundesumweltminister Klaus Töpfer (CDU) als „Lügen-Klaus" zu titulieren, da sahen die ersten Eiswett-Genossen und ihre Gäste rot. Und als der Kabarettist behauptete, Kommunisten seien für atomare Abrüstung, während christliche Demokraten dies verhindern wollten, tobte der Saal. Der Rest von Scheibners Auftritt ging im Tumult unter. Der Künstler: „Das war einer meiner unvergeßlichsten Auftritte."

Eiswett-Präsident Peter Kloess machte die durchgebrannte Sicherung nicht bei einigen Gästen, sondern bei Scheibner aus. Der habe sich wohl darüber geärgert, daß er beim Betreten der „Glocke" von der Polizei gefilzt worden

Von Heinz Holtgrefe

sei. Scheibner habe nicht eine der vereinbarten Nummern gebracht, sondern ein völlig anderes Programm. Kloess: „Das war kein Kabarett, das war Agitation."

Provinziell

23. Jan. 1989 § 85.60

Vor zwei Jahren ärgerte die Eiswette Bürgermeister Klaus Wedemeier mit rechten Sprüchen. Das Ergebnis: Die Landesregierung blieb dem Traditionsfest im vergangenen Jahr fern. Sonnabend gab's wieder Verdruß — diesmal allerdings ärgerte der Kabarettist Hans Scheibner die Eiswett-Genossen und ihre Gäste mit linken Sprüchen.

So dünnhäutig, wie sie es Wedemeier damals ankreideten, zu sein, sind viele Eiswett-Fans offensichtlich selbst. Ein, zwei spitz formulierte Pointen

Kommentar

und schon flippten einige Herren der feinsten Bremer Gesellschaft regelrecht aus. Mit ein bißchen kritischem Kabarett sind hanseatische, weltoffene Kaufleute also schon aus der Fassung zu bringen. Damit hat offensichtlich selbst das Eiswett-Präsidium nicht gerechnet, als es Scheibner ganz bewußt verpflichtete.

Oder ist es mit der Weltoffenheit gar nicht so weit her? Was sich am Sonnabend abspielte, war eher der Beweis für Provinzialität. Gutes Kabarett ist bekanntermaßen nun einmal links. Auch in der Mehrzahl konservative Eiswett-Gäste müßten souverän genug sein, ein solches zu ertragen.

Heinz Holtgrefe

Artikel aus dem Weser-Kurier

Wohlstand der Ratten

»Wenn man zurückdenkt an die barbarischen Zeiten«, predigte die weise Ratte in der Versuchstierpflegestation des Krebsforschungsinstituts, »wenn man zurückdenkt, dass unsere Ahnen noch die Kanalisationsanlagen unserer Wohltäter verseucht haben und dass sie gar menschlichen Säuglingen Ohren und Nasen abgebissen haben – und heute? Wir leben ohne Nahrungssorgen, ohne Existenzangst und Verfolgung. Jeden Tag dreimal Fütterung von liebender Wärterhand. Ist es uns jemals so gut gegangen? Was verlangen wir mehr?«

So oder ähnlich dachten sie alle in der Versuchstierpflegestation des Krebsforschungsinstituts. Nur ein poetisch veranlagter Rattenjüngling sang manchmal nachts mit schrecklich disharmonischer Stimme Verse wie diesen: »Die liebevolle Hand, / die euch die schmackhaften Eingeweide vorlegt, / wird nicht zögern, / euch um euer Herz anzuhalten / und wird es sich herausholen / aus Liebe.«

Viele Ratten hörten ihn gern singen. Sein Gesang erfüllte sie mit dieser gruseligen Unruhe, die man einfach mal braucht, wenn es einem sonst gut geht.

Die Lösung des Zahnersatzproblems

Mein Freund Uwe Reimer kam mir entgegen. Er hatte seinen Musterkoffer in der Hand und war immer noch empört.

»Stell dir mal vor«, sagt er: »Da erzählen sie einem nun immer: Eigeninitiative ist gefordert und Innovation und unternehmerischer Mut. Aber wenn man mal wirklich eine epochale Idee hat – und nur einen ganz kleinen Zuschuss haben will – nee, begreifen die das gar nicht. Engstirniger Bürokratismus.

Ich komm eben von der Behörde – wegen meines Antrags auf Existenzgründungszulage.

Da sitzt also dieser Beamte da bei der Arbeitsagentur – und guckt mich an:

›Was wollen Sie denn?‹, fragt er.

›Ich möchte einen Antrag stellen auf Existenzgründungszulage‹, sage ich. ›Ich möchte eine Ich-AG gründen. Aber damit Sie gleich Bescheid wissen: Ich zahl das Geld auch sehr schnell zurück. Mein Unternehmen macht schon in einem Jahr Rekordumsätze. Es geht jetzt nur darum, dass ich den Beerdigungspfarrer und den Inhaber vom Altersheim schon mal bezahlen kann, das sind meine ersten Lieferanten.‹

Da guckt er mich an.

›Aha. Eine Ich-AG. Was denn für eine?‹

Ich sage:

›Mein Werbeslogan lautet: Mit Wagners Zweiten beißt du besser! Ist doch witzig. Müssen Sie doch zugeben. Ja, bisschen geklaut vom ZDF. Aber lustig, oder?‹

Aber dieser sture Beamte verzieht keine Miene.

›Was ist denn das für ein Unternehmen?‹, fragt er.

Na gut. Da hab ich ihm meinen Musterkoffer mit meinen gebrauchten Zahnprothesen geöffnet.

›Hier sehen Sie mal. Ist doch beeindruckend. Die hier ist von unserer Omi. Sie lebt ja noch. Aber sie kann nur noch flüssige Nahrung zu sich nehmen. *Das ist mein Beitrag,* hat sie gesagt, *zu deinem neuen Unternehmen.*‹ Aber der Beamte begreift natürlich nichts.

›Aha‹, sagt er, ›Sie wollen also Zahnprothesen herstellen.‹

Ich sage: ›Nein, nicht herstellen. Die sind doch alle gebraucht, aber gut erhalten. Die kann man doch alle wieder verwenden. Da liegen Millionen auf der Straße. Oder besser gesagt: im Munde des Volkes. Also im Volksmund sozusagen.‹

Aber dieser sture Beamte:

›Um Gottes willen: Sie wollen gebrauchte Gebisse verkaufen?!‹

Ich sage:

›Ja, aber nicht nur: auch auf Leasingbasis. Das ist meine epochale Idee. Die Leute brauchen gar keine Zahnersatzversicherung mehr. Man muss sich nur das passende Gebrauchtgebiss besorgen.‹

Der Beamte ist irritiert.

›Und woher haben Sie alle diese Exponate hier?‹

Ich sage:

›Was Sie hier sehen, ist erst mal der Grundstock aus unserer Familie.‹ Und ich zeige ihm die einzelnen Stücke. ›Das hier gehörte meinem Schwager. Er ist vor 14 Tagen gestorben, aber unsere Schwägerin sagte gleich:

– Soll er denn sein teures Gebiss mit unter die Erde nehmen? Das ist doch viel zu schade. Da könnte man doch noch einen Menschen mit glücklich machen.‹

›Soso‹, sagt der Beamte. ›Und die anderen Gebisse hier?‹ Dazu macht er ein angeekeltes Gesicht.

Ich sage:

›Zugegeben, es ist noch ein bisschen illegal. Aber unser Pfarrer hat sich bereit erklärt, gut erhaltene Gebisse nach der letzten Ölung an sich zu nehmen.‹

›Wie bitte?‹, fragt der Beamte ganz entsetzt. ›Sie nehmen Leichen das Gebiss heraus?‹

›Ich sagte ja schon‹, sage ich, ›es ist noch etwas illegal. Aber glauben Sie mir: Sowie die Gesundheitsministerin davon erfährt, wird das Gesetz.‹

Der Beamte ist entrüstet:

›Und Sie machen ein Geschäft daraus!‹, ruft er.

›Wieso Geschäft? Das ist doch ein Dienst an der Volksgesundheit. Sehen Sie doch mal: Gebrauchte Gebisse zwischen 20 und 50 Euro das Stück. Aber auch auf Leihbasis. 3 Euro die Woche, falls Sie es nur mal für einen repräsentativen Zweck benötigen. Zum 80. Geburtstag oder so. Aber nicht nur ganze Gebisse. Auch Brücken, kleine und große.‹

Aber dieser Beamte ringt nur die Hände.

›Das ist ja unästhetisch: Was andere Leute schon im Mund hatten.‹

Ich sage:

›Natürlich passt nicht jedes Gebiss auf jeden Kiefer. Darum richte ich ja die Tauschzentrale ein. Sie schicken uns Ihren Gipsabdruck, und wir suchen Ihnen dann das passende Gebiss heraus!‹

›Nein, das kommt nicht in Frage‹, entrüstet sich der Beamte, ›das kann ich nicht genehmigen. Sollen wir Deutschen ein Volk werden, das nicht mal mehr ins Gras beißen kann, weil man ihm vorher die Zähne rausgenommen hat?!‹

Da werde ich nun allmählich auch zornig. Ich sage:

›Höre ich richtig? Sie wollen meine epochale Idee nicht anerkennen? Da kommt jemand und zeigt Ihnen den Ausweg aus der nationalen Zahnersatzmisere – und Sie lehnen das ab? Für diese Idee habe ich das Bundesverdienstkreuz verdient!‹

›Ja, ja‹, sagt der Beamte frech, ›und zwar ein gebrauchtes.‹

Ich sage:

›Mein Herr! Die SPD hatte einmal den Wahlslogan: *SPD wählen, damit man Armut nicht schon am Lächeln erkennen kann.*‹

Da lacht er gehässig: ›Ja, aber das hat sich ja inzwischen erledigt. Die Armen lächeln ja schon lange nicht mehr. Ihr Antrag ist abgelehnt.‹

Da habe ich nur noch gesagt:

›Dankeschön. Ich hätte es mir ja denken können. Die Lobby der Zahnärzte und der Dental-Labors ist natürlich mal wieder mächtiger als ein kleiner Mann mit seiner epochalen Idee.‹

Und habe meinen Koffer genommen und nichts wie raus aus der Behörde!«

Kein Handlungsbedarf

Zwei Männer gingen über die Brücke. Der Mond schien hell auf den Fluss herab.

»Hilfe!«, kam plötzlich ein Schrei vom Wasser her.

Die Männer beugten sich über das Geländer der Brücke.

»Hiiiilfe!«, kam es noch einmal.

»Da unten schwimmt einer«, sagte der eine Mann.

»Einer von uns beiden muss runterspringen und ihn retten«, sagte der andere.

»Noch ist Zeit«, sagte der erste. »Er ertrinkt ja noch nicht. Man sieht ihn ja noch schwimmen.«

»Hilfe!«, rief der Ertrinkende – schon etwas schwächer.

»Natürlich ist es unsere Pflicht, ihm zu helfen«, sagte der erste Mann. »Sobald die Situation wirklich lebensgefährlich für den Ertrinkenden wird, muss einer von uns beiden hier runterspringen und ihn retten.«

»Du oder ich«, sagte der andere, »die Art, wie er zappelt, lässt auf jeden Fall darauf schließen, dass er nicht schwimmen kann. Wer von uns beiden soll jetzt springen?«

»Solange er zappelt, besteht in dieser Hinsicht noch kein Entscheidungsbedarf«, sagte der erste Mann.

»Wir möchten Ihnen nur versichern«, rief der erste Mann zum Fluss hinunter, »dass wir uns auf jeden Fall verpflichtet fühlen, Sie zu retten, wenn es wirklich ernst wird!«

»Vielleicht sollte man sich aber doch erst einmal erkundigen, wen wir da vorhaben zu retten«, sagte der zweite zum ersten. »Ist ja schon vorgekommen, dass der Gerettete seinen Retter zum Dank erschlagen hat.«

»Das ändert rein rechtlich nichts an unserer Verpflichtung, ihn zu retten. Jeder Mensch in Todesnot hat ein Recht auf Hilfe von jedem anderen. Solange natürlich kein Entscheidungsbedarf besteht…«

»Da! Jetzt geht er unter! Man kann noch den Stiefel sehen…«

»Solange man noch einen Stiefel sieht, ist die Lage noch nicht aussichtslos. Es ist zwar menschlich gesehen in diesem Moment zweitrangig zu fragen, um welche Art von Ertrinkendem es sich hier handelt, aber…«

»O Gott! Wie furchtbar! Jetzt ist er ertrunken!«

»Wirklich? In der Tat – ich sehe auch nichts mehr. In diesem Falle können wir die These vom fehlenden Entscheidungsbedarf nun fallen lassen. Auszugehen haben wir nunmehr vom fehlenden Handlungsbedarf.«

Die beiden Männer setzten ihren Weg über die Brücke fort. Der Mond schien hell auf den Fluss herab.

Ein Abgeordneter hängt sich auf

Hier folgt ein Monolog, der auf der Annahme beruht, dass ein deutscher Abgeordneter sich aufhängen will, weil er sein Schuldgefühl wegen diverser so genannter »Geldwerter Vorteilsnahmen« nicht mehr aushalten kann. Es handelt sich also um eine reine Fiktion. Aber immerhin – man kann es sich ja mal vorstellen.
Der Abgeordnete ist nicht mehr ganz nüchtern. Er steht in seinem Büro, hat eine Flasche Rotwein in der Hand, aus der er immer wieder einen Schluck nimmt.
Er versucht, sich einen Strick um den Hals zu legen. Bei all dem hört man die ganze Zeit heraus, dass er sich selber sehr leid tut.
Und so räsoniert er die ganze Zeit ziemlich betrunken vor sich hin:

Jawohl, ich mache Schlu… luss. Komm her, du Strick, du hast die Ehre, einem deutschen Abgeordneten das Genick zu brechen… nun, komm schon, ich will nicht mehr… dieses Volk ist es nicht wert…

(Es gelingt ihm nicht.)

Ach, Scheiße…, keiner tut, was er soll.

(nimmt noch einen Schluck, fällt auf einen Stuhl)

Zehn Privatfahrten mit dem Dienstwagen. An die Riviera. In den privaten Bungalow… Privatfahrten im Dienstwagen. Das sagt doch schon der Ausdruck. In einem Dienstwagen ist alles dienstlich, erst recht das Private. Und wenn ich in Urlaub fahre, fahre ich dienstlich in Urlaub und wenn ich ein Haus an der Riviera…

(weint)

Man opfert seine Gesundheit für das Volk, man trinkt sich halb zu Tode auf allen möglichen politischen Veranstaltungen…

Wenn ich in Urlaub fahre, dann fahre ich in Urlaub, um mich für den deutschen Bürger wieder fit zu machen. Aber nein: Diese Schmierfinken wollen diesem, meinem geliebten Volke ihren Diener kaputtmachen. Ich bin ein Diener des Volkes – jawohl, ich diene dem Volke sogar, wenn ich schlafe, im Bett oder im Bundestag, ist doch egal.

Aber nein, sie schreiben *Vorteilsnahme.*

Komm her, du Strick, und schlinge dich mit einer Schlinge, ich will sterben, hast du verstanden: Nicht für mich, nur für den Bürger.

(hält den Strick hoch)

Ich habe diesen Strick hier selber bezahlt, von meinen ärmlichen Diäten. Damit die Schmierfinken nicht schreiben: Er hat sich aufgehängt an einem vom Steuerzahler bezahlten Strick... Verdammt noch mal.

(nimmt wieder einen Schluck)

24 Stunden am Tag ist man als Politiker Politiker. Wenn ich morgens aufwache, ist mein erster Gedanke: Wie kann ich meinem Gegenkandidaten etwas anhängen?

Um Schaden abzuwenden vom Volke.

Wenn ich meine Zähne putze, ist es nur für Deutschland, weil ich das Volk vertrete, und das Volk darf keinen schlechten Mundgeruch haben. Wo bin ich da Privatmann? Der Politiker hat sein Profitleben, wie bitte, was?, sein Privatleben wollte ich sagen, verdammt noch mal, dem Volke geopfert.

(nimmt wieder einen tiefen Schluck)

Dass mir die Brauerei drei Fässer Bier und zwanzig Kisten Champagner überlassen hat für den Geburtstag meiner Frau Gattin, daraus wollen sie mir auch einen Strick... Den fünfzigsten Geburtstag von dieser alten Giftschlange... meiner hochverehrten Frau Gattin, wollte ich sagen, das ist doch nicht irgendein Fest wie bei normalen Leuten, da demonstriere ich die gesunde Verbindung unserer Famililie... Denn ich bin ein Vorbild für eine 23 Jahre intakte Ehe. Jawoll. Was glauben Sie denn, wie mich das ankotzt – aber wenn ich mich scheiden lasse, verlier ich doch die nächste Vorstandswahl.

So eine Scheiße!

Ich will Ihnen mal was sagen: Als ich mit der blonden Mercedes nach dem Jubiläum von Laura, nee umgekehrt: nach dem Jubibiläum von Mercedes – mit Laura im Hotel gewesen bin... Das war ein Missverständnis. Wenn sie mich fragt, ob ich es ihr besorgen könnte – was soll ich denn da denken? Und dann stellt sich raus: Sie meint ein Empfehlungsschreiben für einen Kindergartenplatz...

Und außerdem: Ich habe die Pro-pro-pro-stituierte Frau Marlene Möller lediglich in der Angelegenheit Renten- und Arbeitslosenversicherung für ihre Dingsda, ihre liegende Tätigkeit, beraten. Ja, sicher war ich bei ihr im Bordell – aber das war eine Betriebsbesichtigung war das, jawohl!

Es gibt kein Privatleben für unsereinen. Glauben Sie tatsächlich, ich fliege mit 200.000 Euro Bargeld in die Schweiz, um es vor der Steuer zu verstecken? Nein! Ich habe lediglich die Zuverlässigkeit der deutschen Zollbehörden bei der Geldwäschebekämpfung überprüft...

Nein! Ich halte diese Verleumdungen der Presse nicht mehr aus. Rufmord ist das, Rufmord! Als Politiker bist du kein Privatmann mehr, und alles, was du privat machst, tust du nur für dieses Volk.

Aber es liebt mich nicht mehr, das Volk. Es glaubt meinen Verleumdern. Ich hänge mich auf. Komm her, du Strick, komm her!

(Legt sich den Strick um, steigt auf den Tisch und will springen. Aber zum Glück überlegt er es sich noch im letzten Moment, nimmt die Schlinge ab, springt vom Tisch wieder runter und sagt unter Tränen:)

Nein! Nein! Ich kann es dem deutschen Volke nicht antun!

Diskriminierung

»Nun bist du also keine Sache mehr, Natan«, sprach ich zu meinem Hund. »Ist das nicht schön?«

Er aber lag nur da und sah mich nachdenklich an.

»Mir war's natürlich schon lange klar, dass du keine Sache bist, mein Guter. Da brauchte nicht erst der Justizminister zu kommen, um das festzustellen!«, fuhr ich in scherzhaftem Ton fort.

Er aber blickte noch nachdenklicher.

»Eine Sache kann zum Beispiel nicht lügen – so wie du.«

Er legte den Kopf schief.

»Na, ich denke da zum Beispiel nur daran, wie du neulich plötzlich humpeln musstest, weil du keine Lust hattest, bei dem heißen Wetter mit zum Einkaufszentrum zu laufen. Aber als ich zurückkam, sah ich dich mit zwei anderen Hunden herumspringen. Kaum hattest du mich jedoch gesehen, fingst du wieder an zu humpeln. Das sind Sachen, die eine Sache nicht vollbringen könnte!«

Er sah mich immer nachdenklicher an – und ich wurde langsam unsicher.

»Na klar, die Sache mit der Sache oder Nichtsache – das ist so eine Sache. Was haben zum Beispiel die Hühner in den Legebatterien davon, dass sie jetzt keine Sache mehr sind. Überhaupt nichts. Oder die Schweine in den Fleischfabriken. Jetzt werden sie eben nicht als Sache, sondern nur als Mitgeschöpfe gequält. Oder in den Versuchslabors – die armen Tiere, die sich zum Wohle der Menschheit quälen lassen müssen. Vorher als Sache. Jetzt als Geschöpf. Wo ist der Unterschied? Wolltest du das sagen?«

Der Hund seufzte einmal schwer auf. Als wollte er anfangen zu sprechen.

Ich kam mir schon wieder dumm vor und durchschaut, wie immer, wenn ich mich mit ihm unterhalte.

»Aber, Natan«, sagte ich, »es ist doch immerhin ein positives Zeichen, dass der Mensch nun anerkennt: Ihr Kreaturen seid etwas anderes als ein Fahrrad oder eine Gießkanne oder so…«

Sein Blick wurde immer trauriger.

»Na ja – vielleicht ist es beleidigend, solche Selbstverständlichkeiten auch noch auszusprechen, aber…«

Und da – ob Sie es glauben oder nicht – ließ der Hund sich zum ersten und einzigen Mal herab, ein paar Worte zu sprechen. Und zwar die folgenden:

»Ihr könnt uns ja erklären, zu was ihr wollt. Nur bitte, kommt nicht auf die Idee, uns eines Tages zu Mitgliedern der menschlichen Gesellschaft zu erklären. Denn die Diskriminierung wäre wirklich nicht mehr auszuhalten.«

Bis man seine Eltern groß hat…

Früher machten sich die Eltern darüber Sorgen, dass die Tochter oder der Sohn keine gute Partie machen könnte oder dass nichts »Anständiges« aus ihnen wird. Und heute? Zufällig war ich in der U-Bahn Zeuge eines Gesprächs zwischen zwei dunkelhaarigen Mädchen (beide so etwa zwölf Jahre alt) und einem blonden Jungen im gleichen Alter.

Sagte der Junge zu den Mädchen:

»Muss ich meinen Vater jetzt eigentlich hassen, weil er meine Mutter verlässt und zu seiner Freundin zieht?«

»Wieso denn hassen?«, fragte eines der Mädchen.

»Na ja – hab ich neulich im Fernsehen gesehen: Junge will den Vater ermorden, weil der seine geliebte Mutter mit einer jungen Geliebten betrügt.«

»Fernsehen ist doch voll bekloppt«, sagte das erste Mädchen. »Das brauchen doch fast alle Eltern. Bis die mal zur Ruhe kommen, sind sie alle mindestens zweimal verheiratet. Meine Mutter lebt mit einem Zahnarzt in wilder Ehe. Mein Vater war schon mal verheiratet – von daher hab ich 'nen Halbbruder, der ist 16. Wir gehen oft zusammen in die Disco. Aber die neue Freundin meines Vaters ist erst 18. Mit der versteh ich mich toll. Manchmal tratschen wir über meinen Alten und lachen uns kaputt. Sie sagt, sie macht irgendwann die Fliege. Aber Männer in der Midlifecrisis findet sie süß. Die sind so dankbar.«

»Kenn ich«, sagte das zweite Mädchen. »Bei uns ist es echt chaotisch. Mein Vater ist mein zweiter Stiefvater. Ich hab zwei Halbbrüder aus zwei verschiedenen Ehen. Mein Freund Mathias war der erste Freund meiner zweiten Mutter. Die hat ihn abgelegt und ist nach München verschwunden. Meine richtige Mutter kenn ich gar nicht. Ein Glück, sonst hätte ich schon die Übersicht verloren.«

»Das Problem ist einfach, dass die erste Ehe immer höchstens fünf Jahre hält«, sagte das erste Mädchen. »Dann geht die Nerverei los. Dann machen sich die Eltern gegenseitig fertig und liegen dir in den Ohren, dass es ihnen alles so furchtbar leid tut.«

»Genau«, sagte die zweite. »Die können ja gar nichts dafür, die Alten, das ist meistens biologisch bedingt, da schießen dann noch mal die Hormone hoch. Dann muss man ihnen einfach raten, sich scheiden zu lassen, weil die Nerverei sonst immer schlimmer wird.«

»Jedenfalls kann man froh sein«, schloss das erste Mädchen das Thema ab, »wenn man seine Eltern endlich gut untergebracht hat. Hauptsache, sie sind glücklich – mehr will man ja gar nicht.«

Kopftuch macht mich geil

Also wegen dieser Kopftuchsache da.

Da hab ich ja nun persönlich ein ganz spezielles Problem – eigentlich darf man da gar nicht drüber sprechen.

Alle regen sich ja auf, dass diese muslimische Lehrerin unbedingt ihr Kopftuch beim Unterrichten aufbehalten will. Und dass das Bundesverfassungsgericht sich nicht klar dagegen entschieden hat. Und ich? Also wirklich: Ich kann das ja keinem Menschen erzählen. Wahrscheinlich bin ich pervers. Jedenfalls: Wenn ich eine Frau mit Kopftuch seh – o Mann, das macht mich unwahrscheinlich an. Das macht mich so was von geil. Merkwürdig. Ich war schon beim Psychiater. Ich sag zu ihm: An jedem Kiosk seh ich jede Menge Titten, große kleine, hängende und schielende – und die sind ja auch appetitlich und alles – aber wenn du das jeden Tag siehst – gewöhnst du dich einfach so daran. Dagegen: eine Frau mit Kopftuch.

O Mann, aaaaaaaaaah – da kann man so viel darunter vermuten. Was sie nun wohl für Haare hat – ob sie gefärbt sind oder nicht – dieses Geheimnisvolle, das macht mich ganz verrückt. Ist ja paradox – weil ja die Muslim-Frauen, die sagen ja, sie tragen das Kopftuch gerade, um die Männer nicht zu reizen. Sie verbergen ihre Scham. Sie haben also sozusagen das Schamhaar auch auf'm Kopf. Neulich bin ich schon mal hinter einer hergelaufen. Ein herrliches Kopftuch so von hinten. Ich hab sie angesprochen. Guten Tag, sind Sie Muslimin? Ich möchte Sie doch nur mal ansehen. Da sagt die: Nein, ich hab bloß furchtbare Zahnschmerzen. Ich muss zum Zahnarzt.

Einige Leute haben ja von Berufs wegen etwas gegen das Kopftuch. Mein Freund Detlef ist Friseur. Er sagt: Alle verdienen an den Ausländern und Zuwanderern. Bloß die Friseure nicht. Die brauchen keine Dauerwelle und nix, diese Muslime, die müssen sich noch nicht mal die Haare waschen, brauchen kein Shampoo und so – Religion hin oder her, sagt er – aber das ist geschäftsschädigend. Aber ich, wie gesagt, mich machen die Kopftücher geil. Nun sagt ja Alice Schwarzer: Das Kopftuch ist ein Symbol für die Diskriminierung der Frau – und führt in letzter Konsequenz dann wieder zum Schleier und zur Burka, und das ist menschenunwürdig. Aber ich mein: Es gibt ja auch Frauen, bei denen wäre so eine Ganzkörperverschleierung sogar von Vorteil. Nein, ich meine ja gar nicht zum Beispiel unsere Kanzlerin. Nur so ganz allgemein. Alles hat auch seine guten Seiten…

Nur ein Paar Turnschuhe

Ich wollte mir ein Paar Sportschuhe kaufen. Also ging ich in so ein Sportschuhgeschäft. Nee, das ist schon mal nicht richtig. Das war kein Schuhgeschäft – draußen stand dran: Runners' World. Ich geh da also rein. Ein junger dynamischer Verkäufer kommt, und ich sage:

»Ich hätte gern ein Paar Turnschuhe.«

»Hä?«, sagt er. »Ich habe Sie nicht verstanden.«

Na ja, das weiß man ja, dass auch junge Leute heute schon Gehörschäden haben. Also ich ganz geduldig:

»Turnschuhe. Wissen Sie, so zum Laufen.«

Er sieht mich irritiert an und wendet sich nach hinten, wo da irgendwo seine Kollegin was macht: »Ina, hier ist ein Typ, der möchte… Wie heißen die Boots?«

»Turnschuhe«, sage ich ganz langsam.

»Ach so«, sagt er, »jetzt hab ich es geschnallt: Das ist Englisch. Turningrunners meinen Sie. Nee, tut uns leid. Wahrscheinlich von Nike oder Fila. Die haben die noch nicht geliefert. Aber mal so gefragt:

Was wollen Sie damit machen? So rein actionmäßig.«

»Na ja«, sag ich, »was will ich wohl machen. So'n bisschen laufen so.«

»Ach so«, sagt er, »das ist natürlich klasse. Sie können also schon laufen?«

Ich sage:

»Wissen Sie: Das war so: Meine Mutter stand in der Küchentür, und ich war noch nicht mal ein Jahr alt und mit einem Mal... ganz von selbst. Bisschen wackelig noch, aber das hat sich dann gegeben.«

»Hahaha«, sagt der Jüngling. »Köstlich. Sie sind ja ein ganz Lustiger. Aber jetzt sagen Sie mir bitte: Haben Sie eine Überpronation, und wie definiert sich Ihre Aufsetzphase?«

Ich sage:

»Überporno? Was meinen Sie denn damit? Ich bin hier doch wohl richtig, oder?«

Da fällt ihm fast die Klappe runter.

»Was«, sagt er, »Sie wollen laufen und kennen Ihre Pronationswerte nicht? Guter Mann, wie soll ich Ihnen dann den richtigen Speedy-Runner verkaufen?«

»Einen was?«, frag ich. »Ich möchte doch nur ein paar Turnschuhe, ich wollt 'n bisschen Dauerlauf machen.«

Er sieht mich an, als wenn ich die Masern hätte. »Um Gottes willen! Das kann ich ja gar nicht verantworten. Bei einer einseitigen Unterpronation Ihres linken Mittelfußbereichs entsteht eine irreversible Überbelastung des gesamten Beckenraums, die sich dann über die Wirbelsäule auf die Herzfrequenz auswirken kann. Nicht auszudenken! Ziehen Sie mal Ihre Schuhe aus.«

Ich setze mich ganz verdattert hin und ziehe die Schuhe aus. Da schreit er richtig auf, als hätte ich weiße Mäuse in den Schuhen:

»Ja, was ist das denn?«, fragt er. »Was sehe ich denn da?«

»Wieso«, sage ich, »das sind meine Socken.«

»Ziehen Sie die bitte aus.«

»Ich sage: Äh... die Socken? Äh... damit hatte ich jetzt nicht gerechnet... Wir wohnen in einer sehr staubigen Straße.«

Da reißt er mir die Socken von den Füßen und hält sie in die Höhe:

»Um Gottes willen! Sie tragen ja rechts wie links!« »Wie bitte?«, frag ich. »Ist irgendwas nicht richtig?«

»Es beginnt doch bei den Socken!«, sagt er und ringt die Hände. »Rechter Fuß braucht rechte Socke. Mit R gekennzeichnet. Linker Fuß braucht linke Socke. Mit L gekennzeichnet. Sie machen sich doch Ihre gesamte Dynamik kaputt. Das ergibt ein energetisches Vakuum im Zwischenzehenbereich und bringt Ihre Fersen in Gegenschwung.«

»Aha«, sage ich. »Ich hatte mich auch schon gewundert.«

»Also passen Sie mal auf«, sagt er und holt so ein schuhähnliches Gebilde aus dem Regal:

»Hier habe ich ein Modell für Sie mit airgedämpfter Zwischensohlenpneumatik für den außenballengestressten Innenabroller.«

»Roller?«, sage ich, »wieso denn Roller? Ich wollte doch laufen und nicht rollern.«

Da sieht er mich an, als wenn ich ihm wirklich von Herzen leid täte:

»Laufen, mein Freund, ist Starten und Landen. Laufen ist Fliegen und Aufsetzen. Füße sind Energiebatterien zum explosionsartigen Abheben, wir nennen sie auch Flymover. Darf ich mal?« Und nimmt meinen Fuß in die Hand.

»Sehen Sie«, sagt er, »dieses Gerät ist eine proportionale Abfangvorrichtung für extremes Landegewicht.«

Ich sage:

»Sie sprechen von meinem Fuß.«

»Ja«, sagt er. Und damit drückt er auf meinen Fuß und rammt mir das Knie in den Bauch.

»Aua«, sag ich.

»Sehen Sie«, sagt er, »also doch eine Unterwölbung Ihres Innenfußgewölbes. Da müssen wir eine airdynamische Zwischensohle nehmen mit Fußgewölbeausgleichsgetriebe und Luftkissenstarthilfe.«

Damit holt er noch so ein schuhähnliches Gebilde aus lauter Plastikröhren aus dem Regal:

»Diese Maschine läuft ganz von selbst«, sagt er. »Das Neueste und Modernste auf dem Speedy-Walk-and-Running-Fly-Moving-Sektor.

Na bitte, nun fliegen Sie mal los.«

Ich zieh den Schuh an und will auftreten und sag nur ganz harmlos:

»Aua, der drückt!«

Da sieht er mich an, als wenn er auf der Stelle ersticken müsste.

»Er drückt? Dieser Schuh drückt? Um Gottes willen! Sofort ausziehen. Ja, ja!«, ruft er aus. »Jetzt sehe ich es: Sie haben ja auch eine ganz abnorme Einwärtsdrehung von Fuß und Bein. Und dazu noch das abgeflachte Untergewölbe!«

»Ach so«, sag ich, »Sie meinen meine Plattfüße?« Aber er ist richtig erschüttert.

»Setzen Sie sich hin«, sagt er. »Sie armer Mensch«, sagt er. »Die Innenrotation Ihrer einwärts gedrehten Vorderballen setzt sich hier über Ihre O-Bein-Kniegelenke mit einer Verkantung der Hüftgelenke hier oben auf das Jochbein fort und führt durch die mikroelektrischen Nervenimpulse unweigerlich zum Exitus, Körpertotalkollaps.«

»Oha«, sage ich. »Aber mir geht's doch noch ganz gut?«

»Gut?«, sagt er. »Bewegen Sie sich nicht. Setzen Sie sich hin. Ich rufe den Krankenwagen. Sie müssen operiert werden.«

Da bin ich mit einem Satz raus aus dem Stuhl, auf die Straße und in einem Weltrekordtempo bis nach Hause gelaufen.

Ob Hunde wissen, wie gut es ihnen geht?

Ich sitze in der Kneipe und lese Zeitung. Am anderen Ende des Tischs sitzen Mann und Frau und reden miteinander. Ich will nicht hinhören, aber ich höre doch hin.

»Ob Hunde wohl wissen, wie gut sie es haben?«, sagt die Frau zu dem Mann. Dabei guckt sie zu einem anderen Tisch, wo ein Hundchen gerade ein Stück Wurst von seinem Herrchen zugesteckt bekommt. »Ich meine, ob sie es wirklich begreifen, die Hunde, wie gut sie es haben?«

»Die Hunde im Tierheim oder im Versuchslabor haben wohl keinen Grund dazu.«

»Das meine ich doch nicht«, sagt die Frau, »ich mein, wenn sie es gut haben, ob sie es dann begreifen. Wo sie doch gar nicht nachdenken können.«

»Im Tierheim geht es ihnen nicht gut. Ob sie nun nachdenken können oder nicht.«

»Du hörst mir wieder nicht zu. Das meine ich doch nicht. Wenn es den Hunden im Tierheim gut ginge, würden sie es dann begreifen, meine ich. Verstehst du?«

»Wie sollen denn Hunde, denen es im Tierheim schlecht geht, wissen, ob sie es begreifen würden, wenn es ihnen gut ginge?«

»Ach, Heinz, du hörst nicht zu, was ich frage. Nie hörst du zu.«

»Ich höre wohl zu. Aber du drückst dich nicht richtig aus.«

»Gestern, als ich dich gefragt habe, ob du lieber eine Frikadelle oder ein Kotelett willst, hast du auch nur gesagt: Schweinefleisch ist immer schädlich.«

»Ist es ja auch.«

»Danach hatte ich doch gar nicht gefragt.«

»Das sage ich ja gerade: dass du nie richtig fragst, was du eigentlich fragen willst.«

»Ich wollte einfach nur wissen, was du essen willst.«

»Dann hättest du das auch fragen müssen.«

»Dann hättest du ja doch nur wieder gesagt: Bratwurst mit Rotkohl.«

»Kann schon sein.«

»Aber Bratwurst ist auch Schweinefleisch.«

»Ich hab ja nicht gesagt, dass ich Schweinefleisch nicht mag, sondern dass es schädlich ist.«

»Nein, nein, du willst mir nicht zuhören. Was hat jetzt das wieder damit zu tun, dass ich dich vorhin gefragt habe, ob Hunde begreifen, wie gut sie es haben, wenn sie zum Beispiel eine Wurst kriegen, wie da von dem Herrn.«

»Das ist ja noch die Frage, ob das gut ist für einen Hund. Schweinefleisch ist nämlich für Hunde noch schädlicher.«

»Nein, Heinz, ich frage doch nur, ob sie es begreifen, begreifst du das denn nicht?«

»Wie soll denn ein Hund begreifen, ob Schweinefleisch schädlich ist, wenn noch nicht mal ein Mensch es begreift.«

Da habe ich mich woanders hingesetzt. Ob Hunde wohl begreifen, wie gut sie es haben?

Ordnung und Unordnung

Wenn Axel mal sein Portemonnaie vergisst – das ist allerdings erst ein einziges Mal in seinem Leben vorgekommen –, dann steht er da und ist vollkommen aufgeschmissen.

»Ich weiß genau: Es liegt in meiner Schreibtischschublade.«

Denn Axel ist ein ordentlicher Mensch. Er legt immer alles an seinen Platz. Alles hat seine Ordnung.

Aber nun steht er da – vor der Telefonzelle und hat keinen Cent, keinen Euro und kein Zwei-Euro-Stück.

Ursel geht es da ganz anders. Wenn sie mal ihr Portemonnaie vergessen hat – und das kommt dreimal die Woche vor –, dann gerät sie keineswegs in Panik.

Sie sieht erst mal in sämtlichen Taschen, dann im Auto oder in ihrer Handtasche nach, und wenn sie's dann trotzdem nicht findet – dann findet sie aber garantiert in einer der Taschen oder im Handschuhfach oder rechts auf dem Boden vor dem Fahrersitz ein paar Fünfziger oder auch einen Euro und kann wenigstens telefonieren.

Denn Ursel ist ein unordentlicher Mensch.

Wenn Axel mal zu Hause seine Autoschlüssel nicht am vorgeschriebenen Haken vorfindet – ja, das ist furchtbar. Denn dann sind sie auch wirklich verschwunden.

Wenn Ursel ihre Autoschlüssel nicht findet – ja, da gibt es viele Möglichkeiten, wo sie sein könnten: im Bett oder im Bad, hinterm Sofa oder – als größte Überraschung – dort, wo sie hingehören und wo Ursel sie natürlich erst ganz zuletzt sucht.

Axel besitzt einen Werkzeugkasten mit Zangen, Schraubenschlüssel, Schraubenzieher, Hammer usw. Alles in einfacher Ausführung. Und vor allem immer nach Gebrauch ordentlich wieder abgelegt.

Aber wehe, wenn dann doch mal – zum Beispiel, weil Axels Sohn den Werkzeugkasten benutzt hat – eine Kneifzange verschwunden ist. Dann kann man keinen Nagel mehr ziehen. Es ist ja keine Kneifzange da.

Ganz anders bei Ursel. Sie weiß gar nicht, wie viele Schraubenzieher oder Zangen oder auch Zollstöcke sie hat. Immer wenn mal ein Teil verschwunden war, hat sie ein neues gekauft. Wenn sie jetzt eine Zange braucht, muss sie eben nur in verschiedenen Schubladen und Schränken nachsehen: Irgendwo findet sich schon eine.

Ursel ist ein unordentlicher Mensch. Axel ist ein ordentlicher Mensch.

Wenn Axel mal das Zeitliche segnet, finden seine Hinterbliebenen einen geordneten Nachlass vor.

Wenn Ursel einmal stirbt, na, das wird ein Gesuche geben. Zwei Wochen werden ihre Hinterbliebenen beschäftigt sein, um die Papiere zusammenzusuchen. Und sicher werden sie manche Überraschung erleben.

Darum werden sie bestimmt auch noch mal im Sarg nachsehen: ob Ursel auch wirklich ordentlich tot ist oder vielleicht nur scheintot.

Bei Axel aber wird niemand sich noch mal überzeugen wollen. Wenn der mal tot ist, dann ist er es auch wirklich. Sozusagen: ordentlich tot!

Der Mensch nimmt es der Armut nicht übel,

dass es sie gibt…

Oft sitz ich bei Kurt in der alten Bahnhofskneipe. Ja, so etwas gibt es noch. In den meisten Bahnhöfen allerdings stehen die Reisenden an Imbissständen, trinken Fruchtsaftgetränke oder lassen sich Shrimps grillen. Da ist die Atmosphäre viel zu anonym, als dass ein

längeres Gespräch zwischen dem Bedienungspersonal und den Gästen zustande kommen könnte. Bei Kurt aber ist das noch möglich. Kurt steht hinterm Tresen und hört sich geduldig alles an, was seine Gäste so erzählen.
Regelmäßig kommt zum Beispiel Robert, der Penner, zu Kurt. Er sieht abenteuerlich aus mit seinem löcherigen Pullover, seiner zerrissenen Hose, die von einem Tau zusammengehalten wird. Robert ist ziemlich zugewachsen – aber seine Handschuhe sind modern – jedenfalls sind sie an dern Fingern abgeschnitten wie die Handschuhe von einem Porsche fahrenden Playboy. Robert stellt seine Plastiktüten an den Tresen und legt los:

Einmal deine Ochsenschwanzsuppe, Kurt. Ich kann bezahlen! Hab ich mir schon drei Tage vorgenommen: Einmal wieder deine Ochsenschwanzsuppe, da würde ich das beste Menü in Interconti für stehen lassen. Was sagst du? Nee, nee! Ich will aber bezahlen. Glaubst du, ich hab keinen Stolz, oder was? Wozu spar ich denn sonst drei Wochen. Der Mensch muss doch ein Ziel haben im Leben.

(Kurt stellt Robert ein Bier auf den Tresen.)

Na gut, ein Bier kannst du ausgeben. Danke. Der Doktor? Was mein kleiner Herr Doktor macht? Ach, du meinst Kalle mit der Brille? Ja, der ist ja schon lange nicht mehr. Sie haben ihm doch den Kopf breit getreten. Inne Anlagen. Wie ich morgens da vorbeikomm, denk ich: Die Tüte kennst du doch? Er war immer so stolz auf seine Luxustüte von Mövenpick. Hatte er sich mal irgendwie organisiert. Das war noch früh. Leute gingen an ihm vorbei – und guckten immer gleich wieder weg. Ich seh mir das an: Wie eine Tomate zermatscht – die ganze Fresse. Mit'm Stiefel oder mit'm Stein. Erkennen konnt ich ihn nicht – außer an seiner Tüte.

(Kurt stellt Robert einen Schnaps hin.)

Danke, Kurt. Nehm ich gern. Auf den kleinen Herrn Doktor! Nee, ist ja nix Besonderes an und für sich. Das ist ja unser Berufsrisiko. Wenn du die Freiheit willst, musst du auch die Gefahr wollen. Wenn du im Park auf der Bank schläfst und guckst in Himmel, siehst du die Ewigkeit sozusagen vor dir. Und denn musst dich auch nicht wundern, wenn sie plötzlich da ist. Wer ihn ermordet hat? Tja, wen interessiert das? Wahrscheinlich einer von den neuen Herrenmenschen. Wie? Nee, das sind arme Schweine, sag ich immer. Unsereiner hat sich das Gehirn langsam weggesoffen. Aber die haben ja von Anfang an gar keins besessen. Ist doch tragisch. Außerdem sagen die wenigstens, was sie denken. Also das wenige, was sie ohne Gehirn denken können: Abschaum muss weg! Oder: Alle Penner vergasen! Manche Normalbürger denken dasselbe, aber sie drücken das vornehmer aus: Ein Schandfleck für unsere City! Oder: Haltet unsere U-Bahnhöfe sauber!

Nee, Kurt: Der Mensch hat an und für sich viel Verständnis für die Armut oder das Elend. Weil: Die Armut hat ja etwas Schönes für den Menschen, wenn er darüber nachdenkt, eine gewisse innere Reinheit, verstehst du? Nur wenn sie dann tatsächlich mal vor ihm steht – in dreckigen Lappen, ohne Zähne und schlecht riechend, dann mag er sie nicht leiden, der Mensch – die Armut, dann stört sie seinen Schönheitssinn. Der Mensch nimmt es der Armut nicht übel, dass es sie gibt, nur dass sie so unästhetisch aussieht, das verzeiht er ihr nicht. Jeder Mensch fängt an zu weinen, wenn er daran denkt, dass Kinder verhungern. Aber wenn ein Kind ihn anbettelt, wird er ärgerlich, der Mensch. Das kommt davon, dass die Armut in der Wirklichkeit das Auge beleidigt sowie auch den Geruchssinn.

Von Herbert hatte ich dir ja erzählt, der war ja voriges Jahr erfrorn. Dies Jahr ist Mathias erfrorn. Im März noch. Am Kanal da unten. 32 sind dieses Jahr von uns erfrorn. Bei Mathias wundert mich das. Behördlicherseits hätte er nämlich eigentlich nicht erfrieren dürfen. Sie hatten ihm ja noch drei Monate vorher die Stütze gekürzt... Ja, nach so einem Urteil da von Amtsgericht: »Da der Obdachlose keinen Haushalt hat, benötigt er auch keine Haushaltsmittel wie Spülmittel oder elektrische Geräte, weshalb die Sozialhilfe um den entsprechenden Betrag gekürzt wird.«

Aber logisch gedacht: Danach ist eigentlich der normale Mensch der arme Mensch. Weil er in einer kalten Wohnung z. B. nicht leben kann und wenigstens ein Heizgerät braucht oder alle Augenblicke sein Geschirr abwaschen muss. Er ist also abhängig, der Normalbürger, von Spülmitteln und Heizgeräten, also eigentlich nicht mehr lebensfähig. Dagegen unsereiner – uns trauen sie von der Behörde eine ganz andere Gesundheit zu. Darum brauchen wir keine Seife mehr und kein Rasierschaumspray und keine elektrischen Apparate.

Allerdings: Das soll ein schöner Tod sein, erfrieren. Ja, hat mir einer erzählt. Sie haben Mathias mit freiem Oberkörper gefunden. Hatte seine Klamotten neben sich liegen. Weil er geschwitzt hat. Ja, das ist ja das Großartige am Erfriern. Erst ist das 'ne ganze Zeit mehr unangenehm, da klapperst du 'ne Zeit lang, dann wirst du steif – aber denn mit'm mal wird dir so warm, wie noch nie im Leben, das ist eine Hitze, so unwahrscheinlich mollig, dass du das gar nicht aushalten kannst und dir die Klamotten von Leib reißt. Zu schön. So was von gemütlich. Bloß bisschen kurz. So zwei, drei Minuten, und denn klappst du ab und brauchst nie wieder eine Wohnung oder ein Spülmittel.

Das ist doch echt menschlich vom Staat, dass er uns sozusagen als Ausgleich für ein beschissenes Leben wenigstens noch zu ein letzten Wärmeorgasmus verhilft. Überhaupt: Sie tun ja enorm was für uns – vom Staat. Zum Beispiel, dass sie jetzt den Müll immer schon von den Bürgern sortieren lassen nach Plastik, Eisen und Öko-Müll – das erleichtert uns ja ganz enorm die Nahrungssuche. Mann, da brauchst du nur noch in die grünen Tonne rein zu fassen – und hast bloß Weiches in der Hand, das kannst du meist gleich so wegfressen. Also sehr aufmerksam vom Staat. Das machen die ja, weil wir die einzigen Bürger sind, die den Müll tatsächlich abbauen. Wir sind ja in dem Sinne so eine Art Umweltschutztruppe, wie die Bakterien in Abwasser, die den ökologischen Abbau machen, so sind wir eben die Selbstreinigungsmikroben der Menschheit. Das musst du mal so sehn: Die Armen auf der Welt machen ja keine Umweltprobleme. Wir können bloß den ganzen Dreck gar nicht so schnell auffressen, den die Reichen erzeugen. Und darum wird die Armut nun immer mehr und mehr gefördert. Bis wir eines Tages den gesamten Abfall der übrigen Menschheit jeweils in 14 Tagen auffressen können.

Danke, Kurt! Da kommen zwei Schwarze Sheriffs! Ich muss 'ne Mücke machen.

(Robert trinkt schnell noch sein Bier aus und verschwindet wieder irgendwo im Bahnhof.)

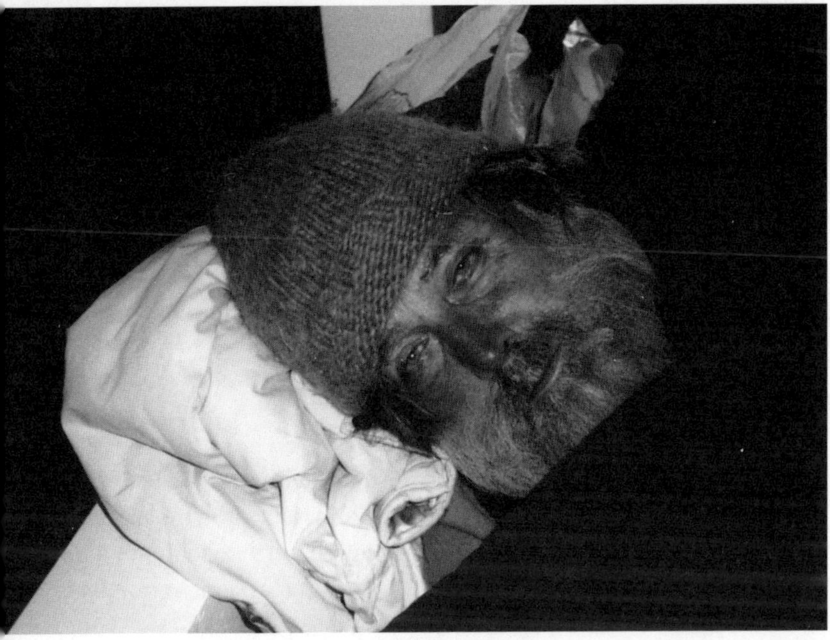

Erfrieren soll ein schöner Tod sein…

»Schall God em vergeven…«

Besonders zu Weihnachten fällt mir immer der unversöhnliche Opa Meidorn ein. Und ich freue mich jedes Mal wieder darüber.

Opa Meidorn lebte mit der Familie seiner Tochter in einem kleinen Einfamilienhaus in Hamburg-Niendorf. Nebenan, ebenfalls in einem kleinen Haus, lebte der alte einbeinige Giese mit seiner Frau und zwei Söhnen. Meidorn und der alte Giese waren verfeindet. Genauer gesagt: Opa Meidorn sprach nie ein Wort mit seinem Nachbarn. Und das schon seit zwanzig Jahren.

Immer wieder zu Weihnachten versuchte Opa Meidorns Tochter Frieden zu stiften. Je mehr Jahre vergangen waren, desto heftiger bedrängte sie ihn:

»Es ist doch Weihnachten. Gieses haben uns zum Weihnachtskaffee eingeladen. Überwinde dich, und komm mit uns!«

Während alle Familienmitglieder längst auf gute Nachbarschaft bedacht waren – blieb Opa Meidorn hart:

»Lot mi tofreden. Ick kenn den Kerl nich!«

Irgendwann Anfang der siebziger Jahre lag Opa Meidorn kurz vor Weihnachten im Sterben. Er wusste, dass es zu Ende ging.

»Herr Giese steht vor der Tür«, sagte ihm die Tochter. »Er möchte dich um Verzeihung bitten.«

»Ick will em nich sehn. Schall de lewe Gott em vergeven. Ick do dat nich!«

Bald darauf starb Opa Meidorn.

Ein Jahr vor Ende des Kriegs hatte Giese, der Nachbar, Opa Meidorn, der damals noch kein Opa war, bei den Nazis denunziert. Meidorn hatte heimlich ein Schwein in der Gartenlaube fett gemacht, um die Familie über den Winter zu bringen. Die Gestapo fand nicht nur das Schwein, sondern auch ein paar kommunistische Flugblätter von Meidorns Sohn Axel. Meidorn wurde tage- und nächtelang verhört, kam aber schließlich mit dem Leben davon. Den Sohn aber holten sie sich und steckten ihn ins KZ. Nie wieder hat Meidorn auch nur ein Lebenszeichen von ihm erhalten.

In den vielen Jahren, die seitdem vergangen waren – und vor allem immer wieder in den Tagen der Weihnachtsstimmung, wo in jedem Kaufhaus »Christ erstanden ist« –, muss es nicht leicht gewesen sein für Opa Meidorn zu widerstehen.

»Schall God em vergeven. Ick do dat nich!«

Der Pflegehelfer

oder: Wenn Werner, der Klempner, erzählt

Also, ich war bei 'ner großen Installationsfirma angestellt. Bin gelernter Klempner. Dann haben die Pleite gemacht. Ich war arbeitslos. Und mit einem Mal wollen die mich zur Zwangsarbeit ranziehen. Für einen Euro die Stunde soll ich als Pfleger im Altersheim die Alten pflegen. Sonst kürzen sie mir die Sozialhilfe. Na, denk ich, das wollen wir ja mal sehen.

Ich da also rein in das Alterspflegeheim. Mein Klempnerwerkzeug hatt' ich immer bei mir. Sitzt da so ein vor sich hin sabbernder Opa. Der ist gelähmt, haben sie mir gesagt. Ich schubs ihn so an und sag:

»Hallo, Opa. Ich bin dein neuer Pflegehelfer. Mein Job-Betreuer hat gesagt, ich soll mich bisschen um dich kümmern.«

Da fängt er gleich an, furchtbar mit'm Kopf zu wackeln.

»O Gott, o Gott, mein voriger Pfleger war ein arbeitsloser Gärtner. Der wollte mich immer mit der Gießkanne begießen, damit ich wieder aufblühe. Und Sie?«, fragt er, »sind Sie denn jetzt gelernter Pfleger?«

»Nee, ich bin Installateurgeselle«, sag ich, »mein Werkzeug hab ich immer dabei. Mal sehn, was ich bei dir so reparieren kann.« Und hau ihm erst mal so freundschaftlich auf die Schulter, dass er gleich zusammensackt.

»Um Gottes willen«, jammert der Opa. »Sie wollen doch wohl nicht mit Ihrem Werkzeug an mir rummachen.«

Ich sag: »Nee, Opa, warum sollte ich. Oder hast du 'ne undichte Stelle, dass da irgendwas tropft?« Und ich guck erst mal unter seiner Wolldecke nach.

»Finger weg!«, ruft er.

»Wenn da was tropft«, sag ich, »das könnte ich leicht abdichten. Aber nee, noch ist alles trocken.«

Da fängt er schon an, aufmüpfig zu werden.

»Sie sind auch so ein Sozialschmarotzer«, meckert er los. »Euch Bagaluten hab ich durchschaut.«

»Sei mal vorsichtig, Opa«, sag ich. »Was heißt hier Sozialschmarotzer? Wir machen das alles nur wegen dem Appell von der Regierung.

Jeder muss sich jetzt einen Ruck geben für die Gemeinschaft. Einige glauben noch, sie können jeden Tag am Kiosk stehen und sich da einen nach dem andern verlöten. Nee, nee. So ein schönes Gefühl ist das, dass man zum ersten Mal in seinem Leben nicht so sehr für Geld arbeitet, sondern um zu helfen, was Gutes zu tun. An mir jedenfalls soll die große Sozialreform nicht scheitern.«

»Kokolores«, meckert der Opa. »Das hat der Gärtner auch gesagt – und dann hat er mit meiner vollen Bettpfanne hier die Blumen auf der Fensterbank gedüngt. Der wollte nur, dass sie ihn rausschmeißen. Das wollte er erreichen, der Schweinigel!«

»Na ja«, sag ich, »mich haben sie auch schon dreimal rausgeschmissen, Opa. Und dabei hatte ich es doch immer gut gemeint. Zuerst haben sie mich bei der Stadtreinigung eingesetzt. Weißt du: So die Verkehrsinseln, wenn da so Unkraut drauf wächst – das sollte ich entfernen. Da wollten sie nicht begreifen, dass man diesen Huflattich und die Hundeblume am besten mit der Rohrzange rauszieht. ›Das dauert doch viel zu lange‹, haben sie gesagt. Aber man kann so eine Rohrzange genau auf jede Unkrautart voreinstellen. Und wenn du damit ganz unten immer so hin und her drehst, denn ist das, als wenn du einen fest gerosteten Bolzen rausdrehst. Ich hab das gern gemacht. Aber die hatten kein Verständnis dafür. Haben Sie mich entlassen – und musste ich wieder drei Monate zu Hause rumsitzen und konnte der Allgemeinheit nicht nützlich sein.«

Aber der Opa wieder:

»Jajaja, das ist eine ganz faule Masche von euch Sozialhilfeempfängern. Weil ihr genau wisst, wenn ihr den Job ablehnt, kriegt ihr Sozialhilfe gestrichen, aber wenn man euch rausschmeißt, können sie euch nichts anhaben. Ihr seid doch alle Schmarotzer und lebt von unsern sauer verdienten Steuern.«

Da hab ich denn schon mal überlegt, wie ich an dem Meckerpott irgendwas reparieren könnte. Ich sage:

»Opa, das hör ich nun gar nicht gerne. Ich bin ganz wild da drauf, meinen Beitrag zur Realisierung der großen Sozialreform zu leisten.« Da giftet er wieder:

»Jajaja – und dafür dann einen Euro pro Stunde sogar steuerfrei zu kassieren. Das sind 24 Euro am Tag. Die Woche hat 168 Stunden. Das mal vier und mal 12 sind 8064 Euro im Jahr – da habt ihr in 20 Jahren 160.000 Euro unversteuert nebenbei.«

O.k., hab ich zu mir gesagt, jetzt muss ich an dem Opa wohl mal was verstellen.

»Was fehlt dir eigentlich, Opa?«, sag ich. »Was ist deine Krankheit?«

»Gar nichts. Mir fehlt gar nichts«, sagt der Opa.

»O doch«, sag ich, »du siehst ja so rot aus im Gesicht... Jetzt seh ich das ja, Opa: Du hast einen Darmverschluss, Opa. Das erkenn ich doch als Abflussfachmann sofort. Klare Klempnerdiagnose: Rohrverstopfung. Jetzt weiß ich auch, warum die mich zu dir geschickt haben. Pass mal auf, Opa. Das kriegen wir weg. Das ist ja 'ne Spezialität für einen gelernten Klempner.«

Und hol schon mal die große Flasche raus. Und setzt sie ihm an.

»Um Gottes willen, nein, nein! Was ist das?«

»Mach den Schnabel auf. Los! Das ist Rohrreiniger; beseitigt jeden Rost und löst sogar Unterhosen und Monatsbinden im Abfluss vollständig auf.«

Da hustet er und bäumt sich auf.

»Wo ist mein Alarmknopf?«

Ich sag: »Opa. Damit du siehst, dass ich meinen Euro pro Stunde auch ehrlich verdiene. Also – ich will nichts geschenkt.«

Und nehm die große Rohrzange und sag:

»Zuerst werde ich mal deine Muffe lösen – und dann kommt der Sauger – hier, der Pömpel. Damit kannst du fast jede Verstopfung beseitigen; da entsteht ein Vakuum in deinem ganzen Darmrohr, und alles ist wieder frei – so dass du vom Abflussausgang bis oben in deinen Einfüllstutzen gucken kannst.«

Und in dem Augenblick springt der gelähmte Opa wie ein Wiesel von seinem Rollstuhl und rennt aus'm Zimmer.

»Hilfe! Hilfee!!!«

Na ja, den Job bin ich nun auch wieder los. Nun muss ich wieder mindestens sechs Monate zu Hause sitzen. Und kann der Allgemeinheit nicht nützlich sein.

Herr S., seine niederen Triebe besiegend

Herrn S. packt manchmal ein Gelüsten
nach irgendwie zwei Frauenbrüsten.
Herr Z. ergrimmt. Er sagt: Ihn widern
die Strolche, die die Frau erniedern,
und dass das Edlere und Hehre
nicht feil für wilde Wolllust wäre.

Herr S., dies hörend, ist beschämt,
er bändigt, zügelt sich und zähmt.
Und seufzt seither mit gleicher Lust
nur noch nach *einer* Frauenbrust.

Fahrlässige Leergutfalscheinsortierung

Ich weiß ja nicht, wie Sie es so halten mit der Müllsortierung, lieber Leser.

Für mich ist das jedenfalls ein Alptraum.

Neulich Nacht stehe ich plötzlich senkrecht im Bett. Meine Frau macht das Licht an. Ich sage:

»Das Etikett. Das Etikett war auf eine Folie geklebt.«

»Hallo«, sagt sie, »du hast schlecht geträumt.«

Ich sage:

»Nein, ich habe vergessen, das Etikett von der Folie abzulösen. Und der Aufreißstreifen, der dünne rote Aufreißstreifen.«

»Hallo, du bist zu Hause.«

Ich sage:

»Ich weiß genau: Die Waffel war angebissen, und ich habe sie in den Sondermüll getan.«

»Waaaas hast du getan?«

Plötzlich ist meine Frau auch hellwach:

»Die gehört doch in die Biotonne!«

»Nein«, sage ich, »die braune Haselnusscremeschicht war angeschimmelt. Das gehört in den Sondermüll.«

»Um Gottes willen! Das gehört doch in die Biotonne!«

»Doch«, sage ich, »der Schimmel von der Haselnusscreme und das Konservierungsmittel gehen eine chemische Verbindung ein, das gehört in den Sondermüll.«

»O Hilfe!«, ruft meine Frau, »wenn sie nun unseren Mülleimer wieder nicht entleeren und machen einen gelben Warnstempel drauf, dass alle Nachbarn merken, dass wir wieder falsch einsortiert haben!«

»*Wir* haben falsch einsortiert?«, sage ich. »Das warst du doch! Du hast doch neulich vergessen, den Joghurtbecher auszukratzen und hast ihn einfach unausgekratzt in die Kunststofftonne getan. Das war doch der Grund!!«

»Das war der Grund?«, ruft sie empört. »Nein, nein: Du hast bei demselben Joghurt das Aluminium-Etikett für Altpapier gehalten und in die Altpapiertonne getan. Darum haben wir doch das Bußgeld bezahlt!«

Ich sage:

»Wer wirft denn hier immer die braune Orangensaftflasche einfach in den Weißglascontainer, obwohl noch der Deckel drauf ist aus Metall und da drauf noch das Preisetikett aus Papier!? Das ist dreifache fahrlässige Leergutfalscheinsortierung!«

»Und du? Und du? Du wirfst ja sogar die Fensterbriefumschläge einfach in die Altpapiertonne!«

Das ist doch unerhört. Ich sage:

»Sind Fensterbriefumschläge etwa kein Papier?«

»Nein«, sagt sie, »die Fenster von den Fensterbriefumschlägen sind aus Kunststoff, die muss man ablösen und in die Kunststofftonne tun!«

»So ein Blödsinn! Die Fenster von den Fensterbriefumschlägen sind aus Transparentpapier.«

»Sehr richtig!«, sagt sie. »Aber Transparentpapier ist Kunststoff.«

»Dann müsste es ja Transparentkunststoff heißen!«, rufe ich und werde immer ärgerlicher. »Was machst denn du? Du wirfst deine Weißweinflasche ins Buntglas und lässt noch den Korken drauf!«

»Aus Versehen«, sagt sie, »aus Versehen! Aber du, du wirfst jeden Tag deinen Kaffeefilter mitsamt dem Kaffee in die Altpapiertonne, weil du zu bequem bist zwischen Papier und Küchenabfall zu unterscheiden!«

Ich kann mich kaum noch beherrschen, ich sage: »Ich zermartre mir hier mitten in der Nacht das Gehirn, ob ich vergessen habe, das Etikett abzulösen von der Folie der Hanuta-Packung...«

»Hahaha«, lacht sie gehässig, »Hanuta-Packung? Hanuta-Packung hat gar keine Folie.

Das ist nämlich Glanzpapier mit Kunststoffaufdruck...«

Da konnte ich nicht mehr. Da habe ich angefangen, sie zu würgen:

»Gibst du zu, dass Hanuta-Packung keinen Kunststoffaufdruck hat?«

»Doch..., doch..., das ist Glanzpapier mit...«

Da wollte ich zudrücken.

Aber da fiel mir im letzten Moment ein: Wohin mit ihr?

Feng Shui – und das Chi im Schlafzimmer

Geschieht Ihnen das auch so oft? Da sitzt Ihnen eine Freundin gegenüber – und Sie spüren: Da stimmt etwas nicht. Das Chi fließt nicht zwischen Ihnen beiden. Wahrscheinlich hat die Dame einen Taschenspiegel in ihrem Täschchen oder eine Nagelschere oder ungeordnet herumliegende Tampons. Das Chi kann nämlich scharfe Gegenstände nicht vertragen und Unordnung schon gar nicht. Das Chi. Na, meine Güte, Sie werden ja wohl schon von Feng Shui gehört haben. Die asiatische Lehre von den Energieströmen, die aus der Materie kommen, aus den Gegenständen und unsere Aura und unsere Psyche beeinflussen. Das Chi ist so eine Art geruchloser Seelendampf, der sich im ganzen Universum ausbreitet.

Oder hängen Sie vielleicht immer noch der Lehre vom Tantra nach? Das ist doch jetzt lange out. Feng-Shui ist dran. Mit dem Chi und dem Bagua.

Feng-Shui – die Lehre vom Energiefluss zwischen organischer und anorganischer Materie. Es gibt doch heute praktisch keine einzige unausgelastete Hausfrau oder Lebensgefährtin mehr, die das Feng-Shui noch nicht für sich entdeckt hat.

Bitte? Was meinen Sie? Mit physikalischen Geräten? Die Strömungen messen? Die Strahlen? Aber nein! Da gibt's nichts zu messen. Das ist ja das Schöne. Sonst könnten doch alle diese von lauter Chi-Chi durchdrungenen Heile-Heile-Propheten gar nicht so viele dicke Bücher darüber schreiben.

Das Chi ist immer da – obwohl es nicht da ist, ist es einfach da. Glauben Sie mir doch: Es gibt Schwachsinn zwischen Himmel und Erde, von dem sich unsere Schulweisheit nie hätte träumen lassen, dass man damit so viel Geld verdienen kann.

Sie haben sich vielleicht gewundert, warum Ihre Wohnung jetzt immer so schön aufgeräumt ist. Ihre Frau war nie so eine richtig Ordentliche. Aber das fanden Sie gut. Sie war eben mehr so ein Künstlertyp. Manchmal haben Sie schon zu ihr gesagt: Wär nett, wenn du mal bisschen aufräumen könntest. Alter Spießer, hat sie dann geantwortet. Aber neuerdings: die ganze Wohnung wie geleckt. Sie räumt auf, und alles ist rund und weich und lauter labberige Farben ringsumher. Denn Gerümpel und Unordnung lassen das Chi nicht durch. Feng-Shui ist ja so eine Art transzendentale Tupperdosenbewegung. Die kultgewordene Wohlanständigkeit: artig, brav, ohne Ecken, fade und langweilig wie ein Prospekt vom Möbelversandhaus. Feng Shui kommt irgendwie aus Asien, aus Indien und breitet sich bei uns von Süden her, vom Schwarzwald, hauptsächlich in den sehnsuchtsvollen Busen gut situierter deutscher Ehefrauen über vierzig aus. Die haben doch alle dieses Gefühl: Irgendwas muss doch noch passieren, da muss doch noch was kommen, irgendetwas muss mich doch noch mal ausfüllen – und dann tatsächlich: Kurz vorm Klimakterium kommt noch mal ein ganz besonders langweiliger Höhepunkt: Feng-Shui.

Sie werden doch wohl bemerkt haben, dass Ihre Frau neulich im Schlafzimmer die Betten umgestellt hat? Ja? Und sie hat das Gerümpel auf dem Kleiderschrank entfernt. Ja, ist Ihnen aufgefallen. Und? Na? Was ist jetzt? Es hat wieder zweimal geklappt mit dem Sex. Oder? Immer noch nicht? Na ja, dann müssen Sie noch mal unterm Bett nachsehen. Da liegen vielleicht noch 'n Paar Socken oder ein Pappteller – dann kann's ja nicht gehen. Besonders Pappteller, unbezahlte Rechnungen oder Groschenromane unterm Bett ziehen das Chi direkt aus Ihrer Matratze unters Bett, und da verendet es dann.

Oder Sie liegen im Durchzug. Weil Ihr Doppelbett zwischen Fenster und Tür liegt. Bitte? Dann müsste man eben das Fenster schließen? Nein, auch wenn es geschlossen ist, liegen Sie im Zug. Ihre Seele liegt im Zug. So ein rein transzendentaler Zug. Und bitte um Gottes willen – keinen Spiegel im Schlafzimmer. Weil der Spiegel – aber das kann man auch ohne Feng Shui verstehen – der Spiegel zeigt ja nun mal gnadenlos die Wirklichkeit – wie soll sich da ein erotisches Chi entwickeln? Spiegel sollen daher im Schlafzimmer nur innen an den Schranktüren angebracht werden, sagen die Feng Shui-Propheten. Wenn dann der Schrank geschlossen ist, gucken die Spiegel blöd in den dunklen Schrank und können nix reflektieren und ärgern sich. Jawohl! Das können Sie alles nachlesen: Feng Shui.

Ich hab das alles von meiner Frau gelernt: Das Chi, das Chi muss ungehindert durch das Haus oder die Wohnung hindurchfließen können. Damit Sie glücklich werden und reich, sexuell immer auf Draht und gesund. Aber es gibt eben alle diese Hindernisse für die Energie: psychischen Schmutz. Wenn z. B. die ehemaligen Bewohner Ihres Hauses immer im Streit gelebt haben, dauernd haben sie sich angegiftet und wollten sich scheiden lassen – da müssen Sie sich nicht wundern, wenn Ihre Frau jetzt immer mit einem muffeligen Gesicht im Wohnzimmer rumsitzt. Das liegt nur an den negativen Schwingungen Ihrer Vorgänger. Die haben sich nämlich in den unteren Tapetenschichten festgesetzt oder auch im Laminat. Oder Sie wundern sich, warum Sie immer dicker werden, obwohl Sie sich nun wirklich vernünftig ernähren. Das liegt aber gar nicht an Ihnen – das liegt wahrscheinlich daran, dass Ihr Vormieter mit seinem dicken Bauch genau da seinen Fernsehsessel hatte und ewig seine Kartoffelchips gefressen hat, wo Sie jetzt Ihren Schreibtisch haben. Solange Sie am Schreibtisch sitzen, essen Sie stündlich eine ganze Tüte transzendentale Kartoffelchips.

Das ist wahr. Das können Sie alles nachlesen.

Und dann vor allem – ganz besonders wichtig: das Bagua.

Das Bagua mit seinen neun Sektoren. Das Bagua sagt Ihnen nämlich, wo sich in Ihrer Wohnung zum Beispiel der Geist des Reichtums niederlassen darf oder der Geist der Gesundhheit oder der Geist der Karriere oder der sexuellen Zufriedenheit. Die sollen nicht alle wild durcheinander hausen bei Ihnen in der Wohnung. Nein – jedes hat seinen Sektor.

Das Bagua ist die generelle Grundaufteilung der Wohnung oder des Hauses. Und die gilt im Prinzip gleichermaßen für jedes Haus und jede Wohnung.

Und nun vergleichen Sie einmal dieses Bagua, diese Grundaufteilung, mit der tatsächlichen Aufteilung Ihrer Wohnung oder Ihres Hauses.

Um Gottes willen, da müssen Sie feststellen: Da, wo zum Beispiel der Reichtum bei Ihnen zu Hause sein sollte, da steht ausgerechnet Ihre große Tiefkühltruhe. Ja, da müssen Sie sich doch nicht wundern, dass Ihr Konto seit zwei Jahren eingefroren ist. Raus mit der Tiefkühltruhe – stellen Sie sofort den Tresor dahin. Wenn der Reichtum zu Ihnen kommt, muss er doch wissen, wo er hin soll. Sonst kehrt er wieder um und bleibt bei der Bank.

Oder der erotische Bereich. Sehen Sie ganz genau nach. Da stellen Sie dann fest: Da, wo die erotische Zone sein sollte, da hat Ihr Mann seinen Hobbyraum mit der elektrischen Eisenbahn – und die bleibt dauernd stehn und funktioniert nicht. Kein Wunder!

Oder der Gesundheitssektor – der ist ja nun wohl der wichtigste. Vergleichen Sie mit dem Bagua. Um Gottes willen: Da, wo sich bei Ihnen die Gesundheit zu Hause fühlen soll, da haben Sie Ihre große Abstellkammer mit den Chemikalien, Unkrautvernichtungsmitteln usw.

Das darf nicht sein! Raus mit dem Zeugs aus der Abstellkammer, alles reinigen – und dann, ja, dann setzen Sie sich mal 14 Tage in Ihre

Abstellkammer und hängen sich ein Paar balinesische Harmoniekugeln über die Ohren – und Sie werden sehen: Ihr Durchfall ist wie weggeblasen.

Feng Shui! Und das Leben ist wieder in Ordnung.

Ein Beamter geht in Frühpension

Der pensionierte Beamte Walter Kramer kommt mit Küchenschürze aus der Küche, setzt sich auf einen Stuhl und schält Kartoffeln. Spricht zuerst zurück zur Küche, dann mehr und mehr zu sich selbst:

Das hab ich nun davon, Else. Ich bin immer so kaputt und hab Herzschmerzen. Und andauernd muss ich für dich arbeiten. Nur weil du mich immer aufgehetzt hast: »Sechzig Prozent aller Beamten gehen in Vorruhestand. Das musst du auch machen.«

»Ja, wie soll ich das denn machen, Else?«, hab ich gesagt. Und sie immer:

»Geh einfach hin zu deinem Amtsarzt, und lass dir absolute Leistungsunfähigkeit bescheinigen!«

Ich sag:

»Wieso, ich leiste doch gar nichts. Ich werd auch gar nicht nach Leistung bezahlt.«

Aber sie immer mit ihrem Ehrgeiz:

»Geh hin zu deinem Referatsleiter und sag, du hast das Taubheitsgefühl in den Fingerspitzen, und du kriegst den Kugelschreiber nicht mehr hoch. Dann schickt er dich zum Amtsarzt, und der schickt dich in Pension.«

Das hab ich tatsächlich gemacht. Ich genier mich immer noch:

»Herr Doktor Boeckenhauer, ich hab das Taubheitsgefühl in den Fingerspitzen, ich krieg den Kugelschreiber nicht mehr hoch.«

Der hat mich mit großen Augen angesehen:

»Um Gottes willen, Kramer, woher haben Sie denn plötzlich diesen Ehrgeiz, den Kugelschreiber hochzukriegen? Und was wollen Sie überhaupt mit dem verdammten Kugelschreiber, wenn Sie ihn hochgekriegt haben?«

»Einen Vorgang abzeichnen.«

»Kramer, Kramer, ich mache mir Sorgen um Sie.

Setzen Sie sich wieder ganz ruhig an Ihren Platz.«

Da war es noch mal gut gegangen. Da hab ich wieder drei Wochen aus dem Fenster geguckt, wie Paul und Emma ihr Nest gebaut haben, da drüben unter der Dachrinne. Aber Else zu Hause immer weiter mit ihrem Ehrgeiz:

»Sechzig Prozent aller Beamten gehen in Vorruhestand. Aber du hast ja keinen Mut dazu.«

»Ja, was soll ich denn machen, Else?«

»Geh einfach hin, und lies den ganzen Tag nur noch die Zeitung.«

»Wieso? Den halben Tag les ich doch schon die Zeitung.«

»Ja, jetzt eben den ganzen!«

Das hab ich auch gemacht. Sechs Monate. Den ganzen Tag immer nur die Zeitung gelesen. Einmal ist der Referent tatsächlich reingekommen. Ich sag:

»Sie sehen es doch, Herr Dr. Boeckenhauer, ich kann den ganzen Tag nur noch die Zeitung lesen.«

»Kramer, Kramer, übernehmen Sie sich nicht. Warum lesen Sie denn den ganzen Tag Zeitung? Sie wollen sich informieren, was? Das ist gar nicht Ihre Aufgabe. Sie sitzen hier, um mit allen Ihren Kollegen den Unterbau der Personalpyramide zu bilden. Jetzt gehen Sie wieder an Ihren Platz, und treffen Sie keine Entscheidungen.«

Da war es noch mal gut gegangen. Aber Else zu Hause immer mit ihrem Ehrgeiz.

»Sechzig Prozent aller Beamten gehen in Vorruhestand. Aber du, du schaffst das ja nie!«

»Ja, was soll ich denn tun, Else?«

»Nichts sollst du tun. Damit sie dich wegen Nichtstun pensionieren. Dann bekommst du dein volles Ruhegeld. Geh jetzt wieder hin, setz dich an deinen Schreibtisch, pups in deinen Sessel – und nimm Schlaftabletten, und schlaf den ganzen Tag.«

Das hab ich auch gemacht. Drei Monate immer Schlaftabletten.

Dann hab ich eines Tages zu meinem Kollegen Möller gesagt:

»Möller, ich nehm jetzt wieder meine Schlaftablette. Gehen Sie doch mal zur Kommission, damit mal einer kommt und mich hier schlafen sieht und mich in Pension schickt.«

Aber immer, wenn ich aufgewacht bin, hat Möller selbst noch geschlafen. Er sagt, er würde ja gern zur Kommission gehen, aber dann muss er seinen Nachmittagsschlaf unterbrechen, und dann hat er Gesundheitsschäden.

Aber eines Tages hat es dann leider doch geklappt. Weil nämlich Möller Geburtstag hatte. Und immer wenn einer von uns Geburtstag hatte, haben die Kollegen es geschafft, irgendwie wach zu bleiben. Aber ich hatte doch die Schlaftablette genommen. Und da war einer von der Kommission auf dem Geburtstag und hat mich da schlafen gesehen und hat gesagt:

»Um Gottes willen, der Kramer, der braucht Schlaftabletten, um seinen Büroschlaf zu haben? Was hat ihn denn so furchtbar gestresst?!«

Und da hat Möller es verraten. Ich hab da mal vor drei oder vier Jahren zufällig einen Zahlendreher bemerkt in der Steueraufkommensstatistik. Und da konnte ich nicht widerstehen und bin fünf Minuten länger geblieben und hab die beiden Zahlen ausgetauscht!

»Ja, um Gottes willen«, hat der von der Kommission gesagt, »dann hat der Kramer ja ganz enorm was für den Staat geleistet. Der darf nicht so viel leisten. Als Beamter muss er leistungsunabhängig bleiben!«

Und dann haben sie mich sofort pensioniert und haben sich alle besoffen und meine Pensionierung gefeiert.

Und alles, während ich noch geschlafen hab!

Aschermittwochsgespräch

»Mein Kopf! Ich muss sterben!« Volker versuchte mit zitternder Hand, einen Rollmops zu sich zu nehmen.

»Ich werde versuchen, eine Vollabdeckung für dein Grab zu bekommen! 'ne Marmorplatte!«, sagte Britta, schenkte sich Kaffee ein und strahlte so richtig unanständig frisch und heiter.

»Nicht so laut, Liebling«, stöhnte Volker. »Diesen Tag überlebe ich nicht!« Er sah wirklich aus wie der Tod: tiefe blaue Ränder unter den Augen – und einen trüben Blick von ganz, ganz weit her.

»Eine Marmorplatte auf dem Grab erspart die Grabpflege und sieht immer gut aus!«

»Verlang bitte nicht, dass ich lache«, jammerte Volker.

»Aber wahrscheinlich genehmigen sie mir keine Marmorplatte«, redete Britta fröhlich weiter. »Man darf nämlich nur vierzig Prozent der Grabfläche mit Platten bedecken. Genau vierzig Prozent dürfen nur abgedeckt sein. Jedenfalls war das bei Onkel Bruno so – in Wiesbaden!«

»Hauptsache, ich bin erst mal unter der Erde! Mein Kopf! Mein Kopf!«, jammerte Volker.

»Tante Rita wollte so eine Marmorplatte haben. Da haben die vom Friedhofsamt aber gesagt: Das darf nicht sein, weil Onkel Bruno dann nicht schnell genug versaftet!«

»Britta! Ich bitte dich!«

»Ja, ist wirklich wahr! Das Friedhofsamt hat Tante Rita geschrieben: ›Bei vollabgedeckten Gräbern kann nicht genug Regenwasser in das Grab eindringen, so dass der Verwesungsprozess nicht schnell genug fortschreitet...‹ Was ist denn? Du bist ja ganz grün im Gesicht?«

»Aaah...aaaaah..., mein Kopf, mir ist schlecht!«

»Es ist nämlich so«, lachte Britta. »Dass der Mensch auch sein Grab nicht für sich allein hat. Zwanzig bis dreißig Jahre Ruhezeit höchstens – dann darf nichts mehr von dir übrig sein. Sonst wird es dem Staat zu teuer. Die nächste Leiche wartet schon!«

»Oh, Britta. Mein Kopf! Hauptsache, ich bin erst mal tot. Wegen der Verwesung können wir ja dann immer noch weitersehen!«

Wir sind alle Kindermörder

Vor ein paar Wochen traf ich Ursula im Park. Sie sah sehr blass aus. Gleich zog sie mich auf eine Bank und flüsterte:

»Hans! Bitte, schlaf mit mir!«

»Wie, was? Hier? Jetzt gleich?«

»Ja, meinetwegen! Mein Gewissen lässt mir keine Ruhe!«

»Was ist los mit dir, Ursel?«

»Den ersten Schreck hat mir der Richter Barner vom Prozess in Memmingen versetzt«, sagte Ursel. »Das menschliche Leben beginnt für ihn in dem Augenblick, wo Samen und Eizelle sich vereinigen! Da habe ich gedacht: Was für ein moralisch hochstehender Mensch ist das, der so viel Mitleid und Kampfeswillen für eine menschliche Zelle aufbringt, die man mit bloßem Auge kaum sehen kann. Und was für ein schlechter Mensch bin dagegen ich dann immer gewesen!«

»Aber, Ursel, du bist kein schlechter Mensch!«

»Doch, doch! Es ist nämlich alles noch viel schlimmer. Mir ist klar geworden: Wieso beginnt eigentlich das menschliche Leben erst nach der Vereinigung von Samen und Ei? Welch eine gottverdammte Mitleidlosigkeit wäre das gegenüber den Millionen von Spermien, die allein bleiben und sterben müssen! Leben die etwa nicht? Sind die etwa kein menschliches Leben? Aber natürlich leben sie. Das Sperma bis zu vier Tagen! Und zwar mit allen menschlichen Anlagen! Nur ohne die Chance, länger am Leben zu bleiben! Woody Allen hat sogar einmal ein einzelnes Sperma dargestellt – in seiner Angst, kein Ei zu finden.

Und, mein Gott, was ist mit meinen Eiern? Ich habe ein ganzes Jahr lang mit keinem Mann geschlafen. Nicht eins von meinen zwölf Eiern hatte auch nur die geringste Chance zu überleben! Nichtkopulieren – ist unterlassene Hilfeleistung!«

Da fiel es auch mir wie Schuppen von den Augen.

»Mensch, Ursel, du hast Recht! Klar sind menschliche Samen und Eizellen nicht irgendein vormenschliches Leben! Sie sind menschliches Leben – und zwar menschliches Leben in höchster Not, in Lebensgefahr!

Jetzt begreife ich endlich auch den Ethikberater des Papstes! Natürlich ist Verhütung Mord! Millionenfacher Mord! Genauso wie Enthaltsamkeit! Da bleibt uns allen gar nichts anderes mehr übrig als: Kinder zeugen, Kinder zeugen, Kinder zeugen – als eine einzige große Lebensrettungsgesellschaft!«

»Also – schläfst du jetzt mit mir?«

»Natürlich! Und zwar sofort. Es ist ja für einen guten Zweck!«

Eimsbüttel bleibt übrig

In jener längst vergangenen Zeit, als sich die Menschen in Ost und West noch gegenseitig mit Atomraketen bedrohten, machten sich die Menschen in dem Hamburger Stadtteil Eimsbüttel gar keine großen Sorgen, dass ihnen etwas Schlimmes passieren könnte. Denn die Grünen in Hamburg-Eimsbüttel – damals noch GAL genannt – hatten überall bekanntgegeben:
Eimsbüttel ist atomwaffenfreie Zone! Und sie schrieben das auch an die Russen: »Eimsbüttel ist atomwaffenfreie Zone!«
Dadurch ergaben sich zu jener Zeit sehr interessante und lebhafte Gespräche in den Hamburger Familien:

Auf Tante Elsbeths fünfzigstem Geburtstag ging es hoch her. Tante Adele hatte noch nicht mal ihren Zucker umgerührt, da fing sie schon an, sich aufzuspielen:

»Bei uns in Eimsbüttel fällt jedenfalls keine Atombombe. Wir sind nämlich atomwaffenfreie Zone, sind wir jetzt!« Richtig so gehässig hat sie das gesagt, so triumphierend.

»Das ist doch alles Blödsinn«, hat sich Tante Berta eingemischt. »Bei uns in Wandsbek sind auch keine Raketen einquartiert.«

»Stationiert heißt das, Berta«, hat Onkel Alfred sich gemeldet.

»Ja, mein ich doch.«

»Aber Wandsbek«, hat Adele wieder weitergeredet, »Wandsbek hat sich nicht zur atomwaffenfreien Zone erklärt. Und darum denken die

Russen, gerade bei euch in der Rennbahnstraße stehen die Raketen, und darum seid ihr Hauptzielgebiet.«

»Rennbahnstraße ist ja auch schon Hamburg-Horn!«, hat Onkel Willi nun wieder gerufen. »Und überhaupt, wenn unsereiner noch nicht mal weiß, wo Eimsbüttel anfängt und Harvestehude aufhört, wie sollen die Russen das dann wissen?«

»Mit 'nem Stadtplan natürlich«, hat Adele mit ihrer durchdringenden Stimme verkündet. »Bitte schön, Herr Gorbatschow, das hier ist Eimsbüttel. Und das geht genau von Kieler Straße bis Hoheluftchaussee. Und da werfen Sie bitte keine Atombomben hin, weil: Wir haben auch keine.«

Onkel Alfred ist schon ganz unruhig geworden.

»Jetzt will ich euch mal was sagen«, hat er losgelegt und ist sogar aufgestanden. »Das ist von diesen Eimsbüttlern direkt ein Vaterlandsverrat. Einfach nicht mitmachen, da könnten wir ja alle erklären, in Barmbek und in Billstedt und in Wandsbek, dass wir ganz einfach atomwaffenfreie Zone sind. Damit uns nix passiert. Die Raketen sind für unsere Sicherheit da. Und irgendwo müssen die doch nun mal hin. Und der Russe soll nicht wissen, wo die Raketen stehen. Er muss denken, die könnten überall sein. Und da kann nicht einfach Eimsbüttel daherkommen und sagen, bei uns, lieber Russe, sind sie jedenfalls nicht!«

»Pöh«, hat Adele gesagt, »ich fühl mich jetzt jedenfalls viel sicherer und hab gar nicht mehr solche Angst vorm Atomkrieg.«

»Hä, hä«, hat plötzlich Opa Erwin dazwischengemeckert, »stellt euch mal vor, wenn ein Atomkrieg kommt, rennt ganz Hamburg nach Eimsbüttel.«

Onkel Kalli hat es plötzlich nicht mehr ausgehalten. Er hat sich die Cognacflasche gegriffen und ist aufgesprungen.

»O Gott, o Gott, was sind das bloß für Zeiten!«, hat er gerufen. »Ganz Hamburg, ganz Deutschland, ach was, die ganze Welt liegt in Schutt und Asche. Bloß Eimsbüttel bleibt übrig. Ausgerechnet Eimsbüttel! Das kann der liebe Gott doch auch nicht gewollt haben!«

Prolog im Himmel

Im Jahre 1994, als mein Freund Will Quadflieg seinen achzigsten Geburtstag feierte, gab er mir die Ehre, den folgenden Faust-Prolog mit mir zusammen auf der Bühne des Hamburger Thalia-Theaters zu sprechen. Quadflieg als Der Herr, ich selbst als Mephisto:

DER HERR:
Mephisto! Irgendwie tust du mir leid!
Gescheitert bist du in der Christenheit
mit deinem allerteuflischsten Projekte,
das mich sogar, den Herrn der Welt, erschreckte.
Der Plan, den du mit bösem Fleiß ersonnen,
der Menschheitsmordplan, ist zerronnen!
Die Kernkraft listig ihnen zu verschaffen
ist dir gelungen zwar – die Höllenwaffen;
schon glaubtest du, der Schreckenssieg sei dein:
Die Erde selber sollt' die Hölle sein!
Doch nun: Du armer Teufel bist blamiert.
Die menschliche Vernunft hat triumphiert.
Sie haben sich entschlossen abzurüsten!
Wie stolz bin ich auf meine lieben Christen.

MEPHISTOPHELES:
Ei, Herr! Ich lach. Muss beinah mich genieren,
den höchsten Herrn der Welt zu korrigieren.
Wie peinlich, Herr: Es sind nicht Eure Christen,
die sich entschlossen haben abzurüsten.
Die Gottesleugner sind's, die Atheisten,
für die's Euch gar nicht gibt: die Kommunisten!
Die Christenheit, die Euch mit Stolz erfüllt,
verzeiht mir, zeigt ein jammervolles Bild!
Sie sträuben sich, die schönen Schreckenswaffen
sofort und restlos abzuschaffen!
Ja, »liebet eure Feinde« – klingt ganz schön.

Doch mit Atomraketen, wollt verstehn,
kann man Millionen Schuldlose vernichten:
Kein guter Christ mag darauf gern verzichten!

DER HERR:
Nun ist's genug! Mag sein, du Satansbrut,
dass sich der Christ noch etwas träge tut.
Sie sind verstört. Argwöhnen vor dem Bösen.
Vertrauen soll sein, wo Feindschaft nur gewesen?
Doch sag ich dir, sie lassen sich nicht nehmen,
den Widerpart im Guten zu beschämen.
Sie werden bald, die Erde zu befrein
von deinem Höllenfluch, die Größten sein!

MEPHISTOPHELES:
Die Wette gilt! Es werden Eure Christen,
o Herr, es noch vereiteln abzurüsten!
Sie sind es doch, die christlichen Gestalten,
die sich den Holocaust noch immer vorbehalten.
Der Dregger und der Wörner schmoren jetzt bei mir.
Als frommer Christ steht nun der Bush dafür,
für Euch, o Herr, mit Bomben und Raketen
nach Herzenslust zu morden und zu töten!

(Worauf der liebe Gott sich beleidigt zurückgezogen hat.)

Im Tempel der Düfte

Manchmal, wenn ich an einem Kosmetikgeschäft – o, Pardon: Kosmetiksalon – vorbeigehe, erinnere ich mich an jenes erste Mal, als ich der Frau meines Lebens ein Parfüm kaufen wollte.

»Kann ich Ihnen helfen?«, fragte mich eine Filmdiva im weißen Kittel mit betäubendem Duft und einem überirdischen Teint.

»Ich möchte ein Parfüm kaufen.« Noch immer spüre ich den nachsichtig milden Blick der betörenden Schönen, der mir zu sagen schien: Aus welchem Urwald kommst du denn? Ihre Worte aber waren freundlicher.

»Da zeige ich Ihnen wohl erst einmal eine Auswahl unserer Kollektion. Dann entscheiden wir uns.« ›Wir uns‹, sagte sie. So, wie der Arzt seinen etwas schwachsinnigen Patienten anspricht.

Ach, und dann sprühte sie sich fünf verschiedene Düfte auf ihren zerbrechlichen Handrücken und weiter hinauf auf ihr Handgelenk. Dann streifte sie den Ärmel hoch, ihr feenhaft zarter Arm kam zum Vorschein, und überallhin sprühte sie die verschiedenen Düfte.

»Riechen Sie«, sagte sie.

Ich erschrak. Ich Unwürdiger sollte meine ordinäre Nase erst über ihre Hand und dann den weißen, zarten, zerbrechlichen Arm dieser Elfe hinaufführen und sie abschnuppern? Ich errötete, aber ich war folgsam. Ich schnupperte und wählte irgendeinen Duft.

»Nils Holgersson«, sagte die Schöne. »Als Essential, als Deo oder als Water? Oder soll es ein Shower-Balm oder ein Bath-Oil sein?«

Ich muss sehr dämlich geguckt haben. Mein fragender Blick veranlasste die Schöne zu einem nachsichtigeren Lächeln, als wollte sie sagen, o Gott, wie groß kann menschliches Elend sein!

Aber höflich erklärte sie mir dann, was ich bis heute nicht ganz begriffen habe. Nur so viel habe ich verstanden: Frauen schweben wohl ständig in Lebensgefahr. Um Himmels willen nicht das falsche Bath-Oil für die fettarme Haut bei gleichzeitiger Benutzung einer Bodylotion mit tiefschürfender Aufbauwirkung und nachfolgender Verwendung eines Deo-Natural-Sprays in der Softstufe anwenden. Und was heißt hier Parfüm? Das ist ungefähr so, als würde man ins Vier Jahreszeiten gehen und zum Ober sagen: Guten Tag, ich habe Hunger.

Parfüm? Ja, was denn für eines? Eau de Toilette in der Magerstufe oder Eau de Parfüm als Deospray mit Transpirationsstopp und doppeltgewürzter Endverduftung. Oder vielleicht besser eine atomisierte Poren-Naturessenz mit tiefer Betäubungswirkung?

Nie wieder gehe ich in einen Parfümladen, äh, Pardon, Kosmetikpalast, und verlange ein Parfüm. Ich sage vielmehr: Haben Sie nicht etwas von der Marke Illusion für vor dem Duschen, aber nach dem Abtrocknen, so mittelfett als Zusatzlotion zum Showergel. Für den busenfernen Hautbereich in Naturalbalm-Ausführung als Milchmix?

Niemand lacht mich dann aus, feierlich und ganz selbstverständlich greift die schöne Verkäuferin nach einer ganz bestimmten Flasche. Ich entrichte an der Kasse mein halbes Monatseinkommen, und die Frau meines Lebens fällt mir zu Hause um den Hals und sagt:

»O Schatz! Woher wusstest du? Genau das hat mir gefehlt!«

Uwe im Supermarkt

Ich muss hier mal meinen Freund Uwe M. in Schutz nehmen. Er war Prokurist in einem der größten Impellerpumpen-Unternehmen der Welt.

Er hat den halben Erdball mit Hartgummi-Impellerpumpen eingedeckt. Vierzig Jahre war der Mann eine Top-Führungskraft. Seine Mitarbeiter haben ihn verehrt und gefürchtet. Dann ging er in Pension.

Am letzten Tag noch mal großes Aufgebot, Firmenleitung aus Belgien kommt angeflogen, Ministerpräsident schickt Glückwunschtelegramm, der Werkschor singt und zwei Sekretärinnen wollen sich beinahe das Leben nehmen.

Nun ist er also zu Hause. Zum ersten Mal seit vierzig Jahren den ganzen Tag.

»Ich mein, ich liebe ihn ja«, sagt Mechthild, seine Frau, »aber dass ich ihn nun jeden Tag im Haus hab – das ist doch sehr ungewohnt.

Morgens kurz nach 9 komme ich in sein Arbeitszimmer, da sitzt er vorm Computer und sagt, ohne mich anzusehen:

»Stellen Sie's bitte auf den Schreibtisch?«

Da hab ich gedacht, da muss was passieren. Ich muss ihm eine Aufgabe geben.

»Weißt du was«, sag ich, »du gehst heut mal zum Sparladen und kaufst ein paar Sachen ein. Ich schreib dir einen Zettel auf.«

Mein Freund Uwe fühlt natürlich einen Schlag in der Magengrube. Was soll er? Einkaufen gehen? Im Sparladen? Mit 'nem Zettel? Aber mein Freund Uwe zuckt mit keiner Wimper.

»Klar«, sagt er, »wird erledigt.« Und geht los.

Ich meine: Das ist doch Größe. Vierzig Jahre Geschäftsführer. Vor noch nicht mal vier Wochen hat er nach harten Preisverhandlungen mit den Chinesen einen Zweijahresvertrag über die Lieferung von 1.500 Hartgummi-Impellerpumpen für eine Spezialförderaufgabe am Schum schum-dumm-damm mit der dazugehörenden Software abgeschlossen. Und jetzt?

1 Pfund gemahlenen Kaffee und Filtertüten – steht auf seinem Zettel.

Aber Uwe zieht los. Ohne auch nur aufzumucken.

Steht im Sparladen und sieht sich um. Wo steht hier der Kaffee? Er läuft die Regale auf und ab.

Uwe findet den Kaffee nicht. Ein Supermarktweißkittel schiebt einen Wagen mit leeren Bierkisten vorbei. Uwe tritt an ihn heran: »Entschuldigung, würden Sie mir bitte sagen, wo Sie die Kaffeegebinde positioniert haben?« Der Supermarktweißkittel sagt: »Hä?«

»Die Kaffeebevorratung, in welchem Planquadrat finde ich die bitte?« Der Supermarktkittel duckt sich weg, als er ob Angst hätte, dass Uwe gleich beißt.

»Also, wenn Sie Kaffee suchen – dahinten!«

Uwe begibt sich gemessenen Schrittes, wie er es gewohnt ist von seinen gelegentlichen Lagerkontrollbesuchen, in die vermutete Richtung.

Hin und wieder muss er einer Hausfrau ausweichen, das ist ungewohnt für ihn, im Betrieb ist dieses mittlere Personal immer höflich vor ihm ausgewichen und hat zuerst gegrüßt. Den Kaffee findet er trotzdem nicht.

Uwe wählt seine Informationsquelle an:

»Mechthild, kannst du mir bitte mal sagen, wo der Kaffee in diesem Lagerhaus bevorratet ist?«

Ich frage Sie: Ist daran irgendetwas komisch?

Aber Mechthild, seine Ehefrau und Mutter seiner drei Kinder, erzählt es überall herum.

»Stell dir mal vor«, erzählt sie am Telefon ihrer Freundin Antje: »Er ruft mich aus dem Sparladen an, wo der Kaffee steht? Der Mann ist wirklich zu nichts zu gebrauchen. Dann kommt er nach Hause, hat zwar den Kaffee – aber keine Filtertüten. Ich frage: Und wo sind die Filtertüten?

Da sagt er:

»Die haben keine Papierabteilung!«

Ich hoffe, Sie geben mir Recht, verehrter Leser, wenn ich sage: Dieses Verhalten der Ehefrau ist einfach ungehörig. So kann man doch nicht über einen ehemaligen Geschäftsführer in der Maschinenbaubranche reden.

›Zwei Bund Karotten‹ steht noch auf seinem Zettel.

Schon steht er also an der Kasse und legt den Kaffee und die Karotten auf das Laufband. Da sieht ihn die Arbeitnehmerin an der Kasse an und sagt nix. Guckt erst ihn an und dann das Bund Karotten und dann wieder ihn.

»Und? Haben Sie die nicht abgewogen?«

Das muss man sich mal vorstellen. Der Mann hat 400 Angestellte unter sich gehabt. Die haben gezittert, wenn er sie zu sich gerufen hat.

Und was ist das jetzt hier? Eine subalterne Angestellte, offenbar eine Hilfsarbeiterin ohne Hauptschulabschluss, scheint ihm eine Ermahnung zu erteilen?

»Beim Gemüsestand ist eine Waage mit so kleinen Bildchen, Papa«, sagt sie. »Da musst du die Wurzeln drauflegen und dann auf Wurzel drücken. Verstehst du? So kleine nette Bildchen wie im Kinderbuch. Dann kommt da so ein kleiner Zettel raus mit Selbstkleber hintendrauf. Den klebst du dann an die Wurzeln dran. Du wirst sehn, das macht richtig Spaß.«

Uwe hat das alles mannhaft überstanden.

Aber Mechthild hat sich am Telefon wieder ausschütten wollen vor Lachen:

»Und stell dir mal vor«, sagt sie, »das eine Bund Wurzeln war angefault. ›Hast du denn das nicht gemerkt?‹, hab ich ihn gefragt. – ›Nein, wieso. Es lag wohl unter dem anderen Bund.‹ – ›Ja‹, sag ich, ›das ist doch grade der Trick. Die legen immer die Schlechten nach unten. Da guckt man als Hausfrau doch zuerst hin.‹ Da hat er gesagt: ›Ich war immer ein seriöser deutscher Kaufmann. Mit solchen Methoden arbeiten ja nicht mal die Chinesen!‹«

Das Gras wachsen hören

Ich singe heute über nichts.
Nichts singe ich über das Singen.
Das Zerbrechliche in den gröberen Dingen:
Vom Hindenken zerbricht's.

Seit ich bei jenem Herrn saß,
der durch sein Fernglas sein Fernglas
suchte, und zwar vergeblich,
misstrau ich Ferngläsern erheblich.

Man müsste sagen, was man sagt,
wenn man's verschweigt.
Der Aufschub, denk ich, wird zuletzt vertagt.
Dann zeigt sich erst, ob, dass sich nichts zeigt, zeigt.

Ich sang heut – über was?
Es macht beim Wachsen ein Geräusch, das Gras.
Ich glaube manchmal schon, dass ich es deutlich höre.
Wenn nur das Hören selbst nicht so geräuschvoll wäre.

»Weil ihr Ossis alle abgeschlafft seid!«

Karl-Heinz, der Wessi

oder Die Rostlaube

Gleich nach der Wende tauchte ein gewisser Karl-Heinz bei Kurt in der Bahnhofskneipe auf. Karl-Heinz hatte das gesunde Volksempfinden des Westdeutschen, der seinem Schwager im Osten die freie Marktwirtschaft erklären musste. Immer wieder stand er bei Kurt, dem Wirt, am Tresen und berichtete von seinen Fortschritten für ein »einiges Deutschland«. Zum Beispiel so:

»Junge, Junge, Kurt. Ich brauch erst mal 'n Helles, Kurt. Mein Vetter Alfons war wieder da. Er ist und bleibt ein DDR-Fuzzi. Das wird einfach kein normales Verhältnis mit ihm. Er hat die fixe Idee: Wir sind alles Ausbeuter und wollen die Ossis, egal weg, bescheißen. Immer wieder fängt er mit den alten Sachen an!

Zum Beispiel die Rostlaube, die ich ihm verkauft hab. Jammert er mir vor: ›Die fährt nicht mehr. Und da sieht man es wieder: Früher die SED und nun der Kanzler und die eigenen Verwandten – von allen werden wir reingelegt.‹«

Kurt stellt das Bier auf den Tresen.

»Ja, ich hatte ihm doch damals meinen alten Polo verkauft. Er war ja wie wild auf das Auto. War ja auch noch in Schuss. Na ja, die Reifen waren bisschen durch. Kannst ja auch nix verlangen bei 190.000 Kilometern. Aber für ihn war das doch damals 'ne Luxuskarosse. Er hat sich gefreut wie ein Kind. Hat die 8.000 D-Mark gleich auf 'n Tisch geblättert. Verwandtschaftssonderpreis. Und nun – jammert er mir vor: ›Ausbeutung!‹ Er will sein Geld wiederhaben!«

Kurt, der Wirt, lächelt nur ganz unmerklich.

»Ich sag, Alfons«, sagt Karl-Heinz, der Wessi, »ich hab dir diesen Wagen zu dem Spottpreis überlassen, obwohl das ein wertvolles Familienerinnerungsstück war. Da hat Elfie doch ihren ersten Unfall drin gebaut. Wie wir sie damals rausgeschweißt haben. Und ich hab mir meinen Bandscheibenschaden doch auch in diesem Wagen weggeholt! Wie mir damals der Bus hintendrauf gedonnert ist. Ich sag, Alfons, dieser Wagen ist nämlich ein Symbol für den grausamen Überlebenskampf im freien Westen. Und das ist doch genau das, was ihr jetzt lernen müsst: Hast du also außerdem noch eine Lektion in freie Marktwirtschaft von mir gekriegt!«

Kurt hört zu. Er sagt kein Wort.

»O Mann, ich brauch unbedingt noch 'n Korn, Kurt!«, sagt Karl-Heinz. Kurt holt die Flasche aus dem Kühlschrank.

»Ich sag: Warum klappt das denn nicht mit eurer Wirtschaft?«, sagt Karl-Heinz. »Weil ihr Ossis alle abgeschlafft seid. Und warum seid ihr abgeschlafft?«

Kurt schenkt den Korn ins Glas und sieht Karl-Heinz an. Das interessiert ihn nun auch, warum die Ossis so abgeschlafft sind.

»Weil ihr nichts anderes im Kopf habt wie Pornos! Das Einzige, was bei euch klappt, ist der Pornohandel – mit Videos«, gibt Karl-Heinz bekannt. »Da kann sich doch jeder an fünf Fingern abzählen, warum ihr dauernd abgeschlafft seid. Der Roland Sauer von der CDU, Abgeordneter, hat deshalb gefordert: Pornoverbot für die Ex-DDR. Die sind einfach noch nicht reif für so was. Erst mal arbeiten, sag ich, dann kriegt ihr auch die sittliche Reife wie wir, dass ihr euch auch mal an unseren kulturellen Errungenschaften erfreuen dürft.«

Kurt lässt nun doch ein leises Lachen hören.

»Und dann jammert er mir immer vor«, legt Karl-Heinz wieder los, »er mit seinem Asthma – er hat ja Asthma! Und was das für eine Sauerei ist: Er muss immer noch extra in den Westen fahren und sich die Pillen holen. Weil, im Osten die Apotheken, die werden ja nicht rechtzeitig beliefert. Wer arm ist, kann ja eher sterben, und so weiter.

Ich sage: Wieso glaubt ihr Ossis jetzt eigentlich, dass ihr uns einfach so die Tabletten wegfressen könnt? Ich denk, ihr wart immer so gesund in euren vierzig Jahren Sozialismus? Ja, ja – in Wirklichkeit habt ihr natürlich Briketts gehustet, das ist mir schon klar! Aber vielleicht ist das ja gar nicht so gut für euch, sag ich, wenn ihr jetzt schon so ohne weiteres unsere modernen Arzneimittel schluckt! Euer Körper ist doch noch nicht so weit! Ihr seid doch rein organisch noch auf einer niedrigeren Entwicklungsstufe!

Aber nee, sagt er, sie hassen uns Wessis jetzt richtig. Ob ich zum Beispiel wüsste, dass Hoechst und andere große Pharma-Hersteller aus'm Westen – dass die jahrelang schon vor der Wende ihre Medikamente an DDR-Bürgern ausprobiert haben. Die SED hat dafür Geld genommen. Aber die Patienten haben nix gewusst und haben gelitten und sind gestorben – als Versuchskaninchen.

Ich sag: Alfons, reg dich doch nicht auf. Dadurch habt ihr dann ja sogar einen Anteil an der westlichen medizinischen Wissenschaft!

›Sind wir denn keine Menschen?‹, weint er mir vor.

Klar, sag ich, grade *weil* ihr Menschen seid, hat Hoechst euch doch genommen zu den Versuchen. So ein Medikament kannst du ja an noch so vielen Ratten ausprobieren – das ist immer noch nicht vergleichbar mit einem DDR-Bürger. Also mit einem Menschen, meine ich. Ihr könnt ja jetzt verlangen, sag ich, dass Hoechst und die andern, dass die jetzt auf die Beipackzettel immer draufschreiben: ›Auf Nebenwirkungen getestet an Ex-DDR-Bürgern!‹ – Da wollte er mir eine runterhauen.

Nee, sag ich dir, Kurt! Wenn die nicht endlich aufhören mit ihrer fixen Idee! Hat ja auch der Kanzler in Erfurt gesagt. Das ist alles mehr psychologisch. Das geht denen gar nicht schlecht! Sie haben bloß noch nicht begriffen, dass es ihnen gut geht.«

Kurt schüttelt nur den Kopf. Ob über Karl-Heinz oder über die Ossis, das wird nicht klar. Karl-Heinz wirft ein paar Münzen auf den Tresen und geht:

»Also – bis die Tage!«

Zauberlehrling nach Goethe

Hexenmeister, Märchenkleister!
Wunder tut die Wissenschaft!
Lehrling der Natur und Meister
bin ich durch des Geistes Kraft.

Ferne von Magie ist,
wer Erkenntnis hat.
Ha! Und Energie ist
gleich mc-Quadrat.

Masse, Masse
ich erwecke
dich zum Zwecke
mir zu dienen!

Unerschöpfliche, nun lasse
rasen Räder und Turbinen!

U 238,
Isotop ist anzufüllen.
Auch die rechte Menge weiß ich.
Nun gehorche meinem Willen.

Sprenge nun und spalte
mit dir selber dich.

Kernreaktion walte,
und der Herr bin ich.

Masse Masse
ich erwecke
dich zum Zwecke,
mir zu dienen!

Unerschöpfliche, nun lasse
rasen Räder und Turbinen!

Seht nur, diese Glut der Hölle!
Kern mit Kern – sie reagieren!
Dieser Urkraft wilde Quelle –
ich vermag sie zu regieren.

Und für alle Zeiten
reicht der Brennstoff aus.
Hab für Ewigkeiten
Energie im Haus.

Steh nun, stehe!
Denn wir haben
auch die Gaben
abzuschalten.

Weh! Die Kühlung! Was ich sehe!
Kann den Kesseldruck nicht halten.

Schnell das Notsystem einschalten!
Doch Betriebsalarm soll schweigen.
Spaltvorgang nicht aufzuhalten.
Kernbrenntemperaturen steigen!

»O, du Ausgeburt der Hölle!«

P-Druck steigt nach Rot an.
Knallgaswerte stehen.
Der Fall war im Notplan
gar nicht vorgesehen.

Nein, nicht länger
hält die Hülle!
Die Ventile
handangleichen!

Ach, nun wird mir immer bänger!
Strahlentod und Gift entweichen.

O, du Ausgeburt der Hölle!
Soll der ganze Kern zerschmelzen?
Seh ich über jede Schwelle
schon die Höllenglut sich wälzen.

Ein verruchter Ofen,
der nicht ausgehn will!
Ist nichts mehr zu hoffen.
Stehe Glut, steh still!

Will am Ende
dieser Klumpen
sich nach unten
brennend bohren?

Durch Beton und Eisenwände!
Er sinkt ein! Wir sind verloren!

Instrumente ausgefallen –
fort, nur fort! Lasst alles liegen.
Leitungen und Kessel knallen!
Es wird auseinanderfliegen!

Dieses Ungeheuer!
Ach, es bricht entzwei!
Radioaktives Feuer –
wehe, es ist frei!

Wehe! wehe!
Tausend Schalen,
Todesstrahlen
sich erheben,

unsichtbare, in die Höhe!
Flieh im Umkreis alles Leben!

Und sie laufen! Jeder möchte
retten noch das eigene Leben.
Helft uns, ach ihr hohen Mächte!
Aber Götter kann's nicht geben.
Ach, da kommt kein Meister.
Meine Not ist groß!
Die ich rief, die Geister –
ich werd sie nicht los!

Der ideale Partner

Hermann und Hermine saßen zusammen auf dem Sofa. Hermann und Hermine, das Rentnerehepaar.
Ich höre ihnen immer wieder so gern zu, weil ich bei ihnen immer irgendwie etwas fürs Leben lerne. Etwas, was ich mir merken muss.

»Wir sollten uns einen Hund anschaffen!«, sagte Hermann zu Hermine und stopfte sich wieder seine Pfeife.

»Nein«, sagte Hermine ganz entschieden, »lieber nicht.«

»Doch, das sollten wir. Wenn einer von uns beiden stirbt, dann bist du allein und dann brauchst du einen Hund.«

»Ich will aber keinen Hund.«

»Du brauchst aber einen Hund. Wenn ich tot bin, dann kommt doch kaum noch jemand zu Besuch. Dann bist du allein. Wenn du dann einen Hund hast, kannst du wenigstens mit dem über alles reden.«

»Nein, ich will keinen Hund.«

»Wieso denn nicht? Alle alten Menschen reden mit ihren Hunden. Über Krankheiten reden sie mit ihrem Hund oder wenn sie sich über die Nachbarn geärgert haben.«

Hermine seufzte noch einmal tief:

»Nein, du hörst es ja: Ich will keinen Hund!«

»Ja, verdammt noch mal«, Hermann wurde ärgerlich, »warum willst du denn keinen Hund haben?«

Hermine sah ihren Mann merkwürdig an.

»Ich hätte Angst, Hermann. Wenn man fünfzig Jahre mit einem ewigen Meckerpott, Besserwisser und Nörgler wie dir gelebt hat – und kriegt dann so einen lieben Hund: Da ärgert man sich doch nur, dass man sich nicht von Anfang an lieber einen Hund genommen hat als einen Mann!«

In zwei Minuten im Internet

Man darf keine Angst mehr haben vor dem Umgang mit Computern. Das gehört zum täglichen Leben. Und außerdem gibt's ja immer noch den Service, der einem sofort hilft, wenn man mal irgendwelche Schwierigkeiten hat.

Ich zum Beispiel neulich. Ich kam nicht rein ins Internet. Kriegte keinen Anschluss.

Also – ganz einfach den Service angerufen. Und schon ging es los:

»Herzlich willkommen bei der technischen Kundenberatung. Leider sind zur Zeit alle Plätze besetzt, aber legen Sie bitte nicht auf. Ihr Anruf ist uns wichtig.«

Na, das ist ja nun echt nett. Die kennen mich noch gar nicht und wissen trotzdem schon, dass mein Anruf wichtig ist. Die Technik heutzutage, Wahnsinn.

Und jetzt? Jetzt legen die meinetwegen auch noch 'ne CD auf. Sogar was Klassisches: Di dadi dadidadidadi (Kleine Nachtmusik), wunderschön!

»Ja bitte, was kann ich für Sie tun?«

»Ach schade, das kommt jetzt ein bisschen abrupt. Nun bin ich grad so vertieft in Ihre Musik, nun quatschen Sie mir dazwischen. Aber gut«, sag ich, »ja, was können Sie für mich tun? Ja, richtig: Das Netzwerk ist beleidigt. Da steht immer: Das Netzwerk antwortet nicht. Und das kenn ich schon von meiner Frau. Wenn sie eingeschnappt ist, dann antwortet sie einfach nicht.«

»Aha«, sagt der gute Mann, »in welchem System arbeiten Sie?«

»In welchem System? Wie meinen Sie das jetzt? Ehrlich gesagt: völlig systemlos. Mal morgens, mal nachmittags, mal abends…«

»ISDN oder analog?«

»Ja, ja. Ganz richtig.«

»Aha. Ja gut. Dann gehen Sie bitte über Start in die Systemsteuerung, wechseln Sie mit der linken Maustaste die Kategorieansicht, und aktivieren Sie dann Ihre DFÜ-Verbindung – da haben Sie die Karteikarte Eigenschaften, die klicken Sie an – welches Modem haben Sie?«

O, verdammt. Da geht es schon wieder los bei mir. Ich bin bekloppt. Heimlich weiß ich das schon lange. Aber wer mag das schon gerne von sich zugeben. Ich sage:

»Modem? Wo denn? – Ach so ja, das Modem. Ja, ja, natürlich. Also das war dabei. Das haben die gar nicht extra berechnet…«

»Aha, ein externes Modem? Elsa oder Plasa?«

»Nee, also da möchte ich mich jetzt nicht festlegen. Das Personal wechselt ja doch oft…«

»Haha«, sagt er.

Das gefällt ihm. Ich kann ihn richtig grinsen hören.

»Elsa«, sag ich schnell. »Hören Sie mir bloß auf mit Elsa.«

»Und Ihr Memory-Stick ist der auch aktiviert?«

»Na klar, sag ich. Immer! Alles noch intakt und aktiv mit dem Stick!«

»Na, dann haben wir's ja gleich«, sagt er.

»Jetzt wollen wir beide nur noch mal kurz den LBS-Kontroller besuchen.«

»Aha«, sag ich. »Wo wohnt der denn? Und wann ginge das?«

»Na ja, jetzt«, sagt er. »Was steht denn jetzt da direkt bei Ihnen im Fenster?«

»Im Fenster… Ähh jaaa…, also… Jetzt will ich mal witzig sein: Haha. Da steht ein Blumentopf.«

»Haha, Sie Scherzkeks. Sehen Sie mal genau hin. Da steht NEC PC to USB Open Host USB 2 Root Hub. Haben Sie es?«

Und nun frage ich Sie, lieber Leser: Würden Sie jetzt noch zugeben mögen, dass Sie überhaupt nicht wissen…. was für'n Fenster überhaupt? Man möchte ja doch so einen fleißigen und freundlichen Weichwarenexperten nicht enttäuschen.

Aber der könnte sich das zum Glück auch gar nicht vorstellen. Denn er sagt ja schon:

»Na, sehen Sie«, sagt er. »Nun sind Sie drin.«

»Ja«, sag ich. »Das war ja einfach. Danke schön.«

Ich hab dann meine 10-jährige Tochter gerufen:

»Pass mal auf, mein Kind, du darfst heute mal ausnahmsweise meinen PC benutzen. Zeig mir doch mal, ob du es schon schaffst, ins Internet reinzukommen, ob du den Anschluss findest. Aber achte darauf, dass der Marmorstock da, dass der auch aktiv ist und die BSE-Kontrolle!«

»Geht klar«, sagt sie, »Papa«, und hält die Hand auf: »5 Euro.«

Mathematik der Feindschaft

Ich hatte einmal einen Feind,
der hasste mich Tag und Nacht,
der hätte mich – was mir auch logisch erscheint –
von Herzen gern umgebracht.

Dann aber bekam ich noch einen Feind.
Und ich dachte: Zwei Feinde, na ja.
Doch was ich dabei übersah:
dass mein erster Feind mit dem zweiten Feind
schon zehn Jahre verfeindet war.

Das merkte ich erst, als mein erster Feind
mich anrief: »Grüß Gott und blabla,
der Dings, wie mir scheint, ist dein Feind, mein Freund,
ein gemeinsamer Feind, der vereint, mein Freund,
küss die Hand, tatatü tatata.«

Sogleich erschien mir mein zweiter Feind
nicht mehr ganz so schlimm, wie er war.
Denn ich dachte: Ein Feind, der es feindlich meint,
der kann doch nicht sein meines Feindes Feind!
Ja, ich sah überhaupt nicht mehr klar.

Denn ich hatte zwei feindliche Freunde zum Feind.
Ein Gedanke, so traurig, so schön.
Und ich hab mich betrunken, gelacht und geweint:
Feiner Freund, lieber Feind! O du feindlicher Freund!

Ach, niemals wird, wer mit *einem* Feind,
was Feindschaft ist, zu begreifen meint,
das Geheimnis der *Freundschaft* verstehn!

»Im Ernstfall muss ich mich vor dem Kerl vorsehen!«

Mit militärischen Ehren

Hermann und Hermine, das Rentnerehepaar, sitzen wieder auf dem Sofa.
Im Fernsehen ist der Bundespräsident zu sehen. Auf seiner Afrikareise. Wie er gerade eine Ehrenformation Soldaten abschreitet.
Dazu sagt der Tagesschausprecher:
»Der Bundespräsident wurde in Nigeria mit allen militärischen Ehren empfangen…«

HERMINE: Schrecklich find ich das.

HERMANN: Was denn?

HERMINE: Mit militärischen Ehren. Wenn man einen Gast empfängt, muss man ihn doch nicht mit lauter Soldaten, mit Gewehren und Kanonen und was weiß ich begrüßen. Ich würde mich direkt fürchten, wenn ich aus dem Flugzeug komm, und da steht 'ne ganze Truppe.

HERMANN: Davon verstehst du nichts. Das ist doch eine besondere Aufmerksamkeit für den Staatsgast!

HERMINE: Werd ich nie begreifen. Ist doch schrecklich genug, dass es überhaupt Soldaten geben muss. Das ist doch keine Ehre für die Menschen, sondern sollte man sich eher für schämen, dass die Menschheit nicht ohne Gewaltandrohung in Frieden leben kann. Darum müsste man doch die Soldaten eher schamhaft verstecken, als damit herumprahlen, wenn ein Präsident kommt.

HERMANN: Du tüdelst schon wieder. Es ist eben eine besondere Ehre, dass sie ihr Militär zeigen – und nicht auf ihn schießen. So, wie man einem Freund zeigt, dass man ein Gewehr im Schrank hat oder einen Dolch. Das imponiert dem Freund – und er weiß gleichzeitig: Im Ernstfall muss ich mich vor dem Kerl vorsehen.

HERMINE: Ich würde es jedenfalls viel schöner finden, wenn die keine Soldaten zum Empfang hinstellen würden, sondern einfach nur freundliche Bürger, einfache Leute aus dem Volk – vielleicht mit ein paar Blumen oder so.

HERMANN: Sag ich doch: Du tüdelst. Zum Staatsempfang will der Staat doch vorzeigen, worauf er stolz ist. Aber auf einen einfachen Menschen – ohne Uniform, ohne Orden oder ohne Gewehr – ist noch nie ein Staat stolz gewesen. Das wäre ja was ganz Neues.

Fairness und Charakter

»Was, habe ich dir gesagt, Junge, sollst du lernen beim Fußballspiel?«, fragte der Vater seinen Sohn. Sie kamen gerade aus dem Fußballstadion vom Spiel HSV gegen Leverkusen.

»Fairness und Charakter, Papa.«

»Worauf kommt es bei der Fairness an, mein Junge?«

»Dass man – äh –, dass ich einen Elfmeter kriege, Papa.«

»Und was ist dazu nötig?«

»Dass mein Gegner..., dass ich...äh...«

»Dass du dich im richtigen Augenblick im Strafraum hinfallen lässt! Aber so geschickt, mein Junge, dass der Schiedsrichter einfach pfeifen muss. Dein Gegner sieht sich ganz besonders vor, dir im Strafraum ein Bein zu stellen oder dergleichen. Der Schiedsrichter passt auf wie ein Luchs, weil er weiß, dass du ihn täuschen willst. Der Gegner hütet sich, was falsch zu machen – und trotzdem musst du als Stürmer hinfallen und vor Schmerz aufschreien, und die Zuschauer müssen rufen: Elfmeter! Elfmeter! Das ist die hohe Kunst der Fairness! Und das musst du im Training üben und üben. Geschickt hinfallen lassen, das ist alles! Hast du verstanden!«

»Ja, Papa!«

»Und was ist Charakter?«

»Charakter, Papa, ist, wenn der andere Spieler..., wenn der..., also..., was ist Charakter, Papa?«

»Charakter ist, wenn der andere Spieler, der gar nichts getan hat und trotzdem die gelbe Karte kriegt, wenn dieser andere Spieler dem, der ihn reingelegt hat, nicht sofort gegen das Schienbein tritt, sondern Charakter beweist und sich beherrscht. Damit er einem Gegner ein paar Minuten später umso kräftiger gegen das Schienbein treten kann – aber auch wieder so, dass dabei die Regeln der Fairness berücksichtigt werden! Denn, du musst immer bedenken, mein Sohn: Ob man Recht hat, ist nicht so wichtig. Im Leben kommt es darauf an, Recht zu kriegen!«

Dieser Sohn ist zu beneiden. Nicht jeder Vater versteht es, seine Kinder so klug auf das wahre Leben vorzubereiten.

Erinnerung an Berlin

Liebes kleines Fräulein
von der Augsburger Straße.
Weiß nicht, wie ich die Gedanken mein
in Punkt und Komma fasse.

Ich vergesse nie Ihre blassen
Lippen und das Zittern darin,
als Sie fragten, ob ich Lust hätte, Sie unterzufassen
und mitzukommen wohin.

Ich habe gelogen, Fräulein.
Zeit hatte ich genug.
Ich hatte nur, ich hochanständiges Schwein,
keinen Mut.

An der Elbe 1990

Ich sitz an der Elbe. Im Kopf nicht ganz klar.
Ein nebliger Morgen im neunziger Jahr.
Bei Övelgönne – da fließt sie wie immer.
'ne ölige Brühe mit bräunlichem Schimmer.
Aber plötzlich, ich denke: Was fiedelt denn da?
Ist das nicht die Moldau von Smetana?
Und ich hör eine Möwe. Die schreit: Guten Tag.
Das sind schöne Grüße, mein Lieber, aus Prag!
Die Elbe fließt dort in der Nähe vorbei.
Von ganz weit her. Aus der Tschechoslowakei.

Der Kopf, der brummt. Ich glotz in die Elbe.
Noch immer die Brühe. Das Öl noch dasselbe.
Da schwimmt plötzlich neben dem Fisch, dem verwesten,

eine Postkarte. Darauf: der Zwinger von Dresden.
Ich denke: Ich spinne. Was soll denn das heißen?
Da schwimmt noch vorbei eine Tasse aus Meißen.
Und dann noch 'ne Zeitung aus Magdeburg.
Die Elbe kommt nämlich hier überall durch!,
rufen zwei schwimmende Gartenzwerge.
Hallo! Hallo, Hamburg! Es grüßt Wittenberge!

Da seh ich: Das Wasser, es geht auseinander.
Bin ich immer noch blau? Oder ist das ein Zander?
»Ist das schön«, japst der Zander. »Mensch, deine Elbe –
von Dresden bis Hamburg ist nicht mehr dieselbe.
Man fühlt sich im Wasser jetzt wieder so frei.
Keine Schüsse, keine Boote der Grenzpolizei.
Die Elbe ist wieder ein Fluss über Nacht.
Und kein Todesstreifen von Eisen bewacht.«
Dann ist der Zander in der Brühe erstickt.
Aber in Freiheit und froh und beglückt.

Herr S. erläutert seine politische Unzulänglichkeit

In Politik mich einzumischen
bin ich mindestens viel zu dumm.
Statt Krieg lieb ich Frieden
und sonst nichts dazwischen,
weiß aber kein bisschen zu sagen, warum.

Ich scheitre ja schon an so harmlosen Fragen
wie: Krieg gegen Krieg, ist das auch Krieg? Und gar:
Wenn Sterben zum Weinen ist, darf man dann sagen,
dass Feinde auch sterben – und Feinde beklagen?
Da steht man als Laie ganz fragwürdig da.

Man versteht ja zu wenig von höheren Werten.
Wen ich totschlagen muss, woher weiß denn das ich?
Wenn ich selbst einen aussuch, bestimmt den Verkehrten.
Ich denke da manchmal zum Beispiel an mich.

Das Bombenleger-Formular

Es gab lange keine Bombendrohungen mehr gegen Behörden oder Verwaltungen.
Für den Fall, dass es so etwas demnächst mal wieder gibt, ist beispielsweise die Post ausreichend gerüstet.
Extra für Bombendrohungen, die bei der Post eingehen, wurde nämlich ein Bombendrohungsfragebogen entwickelt, der den in Frage kommenden Beamten vorliegt. Darin wird der Beamte ermahnt, ruhig und höflich zu bleiben, und dem Anrufer Fragen zu stellen, die den Anrufer verblüffen könnten. Zum Beispiel:

Wie sieht die Bombe aus?
Wo liegt die Bombe?
Wie groß ist die Bombe?

Dann folgen noch allerhand Fragen über die Absichten des Bombenlegers. Welches Motiv veranlasst ihn zum Bombenlegen etc.
Und dann endlich soll der Beamte mit dem Fragebogen zum entscheidenden kriminalistischen Schlag ausholen. Er soll fragen:

Wie heißen Sie?
Wie ist Ihre Anschrift?
Von wo aus telefonieren Sie?

Ich stelle mir ein Bombendrohungsgespräch ungefähr so vor:

BOMBENDROHER am Telefon: Guten Tag! Eine Million, oder meine Bombe geht bei Ihnen hoch.

BEAMTER: Augenblick. Da müssen Sie erst mal ein paar Fragen beantworten. Ich hole mal meinen Fragebogen raus. Also bitte: Wie sieht Ihre Bombe aus?

BOMBENDROHER *(begreift überhaupt nichts)*: Eine Million, habe ich gesagt!

BEAMTER *(bleibt ruhig und höflich)*: Ja, ich habe verstanden. Aber nur, wenn Sie meine Fragen ordnungsgemäß beantworten. Wie groß ist Ihre Bombe?

BOMBENDROHER *(weiß nicht, was er sagen soll, holt tief Luft)*: Groß genug,um Ihr ganzes verdammtes Postamt in die Luft zu jagen. Die Million deponieren Sie bitte in einem blinden Briefkasten, und zwar…

BEAMTER *(bleibt immer schön höflich und ruhig):* Lieber Herr Bombenleger, ich habe doch meine Vorschriften. Ich kann Ihre Bombendrohung überhaupt nicht entgegennehmen, wenn der Fragebogen nicht ordnungsgemäß ausgefüllt ist. Welche Farbe hat ihre Bombe?

BOMBENDROHER *(wird unruhig)*: Grün, verdammt noch mal, mit 'ner gelben Spitze! Die Million in alten Scheinen, verstanden?!

BEAMTER: So weit sind wir noch nicht, Herr Bombenleger. Wo liegt Ihre Bombe, bittesehr?

BOMBENDROHER *(kann es nicht fassen)*: Das werden Sie schon merken, wenn Sie plötzlich in die Luft fliegen. Ich mache keinen Spaß. Eine Million, keinen Cent weniger!

BEAMTER: Ich sagte doch schon – ich habe meine Vorschriften! Ich bin nicht befugt, Sie vor anderen Bombendrohern zu bevorzugen. Ich kann Ihre Bombendrohung nicht entgegennehmen, wenn Sie nicht ihre vollständigen Angaben…

BOMBENDROHER *(wird langsam wütend)*: Verdammt noch mal – die Bombe liegt im Paketkeller Postamt 37, drittes Regal links beim Feuerlöscher. Die Million deponieren Sie gefälligst…

BEAMTER: Ganz ruhig, mein Herr. Wie ist denn Ihr Name?

BOMBENDROHER *(verzweifelt)*: Nein, das sag ich nicht!

BEAMTER *(begütigend und freundlich)*: Aber mein Herr, wie soll ich Ihre Drohung denn bearbeiten, wenn wir nicht mal Ihren Namen wissen?

BOMBENDROHER *(es kommt aus ihm heraus, ohne dass er es will)*: Grabowski, Werner. Geboren am 27.9.1957 in Pinneberg. Verheiratet, drei Kinder, arbeitslos.

BEAMTER: Danke, danke, das genügt. Von wo telefonieren Sie?

BOMBENDROHER *(gibt auf)*: Telefonzelle Winterhuder Markt.

BEAMTER: Okay, wir kommen gleich.

BOMBENDROHER *(schreit auf)*: Um Gottes willen! Mit der Polizei? O, bitte nein!

BEAMTER *(ruhig und freundlich)*: Aber nein, nein. Sie müssen nur den Fragebogen unterzeichnen. Sie wissen doch: Ohne Unterschrift geht bei uns nichts.

Mit Uta Stammer

II. Liebling, lass uns morden!

Klopfzeichen aus der Anstalt

Hallo, Sie da! Können sie mich hören?
Ich bin nicht verrückt, das kann ich schwören.
Dass ich hier bin, ist nur aus Versehen.
Doch die Ärzte lassen mich nicht gehen.
Und sie lachen über meine Klagen.
Nicht verrückt, das würde jeder sagen.
Hilfe! Ich gehör nicht in dies Haus!

Ich will hier raus!

Sehn Sie den da? Das ist ein Minister.
Geistig wach und sehr beweglich ist er.
Nur vorm Untersuchungsausschuss, seltsam,
wenn man fragt, wohin das ganze Geld kam,
sieht man, wie's rumort in seinem Innern:
Doch er kann sich einfach nicht erinnern!
Wie ein Sieb sieht sein Gedächtnis aus.

Ich will hier raus!

Sehn Sie da – das war der Kanzler Schröder.
Nichts als Flops, das merkte wohl ein jeder.
Tönte rum: Ja, ich bin euer Mann,
ich schaff endlich Arbeitsplätze an.
Und tatsächlich: Hops mit einem Satz
holt er sich den besten Arbeitsplatz.
Ist jetzt Gaswerksboss und lacht uns aus:

Ich will hier raus!

Sehn Sie dort den Schwarzen und den Roten,
Das sind doch nun wirklich Idioten.
Feinde war'n sie – und das nicht zu knapp.

Aber plötzlich küssen sie sich ab.
Gemeinsam kann man – es ist kaum zu glauben,
dieses Volk noch gründlicher ausrauben.
Armes Volk, alt siehst du dabei aus.

Ich will hier raus.

Unabhängig sind sie, die Parteien.
Trotzdem merkt man stets, wie sie sich freuen,
wenn die Spendengelder kräftig fließen.
Und ist die Million erst überwiesen,
ist auch die Genehmigung keine Frage
für die Müllverbrennungsgroßanlage.
Wo man's reinsteckt, kommt es wieder raus:

Ich will hier raus!

Frei und gleichberechtigt sind die Frauen.
Doch wenn Allahs Jünger sie verhauen
oder unter Tüchern und Kapuzen
sie als Untertanen nur benutzen,
sehn wir ruhig zu und sagen nur:
Das ist halt 'ne andere Kultur –
Menschenrechte richten da nichts aus.

Ich will hier raus!

Aber alle andern sagen:
Hallo, Junge, hör doch mal,
so wie die sich hier betragen –
das ist alles ganz normal.
Sieh dich doch mal richtig um:
Sie laufen alle frei herum!

Die Eumeniden von Ohlsdorf

Angefangen hat alles vor über zwei Jahren. Damals waren Anni und Else, die beiden alten Damen aus Hamburg-Eimsbüttel, Nachbarinnen seit dreißig Jahren, zusammen auf dem Ohlsdorfer Friedhof gewesen, um ihre Männer zu besuchen – genauer gesagt: die Gräber ihrer Männer.

Anschließend waren sie dann noch etwas spazieren gegangen, und Else hatte noch gesagt:

»Ohlsdorf ist eigentlich der schönste Park in Hamburg – wenn man sich die vielen Toten mal wegdenkt.«

Dann war plötzlich der große Regen gekommen. Es goss wie aus Eimern. Wo sollten Anni und Else so schnell hin? Also rüber zur Kapelle 12. Sie wollten sich doch bloß unterstellen. Aber da empfing sie schon der schwarzgekleidete Mann mit dem traurigen Gesicht. »Schnell, schnell«, sagte er, »es hat grad angefangen.« Ehe sie sich versahen, saßen Annie und Else unter den trauernden Angehörigen in der Kapelle. Es war eine große Beerdigung.

Sie hörten die schöne Predigt des Pastors, hörten Musik von Bach – und drückten beim Rausgehen der Witwe und den Töchtern zum Beileid die Hände. Es kam einfach so.

»Sie kommen doch noch mit?«, fragte die Witwe.

Und so saßen Anni und Else plötzlich mitten unter den anderen Gästen bei der Trauermahlzeit im Restaurant.

»Ich hab Angst«, flüsterte Else.

»Ach was«, sagte Anni, »ich hab einen furchtbaren Hunger.«

Zwar kamen hin und wieder fragende Blicke von den Verwandten zu ihnen herüber – aber das war schnell geklärt.

»Wir kennen den Verstorbenen noch aus der Schulzeit«, sagte Anni zu ihrer Nachbarin. –

»Schön, dass Sie gekommen sind«, erwiderte die.

Damit hätte die Geschichte eigentlich zu Ende sein können. Aber Anni – sie hatte ja schon immer den Schalk im Nacken –, Anni wollte nach der Trauerfeier unbedingt noch mal auf den Friedhof. Es regnete jetzt ja auch nicht mehr.

»Irgendwie fand ich es sogar schön«, sagte Else, »einen fremden Menschen zu betrauern. Wir sind doch alle Fremde, wenn man es recht bedenkt.«

»Else«, sagte Anni, »jetzt müssen wir uns noch Kaffee und Kuchen verdienen.«

Else hatte stärkste Bedenken – aber dann saßen die beiden plötzlich in Kapelle 10. Else musste wirklich weinen über das harte Schicksal der Mutter mit drei Kindern, die hier von uns gegangen war. Die Beerdigung war nicht so groß wie die am Vormittag. An der Kaffeetafel mussten Else und Anni schon etwas geschickter sein. Aber erstens hatten sie inzwischen schon etwas gelernt (»Wir waren zusammen im Luftschutzkeller«), und außerdem musste Else sowieso immer weinen, so dass die Tischnachbarin ihr sogar tröstend über den Kopf strich.

So war auch diese Beerdigung ein voller Erfolg.

Seither haben Anni und Else schon an die zweihundert Beerdigungen besucht. Aber man muss Else glauben, wenn sie sagt:

»Es ist wirklich nicht nur wegen des Essens. Ich geb ja zu: Ich hab schon allerhand Rente gespart. Aber das Wichtigste ist doch das Menschliche. Und dass es so schön traurig ist.«

Anni dagegen sagt:

»Ein paar Pastoren kennen uns schon. Aber die verraten uns nicht. Sonst verraten wir nämlich, wie oft sie wörtlich dieselbe Predigt auf verschiedenen Beerdigungen halten.«

Auf mancher Beerdigung sind Anni und Else sogar die einzigen Trauergäste. Da freut sich der Hinterbliebene, dass überhaupt jemand gekommen ist.

Für mich sind Anni und Else die Eumeniden von Ohlsdorf. Das sind die milde gewordenen Rachegöttinnen, die Wohlwollenden, die den Verblichenen über den Styx in die Unterwelt begleiten. Auf manchen meiner guten Freunde würde ich bei meiner eigenen Beerdigung mit Freuden verzichten. Aber Anni und Else sind herzlich eingeladen.

Herr Alfred Blohm

Und eines Tags Herr Alfred Blohm,
da war er 54 schon
(zwei Kriege, Garten, Frau und Sohn),
als er im Zug auf Reisen war,
im Schnellzug Bonn-Köln-Altona,
es überkam ihn einfach da,
dass er die Nothandbremse sah
und dass ihr Anblick ihn bewog,
dass er sie zog.

Gekreisch von Frauen. Sturzgepäck!
Ein Schnellzug hält auf freier Streck.
Tumult! Was hier… Von wem… Wer sich
erlaubt…? Herr Blohm, sehr ruhig: Ich.
Und steht, ein Mann, nicht wankend, da
im Schnellzug Bonn-Köln-Altona.
Wieso? Was ihn…? Warum er zog?!
»Weil's mich bewog.«

Und manchmal nachts Herr Alfred Blohm,
er ist jetzt 64 schon
(zwei Kriege, Witwer, bald Pension),
Herr Alfred Blohm lacht still für sich
und steht im Bett auf und sagt:
Ich.

Kein Schwein regt sich auf

»Man weiß doch wirklich nicht mehr, was man noch essen kann«, regt sich gestern beim Frühstück Herr Burkhard auf.

»Der Fisch ist einem verekelt, Gemüse ist strahlenbelastet, Nudeln sind versaut, Wurst und Obst und Schokolade: Nichts ist mehr wirklich in Ordnung. Da kriegt man doch die Wut!«

»So?«, fragt Burkhards Kollege, Herr Meerkatz, ganz ruhig. »Mich regt das alles nicht auf.«

»Das regt Sie nicht auf?«, schimpft Burkhard los. »Mann! Essen und Trinken ist lebensgefährlich geworden. Das ist doch ein Wahnsinn!«

»Aber mich regt das nicht auf«, sagt Meerkatz gedehnt und beißt in seine große Frühstücksstulle.

»Was essen Sie denn da?«, fragt Burkhard.

»Schinkenstulle. Ich ess immer Schinkenstulle.«

»Schweinefleisch!«, schreit Burkhard auf. »Das ist ja noch das Allerschlimmste. Die armen Viecher werden in der Massentierzucht mit Medikamenten nur so voll gepumpt. Und weil zu viel Spritzen verboten ist, fahren so genannte Autobahnveterinäre umher – sie kommen immer nur mal für ein paar Minuten in den Stall, spritzen die Viecher voll und sind wieder verschwunden. Damit keiner den Großbauern was nachweisen kann. Und das regt Sie nicht auf?«

»Nö. Regt mich überhaupt nicht auf.«

»Mann, Meerkatz! Lebensmittelprüfer haben in der letzten Woche am Stuttgarter Schlachthof in Schweinenieren bis zu 0,5 Milligramm Chlorpromazin nachgewiesen. Das ist ein Nervenmittel aus der Psychiatrie. Das wird den Schweinen als Beruhigungsmittel gespritzt, damit sie nicht vor Aufregung auf dem Transport zum Schlachthof sterben. Augenblick mal… sagen Sie: Essen Sie viel Schweinefleisch?«

Die wahren Armen

Wer viel besitzt, dem darf man nichts wegnehmen,
er steht dafür, dass Leistung sich auch lohnt.
Wenn Geld gebraucht wird, holt man es von denen,
die kaum was haben, sie sind das gewohnt.

Wer keine Arbeit hat, der muss auch nicht viel essen.
Er ruht sich sowieso nur meistens aus.
Nur wer im Wohlstand lebt, hat höhere Interessen:
Enorme Kosten macht ja so ein großes Haus.

Du glaubst ja gar nicht: Eine Yacht im Hafen,
wie viel Liegeplatzgebühr man zahlt dafür.
Wer keine Yacht hat, kann auch ruhig schlafen,
er zahlt ja keine Liegeplatzgebühr!

Das Armsein hat so viele gute Seiten:
weil einem praktisch nichts passieren kann.
Dem Reichen aber drohn Verlust, Konkurs und Pleiten:
In Wahrheit ist der Reiche doch der arme Mann.

Wer arbeitslos ist, sagt, er fühlt sich schutzlos.
Drum schützt man ihn, wenn man von ihm kassiert.
Dann fühlt der Arbeitslose: Ich bin nicht mehr nutzlos:
Mein Opfer ist's, das Deutschland reformiert.

Vom Heldentod zurück

»Nur wer richtig tot ist für sein Vaterland und sich hat in Stücke reißen lassen, hat auch Anspruch auf den Orden und darf stolz darauf sein!«

Vorgestern habe ich den Schwejk im Kelch gesehen. Es muss der Schwejk gewesen sein – ich könnt's beschwören!

»Letzte Woche erst«, hat der Schwejk erzählt, »da haben 14 amerikanische Soldaten ihre Orden für den Heldentod wieder zurückgeben müssen. Weil sie nicht ordnungsgemäß krepiert waren, die Saukerle, sondern vom Heldentod zurückgekehrt ins Leben. Der Herr Oberkommandierende des Heeres, der General Vuono, hat in San Antonio an 186 Mann den Heldenorden ›Purple Heart‹ verliehen – für den Heldentod auf dem Schlachtfeld in Panama. Die Männer haben bewusstlos im Lazarett gelegen – und es war eine eilige Sache, weil auch die Pressefotografen dabeistanden. Und der Herr Oberkommandierende hat nicht die Zeit zu warten, bis die Schufte von Soldaten alle tatsächlich krepiert sind. Und weil er ein weiches Herz hatte, der Herr Oberkommandierende, hat er die Orden verteilt – im Vertrauen auf seine treuen Soldaten, dass auch die, die noch nicht ganz fertig waren mit'm Sterben, gefälligst krepieren werden, wenn der Herr Oberkommandierende sich mit ihnen hat fotografieren lassen – wie er den Bewusstlosen den Orden ans letzte Hemd heftet!

Aber was soll ich euch erzählen? 14 von den Schuften haben sich's überlegt. Statt den höchsten Lohn zu erringen, den das Vaterland zu vergeben hat, haben sie sich nicht geschämt, die Feiglinge, die Augen wieder aufzumachen – soweit sie noch welche hatten –, denn ein paar waren erblindet und hatten nur noch ein Bein. Aber vor lauter Angst vorm Sterben wollten sie noch ein bissl weiterleben, die Schweinekerle, und haben ihren Oberbefehlshaber sozusagen Lügen gestraft, indem er ein paar tote Helden zu viel geehrt hatte!

Da haben die feigen Hunde natürlich ihre Ehrenmedaillen zurückgeben müssen. Das könnt euch wohl so passen: Den Heldenorden kassieren und gar nicht ehrlich ins Gras beißen!

Das merkt euch, ihr Deserteure vorm Heldentod: Nur wer richtig tot ist, soll sich freuen dürfen über den Orden des Vaterlands!«

Und wer's nicht glaubt – ich mein: dass das der Schwejk erzählt hat, der soll aber wissen: Das alles ist wahr und wahrhaftig geschehen in Panama.

Off Road oder Auf Großwildjagd

Seit Herbert Kleinschmidt sich nach zwanzig Jahren seinen Lebenstraum erfüllt hat und sein Freelander Off-Road-Defender vor der Tür steht, ist Herbert ein ganz neuer Mensch. Dieser Breitwand-Tiger mit dem Allrad-Antrieb und dem Überrollbügel – hat ihn total verwandelt. Aus dem etwas verklemmten Sachbearbeiter beim Bezirksamt mit dem Slick auf der Zunge ist so eine Art Terminator geworden, ein Abenteurertyp wie Tarzan oder Magnum. Morgens springt er jetzt immer mit einem Gorillaschrei aus dem Bett und klopft sich an die Brust Huhuhuhuhu, damit die wilden Tiere in der Steppe schon mal wissen, dass er gleich auf Safari fährt, auf Großwildjagd. Er muss nämlich jeden Morgen zum Kiosk, um die Brötchen zu holen und die BILD-Zeitung. Herbert springt in seinen Quadra-Driver, das wilde Tier, das in keine Garage reinpasst. Gerade darauf ist Herbert besonders stolz. So ein ungebändigter wilder Panther würde sowieso aus jeder Garage wieder ausbrechen. Herbert lässt den Diesel aufheulen und jetzt nichts wie raus in die Wüste, in die Steppe, die freie Wildbahn. Das ist in diesem Falle zwar nur Herberts Nebenstraße in Hamburg-Eimsbüttel – aber die hat am Ende ein kleines Schlagloch, wo die Pkws drum rumfahren. Herbert aber brettert mittendurch. Die Ampel zeigt Rot, und vor Herbert stehen noch mindestens drei Schildkröten oder Maulwürfe oder was das für Kriechtiere sind, auf die er von seinem Hochsitz hinter dem Lenker runterblickt. Er fühlt diese unbändige Stärke seiner 258 PS in sich. An und für sich gehört die Straße ihm. Er könnte jetzt, wenn er wollte, mit seinen zwei Tonnen geballter Kraft über diese mickrigen Bodenwürmer einfach hinwegbrausen oder sie an die Seite schieben, er könnte auch rechts über die Felsenklippe klettern (Normalbürger nennen das Bürgersteig), sein Quadro-Driver würde den so genannten Kantstein gar nicht spüren, und mit seinem Rammschutz vor der Haube könnte er den elenden Gemüsestand da vorn einfach beiseite räumen, ohne es richtig zu merken. Aber Herbert beherrscht sich. Ihm genügt das unbeschreibliche Gefühl der Macht, seine Augen glühen. Das Warten ist für ihn doch kein Warten, es ist ein Lauern. Er ist kein Autofahrer, er ist Großwildjäger – irgendwo im wilden Kurdistan – oder am Nil? Tatsächlich: Ein Krokodil reißt am Rande des Dschungels – also auf dem Grünstreifen rechts – sein entsetzliches Maul auf – wenn Sie es auch vielleicht nur für Frau Massmanns Dackel halten würden – Herbert ist jetzt mitten in der Wildnis. Und Herbert fürchtet sich vor gar nichts. Auch nicht vor dem Dackel.

Dann hat Herbert die Lichtung erreicht, wo er heute morgen die Beute erlegen will. Er springt von seinem Hochsitz herab wie Tarzan vom Baum und stürmt den Kiosk:

»Zwei Körnerbrötchen, eine Schrippe und die BILD-Zeitung«, sagt Herbert – und der Kioskmann merkt, dass hier nicht irgendwer mit ihm spricht, sondern ein Abenteurer, ein wettergegerbter Outsider »born to be wild«! Die BILD-Zeitung passt jetzt auch irgendwie viel besser zu ihm als früher, als er noch den Polo fuhr. So wild und blutig wie die Zeitung ist er jetzt auch und fürchtet sich vor gar nichts mehr. Plötzlich auf der Hauptstraße – Verzeihung: auf dem Elefanten-Dschungelpfad – zurück in sein Basislager taucht ein Bulle direkt vor ihm auf. Auf die Gelegenheit hat Herbert schon lange gewartet: Wozu hat er denn seinen Bullenfänger vorn vor dem Bug?

Den wird er jetzt erlegen, den Bullen, den nimmt er vorn auf sein Horn – jipppiiiiii! – Aber ach, verdammt: Im letzten Augenblick kann der Polizist grad noch mal zur Seite springen. – Herbert legt seiner Frau zu Haus die Brötchen und die BILD-Zeitung auf den Frühstückstisch und wischt sich den Schweiß von der Stirn:

»Hab's mal wieder geschafft. Ganz schön gefährlich, da draußen!«

Unsere lieben Kleinen

Gibt es ein schöneres Bild im täglichen Leben als den Anblick spielender Kinder? Wie unbefangen, fröhlich und ausgelassen sie doch sein können, unsere lieben Kleinen…

Ich sitze im Park auf der Bank und versuche, ein Buch zu lesen. Wenige Meter vor mir haben die lieben Kleinen mit Steinen und Dosen eine Art Hausgrundriss auf den Rasen gelegt. In dem »Haus« befinden sich: ein dicker Junge, ein rotblondes Mädchen und ein kleines Mädchen mit Zöpfen. Der Dicke sitzt gemütlich in einer Ecke und tut gar nichts. Hält nur die Arme auseinander und guckt abwesend vor sich hin. Das kleine Mädchen liegt in einer anderen Ecke auf dem Rücken und plärrt.

»Buaaaaah, buaaaaah…!«

Immer eigensinniger schreit es. Wegen dieser Brüllerei kann ich nicht lesen und beobachte die seltsame Szene. Das rotblonde Mädchen läuft wie ein aufgeregtes Huhn im »Haus« hin und her. Plötzlich schimpft sie vor sich hin:

»Wer soll denn das aushalten? Alles kann man allein machen! Der blöde Kerl liest Zeitung, und unsereiner…«

Dann rast sie mit einer Cola-Dose zu dem brüllenden Mädchen, drückt ihr die Dose an den Mund und schimpft:

»So! Jetzt trink! Und halt endlich die Klappe!«

Dann rennt sie zurück, reißt ein imaginäres Fenster auf und schreit: »Michaeeeel! Reinkommen! Aber sofort!!!«

Tatsächlich – da hinten am Baum steht noch ein Junge, der nun näher kommt. Inzwischen schreit die Rotblonde den Dicken an:

»Kannst du nicht mal das Geschirr abwaschen? Musst du ewig Zeitung lesen?« Aber der Dicke guckt nur kurz auf und sagt:

»Halt's Maul, Alte!«

Jetzt ist »Michael« in den Grundriss getreten. Sofort keift die Rotblonde ihn an:

»Füße abtreten!«

Der Junge schüttelt den Kopf. Zack, kriegt er eine Ohrfeige! Wehrt sich aber nicht. Grinst bloß.

»Fingernägel zeigen!«, ruft die Rote. Michael streckt die Finger vor. Zack, haut sie ihm auf die Finger! Michael sagt nichts und setzt sich auf den Rasen.

»Abendbrot!«, ruft das schimpfende Mädchen. Der Dicke setzt sich auch dazu. Plötzlich fängt auch er an zu meckern:

»Gerade sitzen, Michael!«, und boxt dem Hageren ins Kreuz. Der hagere Junge sagt weinerlich:

»Ich mag keine Milchsuppe.« – Zack, haut ihm der dicke Junge eins an den Hinterkopf!

»Sechs Wochen Stubenarrest!«, sagt er – und seine Augen blitzen sadistisch. Da fängt das Mädchen mit den Zöpfen wieder an zu brüllen. Die Rotblonde springt auf, ballt die Fäuste und kreischt:

»Ich halt das nicht aus! Ich halt das nicht mehr aus! Ich könnte das Kind glatt an die Wand knallen!«

Irgendwie wird's mir ungemütlich. Ich stehe auf und frage freundlich:

»Sagt mal – was spielt ihr da eigentlich?«

»Wieso?«, sagt der dicke Junge, »Mutter und Kind natürlich.«

Meine Mutter hat mich falsch erzogen

Ich wäre eigentlich ein toller Typ.
Ich hab die Wahrheit eigentlich sehr lieb.
Ich hätte nie im Leben nur ein Wort gelogen.
Doch meine Mutter hat mich falsch erzogen.

Ja, meine Mutter ist an allem schuld.
Obwohl: Auch sie hat das ja nicht gewullt.
Sie war ja selbst schon innerlich verbogen.
Denn ihre Mutter hat sie falsch erzogen.

Ja, meiner Mutter Mutter, die ist schuld.
Sie schlug die Kinder und war bös und wuld.
Im Grunde war sie ihnen zwar gewogen.
Doch ihre Mutter hat sie falsch erzogen.

Ja, meiner Mutter Mutter Mutter, die ist schuld.
Sie sagte immer voller Ungeduld:
Ich bin um meine Jugend schwer betrogen.
Denn meine Mutter hat mich falsch erzogen.

Ja, meiner Mutter Mutter Mutter Mutter Mutter Mutter…
Also irgendeine Urmutter muss doch mal
angefangen haben
mit dem ganzen Elend! Und die
im Unterschied zu dir und mir
war selber schuld.
Sie hat uns allen ungeheuerlich geschadet:
Die ganze Menschheit ist zu heiß gebadet.

Ich wäre eigentlich so richtig nett.
Ich hätte nichts am Hut mit Kabarett.
Ich wär auch nie aus einer Talk-Show rausgeflogen,
doch meine Mutter hat mich falsch erzogen.

Der heilige Bogen

Oft denke ich morgens an Fritze Köhler. Oft nämlich, wenn mir beim Frühstück die Morgenandacht aus dem Radio dazwischenkommt. Dann bewundere ich immer, wie der Herr Superintendent oder der Herr Pastor den so genannten »heiligen Bogen« schlägt. Das heißt: Wie er es schafft, von irgendeinem weltlichen Anlass, den er sich vorgenommen hat, irgendwie auf die himmlischen Verhältnisse zu sprechen zu kommen.

»Ein Apfelgehäuse auf der Straße. Unscheinbar und missachtet. Und doch: In diesem Gehäuse ist der Kern die Kraft für einen neuen Baum. Wenn er auf fruchtbaren Boden fällt, so wird aus dem Verachteten ein Baum. So, meine lieben Zuhörer, ist es auch mit dem Menschen und dem Höchsten dort droben…«

Schwupp hat er die Kurve gekriegt!

Fritz Köhler nun, ein alter Freund von mir, behauptete, er könne den heiligen Bogen von jedem x-beliebigen Gegenstand in höchstens dreißig Sekunden schlagen. Das sei überhaupt kein Problem. So musste er denn dauernd seine Kunst unter Beweis stellen.

»Fritze! Parkhaus!«, rief ihm ein Kollege zu.

Und Fritze legte los.

»Da stehen sie nun: die Autos, anonym und tot. Regungslos und ohne Leben in der Betonwelt. Aber siehe: Da kommt ein Herr. Er dreht den Schlüssel um, das Tote ist zum Leben erweckt. So, meine Lieben, ergeht es auch der hoffnungslosen Seele. Eben noch…«

»Gewonnen, Fritze«, riefen wir.

Und irgendjemand machte die nächste Probe:

»Die Post!« Fritze machte sein verinnerlichtes Gesicht und legte wieder los:

»Da ist eine Botschaft an euch unterwegs, meine Freunde. Ein wichtiger Brief, eine Eilzustellung. Noch liegt sie in den unergründlichen Säcken der Post… Ob sie uns heute erreicht oder morgen; ob sie vormittags oder nachmittags zugestellt wird, das liegt alles in der Gnade der Post. So aber, meine Freunde, ist es auch mit der Botschaft des Lebens. Ihr müsst nur Vertrauen haben: Irgendwann kommt sie schon.« –

»Bravo, Fritze«, riefen wir. Und der nächste Begriff kam dran. Von der roten Ampel kam er in fünf Sekunden auf grünes Licht für das Himmelreich. Vom Telefon kam er in zehn Sekunden über »Wenn man anruft, ist besetzt, wenn man aber geduldig weiterwählt, kommt die ersehnte Verbindung doch noch zustande«, auf den großen Anschluss zur Ewigkeit. Wirklich: Er kriegte den heiligen Bogen, wie er wollte. Von Fußmatte, Mülltonne, Glühbirne (nur wenn der Vater sie einschaltet, strahlt sie und wandelt das Dunkel in Licht), Kugelschreiber, Pellkartoffel und was man wollte.

Ein paar Sekunden musste er allerdings nachdenken, als ihm jemand zurief: »Morgenandacht«.

Aber dann schaffte er auch das:

»So mancher hat schon gezweifelt, liebe Freunde, an Gottes Geduld. Da er aber alles hört, hört er natürlich auch die Morgenandachten im Radio. Doch weder vernahm man je ein himmlisches Gelächter aus den Wolken noch schickte er bis jetzt einen Blitz in den Sender – denn Gottes Geduld ist unendlich groß. Amen.«

Schildertraum

Fahrrädern ohne Befugnis
ist das Ankleben von Kindern in Treppenhäusern
im Winterhalbjahr untersagt.

Parkende Hunde, die während
des Aufenthalts auf den Toiletten
den Bürgersteig rauchend betreten,
werden verklagt.

Haltet die grünen Papierkörbe sauber
von großen Banknoten.
Polizisten füttern verboten!

Minderjährige Bahnsteige
werden zum Zurücktreten auf das Begleitpersonal
bei Zuwiderhandlung gebeten.

Hausierer und andere
schwerkriegsbeschädigte Fluggegenstände
haben den Rasen in sämtlichen Stockwerken
nicht zu betreten.

Ehret die Hauseigentümer
mit wändeverzierenden Zoten.

Polizisten füttern verboten!

Zu und zu schön

Wir tranken ein kleines Bier im Hafen. Thomas aus München und ich. Thomas war zehn Jahre nicht mehr in Hamburg gewesen. Alles hatte er wiedersehen wollen: den Freihafen, den Gänsemarkt, die Alster, den Rathausmarkt und natürlich die Reeperbahn. Und immer hatte er dasselbe gesagt: »Mein Gott, hat sich das alles verändert, das erkennt man ja fast nicht wieder.«

Nun saßen wir in der kleinen Hafenkneipe und klönten.

Da kam ein Opa an unseren Tisch. Mit rotem Gesicht, aber listigen blauen Augen.

»Was dagegen?«, fragte er und setzte sich ans andere Ende unseres Tischs. Dann seufzte er in sein Bier und brummelte etwas vor sich hin.

»Weißt du noch…«, fing Thomas wieder an. Aber schon kam noch ein Gast an unseren Tisch: eine dicke ältere Frau mit einem großen Bier.

»Ist es gestattet?«, fragte sie, und schon saß sie neben dem Opa.

»Ich bin jetzt in die Sterbekasse eingetreten«, sagte sie so ganz normal und beiläufig. »Hätte ja gedacht, die nehmen mich gar nicht mehr mit meinen Geschwüren.«

»Psst«, machte der Opa und deutete zu uns rüber. Es war ihm wohl peinlich. Aber Thomas hob freundlich sein Glas: »Lassen Sie sich bloß nicht stören«, sagte er. »Ist doch ein wichtiges Thema. Man könnte fast sagen lebenswichtig.«

»Find ich auch«, sagte die Frau, »bin richtig erleichtert.«

»Mich nimmt keine Sterbekasse mehr auf«, brummelte der Opa jetzt. »Weil ich sowieso bald abkratz.« Thomas bekam leuchtende Augen.

»Ich sag ja immer«, sagte die Dicke, »wenn es mal so weit ist, muss es schnell gehen. Dass du gleich weg bist. Nicht erst lange quälen.«

»Wie Kuddl, meinst du«, sagte der Opa. »Sagt noch zu Elli: ›Ich leg mich 'n büschen hin. Fühl mich nich so.‹ Zieht sich die Hose aus. Legt sich zu Bett. Und ist tot. Elli kommt vielleicht 'ne Minute später ins Schlafzimmer, weil sie ihm das Glas Wasser für sein Gebiss hinstellen wollte. Da war schon alles vorbei.«

»Zu schön«, sagte die Frau und nuckelte wieder an ihrem Bier. »So wünsch ich mir das auch.«

Mein Freund wurde von einem Kichern geschüttelt. Er nahm seinerseits schnell einen Schluck Bier.

»Bloß nicht so wie Willi, mein zweiter Mann«, fuhr die Dicke im Erzählerton fort. »Der ist am lebendigen Leibe verrottet. Furchtbar. Ich hatte immer 'ne Flasche Cognac in der Handtasche. Wenn ich aus'm Krankenhaus kam, hab ich immer erst 'n tiefen Schluck genommen. Sonst hätt ich das nicht ausgehalten.«

Thomas hörte auf zu kichern. Aber seine Augen leuchteten.

»Oder Alfred Breckwoldt«, sagte der Opa. »Der hatte 'n Loch im Hals von der Operation. Musste sich beim Schlucken immer das Loch zuhalten, damit da nichts rauslief.« Er tat einen tiefen Schluck aus seinem Glas.

»Wie ungemütlich«, sagte die Frau. »Denn schon lieber wie Anni und Heinz. So'n Flugzeugabsturz soll gar nicht so schlimm sein. Da kriegt man so ein' Schreck, dass man schon lange ohnmächtig ist, bevor man unten ankommt. Merkst eigentlich überhaupt nichts von.«

»Ja – oder 'n Gehirnschlag. Das geht auch. Muss nur stark genug sein. Dass du gleich weg bist. Wie unser Milchmann. Steht hinterm Tresen, füllt noch Heringssalat ein und sagt plötzlich: ›O!‹ Nur O. Und fällt hintern Tresen und ist nicht mehr.«

»Zu und zu schön«, seufzte die Dicke. »Aber Seebestattung will ich nicht mehr. Is mir zu dreckig geworden, die Nordsee. Nachher schwimmst du da zwischen all dem Öl und dem chemischen Schiet. Nee, nee.«

Mein Freund lächelte froh und glücklich. Ich legte das Geld auf den Zahlteller, und wir gingen raus.

Ich konnte mir nicht verkneifen zu fragen:

»Warum hast du dir das makabre Geplapper von den beiden Alten so genau angehört?«

Thomas blieb stehen und schwärmte: »Weil ich mich plötzlich wieder so zu Hause fühlte. Denn so was gibt es nur in Hamburg.«

Der Außenseiter

»Will deine Frau nicht auch bald mal ausstellen?«

Mit dieser Frage begann das Leiden von Bankfilialleiter Jörn-Peter Wolff.

Fast jedes Wochenende traf er im »Alten Pferdestall« seine Nachbarn und Freunde aus den umliegenden Prachtbungalows und Villen. O ja, sie pflegen schon ihre nachbarschaftlichen Beziehungen im vornehmen Hamburger Stadtteil – man steht ja irgendwie auf gleichem Niveau – gesellschafts- und bankkontenmäßig.

»Ich könnte deiner Frau sofort einen Termin in der Galerie Gabriel reservieren«, sagte Manager Manfred von Clasen. »Da hat doch jetzt erst Frau von der Lippe ihre Aquarelle und Gouachen ausgestellt. Eine sehr schöne Vernissage. Und sie hat gut verkauft.«

Bankfilialleiter Jörn-Peter Wolff schluckte. Ihm war die Sache sichtlich peinlich.

»Wisst ihr, meine Frau will nicht ausstellen.«

»Was?«, riefen fast alle fünf Herren am Tisch.

»Aber warum denn nicht? Alle unsere Frauen stellen doch ihre Bilder aus! Da braucht sie keine Angst zu haben«, sagte Kaufhausdirektor Eberhard Bornheim, »meine Frau hat jetzt gerade ihre israelischen Aquarelle fertig gestellt und will im Foyer der Deutschen Bank ausstellen. Hier, ich habe Einladungen dabei.«

Damit verteilte er an die Herren am Tisch sehr geschmackvoll gestaltete, vierfarbige Hochglanzeinladungskarten mit dem Motiv »Sonnenuntergang in Haifa« und einer Lebensbeschreibung der Künstlerin Eva Bornheim.

»Meine Frau hat im Herbst eine Vernissage im Lafayette«, meldete sich Hugo Heilmann, der drahtige Verlagsleiter, Endfünfziger. »Hinterglasmalerei! Ganz entzückende Arbeiten, sehr gute Kritiken.« Und er holte gleichfalls einen Prospekt hervor, Hochglanz als Leporello, den er verteilte.

»Frau von Borgen hat ja gerade in der alten Heideschmiede ausgestellt. Der Ministerpräsident ist auch da gewesen. Sehr interessante Arbeiten. ›Gesprengte Formen‹, Lithographien«, mischt sich nun auch Klaus Gonschorek, Versandhausleiter, ein. Und er fuhr fort: »Ich bin ja so froh, dass meine Frau diesen künstlerischen Weg genommen hat. Dadurch ist sie endlich auch ausgelastet.«

»Also, lieber Wolff, wann stellt Ihre Frau aus?«

Bankfilialleiter Wolff sackte direkt etwas zusammen.

»Ich muss euch etwas gestehen«, sagte er, »meine Frau malt gar nicht. Sie macht überhaupt nichts Künstlerisches. Sie liest bloß und rackert sich im Garten ab.«

»Ach!«, sagten die Herren.

Aber in diesem Ach lag ehrliches Mitleid. Ein Mann in seiner Stellung mit einer Frau, die nicht malt, nie eine Vernissage hat, keine Aquarelle ausstellt – das ist ja furchtbar. Die Frau macht ihren Mann regelrecht zum Außenseiter.

20.000 Jahre verschwunden

Klaus-Werner ist Transportfahrer beim Atommülllager.

Klaus-Werner M. hatte seine Schwiegermutter umgebracht.

Das war geschafft. Da lag sie nun. In der Küche auf den Fliesen. Und nun? Wohin jetzt mit ihr? Klar hätte er sich das vorher überlegen können. Aber Klaus-Werner hatte sie ja gar nicht wirklich erschlagen wollen. Er wollte ja nur, dass sie endlich mal nicht mehr dauernd rumkeift mit ihm.

Wohin also jetzt mit ihr?

Heute Nacht in 'nen Sack, in die Elbe?

Nee, geht nicht. Irgendwann taucht sie doch wieder auf. Und in den Kriminallabors analysieren und identifizieren die heute einfach alles.

Verbrennen im Ofen?

Er hat doch gar keinen Ofen. Nur Zentralheizung.

Mit Säure in der Badewanne?

Kennt er sich nicht mit aus.

Vergraben im Garten?

Irgendwann gräbt sie jemand wieder aus.

Verdammt, was gibt es für 'ne Möglichkeit, eine Leiche absolut für immer verschwinden zu lassen? Wo niemand mehr rankommt? Irgendein Behälter, den man zuschließt und der nie wieder geöffnet wird. 1000 Jahre nicht.

Aber gibt es denn so was?

Plötzlich fiel Klaus-Werner etwas ein:

Ich hab doch neulich mein Portemonnaie verloren. Wahrscheinlich ist es mir in die Atom-Mülltonne gefallen. Als ich es bei der Werksleitung gemeldet habe, haben sie gesagt:

»Wenn eine Tonne mit Atommüll erst mal verschweißt ist, kann man da nie wieder was machen. Die öffnet keiner mehr. Nicht der Zoll, nicht die Polizei, überhaupt keiner mehr. Auch nicht der Empfänger. Die prüfen nur die Papiere. Da kann Heroin drin sein oder Diamanten, Plutonium pur oder sonst was. Aber so ein Atommüllfass macht keiner auf. Auch nicht an der Grenze.«

So hat Klaus-Werner M., Arbeiter bei der Atommüllentsorgung, seine Schwiegermutter verschwinden lassen. In vier Portionen.

Sie ist per Güterzug nach Schweden gegangen. Im Atommüllfass. Der Zoll hat die Sendung mit äußerster Sorgfalt geprüft. Die Papiere. Das Atommüllfass macht natürlich keiner auf.

Klaus-Werner M. schläft wieder ruhig und fest. Seine Schwiegermutter ist verschwunden. Mindestens für 20.000 Jahre.

Lob der Polizei

Einer, der war seinem Kaiser treu.
Und das war dann leider grad verkehrt.
Und da kam die Polizei herbei,
und die fragte gar nicht lange, was das sei,
sondern schlug ihn tot. Wie sich's gehört.

Aber einer, der war richtig Kommunist
und das war natürlich grade grad nicht gut.
Und da kam per Polizei ein Polizist,
und der fragte nicht erst lange, was das ist,
sondern schoss ihn tot. Wie man das tut.

Aber einer, der war'n echter Atheist.
Und das war natürlich grade grad nicht dran.
Und da kam natürlich gleich – ganz recht: ihr wisst –
und die fragten weder lange noch mit List,
sondern steckten ihn – na, was wohl? – an.

Aber einer, der war'n guter Katholik,
und das war natürlich grade grad vorbei.
Und da kam – ihr wisst schon: mit dem graden Blick.
Und die hielten nicht sehr viel von Glas und Glück,
sondern brachen ihn entzwei. Sie war'n so frei.

Wie gefahrvoll doch das Leben ist.
Wenn man grad versäumt, ob grade grade sei.
Ob als Atheist, als Kommunist, als Christ,
weiß man meistens nicht genau, woran man ist.
Sondern das weiß immer nur allein – die Polizei.

Am Teiche, wo die Raketen träumen

»Ein Glück, dass es Soldaten gibt!«

»Ja, und Panzer und Raketenabschussrampen. Und Munitionsdepots!«

»Wichtig sind auch die Minenleger!«

»Ach ja, wie schön, dass es das alles gibt. Und die getarnten Bunker. Und die unterirdischen Raketen, die keiner sehen darf. Ein Glück. Ein wahres Glück für uns.«

Dies gemütliche Gespräch führten an einem lauen Sommerabend ein Teichmolch und ein Mondhornkäfer miteinander. Sie saßen am Rande eines sumpfigen Teichs auf dem Truppenübungsplatz in der bayrischen Rhön. Kann aber auch sein, dass es in der Lüneburger Heide war – in der Nähe von Bergen. Der Mondhornkäfer war ein Professor. Er wusste über alles Bescheid.

»Die einzigen Flächen in der Bundesrepublik, wo unsereiner noch gedeihen kann, sind die Truppenübungsplätze. 400.000 Hektar sind militärisch abgezäunt. Da kommt kein Pflug hin, kein Mähdrescher, da wird nicht gedüngt, da fahren keine Autos, da trampeln keine Touristen herum. Nur die Soldaten und die Panzer – aber das ist längst nicht so schlimm. Motorengebrüll und Geschützdonner stören unsereinen ja nicht weiter. Ja, ja – die letzten Naturparadiese sind die Militärgelände. Hier gibt's noch den Roten Milan, hier wachsen Orchideen wie der seltene Gelbe Fingerhut, Bekassinen brüten an den sumpfigen Teichen – und mich gibt's hier auch noch: den Mondhornkäfer!«

»Ich hörte aber neulich, wie ein Sperber, der herüberflog, erzählte, auch in den Naturschutzgebieten könnte man überleben«, meinte der Teichmolch.

»Ach, gehen Sie mir weg mit Naturschutzgebieten. Da wimmelt es von Naturfreunden, da fahren trotzdem noch die Autos, fotografierende Menschenherden ziehen umher! Nein, glauben Sie einem alten Professor: Was der Mensch in guter Absicht unternimmt, wird meist nur eine halbe Sache. Das einzige, worauf man sich verlassen kann, sind seine Kriegsgelüste. Dafür nimmt er es sogar in Kauf, die Natur zu schonen.«

Dokumentation II

Den heiligen Marx gelästert

Es gibt Zeitabschnitte im Leben, da muss man einfach nur tief Luft holen und sich sagen: Hilft nichts, da musst du nun durch!

Die »konterrevolutionäre Langspielplatte«

Brigitte Rohkohl im NDR:
»Nur eine schwarze Scheibe mit einem Loch drin«

Text auf der Plattenrückseite

Heiliger Marx!
Wolf Biermann läßt seine Oma Meume beten: »O Gott, laß du den Kommunismus siegen!« Es ist natürlich schön, wenn man so eine weltgeschichtsbewußte Oma hat. Das politische Testament meiner Oma Reimer lautet nur: »Es ist alles Beschiß!« Und: »Immer, wenn sie schrein, daß sie nur dein Glück wollen, mußt du vorsichtig sein. Denn du sollst das Glück, das die wollen, nachher aushalten.« Man muß zu ihrer Entschuldigung sagen, daß die alte Frau allerhand einschlägige Erfahrungen mit Menschheitsbeglückern gemacht hat. Aber natürlich fehlt ihr auch das rechte Klassenbewußtsein. Ich habe ihr damals erklärt: »Im Marxismus, Oma, wird das Volk selber regieren. Die Arbeiter besitzen die Fabriken. Keiner ist mehr neidisch auf den andern. Alle sind zufrieden und lieben einander.«
Da hat Oma Reimer sich einen Magenbitter eingeschenkt und mit bitterer Stimme gesagt: »Ein Glück, daß ich das nicht mehr erleben muß!«
Immer, wenn ich nun die Propheten meiner Zeit von den gewaltigen Aussichten der menschlichen Gesellschaft singen höre, redet mir im Geiste Oma Reimer dazwischen. Hör ich zum Beispiel Wolf Biermann singen: »So oder so, die Erde wird rot / Entweder lebenrot oder todrot«, dann sagt Oma Reimer: »Siehst du wohl. Für ihre große Lehre bringen sich auch Leute um!« – Ich antworte ihr dann: »Aber Oma, wenn das große Ziel nun einmal gewisse Opfer verlangt ...« Doch dann fährt sie mich böse an: »Gewisse Opfer! Das kenn ich doch alles! Entweder man schreit hurra, oder man ist ein Volksfeind!« – »Klassenfeind, Oma!« berichtige ich sie. »Na, wenn schon!« schimpft sie dann. »Gnädiger Kaiser! Herrlicher Führer! Heiliger Marx! Alle lieben sie das Volk! Aber wehe dem Volk, wenn es ihre Liebe nicht erwidert!«

KONKRET-Plattenkolumne

Verschmidtst

Zwei Platten, die den Weihnachtsfrieden stören aus sehr unterschiedlichen Gründen

... Warum überhaupt ein Wort über Scheibner verlieren? Weil hier eine Karriere gestartet wird: Da avanciert einer vom poeta laureatus der Hamburger Szene zum Hofbarden der Reaktion. Der um eigenes Liedgut höchst verlegenen Bourgeoisie kommt er gelegen. Endlich einer, der das Feuilleton der FAZ knütteln kann! Scheibner hat in den letzten Jahren recht geschickt Kleinkunst abgesondert, verschmidtste Gedichte, dann jene ansprechende Fingerübung »Ich mag so gern am Fließband stehn«, mit »Schmidtchen Schleicher« hatte er dank des holländischen Akzents des Interpreten einen Schlagererfolg. Und dann kam »Was in Achterndiek in der Nacht geschieht«. Das Lied paßte in die Landschaft zwischen Brokdorf und Grohnde. Die Anti-AKW-Bewegung mußte glauben, dieser Mann gehöre auf's Podium. ...

»Heiliger Marx« - dieser Titel seiner LP offenbart schon das Ausmaß der gedanklichen Verwirrung, denn solche Terminologie darf sich nur ein Könner wie Biermann erlauben (»lieber Gott, laß du den Kommunismus siegen«), Scheibner sollte das nicht tun: Seine sogenannte Lästerlyrik zeigt, daß er Marx nicht gelesen, folglich auch nicht verstanden hat. Ein Scheibner kann Marx nicht (un)heilig sprechen.

Ausgerüstet mit einem selbstgebastelten Geschichtsbild von ignoranter Spießigkeit läßt Scheibner, der Werbefachmann einer Pumpenfirma, die Funzel seiner rechten Erkenntnis leuchten:

»Sie verkünden die Lehre vom Weltengeist,
der die Träumer in die Gehirne beißt.
Die absolute Glückseligkeitsregel -
zuerst erschien sie dem großem Hegel.
Karl Marx, der erhabene Prophet,
hat sie ein bißchen zurechtgedreht...
...heiliger Marx, gebenedeiter Lenin und
Halleluja Amen Amen!
Deutsche Ordnung, deutsche Zucht sind
wieder da!«

Potz, da hat Scheibner der DDR aber kräftig die Ohren langgezogen!

Ein Bubenstückchen besonderer Delikatesse: Der Dialog zwischen Kommunist und Nazi. Da profiliert sich Scheibner zum Löwenthal der Liedermacher. Rot und braun - für ihn ist's dasselbe. Farbenblind und tiefschwarz muß man sein, um solchen Unfug auch noch mit Musik zu unterlegen. ...

Phonogram-Sänger Wader: für Antifaschisten

Aber: ich kann auch Gutes über Hans Scheibner bemerken: Kein anderer Artist wäre im Stande, seine holprigen Verse so adäquat sprech zu singen. Das macht er sehr hübsch volkstümelnd, menschelnd, möchte man fast sagen. Etwa, wenn er in Bürgertum in den letzten Jahren sauer aufgestoßen ist: Lange Haare, Demos, Verhaftung, Kommune, Haschisch, Protest, Hausbesetzung, Maobibel - Scheibner denunziert auf »Bild« komm raus die gesamte linke Bewegung. Dazu gehört der Hohn auf die Intellektuellen genauso wie die arrogante Herablassung zum Arbeiter:

»Er hat im Kopf nur die Arbeit...
und versteht nicht die großen Ideen der Zeit...«

Wenn es nach Scheibners Wünschen ginge, gäbe es keinen Fortschritt auf der Welt - singend wünscht er sich eine Igelexistenz, stets auf der Jagd nach Mäusen (!).

Glücklicherweise rennt dieser Igel mit geschlossenen Augen unter seinen eigenen Wortlaster

»Wenn sie alle schreien Solidarität,
der ist gegen uns, der nicht mit uns geht,
kommt und laßt uns den Weltbrand entfachen:
Ja, dann mußt du mal langsam aufwachen...«

- wo er verendet. Denn spätestens bei solchem Gereim erkennt auch ein einfältiger junger Unionist, daß man Scheibner überwachen muß. Sogar beim Schreiben von Kommersgesängen. ...

Aus der KONKRET-Plattenkolumne, H. V., Dez. 77

»Eine große Enttäuschung«

Michael Frank in der Süddeutschen Zeitung

Um diese Texte ging es…

Deutschland, deine Väter 1977

Deutschland, hör jetzt auf zu klagen!
Du vergisst, du dummes Kind,
wie besorgt all deine Väter
stets um dich gewesen sind!

Wärst ein Taugenichts geworden,
hätten sie nicht alle Zeit
dich mit Mahnungen und Schlägen
einem höhern Ziel geweiht.

Nur weil sie dich streng erzogen,
Pfaffe, Unternehmer, Fürst,
darfst du stolz sein, dass du heute
in der Welt gefürchtet wirst.

Oh, du törichtes, du böses,
unbelehrbar dummes Kind.
Glaubst du, dass die Völker nur zum
Glücklichsein auf Erden sind?

Danke, Deutschland, deinen Pfaffen,
die dich früh mit feuchter Hand
Amen! Amen! rufen lehrten
und zu leugnen den Verstand!

Preise, Deutschland, deine Fürsten,
welche gütig dir und scharf
zeigten, wie beglückt das Volk ist,
weil es aufwärtsblicken darf.

Phonogram-Sänger Scheibner:

Lobe, Deutschland, deine Denker,
welche stets für dich gedacht
und dir aus des Geistes Höhen
deine Dummheit klargemacht.

Singe, Deutschland, deinen Bossen,
welche dich mit ihrem Geld
schnöden Mammon hassen lehrten
als das schlimmste Gift der Welt.

Dank auch, Deutschland, deinen Henkern
Deutschlands Größe! hieß ihr Wort.
Die dir zeigten: Du bist größer
als die anderen – im Mord!

Deutschland, o du undankbares
Kind, begreifst du es denn nie?
Wer gehorchen soll, muss fühlen!
Was sagst du? Demokratie?

Ja, das könnte dir so passen.
Erstens merk dir eins, mein Kind:
dass wir hier in dir, mein Deutschland,
nicht das einzge Deutschland sind.

Deinen abgetrennten Bruder
lenkt und zwingt ein strenger Geist.
Und der zeigt ihm wieder einmal,
dass das Glück Gehorchen heißt!

Du nur, so genanntes freies
Deutschland, tobst bei Spaß und Spiel,
Flöten, Häuserbaun und Dichten.
Und wo ist dein höhres Ziel?

Meinst du, all die Mühn und Schläge
deiner Väter sind vorbei,
und nun kannst du froh und heiter
leben, demokratisch-frei?

Oh, du dummes Kind, du deutsches!
Merkst du nicht: Man kommt dir schon.
Neue Väter sind im Anmarsch
mit der nächsten Religion!

Sie verkünden die Lehre vom Weltengeist,
der die Träumer in die Gehirne beißt.
Die absolute Glückseligkeitsregel,
zuerst erschien sie dem großen Hegel.
Karl Marx, der erhabene Prophet,
hat sie ein bisschen zurechtgedreht:
Und Hosianna! Seit jener Zeit
ist die sagenhafte Gerechtigkeit,
ist der Himmel auf Erden gar nimmer weit.
Nur ein bisschen Mut! Nur ein bisschen Blut!
Ihr werdet schon sehen: Der Mensch ist gut.
Und keiner ist bucklig und keiner schielt!
(Den biegen wir grade, der das nicht fühlt.)
Habgier und Neid sind abgeschafft
ganz allein durch des Geistes Kraft.
Und keiner wird mehr als der andre bekommen.
(Propheten und Jünger ausgenommen.)

Heiliger Marx! Gebenedeiter
Lenin und halleluja!
Amen! Amen! Deutsche Größe,
deutsche Zucht sind wieder da!

Oh, du willst noch nicht, du dummes
Kind. Ich hör dich trotzig schrein.
Glaub mir: Deine neuen Väter
werden dich schon bald befrein.

Dass du wieder zu gehorchen
lernst! Und deine Retter preist!
Und, wenn sie dich schlagen, jubelst,
dass du Macht zu schätzen weißt!

Denn es ist auf dieser Erde
nicht der Mensch zu Lust und Spiel.
Sondern: dass er weint und leidet
für ein hohes, edles Ziel!

Kolumne in der Hamburger Morgenpost

Reaktionäre Natur

30. 11. 87

Hallo, ihr da – Menschenrechts- und Umweltschutzgruppe der Ostberliner Zionskirche. Ich höre, ihr streitet unter anderem für eine intakte Umwelt auch in der DDR. Für sauberes Wasser, gesunde Luft, lebendige Natur? Ja, sagt mal: Seid ihr eigentlich so naiv, oder tut ihr nur so: Da müßt ihr doch zuallererst mal drauf achten, daß die Umwelt in die Partei eintritt? Habt ihr den sterbenden Bäumen denn noch nichts vom großen Karl Marx erzählt? Wieso glaubt ihr dann, sie retten zu können?
Es ist ja wohl etwas anderes, verehrte Freunde, ob Cadmium, Blei, Schwefelabgase aus den Kapitalisten-Schloten entweichen oder aus volkseigenen Betrieben! Dann sind sie nämlich unschädlich – ganz einfach: weil die Idee immer stärker ist als die Materie. Kapiert?
Wenn ihr etwa so blauäugig sein solltet zu glauben, bei euch da drüben in Ost-Berlin, in Leipzig oder Wismar könnte doch auch mal so was wie »Perestroika« ausbrechen – so möchte ich euch daran erinnern, daß ihr schließlich nicht in irgendeinem Kommunismus lebt, sondern im deutschen Kommunismus. Und das ist was Ordentliches, verstanden!

Die Mörder der Gedanken 3.12.87

Beim DDR-Schriftstellerkongreß in Ost-Berlin haben sich mehrere Autoren getraut, gegen die Literatur-Zensur in der DDR zu opponieren. In einer öffentlichen Plenartagung hielt der Schriftsteller Günter de Bruyn ein scharfes Anti-Zensur-Plädoyer. Die in der DDR herrschende Praxis der »Druckgenehmigung« nannte er eine Demütigung für die Schreibenden und für den Leser!

Der unsägliche Hermann Kant dagegen, Verbandspräsident der Schriftsteller in der DDR seit 1978, verteidigte die Praktiken der Literatur-Zensur besonders in einer Entgegnung an Christa Wolf. Es sei über das Thema Zensur ja zum großen Teil schon »mit Intensität, Tiefe und Leidenschaft« diskutiert worden. Na, wie schön. Ein echter Spulwurm im großen Hintern seiner Funktionäre, dieser Herr Kant.

Sicher – daß es in der DDR Zensur der Literatur gibt, ist nichts Neues. Aber der Schriftstellerkongreß fiel diesmal zeitlich mit den Verhaftungen der Mitglieder von Umwelt- und Menschenrechtsgruppen zusammen. Darum stieß es mir diesmal besonders bitter auf, als ich vom DDR-Schriftstellerkongreß las.

150 Jahre ist es her, da schrieb der Berliner Spaß- und Spottlieder-Dichter Adolf Glasbrenner folgende Verse über den »Zensor«. Das Gedicht heißt »Geisterrache«.

Der Zensor schlief. Es war Mitternacht.
Da regt sich's in seinen Schranken.
Da standen die bleichen Geister auf.
Die ermordeten Gedanken.
»Ich hatte das arme Volk zu lieb!«
erhub der erste die Stimme.
»Ich forderte das versprochene Glück!
mit schlecht verbissenem Grimme!«
»Ich forderte keck das freie Wort!«
»Und ich: die Freiheit der Rechte!«
»Ich sagte: die Fürsten gehörten dem Volk!«
»Und ich: wir wären keine Knechte!«

Dann schildert Glasbrenner, wie die verbotenen Gedanken dem Zensor ins Hirn kriechen und ihn zum Wahnsinn treiben, so daß er sich zum Schluß aufhängt.

Adolf Glasbrenner ist so aktuell wie vor 150 Jahren. Er war sogar zu optimistisch. Denn daß sich ein Zensor aufgehängt hat, hat man noch nicht erlebt. Im Gegenteil: Sie hängen immer noch die Schriftsteller auf – oder sperren sie zumindest ein beziehungsweise verhängen das Veröffentlichungs- und Reiseverbot über sie.

Wilhelm Tell aktuell 13.10.89

Seltsam! Da hört man von allen Seiten: Das Theater ist in der Krise. Langeweile an den deutschen Bühnen. Nichts reißt das Publikum noch so richtig von den Sitzen. Und dann – mittendrin in der Theater-Flaute:

»Riesenjubel bei Wilhelm Tell an der Volksbühne in Ost-Berlin am Rosa-Luxemburg-Platz!«

Da braucht der Landvogt Geßler nur zu rufen:

»Was läuft das Volk zusammen, treibt sie auseinander! Schafft das freche Volk mir aus den Augen. Den kecken Geist der Freiheit will ich beugen!« – Beifall, Gelächter und Gemurmel im Zuschauerraum.

»Schiller?« hat mir noch vor kurzem ein bekannter Kritiker gesagt, »Schiller ist doch nicht mehr spielbar. Dieses Pathos, dieses gestelzte Heldentum!«

In Ost-Berlin sagt Wilhelm Tell, nachdem er von Soldaten des Landvogts niedergeknüppelt wurde: *»Fort muß er, seine Uhr ist abgelaufen!«* – Brausender Szenenbeifall!

Und dann der berühmte Rütli-Schwur (2. Aufzug, 2. Szene:) *»Wir wollen sein ein einzig Volk von Brüdern / In keiner Not uns trennen und Gefahr / Wir wollen frei sein, wie die Väter waren / … und uns nicht fürchten vor der Macht der Menschen!«*

Kaum enden wollender Beifall.

Und wenn Tell sagt:

»Wartet Ihr ab, ich handle! Wer ist so feig und könnte jetzt noch zagen?« – wird der Beifall zur Demonstration.

Dabei ist die Inszenierung von Christoph Schroth nun nicht gerade avantgardistisch! Nicht mal grüne Seife auf der Bühne! Kein einziger kleiner Geschlechtsakt oder dergleichen. Die Zwingburg ist zwar dargestellt als Baustelle mit Schild: »Sperrgebiet«, und einmal schwebt Tell beziehungsreich an einem Drachensegler durch den Zuschauerraum – aber wie elektrisiert sind die Zuschauer von Friedrich Schillers pathetischem Vers:

»Reißt die Mauer ein! Wir haben's aufgebaut, wir wissen's zu zerstören!«

Beifallsstürme, Bravo-Rufe. Das Theater tobt vor Begeisterung. Keine Spur von Krise oder Langeweile. Merkwürdig, nicht wahr?

»Bitte um Vergebung, großer Meister!«

Trauer muss der Trabi tragen 17.11.89

Gebt acht, dass euch das Herz nicht bricht,
wenn ach so verzweifelt der Trabi spricht:

Gestern noch war ich so heißbegehrt!
Heute verlacht und nichts mehr wert!

Dieser Schock. Bin fix und fertig.
Weh! ich fühl mich so minderwertig!
Seit ich auf der Autobahn
durch die BRD gefahrn!
Bei uns man mich als ein Symbol fand
für den sozialist'schen Wohlstand.
Als man mich nach fünfzehn Jahren
Wartezeit einst vorgefahren –
stand ich wie ein Wundertier
angestaunt vor ihrer Tür.
Die Familie rief: Hurra!
Endlich ist unser Trabi da!
Und die Nachbarn haben gewunken.
Ich hab hinten rausgestunken.
Doch mit hocherhob'ner Miene
fuhr man mich – die Limousine!
Glücklich, wer in unserem Staat
so ein Luxus-Auto hat!

Ach, wäre ich doch zu Hause geblieben!
Hätt man mich nie gefahren nach drüben!
Das waren grausame, furchtbare Stunden.
Ich hab sie bis heute nicht verwunden!

Autos! Ich hab Autos gesehn…!
Da kann man die Welt nicht mehr verstehn!
Ein BMW fuhr vorbei an mir:

Was will die Kartoffelkiste denn hier?
Es rümpfte ein Opel-Admiral die Nase:
Das Kinderspielzeug – runter von der Straße!
Ein Golf rief: Es ist doch nicht zu fassen!
Dich haben sie doch wohl nicht zugelassen.
Du bist der totale Inbegriff
der Verkehrsgefährdung für unseren TÜV!

So war das. Und nun stehe ich hier –
wieder in Magdeburg vor der Tür.
Für immer dahin die große Zeit
der sozialistischen Herrlichkeit!
Meine Kurbelwelle – sie will nicht mehr.
Mir ist mein Zweitakt-Zylinder so schwer!
Karl Marx, ach, was hat man mir angetan!
Ich spring nicht mehr an!
Ich spring nie wieder an!!

Song vom kleinen Herrn Meier

Die Soziologen
sind mir gewogen.
Die Polizisten
führen mich in Listen.
Die Kapitalisten
am liebsten mich küssten.
Die Kommunisten
sich mit mir brüsten:

Ich bin der Herr Meier,
    der kleine Herr Meier.
    Die Herren Befreier
    und die Herren Verleiher:
Alle lieben sie mich ungeheuer!

Ist das nicht rührend? Jedenfalls
hab ich enorm viele Freunde am Hals!

Die Pazifisten
mein Bestes wüssten.
Die Militaristen
für mich nur rüsten.
Die Psychologen
mich lieben und loben.
Die Bürokraten
mich dringend beraten.

Die Kardinäle
lieben meine Seele.
Den Herrn von der Steuer
bin ich sehr teuer.
Den Liberalen
tu ich auch gefallen.

Die Konservativen
mir stets nachliefen.

Und immer laden mich alle ein,
ihr allerbester Freund zu sein

Ihr Soldat zu sein,
für ihren Staat zu sein,
ihnen nachzulaufen,
ihnen was abzukaufen,
ihr Lied zu singen,
ihre Fahne zu schwingen,
ihre Schulden zu erben,
ihre Tode zu sterben.

Sie wollen alle mein Glück gestalten:
Ich brauch es dann nur noch – auszuhalten!

Kofferschoner

Hermann und Hermine hatten sich für den Urlaub neue Koffer gekauft. Seit zwanzig Jahren die ersten neuen Koffer: richtig gutes Leder – Markenware. Ein paar Tage später kam Hermann mit den Kofferschonern nach Haus. Er zog die Kofferschoner über die Koffer:

»Schade«, sagt Hermine. Nun sieht man gar nichts mehr von den schönen Koffern.«

»Dafür bleiben sie aber wie neu.«

»Bloß, dass das keiner mehr sehen kann.«

»Unsinn. Das weiß doch jeder, dass das wertvolle Koffer sind, wenn Kofferschoner drüber sind.«

»Aber dann hätten wir ja nicht so teure zu kaufen brauchen – sondern nur die Kofferschoner dazu. Dann hätten wir viel Geld gespart.«

»Wir haben doch die Koffer nicht für andere Leute gekauft, sondern für uns!«

»So? Aber du hast doch selber gesagt: Das Leder sieht schick aus von den Koffern. Das zeigt was her.«

»Ja, aber für uns!«

»Aber wir können das doch nun auch nicht mehr sehen – wo die Kofferschoner da drüber sind.«

»Aber wir wissen doch, dass die Koffer gut aussehen.«

»Ja, wissen. Aber wissen ist doch nicht sehen, Hermann.«

»Du immer mit deiner Eitelkeit. Wenn die Koffer keine Kofferschoner haben, dann sind sie nach der ersten Reise verkratzt und sehen erst recht nicht mehr gut aus.«

»Ja, aber dann könnten wir ja immer noch die Kofferschoner drübermachen – wenn sie verkratzt sind.«

»Kofferschoner über verkratzte Koffer? Ich will doch nicht die Kratzer schonen, sondern die Koffer!«

»Du, Hermann! Die Kofferschoner bleiben aber auch nicht immer neu. Müssten wir nicht auch noch Kofferschoner-Schoner haben?«

»So ein Blödsinn. Ich kauf doch keine Kofferschoner, um die Kofferschoner zu schonen, sondern die Koffer. Und da sei man ganz ruhig: Je mehr die Kofferschoner verkratzt sind, umso mehr wissen die Leute, wie sehr wir die Koffer geschont haben!«

Heldentod

Die Biene Henriette hatte schon auf der Militärschule eine gewisse Abneigung gegen den so genannten »Heldentod im Verteidigungsfalle« entwickelt. Damals hatte Unteroffizier Schniedel den Rekrutbienen die hohen Ideale der Verteidigung mit scharfem Ton erklärt:

»Die Biene flieht nicht!«, hatte er geschnarrt. »Die Biene lässt sich nicht wehrlos erschlagen. Die Biene sticht zurück und stirbt! Für jede Biene ist es eine hohe Ehre, im Falle eines menschlichen Angriffs ihr Leben in der Verteidigung opfern zu dürfen.«

Die Biene Henriette hatte damals zu einer ihrer Kameradinnen leise gesagt:

»Das find ich ganz doof. Warum kann man denn nicht einfach wegfliegen?«

Aber der schneidige Schniedel hatte weitergetönt:

»Die einzelne Biene opfert im Verteidigungsfall ihr Leben für die Gesellschaft. Sie lässt ihren Stachel im Feind zurück und muss sterben. Aber ihr Tod ist ein herrlicher Tod. Der Tod eines Helden, das größte Erlebnis, das es für eine Biene geben kann!«

»Der muss es ja wissen«, hatte die Biene Henriette geflüstert. »Er ist jedenfalls noch nicht gestorben.«

»Wie bitte? Was wurde da geschwatzt?«, hatte Schniedel geschnauzt.

Henriette hatte sich ein Herz gefasst und zu antworten gewagt:

»Ob so ein Heldentod schön ist, kann doch niemand wissen, der noch lebt!«

»Ruheee!«, hatte Schniedel gebrüllt. »Du wirst an meine Worte denken, wenn es so weit ist! Der Heldentod ist für jede Biene ein unvergessliches Erlebnis und das Größte, was ihr widerfahren kann.«

Das war nun schon eine ganze Zeit her. Eines Tages geriet die Biene Henriette in ein Auto, das mit 140 Stundenkilometern über die Autobahn brauste. Henriette versuchte, durch die Windschutzscheibe wieder ins Freie zu gelangen. Der Fahrer des Autos jedoch schlug nach ihr – alles bei Tempo 140. Die Biene Henriette dachte nicht im Entferntesten an die Freuden des Heldentods. Ganz einfach aus Angst stach sie dem Fahrer des Autos in den Hals, als seine Hand sie im Fluge erwischte. Kaum aber war ihr Stachel in das Menschenfleisch gedrungen, dachte sie:

»Ach, nun muss ich sterben. Nun kommt der Heldentod. Das unvergessliche Erlebnis…« Und den Bruchteil einer Sekunde war sie sogar ein bisschen neugierig, ob der Heldentod denn nun wirklich etwas so Großes, Ungeheures… Im selben Augenblick aber gab es einen furchtbaren Krach. Glas, Blech, Menschenteile, Gepäckstücke, Brückengeländer und Reifen wirbelten durch die Luft, alles roch nach Benzin und Verbranntem: Es war, als ginge die Welt unter.

»Donnerwetter«, dachte die sterbende Biene Henriette. »So ist er also, der Heldentod. – Irgendwie ja doch ganz beeindruckend…«

Der Mauermörder 1990

oder Das lass ich mir nicht mehr nehmen!

Bei Kurt in der Bahnhofskneipe stand einer am Tresen, dem man irgendwie den Ossi ansah. 1990 konnte man das irgendwie noch erkennen – an den Schuhen oder am Oberhemd – alles noch so'n bisschen sozialistisch zurückgeblieben gestylt. Auf dem Tresen lag eine BILD-Zeitung. Der »Ossi« nahm sie in die Hand und las die Schlagzeile laut vor:

»›Mauermörder in Untersuchungshaft‹ – ist die Zeitung von heute?«

»Hat jemand liegen lassen«, sagte Kurt, der Wirt.

»Davon reden ja jetzt alle«, sagte der Ossi. »Von den Mauermördern. Ich könnt Ihnen dazu was erzählen. Etwas, wo ich immer noch drüber nachdenken muss.«

Kurt zapfte ein Bier und sah zu dem Mann herüber.

»Mein Freund ist nämlich der Schwager von einem andern Mauermörder. Waren ja nicht nur die vier hier. Er sagt, der hat immer gesagt: ›Wenn sie mich bloß bald verhaften. Damit es endlich losgeht. Ick hab einen Menschen erschossen‹, hat er gesagt. ›Ick bin ein Mörder. Da jibt's nischt mehr dran zu ändern. Und hab noch 'ne Auszeichnung dafür gekriegt. Und 150 Mark Prämie.‹

Mein Freund wollte ihm immer klarmachen: ›Mike, das ist ein Verhängnis, dass du das gewesen bist. Das hätte auch jedem andern passieren können. Du hast einfach Pech gehabt, dass du an dem Tag Dienst hattest. Dich hat's getroffen. Aber jeder andere hätte auch gehorchen müssen. Du bist kein Mörder.‹ Aber sein Schwager, sagt mein Freund, ist ein ganz anderer Mensch geworden. Er sagt immer nur: ›Das weiß ich alles. Das hab ich mir ja selber schon tausend und tausendmal gesagt. Die Wahrheit ist aber: Det war kein anderer. Det war ick. Ick hab ihn erschossen. Ick hab die Knarre gehalten. Ick habe jeschrien: Stehen bleiben oder ick schieße! *Ick* habe gedacht: Scheiße, wenn der jetzt weiterläuft, denn muss ick schießen. – Und das war alles wie in einem Film‹, sagt er. ›Es glaubt mir ja heut keener mehr‹, sagt er, ›aber 'ne Sekunde hab ich noch jedacht, tu's nicht, Mike – aber die andere Stimme in mir war viel lauter: Biste verrückt? Willste dir unglücklich machen? Befehl ist Befehl! Wat jeht dich det an! Und denn – denn is' der Republikflüchtige auch schon zusammenjesackt – mit solchen Augen! Hat jar nich' so jekiekt, wie du dir Todesangst vorstellst. Mehr so ungläubig, so, als wenn er sagen wollte: Bin ick nu erschossen oder wat? Konnt aber nischt mehr sagen. War gleich weg. Herzdurchschuss. Schießen kann ick. Und det Merkwürdige‹, sagt mein Freund, sagt der Schwager – also, der hat ihm das alles 'ne ganze Nacht lang erzählt – ›das Merkwürdige: Zuerst hab ick mir jar nich schlecht jefühlt. Davor hatte ick immer Angst. Mann, wenn bloß nischt passiert anner Grenze. Wenn ick bloß nich mal schießen muss, so'ne Scheiße! Da kann ick nachher nich mehr froh werden oder wat.‹ – Davor hatte er Angst, sagt er. ›Aber wie det nu passiert is'‹, sagt er, ›hab ick mir richtig selber beobachtet: Na, wat is' nu mit dein Jewissen? Aber nischt. Alles halb so schlimm, hab ick jedacht. Ick hab doch die Jesetze nich jemacht: Pflichterfüllung. Und det wird ja nu och nich umsonst sein: drei Tage Sonderurlaub und 'ne Auszeichnung wegen Vereitelung einer bewaffneten Republikflucht. Bewaffnet war der aber jar nich. Der hatte so'n Dreierhaken aus'm Garten bei sich mit 'ner Schnur dran. Da wollt er sich dran hochziehen an der Mauer. Das haben die ihm als ›Waffe‹ ausgelegt. Aber wie jesagt‹, sagt er: ›Ick war nich grade stolz auf mich – aber ick war froh: Det Jewissen war mucksmäuschenstille. Und jut jeschlafen hab ick auch‹, sagt er, ›die erste Nacht.‹

Mein Freund sagt: ›Wenn du den Mann hörst, kommst du ins Grübeln. Und denkst an deine eigenen Kriegserlebnisse – und irgendwie tut dir der Typ dann leid.‹ Aber der Mike sagt jetzt: Er will nicht bemitleidet werden. Er sagt, es ist ihm alles klar: Wenn die DDR nicht den Bach runtergegangen wär', würd er jetzt vielleicht Unteroffizier sein, schon lange versetzt von den Grenztruppen – und ein normales Leben führen. Er ist verheiratet und hat zwei Kinder. Bestimmt hätte er es alles längst verdrängt, sagt er, wenn die Mauer noch immer stehen würde. Und das arme Schwein, das er erschossen hat, würde ihm wahrscheinlich nicht mal mehr leid tun. Das mit dem Gewissen, sagt er, das ist tatsächlich erst losgegangen, als die Menschen auf der Straße demonstrierten – und als das SED-Regime anfing zu wackeln. Da hat er plötzlich wieder Alpträume gehabt. Und hat im Zimmer gestanden vor dem Bett seiner beiden kleinen Mädchen– und hat angefangen zu heulen. Hat gar nichts Bestimmtes gedacht – sondern die Angst ist bei ihm losgegangen. Und wie sie dann in den Westzeitungen zum ersten Mal von den Mauermördern geschrieben haben – da ist ihm das wie ein Stein auf den Kopf gefallen, und er hat es gewusst, sagt er: Ich bin ein Mörder!

Mein Freund hat auf ihn eingeredet: ›Mike, das ist doch großer Quatsch! Mörder, das sind doch die, die den Befehl gegeben haben. Erst mal Honecker und Mielke – aber auch die andern, die nicht selber schießen mussten, sondern nur befehlen. Befehlen ist einfach. Aber du hast die Drecksarbeit machen müssen. Die sind doch viel schlimmer; das sind wirklich Verbrecher, die uns kleinen Leuten einen sozialistischen Staat und die absolute Gerechtigkeit versprochen haben – und dann jeden erschießen lassen, der ihr Paradies nicht mehr aushalten kann. Du wusstest doch nur: Du kommst auf jeden Fall nach Bautzen, wenn du den Befehl nicht befolgst. Und jetzt sollen die, die das alles zu verantworten haben, von Honecker bis Modrow und bis zum NVA-Offizier, die sollen alle straffrei ausgehen – und nur du bist der Mörder?‹

So hat er auf ihn eingeredet, mein Freund. Aber wissen Sie, was mein Freund sagt, was sein Schwager ihm geantwortet hat? ›Das ändert doch alles nichts. Ich habe einen Menschen erschossen. Ick bin ein Mörder! Ick habe denen gehorcht, verstehst du.

Ick kann meinen Kindern nicht mehr in die Augen sehen. Nee, mein Lieber! Jetzt weiß ich es: Ich bin ein Mörder. Und diesmal, det versprech ick dir, diesmal können die mir nicht mehr befehlen, die Herren Funktionäre. Ick bin ein Mörder. Ick ganz allein. Det lass ick mir nu nich mehr nehmen!‹«

Dummsein ist schön

Das muss schön sein: Dummheit nicht zu merken.
Dummheit ist an sich schon angenehm.
Doch sich selbst in Dummheit zu bestärken,
froh und dumm in Worten und in Werken,
das ist herrlich, das ist schön bequem.

Dummheit ist der wahre Seelenfrieden.
Furchtlos zieht die Dummheit ins Gefecht.
Klugheit kämpft und kämpft und muss ermüden.
Dummheit hat von vornherein entschieden.
Und wer dumm ist, hat natürlich Recht.

Und die Weisheit ringt mit den Problemen.
Und die Liebe sorgt und weint und wacht.
Die Vernunft will sich das Leben nehmen.
Nur die Dummheit braucht sich nicht zu schämen,
denn für sie ist diese Welt gemacht.

Dummheit steht ganz oben auf der Leiter.
Und nach unten sieht sie sich nicht um.
Und was groß ist, Dummheit tritt es breiter.
Dummheit ist vergnügt, brutal und heiter.
Denn, sagt Dummheit: Ich bin doch nicht dumm!

Charlie will raus

Als der Mann gegangen war, saß die Frau in ihrer Wohnung und stützte sich mit den Armen vornüber auf den Tisch. Das Gefühl der Demütigung und der Verlorenheit schmerzte sie so stark, dass sie fürchtete umzusinken.

Nach 23 Jahren Ehe!

Wie hatte sie diesen Mann geliebt! Wie liebte sie ihn immer noch. Sogar in diesem Augenblick. Jetzt hatte er sie sogar geschlagen. Es sollte eine Aussprache werden. Sie hatte so gehofft, dass irgendwie ein Wunder geschehe.

Getreten hatte er nach ihr. Sie mit der Hand von sich weggeschlagen...

»Ich möchte tot sein«, sagte sie zu sich selbst.

Im gleichen Augenblick hörte sie ein Fiepen unter dem Tisch. Der Hund! Ach ja – den gab's auch noch.

Der Hund fiepte.

»Ruhig, Charlie«, sagte die Frau.

Aber der Hund fiepte weiter.

»O, du dummes Tier«, sagte die Frau. »Ich weiß nicht ein noch aus und er: will raus hier, will auf die Straße.«

Der Hund fiepte wieder. So richtig mitleiderheischend: »Lass uns endlich runtergehen.«

»Uli hat mich verlassen, du dummes Tier. Für immer. Nach 23 Jahren. Er wird nie, nie zurückkommen. Nie! Ich weiß nicht, was ich machen soll, wie ich weiterleben soll ohne ihn.«

Der Hund sah sie mit großen Augen an – und fiepte.

Da musste sie plötzlich in all ihrer Verzweiflung lachen. Es dämmerte ihr die Erkenntnis:

»Es gibt tatsächlich außer mir noch Kreaturen auf der Welt, die irgendwelche eigenen Wünsche haben.«

»Komm, Charlie«, sagte die Frau. »Wir gehen erst mal raus.«

Mein Vater war ein Monochromer

Ach, es ist so bitter, wenn man nach vielen Jahren plötzlich feststellen muss: Man hat seinen eigenen Vater verkannt! Papa, vergib mir!

Da lese ich im Feuilleton der »Süddeutschen Zeitung«: In Lyon findet eine Ausstellung zur Geschichte der »monochromen Malerei« statt. Das sind einfarbige Bilder.

So findet man dort zum Beispiel das große Werk von Oliver Mosset: 13 Quadratmeter Leinwand völlig gleichmäßig rot bemalt. Eine Bildidee, die auf Sören Kierkegaard zurückgeht, schreibt der Kunstkritiker Gerhard Hesler: Der Untergang der Ägypter im Roten Meer könnte durch eine rechteckige, einheitlich rot bemalte Leinwand wiedergegeben werden! Whow!

Und was hat das mit meinem Vater zu tun? Zwanzig Jahre vor seinem Tod zeigte er mir, dem 13-jährigen Sohn, eines Tages in seiner Werkstatt ein quadratisches Stück schwarze Pappe und sprach:

»Der Kampf der Schwarzen im Tunnel bei Nacht!«

Und was tat ich? Ich grinste. Ich lachte. Ich Dummkopf! Ich Ignorant! Mein Vater war ein Monochromer! Und ich hab's nicht begriffen!

Aber das Schicksal rächte ihn!

Später habe ich nämlich zwölf Jahre in einer Lackfabrik gearbeitet. Immer mit der Sehnsucht im Herzen: Wenn ich doch nur einen künstlerischen Beruf hätte.

Ich hatte aber zu tun: mit der Verwaltung der RAL-Karten. Das sind Farbkarten mit den von der Industrie genormten Farbtönen, so genannte RAL-Töne. Absolut farbgleiche, farbechte Farben!

»Der Verzicht auf Komposition ist das Kriterium der Monochromen... Wenn die Farbe nur sich selbst darstellt, verbieten sich subjektive Geschmacksurteile von selbst...«, sagt der Kunstkenner. Verdammt! Ich stand mittendrin in der Kunst. Und habe es nicht gemerkt. Ich weiß noch genau: Signalrot hatte die RAL-Nummer 2002! Es war so absolut monochrom, so herrlich einfarbig, so geschmacksneutral. Und ich hab's nicht begriffen!

Als ich meinen Vater einmal fragte: »Was gehört mir, Papa?«, da sagte er geheimnisvoll: »Wenn du die Augen zumachst, was du dann siehst: Das gehört dir!« Ob das vielleicht ein Hinweis war auf den Monochromismus? Auf Bilder, die man nur mit geschlossenen Augen betrachtet? Schließen Sie bitte die Augen. Ja, jetzt verstehen wir uns...

Gar nicht drauf eingehen

Ich glaube, ich bin jetzt dahintergekommen. Hinter ihre Technik, meine ich. Wie es ihr immer wieder gelingt, mich einfach abzuschmettern. Meine Attacken sozusagen zu unterlaufen!

Verena hat sich ganz einfach drei Gegenbehauptungen irgendwann mal aufgeschrieben und dann auswendig gelernt.

Es handelt sich um die Behauptungen:

»Dein Alkoholkonsum ist viel zu hoch!«

»Wer lässt denn immer überall seine Klamotten rumliegen?«

Und: »Du hast schon zwei Totalschäden gebaut!«

Fällt jetzt irgendetwas vor, was mir nun wahrlich Anlass genug zur Beschwerde gibt – dann tut sie jedesmal nichts weiter, als mir eines dieser Standardargumente an den Kopf zu werfen.

Es ist wirklich nicht zu fassen.

Angenommen, sie ist mit meinem Wagen gefahren, hat ihn auf der Straße stehen lassen – und vergessen, das Schiebedach zu schließen.

Die ganze Nacht hat es geregnet. Ich stürme also wutentbrannt durch die Haustür:

»Mein ganzes Auto ist hin! Du hast das Schiebedach offen stehen lassen! Was denkst du dir dabei?«

Dann sieht sie mich höchstens eine Sekunde erschrocken an – und dann kommt:

»Und du? Du trinkst zu viel. Dein Alkoholkonsum ist viel zu hoch!«

»Was hat das mit dem Schiebedach zu tun? Alles ganz nass vom Regen!«

»Und wer lässt seine Klamotten immer in allen Zimmern rumliegen?«

Man könnte verrückt werden.

Oder wenn sie mal wieder vergessen hat, das Badewasser abzustellen. Das Wasser läuft schon unter der Tür heraus.

Ich brülle:

»Dein Badewasser! Wo hast du eigentlich immer deine Gedanken! Verdammt noch mal!«

»Und du? Du hast schon zwei Totalschäden gebaut!«

»Verdammt noch mal! Alles überschwemmt!«

»Und außerdem trinkst du zu viel!«

Was soll ich da machen? Ich komme nicht gegen sie an. Sie geht einfach nicht drauf ein, was ich sage!

Naturfreunde

Dass der Mensch schlecht ist, ein Raubtier, ein hinterlistiges, bösartiges Wesen – natürlich ist mir das klar. Und doch geschieht es mir immer wieder: dass ich an dieser Tatsache zweifle, dass ich Hoffnung schöpfe. Wie vor ein paar Tagen. In der Großgärtnerei. Es herrschte ein erstaunlicher Andrang. Alle wollten Sträucher, Büsche, kleine Bäumchen kaufen für den Hausgarten oder den Schrebergarten.

»Siehe«, sagte ich zu mir, »sie lieben die Natur. Wie liebevoll sie die kleinen Sträucher betrachten, die Tannen, die Wacholder, die Lär-

chen, den Rhododendron. Das müssen gute Menschen sein. Wer sich an Gottes Grünzeug erfreut, kann keine menschenfeindlichen Gedanken im Herzen tragen.«

Dann hörte ich das erste Verkaufsgespräch.

»Wir suchen was für unsere Hecke zum Nachbarn. Was schnell wächst und schön hoch wird.« – »Da könnte ich Ihnen Liguster empfehlen«, sagte der Verkäufer. »Wird sehr dicht, gewährt einen guten Sichtschutz.«

Also, das waren nun wohl doch nicht die typischen Naturfreunde. Aber so etwas gibt's eben. Gespannt lauschte ich dem nächsten Gespräch.

»Die Nachbarskinder klettern immer zu uns rüber, wenn sie ihren Ball über die Grenze geschossen haben. Wir brauchen was Festes, wo man nicht so schnell durchkommt.« –

»Heckenrosen oder Brombeeren«, sagte der Gärtner fachmännisch.

»Da gehen die nur einmal rein, das vergessen sie nicht mehr.«

Schöne Liebe zur Natur. Aber das waren sicherlich nur Ausnahmen. Das junge Paar vor mir sah so friedlich und verliebt aus.

»Unser Nachbar ist 1,80 groß«, sagte der Mann.

»Ein ekelhafter Typ«, lächelte das junge Mädchen. »Guckt immer in unser Fenster, verstehen Sie?«

»Chinabambus«, sagte der Gärtner. »Wächst rasend schnell. In vier Wochen ist Ihr Nachbar verschwunden.«

Mir wurde traurig ums Herz. Das nächste Ehepaar war etwas unschlüssig.

»Wir wissen noch nicht so genau… Unser Garten grenzt direkt an den Garten von unserem Schwager, wissen Sie…«

»Nehmen Sie doch was Immergrünes, dann brauchen Sie Ihren Verwandten auch im Winter nicht zu sehen«, sagte der Gärtner. Er war es einfach so gewohnt. Die Hecke ist des deutschen Gartenbesitzers Verteidigungswaffe. Das Abschreckungsprinzip im Eigenheimbereich.

Ich beschloss, dem Gärtner einen Denkzettel zu erteilen. Mein Sarkasmus sollte ihn treffen.

»Haben Sie auch was Giftiges?«, fragte ich. »Wo der Nachbar gleich tot umfällt, wenn er sich meinem Grundstück nähert?«

Da trat der Gärtner dicht an mich heran und flüsterte: »Kommen Sie nächstes Jahr wieder, wir züchten gerade an einer Dornenhecke mit Giftpfeilen und kleinen Blütensprengkapseln. Wirken wie Selbstschüsse. Das wird der Verkaufsschlager, sag ich Ihnen!«

Herr S. und Herr Z. und die Sicherheit

Herr S. liegt mit Herrn Z. im Streit.
Herr Z. verlangt nach Sicherheit.
Herrn S. erscheint nichts lächerlicher
als Sicherheit. Was ist schon sicher?

Herr Z. jedoch, mit Kraft und Schwung,
versichert, dass Versicherung
vor Schaden jedem jederzeit
sichtbar mehr Sicherheit verleiht.

Aha, beginnt Herr S. zu kichern:
Dass Schaden kommt, kann man versichern?
Nicht *dass*, entgegnet Z., nur *wenn*:
zu sichern den Versicherten.

So wäre also Sicherheit:
dass man unsicherheitsbereit
nie sicher ist, wann und wie weit
Sich-Sichern Sicherheit verleiht?

So streiten sie die ganze Zeit.
Herr Z. verlangt nach Sicherheit.
Herrn S. erscheint nichts lächerlicher.
Ob sie je enden, ist nicht sicher.

Über der Sessellehne der Zeit...

Es begann damit, dass Verena durchs Haus rief: »Soll ich das hier wegtragen, oder ist das ein Kunstwerk?«

Ich musste mich erstmal orientieren, um was es eigentlich ging. Ach so! Ja: Da lagen noch mein gebrauchtes Oberhemd und ein Paar alte Jeans mit Gürtel über der Sessellehne im Wohnzimmer.

»Klar ist das ein Kunstwerk!«, rief ich natürlich. »Herrlichkeit von gestern über der Sessellehne der Zeit!«

»In Ordnung!«, rief Verena. »Dann rühr ich es auch nicht an!«

Ich dachte natürlich: Was kann mir schon passieren? Ich bin ja nicht Beuys. Mir zahlt ja kein Mensch 20.000 Euro für fünf Pfund Butter an der Wohnzimmerdecke. Also kann ich meine »Herrlichkeit« auch ruhig liegen lassen. Irgendwann wird Verenas Ordnungsliebe siegen, und sie wird das Kunstwerk in den Wäschekorb werfen.

Zwei Tage später spielte sich folgende Szene ab:

Sinnend stand ich vor Oberhemd und Jeans über der Sessellehne und rang mit mir. Ich war drauf und dran, die Klamotten eigenhändig in den Wäschekorb zu werfen. Verena aber trat neben mich und sagte: »Du zweifelst doch nicht etwa an deiner Kunst?«

»Ja, weißt du«, sagte ich etwas kleinlaut, »mir kommt es im Augenblick so vor, als handele es sich einfach nur um ein altes Oberhemd und dreckige Jeans.«

»Bleib stark!«, sagte Verena. »Vielleicht sollten wir eine Beschriftung anbringen: Herrlichkeit von gestern...«

Verenas Augen funkelten vor Zorn:

»Oder willst du damit etwa sagen, du hättest hier drei Tage deine dreckige Wäsche rumliegen lassen, in der Hoffnung, dass ich sie wegtrage?«

»Aber nein, Liebling. Natürlich nicht!«

»Okay. Dann bleibt es auch so liegen!«

Und da liegt es nun immer noch: »Herrlichkeit von gestern über der Sessellehne der Zeit.«

Freut euch für den Kardinal

»Also – was sich da neulich abspielte zur Beisetzung des großen Kardinals, das empört mich«, schimpfte mein seltsamer Bekannter, Herr Z., auf unserem Spaziergang. »Religiöse Gefühle muss man respektieren. Man darf sich weder darüber lustig machen noch die Gläubigen verhöhnen!«

»Meine Güte, was ist geschehen?«

»Haben Sie es denn nicht gelesen? Von überallher gehen Beileidsbriefe an das erzbischöfliche Generalvikariat ein: ›unser tief empfundenes Beileid zum Tode des Kardinals‹. Das ist doch die reine Beleidigung!«

»Entschuldigung – das meinen die Kondolierenden doch sicherlich aufrichtig?«

»Hören Sie! Der Kardinal geht in das Reich Christi ein. Er ist erlöst von diesem sündigen Erdendasein. Für dieses Ziel hat er gelebt, hat den Weibern entsagt, hat uns anderen Sündern gepredigt, dass es nur diesen einen Weg zur Seligkeit gibt und sonst keinen. Und jetzt, wo es so weit ist, dass er in die Herrlichkeit eintritt, schreiben diese Leute Beileidstelegramme. Das ist doch beleidigend! Als wenn man einem Mann zur Hochzeit nicht gratuliert, sondern ihm herzliches Beileid ausspricht! Geschmacklos, so was! Die gläubigen Christen müssen doch jubilieren und sich für ihren Bruder im Glauben freuen!«

»Ja, aber vielleicht hat doch im Angesicht des Todes jeder wieder Zweifel, ob es Gott überhaupt gibt. Sogar ein Weihbischof, sogar ein Kardinal«, sagte ich.

Da wurde Herr Z. rot vor Zorn.

»So dürfen Sie mit mir nicht sprechen. Dafür, dass niemand an Gott zweifeln darf, nicht mal an Maria oder am Heiligen Geist und an allen einzig wahren Wahrheiten der Kirche, hat sie Menschen zu Tode gequält, verbrannt, verfolgt, bestialisch umgebracht. Das Recht, an Gott zu zweifeln, hat sie verwirkt – und somit ergibt es keinen rechten Sinn zu trauern, wenn ein Gottesmann gestorben ist.«

Meine Frau ist verreist

Da haben wir nun längst eine freiere Sexualmoral – aber immer noch gibt es lächerliche Fälle von Eifersucht. Neulich stand Werner M. bei Kurt, dem Wirt, am Tresen. Werner hatte schon ganz schön was geladen. Aber er trank noch einen Korn.
Und sprach zu Kurt über den Tresen hinweg:

»Du weißt es doch, Kurt: Ich betrinke mich nie – schon gar nicht wegen meiner Frau. Aber heute hier kann ich nicht anders. Ich trinke so viel ich will! Jawohl! Das ist ja ganz normal heute, dass dir deine Frau eines Abends eröffnet: »Morgen fahr ich mit meiner Freundin allein nach Portugal. Du hast doch nichts dagegen, oder?« – Tse. »Ich brauch auch mal meine Freiheit«, sagt sie eben noch am Zugfenster. »Ferien von der Ehe. Das verstehst du doch, Liebling?« – »Klar versteh ich das, Schatz«, sage ich. »Ich versteh alles. Was die Frau von heute braucht, das braucht sie eben!«

Der Wirt stellt Werner noch ein Glas Bier hin.

»Danke. Auf dich, Kurt. Das hat man davon, dass man kein Chauvi sein will. Wir sind ja alle bekloppt, sag ich dir, wir Männer. Wir merken das gar nicht, wie die Frauen uns allmählich versklaven. 6.000 Jahre haben sie gekuscht und getan, was ihre Ehemänner von ihnen verlangten. Und auf einmal werden sie frech. Und wir stehen daneben und geben ihnen noch recht.«

Werner bekommt etwas Entschlossenes in seinen Blick, und seine Stimme wird drohend:

»Ich hätte sie in'n Keller einsperren sollen und an der Heizung anketten. Aber nein: Ich, ich Idiot, ich tu noch so, als wenn es das Normalste von der Welt ist, dass meine Frau allein in Urlaub fährt. An die Algarve.«

Werner guckt den Wirt an. Aber der scheint die Ungeheuerlichkeit gar nicht recht zu begreifen. Werner aber bekommt ein Schluchzen in die Kehle:

»Da lachen die sich einen Kerl an und bumsen da 14 Tage rum. Das weiß ich doch genau!«

Kurt hat noch einen Korn hingestellt.

»Danke«, sagt Werner und schüttet ihn sofort runter. Und jetzt wird er mal deutlich:

»Quotenregelung, Gleichberechtigung – alles deka-dekadent, pervers ist das. Nee, so weit hätten wir das nicht kommen lassen dürfen!«

Und jetzt muss er dem Wirt etwas ganz besonders Interessantes mitteilen:

»Früher waren Frauen gar nicht als Menschen anerkannt, Kurt, wusstest du das überhaupt? Jawoll! Erst im elften Jahrhundert so hat irgend so ein Papst Innozenzdingsda bekannt gegeben, dass Frauen keine Tiere sind. Ja – aber das war eben der Irrtum! – Ich bin gar nicht für die Kirche. Aber die sind die Einzigen, die das immer richtig begriffen haben. Klar haben Frauen was Animalisches. Frauen sind Raubtiere – das ist doch sogar 'n Kompliment. Man kann sie bewundern oder sich vor ihnen fürchten. Aber man muss sie einsperren… und nicht etwa allein in Urlaub reisen lassen – wie ich blöder Hund!«

Werner wackelt schon ziemlich am Tresen hin und her. Er schiebt Kurt noch einmal ein Glas Bier hin.

»Wie gesagt, ich lass mich dafür nicht voll laufen – aber nüchtern ertrag ich diese Demü-Demütigung nicht. Dabei muss ich ihr sonst jede Entscheidung abnehmen. Wenn sie sich ein Auto kaufen würde – allein –, dann würde sie immer eins in Lila nehmen. Alles andere wäre ihr egal. Hauptsache Lila.

Wenn ich sie frage: ›Lass uns ins Kino gehen‹, sagt sie: ›Ich hab keine Lust.‹ Wenn es dann zu spät ist, sagt sie: ›Warum sind wir denn nicht ins Kino gegangen?‹ ›Weil du keine Lust hattest‹, sage ich. Dann sagt sie: ›Ich hatte aber doch Lust. Du musst doch wissen, was ich wirklich meine, wenn ich etwas sage.‹«

Werner schiebt Kurt das Schnapsglas hin:

»Mein Glas ist schon wieder leer!«

Kurt schenkt es noch mal voll. Aber zum letzten Mal. Denn Werner lallt schon ziemlich schwer. Man kann ihn kaum noch verstehen.

»Frauen wissen ja auch nicht selber, ob sie zum Beispiel ein Kind kriegen wollen sollen oder nicht wollen dürfen. Die können ja auch gar nichts selber beurteilen, ob es ihnen schlecht geht oder ob es ihnen gut geht. Wenn sie ein Kind nicht haben wollen, müssen sie sich beraten lassen. Das handelt sich gar nicht um Abtreibung oder nicht – das geht einfach darum, dass Frauen unzurechnungsfähig sind, wenn es um wirklich Wichtiges geht. Wie soll denn so ein Zwitterwesen aus Mensch und Tiger wissen, ob es in einer Notlage ist oder nicht? Frauen wissen ja noch nicht mal, ob sie zufrieden sind, wenn sie zufrieden sind, weil sie nämlich nur zufrieden sind, wenn sie unzufrieden sind, aber wenn sie unzufrieden sind, sind sie trotzdem nicht zufrieden…«

Und nun holt Werner zu seinem letzten logischen Geniestreich aus:

»Wenn ein Mann ein Kind kriegen würde, wäre das ganz etwas anderes. Wie? Wieso wär er dann eine Frau? Nein! Wenn ein Mann eine Frau wäre, meine ich – und ein Kind kriegt und es nicht haben will, dann könnte er es auch allein entscheiden! – Wieso bitte? Wieso wäre er dann eine Frau? Nein. Nicht, wer das Kind kriegt, ist die Frau – sondern wer darüber entscheidet, ob das Kind gekriegt werden soll oder nicht, der kriegt das Kind, denn der ist die Frau, und das ist der Mann. Insofern ist sowieso der Mann die Frau.«

Klarer Fall. Aber Werner ist noch nicht fertig.

»Und die Frau ist…«, lallt er. Ja, was ist die Frau?

Oha – da fällt es ihm ein:

»Die Frau ist… die Frau ist – verreist…«

Die Tränen liefen Werner über die Wangen – und er sackte langsam in sich zusammen

Blöde Graugänse

Heike und ihre Freundin Sabine gingen am Deich spazieren. Heike musste sich so vieles von der Seele reden:

»Ja, unsere Scheidung läuft. Ich hätte nie gedacht, dass mich das noch so kaputtmachen könnte.«

»Da hinten – das sind Graugänse, die da auf dem Vorland stehen. Die ziehen bestimmt noch weiter nach Skandinavien.«

»Wo? Ach ja. – Aber ich habe es ja so gewollt. Es wäre ja auch nicht mehr gegangen mit Ewald. Er hat nur Interesse für seinen Garten, seinen Fußball und sein Aquarium. Seit ich Amtsfrau bin, ist mir das überhaupt erst aufgegangen: Wir haben einfach nicht dasselbe geistige Niveau. Ich brauche einen Mann, der mir intellektuell was bieten kann.«

»Das sind die, an denen Konrad Lorenz seine Forschungen gemacht hat.«

»Was?«

»Die Graugänse.«

»Ach so. Ja, ja, weiß ich. – Und dann die Geschichte mit Michael. Das war wie ein Naturereignis. Es ist über uns gekommen wie ein Taifun. Es war einfach Leidenschaft. Und trotzdem wussten wir: Es kann nicht dauern. Michael war ja schließlich verheiratet. Und dann gab es doch noch diese Spanierin. Ich wusste das alles. Und trotzdem: Wir hatten dieselbe Wellenlänge. Auch rein vom Kopf her. Verstehst du?«

»Ich glaube, die sammeln sich da zum Abflug.«

»Hörst du mir eigentlich zu?«

»Natürlich. Jedes Wort.«

»Als Michael Schluss machte, bin ich ohne eine Träne gegangen. Dann wollte ich mich umbringen. Ich dachte, es geht nicht mehr... Aber gleichzeitig erwuchs da wieder so ein Verantwortungsgefühl für Ewald. Er ist ja ein guter Mensch – eigentlich –, und ich dachte: Wir können es doch noch mal versuchen. – Da erzählt mir dieser Tölpel doch tatsächlich: Er tröstet sich mit einer Serviererin. Erst wollte er sterben, als ich gegangen war. Jede Nacht diese Anrufe!

Und nun mit einem Mal: ›Ich liebe dich noch, Heike. Aber ich will nicht mehr. Elke und ich, wenn wir zusammen im Garten arbeiten…‹ – O Gottogottogottogott!«

»Die Graugänse… wusstest du eigentlich… ?«

»Wie bitte? Hör doch endlich mit diesen blöden Graugänsen auf! Die verbringen das ganze Leben mit einem einzigen Partner, unzertrennlich, auf ewig verheiratet! So einfach kann man es sich nun wirklich nicht machen!«

Der Urlaubsprofessor

Jetzt ist es wissenschaftlich erwiesen: Es gibt einen Urlaubsbazillus. Ein Professor für Urlaubsforschung hat ihn mir neulich – wieder in der Bahnhofskneipe bei Kurt – erklärt. Er war sehr stolz auf seine Entdeckung. Und ich muss sagen: Jetzt ist mir manches klarer geworden. Auch was meinen eigenen Urlaub betrifft.
Der Professor hatte seine neueste Arbeit dabei und legte sie auf die Theke, um daraus zu zitieren.

»Die Symptome sind mit einer Infektionskrankheit durchaus vergleichbar«, sagte er. »Es muss einen Erreger geben. Ich nenne ihn vorerst: Vacantius homolitus rector: der Urlaubsbazillus. Als Hilfsbegriff.«

»Einen Urlaubsbazillus?«, fragte ich belustigt.

»Ja, Sie lächeln«, sagte der Professor. »Ein Bazillus, das erscheint Ihnen absurd. Aber das ist gerade das Außergewöhnliche an meiner Theorie: ein parapsychologischer Bazillus, ein Phänomen aus dem Grenzbereich des Immateriellen. Er wirkt über die Psyche auf das Nervensystem, und zwar ansteckend, in epidemieartiger Verbreitung, der Urlaubsbazillus.«

»Na ja«, sagte ich, »das weiß man ja. Die Leute haben in der Urlaubszeit alle eine Meise.«

»Sehr richtig«, sagte der Professor. »Aber was Sie volkstümlich

›eine Meise‹ nennen, hat seine Wurzeln im Esoterischen. Ich bin der einzige parapsychologische Wissenschaftler, dem ein empirischer Nachweis des Bazillus gelungen ist. Sehen Sie hier« – er zeigte seine Unterlagen:

»In der ersten Hypothese habe ich es so formuliert: Der Urlaub. Zusammenfassender Begriff für den periodisch auftretenden Trieb des Menschenwesens zur selbstquälerischen Leidenserduldung. Obwohl mit dem Wort Urlaub geradezu euphorische Lusterwartungen verbunden sind, lässt sich anhand der rückbezüglichen Reiseberichte nachweisen, dass es sich in Wirklichkeit um die freiwillige Erduldung unbeschreiblicher Leiden und Entbehrungen handelt. Es ist deshalb auch von einer Urlaubssucht zu sprechen, Vacantia lomolucens.«

Kurt, der Wirt, brachte uns beiden einen Kaffee. Der Professor las vom Blatt ab:

»Hören Sie die Originalzitate von Infizierten aus meiner Erhebung:

Eine 43-jährige Hausfrau: ›*In Griechenland gewesen. 13 Stunden auf den Abflug gewartet. Halb wahnsinnig geworden!*‹ Halb wahnsinnig, haben Sie es bemerkt? Fast alle Befallenen klagen über Geistesverwirrung infolge der erlittenen Strapazen.

Ein 38-jähriger Versicherungskaufmann: ›*Nach Italien. Dreimal drei volle Stunden im Stau. Vor der Grenze siebzig Kilometer Stau. Hertha vom Hubschrauber abtransportiert. Hitzschlag, sie ist immer noch halb tot!*‹

Also lebensbedrohende Körperzustände aus metaphysischer Ursache.

Oder hier: eine besonders häufig wiederholte Schreckensaussage: ›*Mallorca! Der ganze Strand eine Baustelle! Unvorstellbarer Krach! Habe vor Wut graue Haare bekommen!*‹«

»Ja, ja«, sagte ich, »das ist wohl ganz normal, das ist mir auch schon passiert.«

»Sehen Sie wohl«, sprach der Professor und las von einem Notizblatt ab:

»Rückkehrende Urlaubsreisende klagen über Erschöpfungszustände, sind verstört und klagen: ›*Der Urlaub hat mich die letzten Nerven gekostet.*‹

Hier, sehen Sie«, er holte weitere Aufzeichnungen aus seiner Mappe, »alles ähnliche Originalaussagen von Infizierten. Psychoinfektion, aus Bakterienherden im immateriellen Bereich.

Höchst interessant übrigens die Tatsache: Alle beobachteten Personen verlassen freiwillig ihre gar nicht so ungemütlichen Heimatunterkünfte. 65 Testpersonen geben gleichlautende Auskünfte wie etwa: ›*Warum bin ich Idiot nicht zu Hause geblieben!*‹ – ›*Zu Hause hab ich meine Ruhe. Warum tu ich mir das an?*‹ – ›*Von diesen Strapazen müssen wir uns auf der Arbeit erst mal wieder erholen.*‹

Ich musste lachen. Denn das hört man ja wirklich oft.

»Sie brauchen nicht zu lachen«, sagte der Professor. »Das ist wissenschaftlich gesehen der Hinweis auf die Existenz des übersinnlichen Erregers. Immer dasselbe Verhaltensmuster: eben noch ausgeglichene Gemütszustände im so genannten ordinären Arbeitsalltag. Aber dann plötzlich, mit Beginn der kalendarischen Urlaubsperiode: völlig unnatürliche Betriebsamkeit und Unruhe. Wie von Erdstrahlen gelenkt: ›*Keine Zeit, ich muss Koffer packen!*‹ – ›*Keine Zeit, ich muss vorher die Wohnung in Ordnung bringen!‹* – *›Lassen Sie mich zufrieden. Ich brech zusammen. Morgen fahren wir in Urlaub!‹*

Und diese Erkrankung geht durch alle Bevölkerungsschichten – vom Busfahrer bis zum Kanzler. Krankhafte Erregungszustände, lebensgefährlicher Stress. Zehn Prozent Herztote in der Startphase. Die Infizierten stürzen sich besinnungslos in Autos, Flugzeuge und Bahnen, setzen sich, auf engstem Raum zusammengepfercht, mörderischen Temperaturen aus. Physiognomischer Ausdruck deutet auf schwere geistige Deformationen hin. Dazu aber immer noch der für das Infektionsbild typische Ausspruch: *›Endlich ist Urlaub!‹* Infarkttod, Erstickungstod, diverse Arten des Exitus bei Wutanfall.

Eine herrliche Studie für uns Parapsychologen. Ein eklatanter Beweis für Verstandesmanipulation durch kosmisch-esoterischen Bazillenbefall.«

Stolz und wichtig packte er seine Blätter wieder ein. Dann fügte er aber noch hinzu:

»Kuriosität übrigens – die wenigen Fälle von Immunität. Drei oder vier Testpersonen, die standhaft aussagen: *›Ich mach dieses Jahr keinen Urlaub!‹* Diese Resistenz-Personen werden jedoch sofort von Kollegen und anderen Mitmenschen besorgt angefallen mit Fragen wie: *›Sind Sie krank?‹* – *›Ach, bauen Sie etwa?‹* – *›Sie Ärmster, das geht aber nicht. Sie müssen doch auch mal Urlaub machen!‹*

Vacantius homolitus – der Urlaubsbazillus. Eine wunderbare Beweisstudie für die Existenz übersinnlicher Realitäten. Ich zahle einen Kaffee!«

Er zählte 2,50 Euro auf den Tresen und erklärte noch im Weggehen:

»Ja, ich muss jetzt schnell nach Hause. Ich schreibe die Studie noch die ganze Nacht ab. Sie muss unbedingt noch vor meinem Urlaub fertig werden.«

Tante Else und der Ernstfall

Es war einmal – in einer Zeit, da wollten sich die Menschen aus dem Osten und die Menschen aus dem Westen noch gegenseitig vollständig mit Atombomben vernichten, und zwar nicht nur einmal, sondern gleich sechzehnmal. Das nannte man den Overkill. Dadurch gerieten die Menschen aber noch längst nicht in Panik. Nein, sie überlegten sich, wie sie sich wohl vor dem Atomangriff schützen könnten.
Die Regierungen hatten zwei Empfehlungen für das Volk: Entweder man hält sich gegen den Atomblitz einfach eine Aktentasche über den Kopf oder man schafft sich einen kleinen gemütlichen Atombunker an.

»Ja, ja, lass die Leute ruhig über uns lachen«, hat Karl-Heinz zu Tante Else gesagt. »Aber wenn der Ernstfall eintritt, dann sollst du mal sehen, wie sie ankommen: ›Lass uns auch mit rein! Wir wollen auch überleben!‹ – ›Das hättet ihr euch mal eher überlegen sollen‹, werde ich dann sagen. Hier passen sowieso nur vier Personen rein. Sonst reicht der Sauerstoff gar nicht. Denn wir müssen uns ja erst mal darauf einrichten, wochenlang unten zu bleiben. Vielleicht sogar jahrelang, bis sich die Strahlung verzogen hat.«

Karl-Heinz und Anni haben sich ein Haus gebaut – draußen vor der Stadt. Und weil der Staat was dazugibt, haben sie sich einen runden Beton-Atombunker in den Garten eingraben lassen. Mit verdeckter Einstiegsluke, eigenem Stromaggregat, Wasseranschluss und Abfluss, Geigerzähler für die Außenmessung, Funkgerät und Proviantsafe.

»Ich wollte eigentlich erst einen Swimmingpool«, hat Karl-Heinz gesagt, »aber Anni hat nun mal so ein Sicherheitsbedürfnis. Ein eigener Bunker, findet sie, gibt einem irgendwie so ein beruhigendes Gefühl, dass einem nichts passieren kann. Und außerdem kann man ihn in Friedenszeiten als Kartoffelkeller benutzen.«

Tante Else hat den Keller von innen besichtigen dürfen, obwohl das nicht ganz einfach war wegen ihrer Leibesfülle. Sie passte nur ganz knapp durch die Einstiegsluke.

Na ja, und dann mit einem Mal war die Katastrophe da. Der Ernstfall sozusagen.

Tante Else hat es erst gar nicht so ernst gemeint, als sie fragte:

»Und wenn nun plötzlich die Sirene heult – Alarm...?«

»Dann müssen wir in vier Minuten unten sein. Keine Sekunde später«, hat Karl-Heinz gesagt. »Wir haben das schon zweimal geübt. Opa ist unsere schwache Stelle. Wir haben ihm gesagt, er muss trainieren. Wenn er im Ernstfall so trödelt, muss er eben draußen bleiben...«

»Aber ich meine: Wenn jetzt, in diesem Augenblick«, hat Tante Else gesagt, »nur mal angenommen, ein Atomangriff kommt. Was passiert dann mit mir?«

Da hat Karl-Heinz nur geseufzt und gesagt:

»Tja, Tante Else, das musst du verstehen. Der Bunker ist nun mal für uns. Nur für vier Personen. Für Anni, Opa, für Ajax und mich...«

Tante Else war eine Sekunde sprachlos. Aber dann:

»Wie bitte? Ihr würdet also den Hund eurer Schwester vorziehen?!«, hat Tante Else ausgerufen, »Danke, das genügt«, und hat ihren Schirm gegriffen.

Karl-Heinz hat noch versucht zu erklären, dass der Bunker ja noch gar nicht bezahlt ist und dass der Ernstfall sowieso nicht eintritt.

»Für mich seid ihr erledigt!«, hat Tante Else gerufen.

Da hat auch Anni die Wut gepackt.

»Glaubst du, wir wollen ein Jahr lang mit dir im Keller verbringen? Das hält doch kein Mensch aus!« Kurz und gut: Der Ernstfall war da. Else und Karl-Heinz und Anni sind für alle Zeiten verkracht.

»Das ist noch das Schlimmste«, sagt Tante Else, »dass im Ernstfall solche Leute und ihre Hunde überleben, und unsereiner kann sehen, wo er bleibt!«

Die Kuh, die kräht

Und wieder darf ich das Rentnerehepaar Hermann und Hermine bei einem ihrer erhellenden Dialoge erleben. Da kann man richtig was fürs Leben lernen:

HERMINE *(zeigt Hermann einen Artikel in ihrer Zeitung)*: Guck mal, Hermann, was hier in der Zeitung steht: Ein Bauer ist verklagt worden, weil seine Kühe immer morgens so laut mit der Kuhglocke bimmeln.

HERMANN *(hat es wie immer nicht gern, einfach so angeredet zu werden. Ohne aufzugucken sagt er)*: Ja, und?

HERMINE: Ich weiß nicht. Neulich musste schon mal einer vor Gericht, weil sein Hahn immer so laut gekräht hat.

HERMANN *(macht sein unwirsches Gesicht)*: Das ist ja ganz was anderes: ein Hahn, der kräht, oder eine Kuh, die bimmelt.

HERMINE: Wieso? Weil eine Kuh nicht fliegen kann?

HERMANN *(holt tief Luft. Es ist einfach anstrengend, sich mit Frauen unterhalten zu müssen)*: Unsinn. Ein Hahn, der kräht, ist wie eine Kuh, die muht. Die Kuh ist ja nur wegen Bimmeln verklagt worden und nicht wegen Muhen.

HERMINE: Ach, was! Das Kuhglockengebimmel gehört doch genauso auf die Alm wie das Kikeriki in den Hühnerstall.

HERMANN *(schwerer Seufzer)*: Frauenlogik! Das Kuhglockengebimmel kann doch niemals so auf die Alm gehören wie das Kikeriki. Wenn ein Hahn auf der Alm eine Glocke umhätte, würde man denken, dass er eine Kuh ist, wenn man die Augen zumacht.

HERMINE *(jetzt ist aber Hermine erstaunt über so viel Begriffsstutzigkeit)*: Ein Hahn kann doch eine Kuhglocke gar nicht tragen!!

HERMANN: Darum geht es doch gar nicht. Aber eine Kuh könnte niemals Kikeriki schrein. Sondern ein Hahn, der muht, wäre wie eine Kuh, die kräht. Aber krähen dürfte sie ja. Sogar auf dem Mist.

HERMINE *(jetzt wird es ihr nun wirklich zu kompliziert)*: Was redest du bloß für einen Mist daher! Der Hahn, der von dem Mann verklagt worden ist, weil er gekräht hat, wäre auch verklagt worden, wenn er gemuht hätte – mit oder ohne Glocke.

HERMANN *(schüttelt nur noch den Kopf)*: Ja, so weit kommt es noch: Dass ein Hahn auf der Alm eine Glocke umhat und noch dazu bimmelt, wenn er Kikeriki schreit!

Schmetterlingsdings

Also ich stehe
vor dem Laden »Zierfische Zoo«,
wo ich einen Schmetterling sehe.
Innen. An der Scheibe. Ich denke noch: O!
Dass die auch Schmetterlinge führen.
Aber da fällt mir ein: Der wird wohl zu Fischen
und Papagein
und Meerschweinchen und Nagetieren
durch eigenen Irrtum geraten sein
und ist wahrscheinlich gar nicht zu verkaufen.

Ob er das aber weiß?
Und ob die anderen Tiere es ihm glauben?
Denn hier hat schließlich jedes seinen Preis
und selber Grund genug wegzulaufen.

Denn als was man sich fühlt,
war schon immer ganz uninteressant.
Welchen Preis dein Verkäufer für dich erzielt,
bestimmt deinen Freiheitszustand.

Das finde ich aber sehr schön von mir,
dass ich über so ein kleines Tier
so große Gedanken verschütte.
Am liebsten ginge ich jetzt durch die Zooladentür
und sagte: »Einen Schmetterling, bitte.«

Dankeschön für den warmen Brei!

»Schwimm bloß nicht zu weit raus.
Steig nicht zu hoch hinauf.
Trink lieber nicht alles aus.
Fall oben niemals auf.
Treib nicht zu weit das Spiel.
Schrei bitte nicht zu laut.
Gehorch und denk nicht viel.
Zeig bloß nicht zu viel Haut.«

Ja, so möchtet ihr uns sehn.
Ja, so wär es schön bequem.
Protestiern, dass es nicht stört.
Hilfeschrein, dass man's nicht hört.
'n bisschen Musik, aber bloß kein Tanz.
'n bisschen Leben – aber nicht ganz.
»Hab bitte mehr Respekt.
Sei still und denk dein Teil.
Sag ja, auch wenn's nicht schmeckt.
Im Dulden liegt das Heil.
Sei kompromissbereit.
Recht hast du nie allein.
Vermeide jeden Streit.
Laut Rülpsen ist nicht fein.«

Ja, so möchtet ihr uns haben.
Brav an eurer Leine traben.
Ruhe – aber nur für euch,
gleiches Recht, nur nicht ganz gleich.
Auch mal Donner – aber kein Blitz.
Ruhig scharf – aber nicht so spitz.

Dankeschön für den warmen Brei.
Wisst ihr was? Das geht uns am Arsch vorbei!

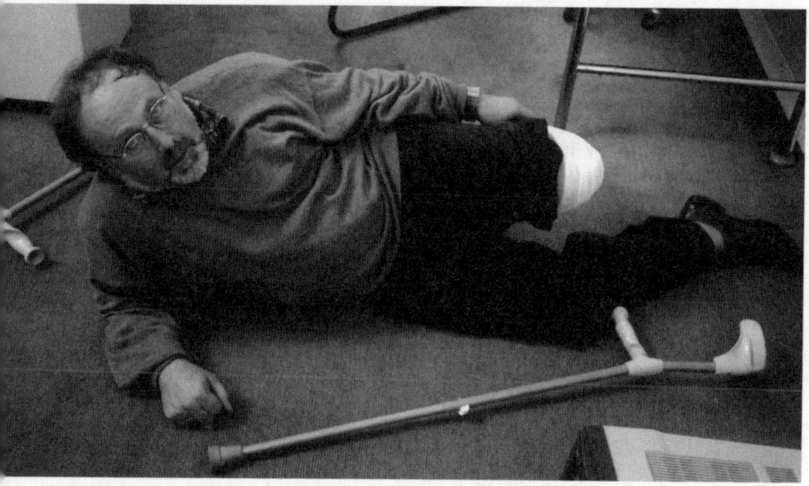

»Dann danke ich Ihnen auch, Herr Professor.«

Halbgötter in Weiß?

Hat man Ihnen, liebe Leserin, lieber Leser, schon einmal ein Bein amputiert oder einen Arm?
Dann kann ich ja nur hoffen, dass es das richtige Bein war oder der richtige Arm. Wenn aber nicht, dann hoffe ich, dass Sie wenigstens die Größe haben, sich zu sagen: Irren ist menschlich. Und alles hat sein Gutes.
Mir ist die folgende Szene berichtet worden.

Der Patient Herbert Meerkatz kommt auf zwei Krücken und auf einem Bein in das Sprechzimmer des großen Starchirurgen Professor Dr. Müller-Bergowitz hereingehumpelt. (Wie er es überhaupt geschafft hat, das Sprechzimmer zu betreten bzw. zu behumpeln, ist nicht geklärt. An und für sich ist das nämlich gar nicht möglich. Professor Müller-Bergowitz wird meistens perfekt abgeschirmt von seiner Assistentin.)
Da steht er also, der Herbert Meerkatz auf Krücken und auf einem Bein. Müller-Bergowitz hat zu tun, liest irgendwelche Operations-

berichte. Herbert Meerkatz räuspert sich mehrmals. Endlich sieht Müller-Bergowitz mürrisch hoch und fragt:

»Was ist denn jetzt noch, Herr Meerkatz?! Sie sind doch operiert. Meine Zeit ist kostbar.«

Meerkatz nickt zustimmend:

»Ja, ich weiß, Herr Dr. – Entschuldigung, ich wollte ja auch nur sagen: Es ist das falsche Bein. Sie haben mir das falsche Bein abgenommen.«

Weil er wegen der Krücken nicht auf sein nicht vorhandenes Bein zeigen kann, versucht er, mit dem Kopf in die Richtung zu zeigen.

Müller-Bergowitz guckt sofort wieder in seine Unterlagen und sagt nur:

»Ja, gut. Sonst noch was?«

Meerkatz glaubt natürlich, der große Professor habe ihn nicht richtig verstanden:

»Das falsche Bein, Herr Professor«, sagt er – durchaus gefasst, nicht etwa weinerlich. »Das Raucherbein ist doch das rechte«, versucht er, es dem Professor zu erklären.

Der aber hat nun wirklich Wichtigeres zu tun. Ohne aufzublicken sagt er:

»Meerkatz, ich habe Ihnen gesagt: Meine Zeit ist kostbar. Ich kann mich mit Ihnen nicht mehr unterhalten, wo Sie bereits operiert sind.«

»Jawohl, Herr Professor«, sagt Meerkatz. Er weiß, dass er Geduld haben muss mit dem vielbeschäftigten Professor. »Ich bin Ihnen ja auch sehr dankbar, aber Sie haben mir doch das falsche Bein abgenommen, Herr Professor. Es ist mir ja selber unangenehm.«

Erstaunlicherweise blickt der Professor jetzt doch kurz hoch.

»Sie sprechen mit dem Chefarzt der Chirurgie, Herr Meerkatz. Ich bin Professor Dr. Müller-Bergowitz. Ist Ihnen das überhaupt klar? Was meckern Sie hier herum? Dass ich Sie überhaupt operiert habe als Ersatzkassenpatient, ist doch sowieso schon eine Ausnahme. Wieso habe ich mich dazu eigentlich herabgelassen? Tausende würden sich glücklich schätzen, überhaupt von mir operiert zu werden. Sie sprechen mit einer Koryphäe, Meerkatz.«

Meerkatz beginnt zu dämmern, dass er im Unrecht ist. Schüchtern versucht er, trotzdem noch einmal einzuwenden:

»Ich weiß, Herr Professor, aber mein Bein, es ist doch das falsche!«

Jetzt reicht es Müller-Bergowitz aber:

»Mein lieber Meerkatz – da draußen vor der Tür drängeln sich die Privatpatienten, denen es völlig gleichgültig ist, was ich Ihnen ab- oder raus- oder wegoperiere, wenn sie nur sagen können, dass Müller-Bergowitz sie unterm Messer hatte. Und Sie, Sie Würstchen, Sie Ersatzkassenpatient, Sie, Sie stänkern hier herum: das falsche Bein, das falsche Bein. Sie können in Ihren Kreisen jetzt herumerzählen: Müller-Bergowitz hat mir ein Bein abgenommen. Müller-Bergowitz Ihnen, Meerkatz. Begreifen Sie endlich, welche Ehre Ihnen widerfahren ist.«

Meerkatz begreift, dass er einen großen Fehler gemacht hat:

»Entschuldigung, Herr Professor«, stammelt er und versucht, sich trotz seiner Krücke zu verneigen und will seine Unverschämtheit wieder gutmachen. »Dann danke ich Ihnen auch, Herr Professor.« Meerkatz hält dem Professor die Hand hin, um sich zu verabschieden.

Müller-Bergowitz ergreift tatsächlich die Hand und sagt väterlich mahnend:

»Mein lieber Meerkatz, ich gebe Ihnen jetzt die Hand und berechne Ihnen nichts dafür. Bei meinen Internisten-Kollegen durchlaufen Sie alle Behandlungsstufen ohne Händedruck. Ohne Händedruck beläuft sich der Tarif laut GOÄ auf 35,30 pro Minute, mit Händedruck bei mir normalerweise auf 135,30!«

Von so viel Güte ist Meerkatz überwältigt. Ihm kommen fast die Tränen. Beim Hinaushumpeln spricht er immer wieder vor sich hin:

»Professor Müller-Bergowitz hat mir die Hand gedrückt. Professor Dr. Müller-Bergowitz hat mir die Hand gedrückt, hat mir die Hand gedrückt…«

Engel oder Teufel

»Siehst du, es war doch ein Engel. Ein richtiger Engel, der mir neulich vor der Windschutzscheibe erschienen ist. Im Nebel, auf der Autobahn. Und wenn ich ihn nicht ganz deutlich gesehen hätte, hätte ich nicht gebremst und…«

Manchmal spinnt Verena ein bisschen. Aber sie sieht entzückend aus dabei. Als Mann der Realität muss ich sie natürlich in die Wirklichkeit zurückholen:

»Es gibt keine Engel, Liebling!«

»Gibt es doch!«, sagt Verena. »Du mit deiner kurzsichtigen Wissenschaftsgläubigkeit. Der Bischof von Eichstätt, Karl Braun, hat auf einem Festgottesdienst in Titting gesagt: ›Engel sind reale Geschöpfe Gottes und nicht nur Bildworte mythologischer Art, Umschreibungen für Naturkräfte oder nur Zeichen für das gnadenvolle Wirken Gottes! Nein, Engel gibt's wirklich‹, hat er gesagt. Und die Gläubigen sollen sich nicht von theologischen Neuinterpretationen verunsichern lassen. Wer die Existenz der Engel leugnet, beweist nur eine kurzsichtige Wissenschaftsgläubigkeit. Dass es keine naturwissenschaftlichen Beweise für Engel gibt, beweist überhaupt nichts. Denn die Wirklichkeit ist unendlich viel größer, als menschliches Denken es je zu erkennen vermag!«

»O heilige bayerische Einfalt!«

»Nein!«, protestiert Verena. »Ich finde den Gedanken schön, dass es richtige Engel gibt, die umherfliegen und manchmal morgens am Bett sitzen. Es war ein Engel, der mir damals geraten hat: Suche weiter, mein Kind, es gibt da noch irgend so einen verrückten Gedichteschreiber…«

Mir bleibt also nichts anderes übrig: Ich hole die Knoblauchkette aus dem Korb und hänge sie vors Fenster.

Dann gehe ich an den Schnapsschrank und schenke mir einen Kräuterschnaps ein.

»Musst du schon wieder saufen?«, fragt Verena.

»Gegen die Vampire!«, sage ich. »Denn wenn es Engel wirklich gibt, gibt's natürlich auch Vampire oder Lampengeister und Kobolde – die kann man zwar alle wissenschaftlich nicht beweisen – aber wer wird so kleingläubig sein?«

Amsel fliegt irgendwohin

Es hat eine Amsel gebadet.
In einer Pfütze. Beim Notausgang.
Hat niemandem genützt. Hat niemandem geschadet.
Ungefähr dreieinhalb Minuten lang.

Muss man aber im Zusammenhang sehen.
In Zeiten hochdramatischer
Währungsverhandlungen ist dies geschehen.
So, als wenn gar nichts geschehen wär.
Piept. Hebt den Kopf. Macht den Schnabel lang.
Schüttelt sich. Alles ohne tieferen Sinn.
Hat ausgebadet am Notausgang.
Schlussbild: Amsel fliegt irgendwohin.

Neues vom Wohnungsmarkt

»Hertha, das ist ja ein tolles Ding. Hier ist die Vermietungsanzeige von Schollmeyer. Ich erkenne sie an der Telefonnummer. Er hat mir doch erzählt, er will seinen Kellerraum vermieten, wo sie früher die Waschmaschine stehen hatten, unter der Treppe. Das ist aber clever von ihm. Hör dir mal die Anzeige an:
›Einliegerwohnung (145). Do.-Zi., sehr geeignet für Hobbyfotografen oder Mikrobiologen, direkter Verkehrsanschluss, fließend Wasser, sanitär. Mehrzweckanlage, architektonisch eigenwillige Raumgestaltung, auch geeignet als Seniorenbetreuungsstätte.‹«

»Das kann doch nicht sein Kellerraum sein, der ist doch nicht 145 Quadratmeter groß!«

»Wer spricht denn von Quadratmetern? 145 ist die Deckenhöhe. Das meint er damit.«

»Und wieso Hobbyfotograf?«

»Weil der Keller kein Fenster hat. Als Dunkelkammer ideal.«

»Und Mikrobiologe?«

»Weil die Wände alle schimmelig sind. Da kann ein Mikrobiologe seine Doktorarbeit drüber schreiben.«

»Ja, das ist sehr klug überlegt von dem Schollmeyer. Aber verkehrsgünstig kann man doch eigentlich nicht sagen: Die S-Bahn ist 'ne halbe Stunde weg!«

»Aber der Verkehr donnert doch direkt an der Haustür vorbei. Die B 4! Von den Lastwagen sind ja auch die Risse in den Wänden.«

»Und wieso Doppelzimmer?«

»Bei acht Quadratmetern haben doch zwei Menschen bequem Platz!«

»Oha. Der Schollmeyer geht aber ran. Bloß: Was heißt denn jetzt ›sanitäre Mehrzweckanlage‹? Hat er denn ein Bad einbauen lassen?«

»Ach nein, er meint wohl, ein Student oder Hobbyfotograf könne doch einfach in das Handwaschbecken pinkeln. Das ist ja noch da von der Waschmaschine. Aber am besten ist so was natürlich als Seniorenerholungsstätte geeignet. Wenn jemand 'ne alte Mutter hat, die nur noch liegen kann, nichts mehr hört und sowieso ins Bett macht.«

»Das muss man dem Schollmeyer lassen. Der hat ein Gefühl für die Bedürfnisse des Wohnungsmarktes!«

»Ja, und mit der Sprache kann er umgehen: fantastisch!«

»Weißt du was: Wollen wir nicht auch mal versuchen, unseren Balkon zu vermieten? Da sind wir doch sowieso nie drauf, weil hinten die Maschinenfabrik solchen Krach macht.«

»Ja, das ist gut. Da schreiben wir: ›Appartement im Grünen. Lichtdurchflutete Garten-Maisonette, mit Biowasserzufluss, naturbelassenem Heizkörper. Besonders geeignet für mutige Lebensabendgestaltung oder Drachenflieger. Sprunghöhe fünfzehn Meter.‹«

Komm, Liebling, lass uns morden!

Ein paar Wochen waren Christian und Mausi so glücklich im Bett miteinander. Es war der Himmel – oder noch viel heißer: die Hölle.

Mausi, die sanfte, süße Mausi, hat einen kleinen Tick, wenn's um die Liebe geht. Sie kann sonst keiner Fliege was zuleide tun. Nur bei der Liebe, da geht es mit ihr durch:

»Christian, sag mir was Schreckliches!«, flüsterte Mausi, wenn sie in seinen Armen lag. »Was Schreckliches – sonst bringe ich es nicht!«

Zuerst hat Christian ihr immer irgendwelche Horrorgeschichten erzählt. Das wurde ihr bald langweilig. Dann las er ihr aus der BILD-Zeitung vor. Die Wirkung nahm auch bald ab. Christian fing an, die Katze ein bisschen zu würgen. Dann war er ratlos.

»Ich kann doch deinetwegen nicht die Katze umbringen, Mausi«, rief er verzweifelt. Aber Mausi lag auf dem Bett und rührte sich nicht.

Da hatte Christian einen genialen Einfall.

»Mausi, zieh dich aus. Wir wollen morden!«

»Haach«, hauchte Mausi. »Richtig morden?«

»Richtig morden! Menschen morden!« Er warf sie aufs Bett. »Du nimmst doch die Pille, Mausi, nicht wahr?«

»Ja, Liebster. Und...?«

»Wir schlafen jetzt zusammen – und das ist Mord! Richtiger Mord! Der Vatikan-Theologe Monsignore Carlo Caffara hat gesagt: ›Wer verhütet, verhindert Leben. Das ist dasselbe Motiv wie beim Mörder!‹«

Mausi stöhnte und schluchzte:

»O, Christian, komm, lass uns morden, morden, morden!«

Sie waren so glücklich, die beiden.

Drei Wochen lang. Dann seufzte Mausi:

»Es ist vorbei, Christian. Kardinal Meisner hat gesagt: Er hält Verhütung nicht für Mord. Sünde, aber kein Mord. Und Sünde genügt mir nicht!«

»Aber Liebling. Der theologische Berater des Papstes ist doch wichtiger! Und außerdem: Schon der heilige Hieronymus hat im vierten Jahrhundert über die Sünderinnen gesagt: ›Sie nehmen einen Trank ein, um sich unfruchtbar zu machen, und begehen schon vor der

Empfängnis einen Menschenmord.‹«

Aber Mausi maulte nur:

»Die einen sagen Mord. Die anderen sagen kein Mord. Die müssen sich doch wenigstens in so einer wichtigen Sache einig sein. Ach, nicht mal beim Bumsen kann man sich auf die Kirche verlassen!«

Arme Mausi. Sie bringt es nicht mehr.

Und die Katze schleicht sich vorsichtig aus dem Schlafzimmer.

Kobold im Nebenhirn

III. Der Mistkerl in mir

Baustellenpoker

Der Beamte vom Bauamt, Horst Linde, macht sich langsam fertig, um aufs Amt zu gehen. Das Radio bringt Frühmusik. Der Beamte trinkt noch einen Schluck Kaffee, bindet sich die Krawatte, zieht sich die Schuhe an…

Seine liebe Beamtenfrau gibt ihm letzte Instruktionen für den Tag:

»Liebling, vergiss nicht, heute Abend kommen die Warnkes zu uns zu Besuch. Also pünktlich Feierabend machen wie immer!«

Das Radio bringt den Verkehrsfunk:

»Hier meldet sich der Verkehrsfunk: zähflüssiger beziehungsweise stillstehender Verkehr auf allen Einfallstraßen. Stauungen in Gesamtlänge von zirka fünfzig Kilometern. Elbbrücken zwischen Veddel und Heidenkampsweg – der Verkehr kommt vollständig zum Erliegen.«

Der Beamte Horst Linde ist ganz Ohr. Er hält beim Kauen seines Brötchens inne:

»Na so was!«, ruft er aus. »Hast du das gehört, Lisbeth? Das ist doch Baurat Möller. Der muss schon im Amt sein. Der sammelt da jetzt schon Punkte. Aber das ist doch unfair – vor Dienstbeginn schon anzufangen!«

»Womit anfangen?«, möchte Lisbeth wissen.

»Hab ich dir doch erzählt. Unser neues Verkehrsspiel. Baustellenpoker. Das spielen wir jetzt jeden Tag auf dem Amt.«

»Aha. Und wie geht das, dieses Baustellenpoker?«

»Ganz einfach. Dazu muss man immer den Verkehrsfunk eingeschaltet haben.

Der meldet uns die Spielergebnisse. Augenblick – da kommt schon wieder was«:

»Hier meldet sich noch einmal der Verkehrsfunk. Vier Kilometer Stau auf der A 7, Auffahrt Heimfeld bis zum Elbtunnel. In entgegengesetzter Richtung vor dem Elbtunnel bis Quickborn 15 Kilometer Stau. Alle Tunnelröhren sind wegen Bauarbeiten gesperrt…«

»Also so was!«, empört sich der Beamte Linde. »Das ist doch Achim. Das kann er doch nicht machen. Wir haben doch abgesprochen: Elbtunnel nicht zur Rushhour. Er hatte das tatsächlich angekündigt: Er wollte mal den Elbtunnel von beiden Seiten gleichzeitig dichtmachen. Aber doch nicht vor Dienstbeginn! Lisbeth, du, ich muss jetzt ganz schnell los! Bitte, pack mein Frühstück ein. Die haben schon einen Punktevorsprung, das hol ich doch nie wieder auf!«

»Würdest du mir bitte mal erklären, was das alles bedeutet? Wie funktioniert denn euer so genanntes Baustellenpoker?«

»Ich sag doch: ganz einfach. Jeden Nachmittag kriegt jeder von uns Beamten auf dem Bauamt eine Haupteinfallstraße zugeteilt. Das knobeln wir aus. Ich hab zum Beispiel heute die Langenhorner Chaussee und die Alsterkrugchaussee. Jetzt muss jeder versuchen, einen möglichst langen Stau auf seiner Einfallstraße zustande zu bringen. Darum geben wir Anweisung über Funk an den mobilen Bautrupp: Baustelle einrichten. Also ganz gründlich: Baustellenabsicherung. Zum Beispiel: Fahrbahnverengung auf einspurig oder Fahrbahnverschwenkung auf Gegenspur. Und das Ganze als wandernde Baustelle. Na ja. Dann richtet der Bautrupp die Baustellen ein, und wir sitzen auf dem Amt, frühstücken oder trinken ein Tässchen Kaffe und warten auf den Verkehrsfunk. Und hören mit, wo sich der Stau bildet, und wie lang er wird: Und wer den längsten Stau hat, der hat gewonnen. Und dazu kommen noch die Sonderpunkte. Da wird die Intelligenz gefordert. Richtiges Kreativspiel, sage ich dir. Also – man kann über Funk immer noch verstärken, kann noch Maßnahmen ergreifen, um den Stau noch länger werden zu lassen. Die vom Bautrupp müssen ja tun, was wir fordern. Also noch mal zusätzlich eine kleine Ampel aufstellen lassen – 5-Minuten-Takt zum Beispiel – alles über Funk. Oder noch mal Vollsperrung wegen Aufstellen von Baustellenwarnlampen. Und als Joker machen wir dann ›Müllwageneinsatz am Baustellenende‹.«

Das Radio meldet schon wieder:

»Vollsperrung der Wilhelmsburger Reichstraße infolge eines Unfalls an der Autobahnauffahrt Harburg…«

Herr Linde zieht den Mantel an und tritt ungeduldig von einem Bein aufs andere.

»Ingo hat ’nen General!«, ruft er. »So ein Schlitzohr! Unfall infolge Staus bringt 180 Punkte. Aber das ist unfair von meinen Kollegen. Die sind heute extra eher zum Dienst gegangen, damit sie ohne mich anfangen können. Das kann ich doch den ganzen Tag nicht wieder aufholen. Jetzt bring mir doch endlich meine Tasche, Lisbeth! Die kriegen doch viel zu viel Vorsprung…«

Und wieder aus dem Radio:

»…nun auch Vollsperrung der B 5 in Richtung Innenstadt infolge Sielbauarbeiten an der Autobahnauffahrt.«

»Nein! Das geht jetzt aber zu weit«, ruft Herr Linde. »Das ist Kollege Sommer. Da ist gar kein Siel. Aber er lässt eine Baustelle für Sielbauarbeiten errichten. Lisbeth! Die haben mich reingelegt. Alle meine Kollegen sind längst schon auf’m Amt, ohne mir was zu sagen, einfach an mir vorbei, nur weil ich schon die meisten Punkte hatte. Diese Kollegenschufte!«

»Achtung, Autofahrer auf der Bramfelder Chaussee«, sagt der Verkehrsfunk. *»Der Rettungshubschrauber landet auf der B 434 Kreuzung Steilshoop. Eine Umleitung kann nicht empfohlen werden.«*

»Das ist unfair, unfair!«, ruft der Beamte Linde. »Jetzt komm ich selber in den Stau. Das machen die extra. Und außerdem: Hubschraubereinsatz bedeutet Verletzte. Für Verletzte gibt es tausend Punkte! Ich muss aufs Amt. Ich muss aufs Amt. Und wenn ich zu Fuß gehe!«

Und der Beamte Linde vom Bauamt eilt auf seine Behörde zum Baustellenpoker. Zu dem täglichen heiteren Verkehrsspiel auf dem Amt – alle sind mit Begeisterung dabei!

Wer mit wem?

Ganz ehrlich, ich gehe gar nicht so gern auf Partys. Höchstens mal aus beruflichen Gründen. Man muss sich ja zeigen, man muss ja dabei sein. Aber was man dann dort oft über die gesellschaftlichen Veränderungen erfährt, ist manchmal erstens bitter und zweitens verwirrend.

Neulich auf so einer Medienparty, die ich mit meiner Frau besucht hatte, steh ich noch etwas gelangweilt mit meinem Sekt herum, da kommt meine Frau auf mich zu und sagt aufgeregt:

»Hast du das eben gehört? Ich frage diesen Dr. Möhring ganz höflich: Und wie geht es Ihrer Frau? Da guckt er mich ganz entgeistert an und sagt: ›Ich habe keine Frau. Ich weiß von keiner Frau.‹ Und lässt mich stehen.«

»Um Gottes willen«, sage ich, »Liebling, weißt du denn nicht, dass die auseinander sind? Ingrid Möhring lebt doch seit mindestens sechs Wochen schon mit diesem italienischen Ferrari-Designer zusammen. Der Möhring ist doch psychisch völlig am Ende!«

»Ja, und?«, fragt meine Frau verständnislos, »woher soll ich das wissen? Und warum läuft er dann hier auf der Party herum?«

Dabei wendet sie sich dem nächsten Paar zu, das an uns vorbeigeht, und sagt:

»Guten Abend, Herr Weinrich, guten Abend…«, und sieht mich wieder hilfesuchend an:

»Und was ist jetzt mit dem?« Sie zeigt mit dem Kopf auf die Frau an Weinrichs Seite: »Das ist doch nicht Weinrichs Frau?«

Mein Gott, ist das peinlich. Die haben es beide mitgehört. Ich sage:

»Nein, Verena, das ist Zehlickes Frau. Aber Zehlicke, der Chefgrafiker, lebt doch schon seit zwei Jahren mit diesem blonden Carsten Cronbäcker zusammen, du weißt doch…«

»Ach, der ist schwul geworden?«

»Liebling«, sage ich, »der war schon immer schwul. Und du hast schon auf der Umzugsparty damals diesen Fauxpas begangen, wie du zu ihm gesagt hast: Die Schwulen halten ja sowieso alle zusammen!«

Da lacht meine Frau und amüsiert sich:

»Das habe ich gesagt? Na bitte. Ist doch auch alles ein einziges Chaos. Und Frau Weinrich – ist die jetzt lesbisch?«

Wenigstens die näheren Umstehenden hören das mit und gucken uns an.

»Liebling«, sage ich, »es schadet mir doch, wenn du hier so laut deine Witze machst. Frederike Weinrich macht inzwischen Bildregie und ist mit Marcus Zarp liiert, obwohl Christa Zarp mit schweren Depressionen in der Nervenklinik liegt, wegen Edgar Stromberger, ihrem ehemaligen Geliebten, der ist Nahost-Korrespondent und ist jetzt zum Islam übergetreten und hat nun noch zwei Frauen in Kairo. Das kann Christa Zarp nicht mehr durchstehen. Aber darum können nun Marcus Zarp und Frederike Weinrich nicht offiziell zusammenziehen, weil Christa Zarp dann noch den letzten Lebensmut verliert.«

Ich meine: Das war doch eine plausible und einfache Erklärung. Aber was macht meine Frau? Hält den nächstbesten Gast an – das war ausgerechnet Dr. Gerbers, Programmdirektor, und bittet ihn um einen Kugelschreiber.

»Ich muss mir das aufschreiben! Das kann ich mir nicht merken.«

Gerbers holt einen Kugelschreiber aus der Innentasche seines Jacketts und gibt ihn ihr – und sie so ganz lässig zu Gerbers:

»Und was ist jetzt mit Ihnen beiden?« Sie zeigt mit dem Kugelschreiber auf die Frau an Gerbers Seite. »Ist das jetzt Ihre eigene Gattin?«

Der lächelt etwas süßsauer, die Frau wendet sich ab, und sie gehen weiter. Ich werde langsam böse:

»Liebling, das war jetzt aber sehr ungezogen von dir! Gerbers ist Programmdirektor. Einfach zu fragen: Ist das jetzt Ihre eigene Gattin? So was tut man doch nicht!«

»Wieso denn«, fragt meine Frau ganz unschuldig. »Es war doch seine Frau. Oder?«

»Ja, eben. Aber die haben zehn Jahre getrennt gelebt. Seine Sekretärin hat zwei Kinder von ihm, will ihn aber nicht heiraten. Jetzt ist er zu seiner Frau zurückgegangen. Dahinter steckt eine menschliche Tragödie. Und du fragst so einfach: Ist das jetzt Ihre eigene Gattin?

Man muss doch ein bisschen Feingefühl haben!«

In dem Augenblick kommen zwei Frauen herein: Frau Ruhländer und die junge Frau Martens. Ich nicke ihnen freundlich zu. Und meine Frau wieder ganz naiv:

»Ach, das sind nun wohl Mutter und Tochter?«

»Nein«, sage ich, »das sind nicht Mutter und Tochter. Die Ruhländer hat zwei Jahre mit dem Mann von der Martens zusammengelebt. Aber dadurch sind sich die beiden Frauen irgendwie näher gekommen. Wie – weiß ich auch nicht. Jedenfalls sind die beiden Frauen jetzt zusammengezogen und haben den Mann ausgebootet. Der sitzt dahinten an der Bar und betrinkt sich.«

Da sieht mich meine Frau mit diesem O-Gott-o-Gott-Blick an und sagt:

»Ja, verdammt noch mal, wer soll sich denn das alles merken! Ich bin doch kein Computer. Du verlangst von mir, dass ich wissen soll, ob Weinrichs Frau mit Martens Schwuchtel in der Nervenklinik mit der Bildmischerin von Zehlickes Krankenschwester seit zwei Wochen nicht mehr weiß, mit wem sie noch verheiratet ist oder schon wieder?«

Alle haben es mitgehört. Da ist mir der Kragen geplatzt. Ich habe sie ausgeschimpft:

»Liebling, bitte! Ich geniere mich allmählich für dich. Die gucken doch schon alle auf uns. Was ist denn das für ein Benehmen!«

Aber sie, was macht sie?

Geht auf Dr. Möhring zu und sagt:

»Hallo, Dr. Möhring. Haben Sie eigentlich schon gewusst, dass Hans und ich uns getrennt haben? Das wussten Sie nicht? Hans wusste es ja selbst nicht. Aber jetzt weiß er's!«

Und dreht sich ab und holt sich noch ein Glas Champagner von der Bar.

Über das Zölibat

Haben Sie jemals in Ihrem Leben ein Telefonat geführt mit einer Mutter, die ein acht Monate altes Baby hat?

Ich brauchte dringend einen Zeitungsartikel über das Zölibat. Ich hatte ihn mir ausgeschnitten. Er lag dummerweise zu Hause auf meinem Schreibtisch. Und ich war im Hotel auf Reisen. Also rief ich Verena an – die Mutter unserer acht Monate alten Tochter.

»Ja bitte..., hier...«

Knack. Verbindung unterbrochen. Ich wählte noch einmal und rief gleich in die Muschel:

»Verena! Hallo! Ich bin es. Hans!«

»Ja, entschuldige bitte. Hannah hatte den Apparat heruntergerissen... Hannah! Neinnn! Augenblick mal...«

Im Hintergrund fröhliches Kindergekreische. Dann wieder die Mutter:

»Sie hätte fast den ganzen Blumentopf umgestoßen. Jetzt steht sie am Papierkorb. Vorsichtig! Hannah! Festhalten! – Sie krabbelt jetzt auch schon rückwärts. Das hättest du sehen sollen!«

»Entschuldige, Verena, ich rufe an wegen des Zölibats. Der Papst ist in den USA, und ich brauche unbedingt...«

»Hannah! Nein! Bäbä! Pfui! Nein, Hannah – Augenblick, ich lege den Hörer noch mal hin.«

Rascheln. Bababababababa. Babylachen. Der Hörer wird wieder aufgenommen:

»Fast hätte sie eine Büroklammer verschluckt. Sie nimmt aber auch alles und alles in den Mund. Jetzt krabbelt sie auf die Schublade zu...!«

»Ich brauche den Zeitungsartikel über das Zölibat und die Proteste der Frauen in den USA!«

»Nicht an den Videorecorder, Hannah! Nein, nein, nein! Was ist mit dem Zölibat?«

»Ob du mir den Artikel vorlesen kannst, der liegt...«

Ein merkwürdiger Bums. Dann Stille.

»Verena! Verena! Hallo!«

Nichts. Dann ein markerschütterndes Brüllen. Ein ersticktes Luftholen und wieder Brüllen!

»Hat Mama nicht gesagt: vorsichtig sein? Jetzt haben wir die Schublade aufgerissen und sind mit der ganzen Schublade nach hinten gefallen – und alle, alle Sachen liegen auf dem Fußboden. Entschuldige bitte, was wolltest du noch?«

»Das Zölibat. Der Artikel…!«

»Ist ja gut, Hannahlein, eiei. Wird ja alles wieder gut. Zölibat? Zölibat, das ist doch, dass die Priester nicht heiraten dürfen. Wusstest du das nicht? Augenblick mal, ich leg noch mal den Hörer hin!« Dann in der Ferne: »Hannah, nicht wieder an die Schublade!«

Der Hörer wird wieder aufgenommen: »Entschuldige, aber es ist zu süß. Sie kann jetzt schon selber die Erdnüsse vom Tisch holen.«

»Ja, fabelhaft!«

»O Gott, jetzt greift sie wieder nach… Ach bitte, ruf doch einfach später noch mal an!«

Ja, manchmal komme ich auf seltsame Gedanken und denke: Was das Zölibat betrifft – irgendwie hat es ja auch seine Vorteile.

Die abnehmende Zunahme

»Liebling, was grübelst du denn die ganze Nacht?«

Die Frau des Pressesprechers war im Nachthemd zu ihrem Mann ins Büro gekommen.

»Ach, die neuen Arbeitslosenzahlen sind da. Als Sprecher der Bundesanstalt muss ich sie morgen den Journalisten erläutern!«

»Na und?«

»Na und! Die Regierung erwartet von mir, dass ich sie positiv darstelle. Aber wie?«

»Hat sie denn abgenommen oder zugenommen, die Arbeitslosigkeit?«

»Zugenommen! Zugenommen!«

»Tja – dann sag das doch…«

»Nein, das darf ich nicht sagen. Ich muss irgendeinen Dreh finden, das Ganze in ein schöneres Licht zu tauchen. Pass mal auf, mir ist aufgefallen: Die Zunahme der Arbeitslosigkeitszunahme hat erfreulicherweise abgenommen…«

»Wie bitte? Sie hat also doch abgenommen?«

»Nein! Nein! Die Arbeitslosigkeit hat zugenommen. Aber die Zunahme hat abgenommen, sie hat weniger zugenommen, als wir erwarten mussten. Insofern hat also die Zunahme abgenommen. – O ja, jetzt habe ich es! Ich könnte doch sagen: Erfreulicherweise hat die Abnahme der saisonbedingten Zunahme der Arbeitslosigkeitszunahme zugenommen. So dass man sagen darf, wenn es der Regierung weiterhin gelingt, ein Abnehmen der Zunahme der Arbeitslosigkeitszunahme herbeizuführen, wird der Punkt bald erreicht sein, an welchem die Abnahme der zunehmenden Arbeitslosigkeitszunahme so sehr zugenommen hat, dass die Arbeitslosigkeitszunahme überhaupt nicht mehr zunimmt. So dass wir davon ausgehen können, eine saisonbedingte Zunahme der Arbeitslosigkeitsabnahme erreichen zu können.«

»Ich begreife überhaupt nichts mehr«, sagte die Frau.

»Prima. Dann können wir's so lassen.«

Der versehentliche Herr S.

Herr S. fühlt sich in diese Welt
wie aus Versehn hineingestellt,
bemüht sich allerdings inzwischen,
den schlechten Eindruck zu verwischen,
liest Zeitung, nörgelt und trinkt Bier,
sieht fern wie alle Leute hier
und unterschlägt dem Meldeamt,
dass er von ganz woanders stammt.

Nur manchmal, beispielsweise, wenn
man ihn direkt fragt, ob er denn
nicht auch für Recht und Ordnung sei,
für Fortschritt, Aufstieg, Polizei,
beherrscht er nur mit Mühe sich
und sagt: Ja, ja! Versehentlich.

Aus dem Altersheim geflohen

Im Stadtpark. Eine junge Frau sitzt auf einer Parkbank und liest ein Buch. Da kommt von hinten aus dem Gebüsch ein alter Mann mit Krückstock und Rentnermütze. Er sieht sich erst mal vorsichtig um. Dann kommt er zur Bank gehumpelt, verbeugt sich ungeschickt vor der jungen Frau und sagt:

»Wenn ich mich mal 'n Augenblick zu Ihnen setzen dürfte, junge Frau. Ich bin grad aus dem Altersheim weg. Die suchen mich bestimmt schon.«

Er sieht sich noch einmal vorsichtig um und setzt sich dann auf die Bank. Die junge Frau sieht ihn freundlich an.

»Ich bin 83«, erklärt er ihr. »Wenn sie mich wieder einfangen, tun sie mir da, wo ich weg bin, wieder diese Tropfen ins Essen, wo man ewig von müde wird. Sie nennen mich schon den Ausbrecherkönig. Das ist schwieriger, als aus'm Knast abzuhauen. Hab ich wieder drei Wochen dran gearbeitet.«

Dann sieht er sie an und überlegt, wie er es ausdrücken soll:

»Oberschwester Olga«, sagt er. »...also entschuldigen Sie – aber die bumst nämlich wieder mit dem Zivi in der Wäschekammer. Die andern Alten kriegen das gar nicht mit. Aber ich merk das immer daran, dass sie uns morgens beim Frühstück die Zwiebäcke noch eiliger vorwerfen. Erst verschwindet er in der Wäschekammer und 'ne Zeit lang später dann sie. Für mich ist das dann immer das Zeichen: Ich zwäng mich in den Küchenaufzug rein und lass mich in den Heizungskeller runter. Und da lässt mich dann Ali für'n Heiermann aus der hinteren Eisentür raus.«

Die junge Frau lacht leise.

»Aber die kriegen einen ja doch«, sagt der Flüchtling. »Für immer kannst du denen nicht entkommen. Und dann muss ich wieder liegen. Dann sagt Oberschwester Olga wieder: ›Na, Herr Pahlke, das war wohl wieder unsere innere Unruhe, was? Da müssen wir wohl wieder mal unsere Wundermedizin einnehmen – und dann schlafen wir so schön, nicht?‹ Ja. Mindestens sechs Wochen. Und die Tropfen trichtern sie dir mit Gewalt ein. Halten dir den Kopf fest und reißen dir den Unterkiefer runter wie bei einem Pferd und schütten dir das rein. Hast du keine Chance. Hauptsache, sie kriegen dich zum Liegen. Aber das ist ja wegen der Krankenkasse. Weil die Kasse denkt ja, dass sie mit denen, die liegen, mehr Arbeit haben. Dabei liegen die ja bloß und werden einmal die Woche gewendet. So müssen Sie sich das bei uns vorstellen.«

Die junge Frau ist beeindruckt. Sie schüttelt den Kopf.

»Aber das Schlimmste ist die Freundlichkeit«, fährt der Alte fort und macht mit Fistelstimme die Oberschwester nach. »›Na, Herr Pahlke, immer noch so rüstig auf den Beinen?‹«

Er sieht sich wieder vorsichtig um, der Alte. Dann rückt er ein bisschen näher an die junge Frau heran und senkt die Stimme:

»Ich hab mich hier zu Ihnen hergesetzt, weil: Wenn man sich als Rentner wie ich allein auf eine Parkbank setzt, dann stürzen ja gleich Scharen von alten Frauen auf einen los!«

Die junge Frau sieht ihn belustigt an.

»Wussten Sie das nicht?«, fragt der Alte. »Ja, das sind doch die Rentnerinnen. Die kommen ja alle nicht mit ihrer Rente aus. Für die ist dann so einer wie ich wie ein Strohhalm. Haben Sie doch bestimmt schon mal gesehen: Im Park sitzen immer mehrere alte Männer dicht gedrängt auf einer Bank und gucken sich ängstlich um. Die bilden Schutzgemeinschaften!«

Die Frau muss lachen.

»Ja, ist wahr«, sagt der Rentner. »Wenn sich so eine Alte erst mal bei dir eingeklettet hat, dann wirst du sie ja auch nie wieder los. Das kann zu den schlimmsten Tragödien führen! Hab ich ja gerade erst hinter mir.«

Er lehnt sich zurück und macht eine Pause, dann seufzt er:

»Ich sag Ihnen was: Wenn Sie mit 83 Jahren im Altersheim noch die Frau Ihres Lebens treffen – und die lässt Sie dann wieder ohne Vorwarnung fallen, dann sind Sie aber fertig, meine Liebe, das können Sie mir glauben.« – Die junge Frau guckt wieder etwas belustigt.

»Wie bitte?«, fragt der Alte, als hätte sie was gesagt. »Ob das überhaupt noch geht in meinem Alter? Richtig mit Liebe und allem? Haben Sie 'ne Ahnung. Das hört nie auf. Ich wollte ja sogar heiraten. Eine wunderbare Frau. Bei mir hatte richtig der Blitz eingeschlagen. Und wenn das passiert, dann hältst du das sogar im Altersheim wieder aus. Sie hatte mir ja versprochen: Wir wollen die letzten Jahre zusammen verleben. Und dann? Dann erwisch ich sie mit einem...«

Es versagt ihm die Stimme. Mit einer verächtlichen Handbewegung spricht er weiter: »Er will mal Musikprofessor gewesen sein, dieser Angeber. Neuzugang. Beide Arm in Arm auf seinem Zimmer und hören da irgend so 'ne klassische Musik von seinem CD-Player. Ich mach die Tür auf – und meine geliebte Grete sagt zu mir: ›Merkst du nicht, dass du störst?‹ Ich konnte nicht anders: Ich hab seine Krücke genommen und hab sie ihm auf'n Kopf geschlagen. Eifersucht. Da musste ich natürlich wieder liegen. Tja – in den sechs Wochen hat sie sich dann mit dem so genannten Musikprofessor für immer zusammengetan. Ja, er hat ja auch 'ne bessere Altersversorgung als ich...«

Er guckt traurig in den Himmel. Aber dann lächelt er wieder:

»Trotzdem«, sagt er, »Grete ist eine wunderbare Frau. Aber jetzt – jetzt weiß ich wieder, wo ich bin. Jetzt riech ich ihn wieder, diesen ewigen Schweißgeruch bei uns im Heim...«

Plötzlich sieht er der jungen Frau direkt ins Gesicht:

»Wieso hören Sie mir denn überhaupt zu? Als alter Mensch ist man doch nur noch lästig!«

Und dann nach einer kurzen Pause:

»In Sibirien, die Ureinwohner früher, die haben ihre alten Leute, wenn sie sie nicht mehr brauchen konnten, mit 'nem Lederstrick erdrosselt. Aber als Höhepunkt von einem großen Fest. Das war wie eine Hochzeitsfeier. Mit Tanz und Musik. Und sie haben noch 'ne Ansprache gehalten: ›Großvater, du warst ein großer Walfischjäger. Aber jetzt, wo du das Wasser nicht mehr halten kannst – jetzt musst du eben in die Jagdgründe vorauseilen.‹ Das war doch noch menschlich. Und heute? Heute setzen sie ihre Großmutter auf'n Autobahnparkplatz aus. Hatten wir eine bei uns. Haben sie aufgegriffen. Ohne Papiere, hatte Alzheimer. Hat nie einer rausgekriegt, wem die Oma gehört hat.«

Der Alte kramt sein großes kariertes Taschentuch raus und schnäuzt sich geräuschvoll. Dann blickt er wieder in den Himmel:

»Und Bernie Neumann haben sie die Dialysemaschine abgestellt. Von der Krankenkasse. Weil das zu teuer wurde. Haben sie ihm aber natürlich nicht gesagt. Sondern haben geschrieben ›*...machen wir Ihnen die erfreuliche Mitteilung, dass Ihre Nierenbehandlung um fünfzig Prozent vermindert wird.*‹ Bernie hat sofort begriffen: Das ist mein Todesurteil. Sechs Wochen später ist er abgenibbelt. Hätten sie doch auch wenigstens noch schreiben können: ›Bernie, du warst ein großer Ersatzteillagerverwalter. Aber jetzt ist eben Rationalisierung. Jetzt wirst du uns zu teuer.‹ Da hätte er sich nicht mal beschwert.«

Die junge Frau sagt nichts. Aber sie blickt verständnisvoll.

»Aber das Schlimmste«, legt der Alte noch mal los, »das Schlimmste ist die Freundlichkeit.« Er macht wieder die Oberschwester nach: »›Na, Herr Pahlke, wir haben ja unser Honigbrot noch gar nicht aufgegessen‹ – Das hau ich dir gleich in die Fresse, du Scheusal! – ›Ach, wir sind ja wieder so aufgeregt. Da müssen wir wohl mal wieder unsere Wundermedizin...‹«

Erschrocken guckt er sich wieder um.

»Entschuldigung«, sagt er und steht von der Bank auf. »Ich muss jetzt weiter. Bestimmt kommt gleich im Radio: ›Gesucht wird Willi Pahlke, eine hilflose Person. Er ist auf medizinische Hilfe angewiesen.‹ Ja, schönen Tag noch, junge Frau.«

Und sieht sich wieder vorsichtig um und humpelt davon.

Drama mit Koffer

Von Eduard muss ich erzählen. Eduard ist ein Frauentyp. Er hat so etwas Italienisches mit Hamburgischem Understatement. Sein Umgang mit Frauen ist einfach souverän.

»Du kannst ein Mädchen noch so gern mögen, ihr könnt miteinander schlafen, so viel ihr wollt«, sagte er eines Tages fürsorglich zu mir. »Aber pass auf, wenn sie eines Abends mit ihren Koffern vor der Tür steht. Und dich fragt, ob sie erst mal bei dir bleiben könne. Das ist dann der Augenblick: Da musst du unbedingt hart sein. Du musst ihr sagen: ›Du, mein Liebling, kannst gern zu mir kommen, aber deine Koffer, die bleiben draußen!‹ Denn du musst wissen, mein Freund: Eine Frau kann man wieder loswerden. Aber eine Frau, die all ihre Klamotten schon in deinen Kleiderschränken verteilt hat – da ist das dann so gut wie unmöglich!«

Ein toller Typ, dieser Eduard. Aber auch die Stärksten sind verwundbar.

Eines Tages nämlich hat Monika, eine von Eduards Freundinnen, ihrer Freundin Heike von Eduard erzählt – und von seiner konsequenten No-Koffer-Theorie. Und Heike ist sofort darauf angesprungen. Sie war begeistert von Eduards Strategie.

»Genau dasselbe gilt natürlich auch für alleinstehende Frauen«, rief sie. »Alles kannst du deinem Typ erlauben. Aber pass auf, wenn er mit seinem Koffer vor der Tür steht. Das Prinzip muss ich unbedingt übernehmen.«

Die Situation schrie geradezu danach, dass Eduard und Heike sich einmal kennen lernten. Und tatsächlich, das Schicksal schlug zu. Eines Abends trafen Heike und Eduard bei Monika zusammen!

Heike war sofort begeistert von Eduard, aber er von ihr noch viel mehr! Das war eine Frau! So selbstbewusst, so unabhängig. Die würde nie auf die Idee kommen, gleich zu ihm ziehen zu wollen.

Sie trafen sich wieder. Und es wurde mehr und mehr daraus. Schließlich war Eduard so verliebt, dass er sagte:

»Heike! Mensch, lass uns doch zusammenziehen – ich zu dir oder du zu mir!«

»Tut mir leid«, sagte Heike, »du kannst gerne zu mir kommen. Aber deine Koffer lässt du draußen. Weißt du, das liebe ich ja so an dir, dass du in diesem Punkt auch so konsequent bist!«

Eduard leidet. Nachts träumt er jetzt manchmal davon, dass Heike vor der Tür steht, mitsamt ihren Koffern.

Aus dem Zugfenster blickend

Geringe Abweichungen in der Verhaltensweise der
Bahnschranken
veranlassen mich,
zu unterscheiden auch hier:

Solche, die,
wenn sie sich schließen, sagen:
Entschuldigt,
dass wir den Weg versperren,
es ist, dass euch der Weg nicht abgeschnitten werde
für immer –

und jene anderen wohlbekannten,
die da rufen:
Halt!
Stehengeblieben! Zuwiderhandlungen werden
mit dem Tode bestraft!

Performance

Was brauch ich 'ne Performance? Ich seh nur Verena beim Auspacken zu, wenn sie vom Einkaufen nach Hause kommt:

Sie stellt die große Kaufhausplastiktüte auf den Tisch.

Aus der großen Kaufhausplastiktüte holt sie die Plastiktüte vom Metzger. Aus der Plastiktüte vom Metzger holt sie eine Klarsichtplastiktüte mit angeheftetem Preisbon. Aus der Klarsichtplastiktüte mit dem angehefteten Preisbon holt sie drei Päckchen in Alufolie. Aus den drei Alufolie-Päckchen wickelt sie drei Päckchen in Klarsichtfolie aus: die Mettwurst in Klarsichtfolie, die Zungenwurst in Klarsichtfolie, die Mortadella in Klarsichtfolie. Sie wickelt die Mettwurst, die Zungenwurst und die Mortadella aus ihren Klarsichtfolien und tut sie in die Porzellan-Wurstschalen in den Kühlschrank – verzichtet aber darauf, die Klarsichttrennblättchen zwischen den einzelnen Wurstscheiben auch noch zu entfernen.

Dann holt Verena aus der großen Kaufhausplastiktüte den Luxuslackbeutel des Kosmetiksalons. Aus dem Luxuslackbeutel des Kosmetiksalons holt sie eine kleine weiße Plastiktüte. Aus der kleinen weißen Plastiktüte holt sie das Päckchen mit silberglänzendem Geschenkpapier mit dem gelben Seidenbändchen drum und dem aufgeklebten Golddrucksiegel des Kosmetiksalons. Sie entfernt das Seidenbändchen und das silberglänzende Geschenkpapier, und es erscheint der weiße Glanzkarton mit goldenem Prägedruck, sie öffnet den weißen Glanzkarton mit dem goldenen Prägedruck und holt die Innenkartonpappschachtelstütze heraus, in welcher sich unter einem Beschreibungsblatt auf halb durchsichtigem Papier mit Anwendungsempfehlung in Englisch, Französisch und Deutsch die braune Plastikdose befindet, in welcher sich eine kleine Plastikdose, ein Plastikdöschen, befindet, von dem Verena das Deckelchen entfernt. Verena riecht an dem teelöffelgroßen Klacks Creme. Sie tut das Deckelchen wieder drauf und die Dose in die Dose.

Dann holt Verena aus der großen Kaufhausplastiktüte die Plastiktüte aus dem Herrenoberbekleidungsgeschäft mit der Klarsichtplastikfolie mit der Pappbauchbinde für das Oberhemd mit der Pappbrust und dem Pappkragen und den provisorischen Manschettenknöpfen…

Ach, ich seh schon – ich werde nicht fertig. Da sind ja noch so viele Plastiktüten in den Plastiktüten in der Plastiktüte – und nachher muss sie ja noch die Klarsichtfolien aus den Klarsichtfolien mit den Pappeinlagen und den Alufolien aus den Innendosen aus den Überdosen in den Innenkartons der Außenkartons in den Plastiktüten aus den Übertüten auswickeln und alle, alle Tüten und Folien und Kartons und Papiere und Bändchen in den Plastikbeutel in ihrem Mülleimer stopfen und den Mülleimerplastikbeutel in den Mülleimer in der großen Mülleimerbox werfen, damit sie einen neuen Plastikbeutel in ihren Mülleimer tun kann.

Der Arbeitgeber (eine Szene auf der Bühne)

Eine Hotelsuite mit separatem Schlafzimmer. Plötzlich wird Hans Jochen Quartz, ein 50-jähriger Mann, durch die Schlafzimmertür ins Wohnzimmer gestoßen. Das ist peinlich: Er ist nur mit Unterhose und Oberhemd bekleidet. Sein Schlips hängt lang herunter. Quartz stolpert und kann sich gerade noch an einem Sessel festhalten. Während der ganzen Szene läuft er aufgeregt hin und her.

QUARTZ *(ruft zurück in Richtung Schlafzimmer, in weinerlichem Ton)*: In Ordnung! In Ordnung, mein Schatz! Ich bitte dich also, mir zu verzeihen! Mein Schmetterling! Ich gebe zu, ich habe versagt. Aber das darf doch die Würde unserer Beziehung nicht verletzen! Bitte, sprich doch wieder mit mir! Bitte! Bitte!!

(wendet sich zum Publikum) Verdammt noch mal. So ein Aas! Lässt mich hier rumwimmern! Wieso entschuldige ich mich überhaupt? Das ist wieder typisch für mich! Wer zahlt denn hier wem eine monatliche Apanage!?

(wieder in Richtung Schlafzimmer) Manuela? Das kommt doch überall mal vor. Auch große Beziehungen haben ihre Krisen! *(horcht, ob sie antwortet)* Hast du etwas gesagt? Sei doch bitte nicht so grausam. Ich fühle doch schon, dass es mir wieder kommt. Ehrlich, Prinzessin, keine Angabe!

(wütend zum Publikum) Es genügt eben noch nicht, dass man jeden Tag wie ein Löwe kämpft, um den Wirtschaftsstandort Deutschland zu retten! Nein, man soll auch noch ein Supermann im Bett sein! Die hohen Lohnkosten in der deutschen Wirtschaft – mein Gott, die schlagen sich eben auch auf meine Potenz nieder!

(Richtung Schlafzimmer) Ich bin Vorstandsvorsitzender! Muss ich mir das antun, hier vor deiner Tür zu frieren!

(zum Publikum) Das ist mir doch nur passiert, weil ich einen winzigen Augenblick an meine Aktien gedacht habe. Heutzutage Arbeitgeber zu sein und Kapital zu besitzen, das ist doch der reinste Horror!

Je größer die Kapitalmenge, desto größer die seelische Belastung. Das ist etwas anderes als beim kleinen Fritz, wenn der ein paar VW-Aktien hat – der fummelt sich jeden Tag im Internet seinen Aktienkurs raus und guckt nach, um wie viel Cent er reicher oder ärmer geworden ist. Aber bei unsereinem geht so was gleich in die Hunderttausende. Wenn man nur eine Sekunde an das Risiko denkt – da vergeht einem einfach alles.

(Richtung Schlafzimmer) Das ist ganz natürlich! Hörst du, mein Vögelchen. Lass mich doch wieder rein. Die Aktien steigen! Ja, ich beweise es dir!

(wieder zum Publikum) So ein Miststück! Ein Haus am Tegernsee hätte sie gerne. Damit man sich ungestörter treffen kann. Aber dass unsereinem allein schon diese irrsinnigen Sozialkosten die Luft abdrükken, das interessiert sie natürlich nicht! Alle, alle leben sie nur von mir! Arbeitslos muss man sein in dieser Gesellschaft, wenn man herrlich und in Freuden leben will! Als Unternehmer bist du doch der Trottel für alle! Es darf ja niemand mehr verhungern in dieser Gesellschaft und niemand mehr erfrieren! Der einzige Ansporn zur Leistung, dass der Arbeitnehmer eine echte Existenzangst hat, ist ja verboten! Und wer bezahlt dafür, dass jeder Penner heutzutage lebt wie Gott in Frankreich? Dass jede Tippse, ob sie verheiratet ist oder nicht, bloß mal kurz hinzuhalten braucht, damit sie schwanger wird, und ich darf ihr ein ganzes Jahr Urlaub bezahlen und muss die Schlampe auch noch wieder einstellen! Bin ich der Heilige Franz von Assisi? Als Unternehmer ist man heute ein Wohltäter der Menschheit, ein Ausbund an Nächstenliebe und Mildtätigkeit. Sie arbeiten nicht und sie leisten nichts – aber der deutsche Unternehmer ernähret sie trotzdem!

(wieder ganz kleinlaut vorm Schlafzimmer) Hast du gerufen, mein Goldvögelchen? Manuela, bitte! Ich habe doch schließlich ein Ansehen zu verlieren! *(plötzlich ganz unterwürfig)* Du, das mit dem Haus am Tegernsee – ich finde, das ist ein guter Gedanke von dir. Ich könnte mal unseren Makler anrufen. Lässt du mich jetzt rein? Liebling,

süße Prinzessin. Ich krieg hier ’n kalten Hintern! Ich muss doch wenigstens meine Hose wieder anziehen! *(zornig)* Ach verdammt: Ich lasse mir diesen letzten Freiraum der Romantik, den ich mir mühsam erkämpft habe – man will ja auch mal aussteigen, sich beweisen, wofür man eigentlich lebt –, den lasse ich mir nicht auf diese Weise von dir kaputtmachen!

(wieder zum Publikum) Wer hat denn hier eigentlich versagt von uns beiden? Wieso kriege ich hier eigentlich keinen hoch! *Sie* hat ihn doch nicht hochgekriegt! So rum können wir das ja auch mal sehen! Ich zahl dem Miststück das Gehalt eines Hauptgruppenleiters – und was leistet sie dafür? Auch im Bett soll man mal wieder alles alleine machen! 3.000 Euro monatlich. Und das geht nun schon drei Jahre so. 72.000 Euro für die Ehre, ihr zu Füßen liegen zu dürfen. Und das kann ich nicht absetzen. Das darf in keiner Steuererklärung auftauchen.

(zurück zum Schlafzimmer) Weißt du überhaupt, wie ich da wieder auf Steuerersparnis verzichten muss?

(zum Publikum) Was unsereinen kaputtmacht, ist ja nicht, dass wir nicht wirtschaften können. Die Erträge sind ja da! Aber Erträge vor Steuern! Guck dir das doch mal an, was dann kommt. Gewinn nach Steuern! Steuern auf die Einkünfte – und was da dann noch nachbleibt! Da wirst du blass oder läufst Amok. – Und die Gewerkschaften räumen ab und räumen ab, das auch noch! Da muss man doch wahnsinnig werden! – Und meine Frau? Und meine Kinder? Damit sie den Schnabel halten, muss man da auch noch immense Summen reinstecken. Und alle, alle leben sie von mir! Keiner leistet etwas außer mir. Aber sie treten mit einer Arroganz auf, als wenn sie auch nur einen Cent wirklich selbst erarbeitet hätten.

(wieder an der Schlafzimmertür) Lass mich rein! Lass mich jetzt endlich rein! Manuela! Du zerstörst die Würde unserer großen Beziehung!

(wieder nach vorn) Verdammt noch mal: Warum denn ist mir das passiert? Weil die Sorge um die deutsche Wirtschaft mich niederschlägt. Also gut: Dann soll sie eben auch mal die Folgen der Rezession am eigenen Konto zu spüren bekommen! Vielleicht wirst du ja dann endlich begreifen, dass auch du nachgelassen hast in deinen Leistungen.

Was nützt mir ein geiles Model, wenn sie mich nicht mehr anmacht! So sieht es doch aus.

(als diktiere er ein Schreiben) Sehr verehrte Frau Manuela Weißburger! Infolge meiner angespannten Finanzlage sehe ich mich leider gezwungen, Ihre monatlichen Bezüge ab sofort…

(Die Schlafzimmertür hat sich etwas geöffnet. Quartz sieht das Model, es verschlägt ihm die Sprache…)

…deine Bezüge leider…

O Donnerwetter… O! O ja, mein Schmetterling, jaaaaa, lass es uns noch einmal versuchen! *(wird ins Schlafzimmer hineingezogen)*

Das Kaninchen Archimedes

Das Kaninchen Archimedes
war so frech und asozial und jedes
Taktes bar, dass es auf Gräbern saß
und die Blätter frischer Tulpen fraß.

Schon sehr früh kam es dahinter,
dass der Friedhof selbst im Winter
üppiger als manche Frühlingswiese
Blümchen bietet und Gemüse.

Neben »Unser Julius«
und »Dein Sohn als letzter Gruß«

saß und fraß es zwischen Schleifen,
ohne etwas zu begreifen.

Und so wurde Archimedes
trotz des mahnenden Geredes
älterer Kaninchenböcke
stärkster Bock in seiner Hecke.

Daraus folgt? Nichts. Doch es soll gern,
wer das braucht, sich was draus folgern.

Wilma hat geweint

Gibt es etwas Blödsinnigeres als die Vermenschlichung technischer Apparate? Sagt neulich unsere Nachbarin Frau Pohlmann:

»Mein Heini hat Husten. Ich hab ihn in die Werkstatt gebracht.«

Damit meinte sie ihren Kleinstwagen, und der Husten muss irgendein Defekt in der Benzinleitung gewesen sein oder ein Ventilschaden.

Es ist doch eines erwachsenen Menschen nicht würdig, sich derart kindisch über ein Fahrzeug zu unterhalten. Kurz nachdem unsere neue Waschmaschine angeliefert worden war, sprach die Frau meines Lebens so ganz nebenbei beim Frühstück ohne Vorwarnung die folgenden Worte:

»Ich muss Wilma noch füttern.«

Ich dachte natürlich, wir hätten jetzt ein Meerschweinchen oder eine Schildkröte. Aber nein. Mit dem unschuldigsten Gesicht von der Welt wurde mir erklärt:

»Na, die Waschmaschine meine ich; Mensch, bist du phantasielos!«

Für meine Begriffe ist eine Waschmaschine eine Waschmaschine: ein programmierter Elektromotor, dazu ein paar Ventile, Wasserschläuche, eine Pumpe und fertig. Leben wir noch im Kinderland? Bin ich nicht ein erwachsener Mensch mit Krankenkasse und Haftpflichtversicherung? Ist die Welt nicht grausam, herzlos und wahnsinnig? Und da soll ich es heiter finden, dass ein Waschautomat Wilma heißt und gefüttert werden muss?

Ich machte der Frau meines Lebens klar, dass ich diese Albernheiten nicht mitmache. Basta. Und es war vergeblich, dass sie ihrerseits versuchte, mir zu erklären, auch Maschinen hätten eine Seele und dass zum Beispiel ihr Auto genau merke, ob sie selber es fahre oder jemand anders. O Himmel, welch ein kindlicher Unsinn!

Dann kam die Nacht, in der die Frau meines Lebens plötzlich aus dem Bett hochfuhr und rief:

»Wilma ist krank!«

»Wer bitte?«

»Hör doch, sie schläft unruhig.«

Ich hörte tatsächlich eine Art Poltern aus der Waschküche.

»Du hast sie eben nicht abgestellt«, knurrte ich.

»Doch, die hat seit vorgestern nichts zu fressen gehabt.«

»Hör auf mit dem Quatsch!«

Die Frau meines Lebens begab sich in die Waschküche. Ich hörte sie einige beruhigende Worte sprechen wie:

»Nun schlaf doch, Wilma, ist ja alles gut. Brauchst doch keine Angst zu haben.«

Danach hörte das Poltern auf. Und ich erhielt von der zurückgekehrten Waschmaschinenmutter die Auskunft:

»Sie muss sich erkältet haben. Sie hat gezittert am ganzen Leib, aber jetzt ist sie wieder eingeschlafen.«

»Hilfe, wir verblöden«, war mein Kommentar.

Misslich ist nur, dass sich in der nächsten und übernächsten Nacht ähnliches ereignete, bis ich mich endlich selbst in die Waschküche bemühte, um diese verdammte Waschmaschine ein für allemal abzustellen. Aber was soll ich Ihnen sagen: Wilma – Pardon: dieser Hochleistungswaschautomat – zitterte vor sich hin. Er klapperte sozusagen am ganzen Gehäuse. Ich betätigte diverse Schalter und überprüfte den Netzanschluss, öffnete seine Luke, seine Waschmittelschublade. Er vibrierte noch immer. Bis endlich die Hausfrau im Nachthemd dazukam:

»Wilma, wir sind doch bei dir.«

Verdammt noch mal: Dieses blöde Ding hörte auf zu zittern. Mir war natürlich klar: Der zweifellos irgendwie vorhandene Induktionsstrom, der wahrscheinlich durch eine Ultrafrequenz die Vibration auslöste, hatte sich abgeschaltet. Ich verzichtete darauf, diese logischen Zusammenhänge zu erklären, und legte mich wieder schlafen. Als aber zwei Tage später die Meldung kam:

»Wilma hat geweint«, packte mich die Wut.

Ich rief den Waschmaschinen-Notservice an. Tatsächlich hatte sich vor der Maschine eine kleine blaue Pfütze gebildet. Rätselhaft genug: Die Maschine war wieder nicht in Betrieb gewesen. Irgendwo musste dieser verteufelte Apparat ein Leck haben.

Der Servicemann kam, er nahm sich die Maschine gründlich vor. Er prüfte alles nach: Widerstände, Pumpenanschlüsse, Relais. Dann packte er seine Sachen zusammen, stellte sich vor uns hin und sagte:

»Tut mir leid, das Mädchen ist völlig gesund. Wahrscheinlich Heimweh. Sie ist ja noch nicht lange bei Ihnen.«

Die Frau meines Lebens strahlte voller Verständnis. Ich aber habe das bittere Gefühl, auf dieser Welt der letzte Mensch mit klarem Verstand zu sein.

Seid fruchtbar und mehret euch!

I

Zuerst war die Menschheit noch sehr klein –
sie bestand sozusagen im Ganzen aus Zwei'n.
Früchte und Brot, Wildbret und Gries –
sie lebten da praktisch im Paradies.
Sie sprangen umher, den Himmel zu loben
und hörten eines Tages die Stimme von oben:

Macht euch die Erde zum Himmelreich.
Seid fruchtbar und mehret euch!

II
Das taten sie gern. Die Frau und der Mann
fanden gewaltig Gefallen daran.
Die Kinder gediehen. In Bälde schon
belief sich die Menschheit auf eine Million.
Die jagten den Büffel und aßen sich satt.
Und nachts auf der lieblichen Lagerstatt

dachten sie auch an das Himmelreich:
Seid fruchtbar und mehret euch!

III
Doch weil sie so fleißig sich liebten und paarten,
wurden Millionen schnell zu Milliarden.
Der Hunger brach aus – das Brot wurde knapp,
weil es schon viel zu viel Menschen gab.
Das Paradies ward zum Jammertal,
Millionen starben in Hungersqual.

O Gott, hör deine Kinder schrein:
Die große Erde ist zu klein!

Da sahen die klügeren Menschen ein:
Wir dürfen nicht länger so fruchtbar sein.
Wir trachten nach einfachen Mitteln und Wegen
zu stoppen den tragischen Kindersegen.
Dass niemand mehr vor Hunger sterbe
und Brot für alle hat die Erde.

Gott gab uns ja nicht nur das Land,
Gott schenkte uns auch den Verstand.

Wer aber möchte glauben, dass zwischen den verhungernden Millionen noch immer ein alter, freundlicher Herr umherging, der behauptete, Gottes Willen zu kennen:

»Seid fruchtbar und mehret euch«, verkündete er den Verhungernden. »Gebraucht nicht den Verstand, den Gott euch gab – seid fruchtbar und mehret euch…«

Die Erholung

RATTATTATTATTATAT – RAATATTAATT! RATTATTATTATTATTATTATAAAAAT! RATTATATAATATTATTATTATT!

»Mensch, Heinze, wie geht's dir?!!!« RATTATTATTATTATTAATAAAATT; Freitagnachmittag hab ich meinen früheren Kollegen Heinze besucht. In seinem Schrebergarten. RATTATTATTATTATTATITATTATTATTAAAAAAATT.

Heinze freute sich und rief; »Helga und ich, wir brauchen den Garten als…« RATTATTATTATTATTATTATTAAAAAT »…als Ausgleich, verstehst du? Wenn man in der Stadt wohnt.« – RATTATTATTATTATTATTATTATTATTWRUMMMMMM, WRUMMMMM, WRUMMMMM, WRUMMMMM – RATTATATTATTATTATT…

»Wie bitte?«, brüllte ich. »Ich kann dich so schlecht verstehen. Dieser Krach!«

»Das ist Herrn Gonschoreks Rasenmäher. Bisschen laut, aber technisch fabelhaft. Will ich mir…« RATTATTATTATTATATTATTATTTWRUMMMM WRUMM WRUMM WRUMM WRUMM WRUMM WRUMMMMMMMWRUUUUUMMMMM »…mir auch kaufen. 2,1 Kilowatt, 1,03 Liter pro Stunde. Laut Werk nur 67…« RATTATTATTATIWRUMMWRUMM »…nur 67 dB!!« RATTATTATTATTATTAWRUUUUMMMMM!

Wir saßen uns eine halbe Stunde gegenüber und konnten uns mal so richtig in die Augen blicken. Der Rasenmäher des Herrn Gonschorek übertönte alles. Die Tulpen zitterten. Die Vöglein bewegten lautlos den Schnabel. Die Rosen hielten sich die Ohren zu.

Irgendwann musste Gonschorek wohl mal nachtanken.

Eine plötzliche Stille.

»Wir brauchen den Garten!«, schrie Heinze aus Gewohnheit. »Seit

wir den Garten haben – diese Erholung, sag ich dir. Für die Nerven...«
UUUIIIIIIIIIUUUUUUUUUUIIIIIIII, TACKTACKTACKTACKTACK...

»Um Gottes willen!«, brüllte ich Heinze ins Ohr. »Was ist das jetzt schon wieder?«

»Das ist Bährwalds Vertikulierer. Muss ja sein. Aber seit wir hier draußen sind...« BRRRRMMMMMMM...BRRRRRR RRRM MMM MMM...BR RRR RRR RRRMMMMM...!!!

»Jetzt kommt noch Frau Wolf mit ihrem...« GÄGÄGÄGÄGÄGÄGÄ-GÄGÄGÄGÄGÄGÄGÄGÄÄÄÄÄÄKRRRRRR! GÄGÄGÄGÄGÄ-GÄ-GÄGÄ-GÄGÄGÄGÄKRRRRRRR!!

»...Frau Wolf mit ihrem Häxler!«

Heinze presste seine Lippen fest auf mein Ohr. Ich hielt mir ein Kissen gegen das andere Ohr.

»Der Mensch braucht einfach einen Ausgleich!!«, brüllte Heinze. »In der Stadt hätten wir es nicht mehr ausgehalten. Dieser Autolärm, die U-Bahn, die bei uns vorbeifährt...!«

Ich nahm für Sekunden das Kissen vom Ohr. RAT-TATTATTAT-TATT AAGÄGÄGÄGÄGÄGÄGÄGÄBRMMMMMMMBRMMMM-MRATTAT-TATTAT TA AAT PÄNGPÄNGWRUMMMMM!! »Aber seit wir den Garten haben...«, brüllte Heinze wieder in mein Ohr. »Wenn wir nach Hause kommen, stört uns überhaupt nichts mehr. Kein Autoverkehr und keine U-Bahn. Das ist jedes Mal eine solche Erholung, sag ich dir!«

RAT TATTAT TATTA WRUMMMMMMMMMMM WRUMMMMMMM WRUMMMMMMM!!

Dieser Mistkerl in mir!

Mitten auf der Autobahn, auf der Fahrt nach Bremen, sagt Regine plötzlich zu Michael:

»Weißt du eigentlich, ob ich den Backofen ausgestellt habe?«

»Wie soll ich denn das wissen?«

»Ich hab doch heute morgen Brötchen aufgebacken. Dann sind wir weggefahren. Hab ich ihn nun ausgestellt, oder nicht?«

»Na klar. Das nehme ich doch an.«

»Das nützt mir nichts, dass du es annimmst. Kehr um, Michael. Kehr um! Ich hab vergessen, den Backofen auszustellen!«

Michael wehrt sich noch etwas. Aber vergeblich.

»Da kann ja das ganze Haus abbrennen«, jammert Regine. »Ich weiß es jetzt genau: Ich hab ihn nicht ausgeschaltet!«

Also fahren sie die ganze weite Strecke nach Kiel zurück. Regine rast die Treppe rauf. Und kommt gleich wieder runter: »Alles in Ordnung!«

Natürlich, das hat jeder schon mal erlebt.

Ich aber frage mich: Was ist das für eine Schikane – diese Sache mit dem Unterbewusstsein?

Da haust doch irgend so ein Mistkerl in mir, der lässt mich Sachen tun, von denen ich selbst nichts weiß. Aber dieser Mistkerl – das bin ich doch auch selbst. Dieser Kobold macht einfach keine Meldung an mein Bewusstsein. Lässt mich Türen abschließen, Kerzen ausblasen, den Backofen ausschalten und gibt die Information »Unternehmen ausgeführt« einfach nicht weiter.

Und Stunden später quält sich mein Verstand ab, sucht den ganzen Informationsspeicher durch – und findet nichts.

Und dann, wenn man 150 Kilometer zurückgefahren ist – und alles ist in Ordnung –, hört man ihn leise kichern, diesen Teufel, diesen Kobold – irgendwo hinten im Nebenhirn!

Ja, verdammt – dass man von aller Welt betrogen wird, das weiß man ja. Aber dass man sich obendrein auch noch selber reinlegt! Das Leben ist wirklich nicht einfach.

Der Single oder Die Silberhochzeit

Ich vergesse ihn nie: den Junggesellen, den Single – wie er mir an der Theke bei »Kurt« in aller Ruhe auseinander setzte, warum er noch immer nicht geheiratet hat. Da muss man allerdings sagen: Ein Glück für alle Frauen, denen dieser Typ erspart geblieben ist. Rüdiger hieß er – und war auf dem Weg zur Silberhochzeitsfeier. Er trank schon den zweiten Fernet-Branca:

»Nee, hab ich mir gesagt, Rüdiger, du kannst doch nicht völlig nüchtern auf die Silberhochzeit von Uschi und Dieter gehen. Also – noch'n Fernet Branca. Stell dir das mal vor! 25 Jahre verheiratet. Dass so was überhaupt erlaubt ist! Müsste doch ein Gesetz geben, dass jede Ehe nach sieben Jahren automatisch geschieden wird. 25 Jahre mit einer Frau. Ich mein: Ich bin gar nicht gegen die Ehe. Nein. Warum? Ich hab es ja sogar immer versucht. Aber das funktioniert doch gar nicht – weil, die Frau als solche ist überhaupt nicht dafür geeignet.

Wenn ich mir vorstell zum Beispiel: 25 Jahre verheiratet mit Angelika. Das war meine erste feste Freundin. Vater Kapitän. Also rein von den Mäusen her keine schlechte Partie. Haus an der Elbe hätte mal ihr gehört. Sie hatte einen leichten Silberblick – aber da konnte man sich dran gewöhnen. Bloß: Mit einmal kriegt sie die Kinderkriegetour. Hat so die Vorstellung: will partout drei Kinder haben. Mit so was rechnet man doch nicht. Ich hatte grad meine Vertretertätigkeit aufgegeben – und war froh, dass ihr Alter uns versorgt hat, kontomäßig. Ich mein, wir hätten Reisen machen können und alles – da fängt sie plötzlich an und will, dass wir zusammen Kinder haben. Ich kann Kinder nicht ausstehen. Geschrei und vollgeschissene Windeln, und ewig sind sie um dich rum und malen die Tapeten an. Das kann doch wohl nicht mein Leben sein. Aber sie damals, das Aas, legt mich rein und ist schwanger. Ich ganz klar:

›Das lässt du dir wegmachen, oder wir sind geschiedene Leute.‹

Da fängt sie an: ›Das geht nicht, das wäre ja Mord!‹

Also da wäre ich bald geplatzt. Nie hat sie was mit der Kirche am

Hut gehabt. Hat sich immer lustig gemacht über'n Papst und seinen ›Konditorhut‹, wie sie immer gesagt hat, – aber mit einem Mal jammert sie was vom ›ungeborenen Leben‹, und ich würde sie zum Mord anstiften.

Bloß weil sie tatsächlich ein Kind wollte.

Also die war echt pervers, die Frau. Mit 24 Jahren ein Kind haben wollen! Also bin ich gezwungen gewesen, das Weite zu suchen. Ich mein: Ich weiß gar nicht, vielleicht hätte ich Angelika ja sogar geheiratet. Ich mach ja jeden Blödsinn gern mal mit. Aber doch nicht gleich, dass das auf Kinderkriegen hinausläuft.

Na ja – dann gab das ja da als nächstes meine Klavierlehrerin. Klara. Die hätte ich auch geheiratet. Sie hatte ja ein eigenes Einkommen. Klavierlehrerin – gar nicht so schlecht, was so'n Mädchen da zusammenverdient. Immer schön bar auf die Hand. Ohne Quittung. Bloß: Die war so was von spießig! Hat mich ewig genervt, dass ich trinke.

Dabei war ich dazu gezwungen. Wenn sie den ganzen Tag in der Wohnung Unterricht gibt, muss ich mich ja aus'm Staub machen.

Ich mein, das war 'ne schöne Zeit. Ich hatte enorm viele Freunde. Wir haben uns jeden Tag einen auf die Nase gegossen, ist ja klar. Aber dann immer nachts, wenn ich nach Hause komme:

›Du hast schon wieder getrunken! Ich kann betrunkene Männer nicht ertragen!‹

Und so was will 'ne Künstlerin sein. Hab ich ihr alles bewiesen: Von Mozart und Schubert bis Helmut Zacharias – alle hatten sie es mit'n Alkohol.

›Sei doch stolz‹, hab ich gesagt, ›dass du einen Mann hast, der wenigstens von dieser Seite mit deiner Künstlerexistenz mithält.‹

Aber sie immer:

›Und alles von meinem sauer verdienten Geld!‹

Ich sag: ›Da sieht man mal, was das auf sich hat mit der Gleichberechtigung. Nun gibt es mal einen Mann, der sich finanziell von seiner Frau abhängig macht – und nun ist das auch wieder nicht richtig.‹ – ›Ja bitte‹, hat sie dann gemeint, ›dann mach doch auch die Küche und die Wohnung.‹

Haha, ich kann mich beherrschen.

›Ich überlass dir gern deinen Beruf‹, hab ich gesagt, ›aber darum nehm ich dir noch lange nicht deine angeborenen Rechte als Hausfrau weg!‹

Ja, da wollte sie mir kein Geld mehr geben. Das Ende war: Sie hat das Schloss auswechseln lassen, so dass ich nicht mehr rein konnte. Ich mein: Mit der Frau hätt ich das sonst ausgehalten. Die hätte ich geheiratet. Von mir aus auch für immer. Aber da konnte ich mir nun auch wieder sagen:

›An dir hat es nicht gelegen, Rüdiger!‹

Nee, nee – also silberne Hochzeit. So, wie ich mein Freund Dieter beurteil – die sind sogar noch glücklich dabei. Furchtbar.

Und dann kam meine Lilo. Die habe ich aus irgendeiner Wohngemeinschaft übernommen. Intellektuelle Frau. Ewige Studentin. Nix wie diskutieren und diskutieren – aber meine Wäsche waschen wollte sie nicht. Also was soll das? Bin ich als Mann geboren, dass ich jede Dreckarbeit alleine mache! Und dann: Ihre Eltern wollten nicht mehr bezahlen – wegen ›immer nur demonstrieren und studieren und nichts leisten‹. Also – das Mädchen war auch ein Flop für mich. Wie soll man da jemals 25 Jahre Ehe zusammenkriegen?

Außerdem: Ein Mann ist nun mal von der Natur für mehrere Frauen bestimmt – und bei Frauen ist das umgekehrt. Rein biologisch, mein ich. Ja, denk doch mal darüber nach: In der Zeit, wo eine Frau schwanger ist, kann ein Mann ja noch hundert andere glücklich machen und schwängern – nur als Beweis, dass eine Frau einen gar nicht für sich allein beanspruchen darf.

Ja – oder es waren Frauen, die nix an der Hacke hatten. Ich bin einfach weg von der bürgerlichen Vorstellung: Mann ernährt Frau.

Lydia war schon 54 – damals zehn Jahre älter als ich. Sie fuhr einen Bentley und hatte ein Bungalow in Othmarschen. Witwe eines wohlsituierten Hydraulikpumpen-Herstellers. Lydia und ich an der Riviera, Lydia und ich in den Staaten, in allen Hotelbetten der Welt. Aber die war so geizig: Die hat mir nicht mal Zeichnungsberechtigung für ihre Kreditkarte gegeben. Und weil mir immer übel wurde, wenn sie was von mir wollte, ich meine: zehn Jahre älter als ich, 54 Jahre alt,

Übergewicht, kannst dir doch vorstellen, wie die nackend aussah – für einen ästhetisch veranlagten Menschen wie mich ist das nicht auszuhalten – also war sie denn beleidigt. Da war ich denn ganz froh, wie das vorbei war, weil, diese Art von Sex – also da kannst du Selbstmordgedanken bei kriegen.

25 Jahre verheiratet – mein lieber Dieter, liebe Uschi: Ihr wisst ja gar nicht, was euch aus der Nase gegangen ist.

Mit wem ich jetzt leb? Ky-Lai-Wu. Runde 3.000 Euro plus Flugticket. Ich hatte einfach das Suchen satt. Im Bett ist auch alles paletti mit ihr. Nee, nee, keine Beanstandung. Sie sagt ja kein Piep dabei – das Mädel. Nur hinterher sagt sie jedes Mal: Danke! Also eigentlich… Bloß – ich hab das Gefühl, wir passen kulturmäßig nicht zusammen. Ich kann ja keinen Freund mehr in meine Wohnung lassen. Überall hat sie ihre Buddhas und Gebetsmühlen, oder was das sind. Mitten bei der Tagesschau muss sie plötzlich in'n Keller und wirft sich auf ihren Gebetsteppich und so Sachen. Aber was mich so richtig stört, das ist: Ich kann sie nirgendwo mit hin nehmen. Weil, unsere Gesellschaft ist noch nicht so weit. Dass ich ein multikulturell denkender Mensch bin, das begreifen ja alle diese Spießer nicht. Statt dass du als Vorbild gesehen wirst für Ausländerfreundschaft und so – musst du dir anhören, du bist ein Menschenhändler und Mädchenaufkäufer. Nee, deswegen will ich sie jetzt auch wieder abstoßen. Mal sehen – das bringt auch noch was. Weil sie ja durch mich jetzt schon so'n bisschen europäisiert ist. Kann schon Kaffee kochen und die BILD-Zeitung holen.

Warum erzähl ich das hier eigentlich alles? Ach so, ja: weil ich zur silbernen Hochzeit muss. Aber bei mir – ich weiß nicht: Irgendwie hab ich wohl Pech gehabt. Hab eben nicht die Richtige gefunden. Aber ich kann mir wenigstens immer sagen:

›An dir hat es nicht gelegen, Rüdiger!‹«

Frauen kann man immer gut gebrauchen

Frauen kann man immer wieder gut gebrauchen.
Denn sie eignen sich für praktisch jeden Zweck.
Ist der Krieg vorbei, wenn noch die Trümmer rauchen:
Frauen mit der Schaufel räumen den Schaden weg.
Später dürfen sie dann schön sein.
Hausfrau, Mutter und mondän sein.
Es kommt immer grad drauf an,
wofür man sie gebrauchen kann.

Sind die Zeiten gut, weiß jeder, dass man Frauen
gleichberechtigt anerkennt und hoch verehrt.
Muss man aber auf den Cent schon wieder schauen:
Marsch zurück, ihr Frauen, besser an den Herd.
Es bricht eine schlechte Zeit an.
Frauen zieht das Demutskleid an.
Es kommt immer grad drauf an,
wofür man euch gebrauchen kann.

Frauen soll'n dem Mann demütig untertan sein,
denn sie haben das Böse in die Welt gebracht.
So was fällt nicht etwa nur dem Taliban ein,
nein, das hat die Bibel ihnen vorgemacht.
Ach, es sollten sich die Christen
nicht zu sehr vor ihnen brüsten.
Es kommt immer grad drauf an,
wofür man sie gebrauchen kann.

Besuch aus Celle

Die ich einst geglaubt zu lieben,
heut soll ich sie wiedersehn.
Hol mich ab, hat sie geschrieben,
Bahnsteig vier um zwölf Uhr zehn.

Rufe nun seit zwanzig Stunden
schlafende Gefühle wach.
Längst vernarbt die alten Wunden.
Was sich regt, regt sich nur schwach.

Meinst du, dass, wenn ich dich sehe,
wieder wild das Herz mir pocht?
Glaubst du, es vermag die Nähe,
was die Ferne nicht vermocht?

Wird das gut sein, dass die schnelle
Eisenbahn dich zu mir trug?
Ich in Hamburg, du in Celle
warn wir uns doch nah genug.

Tisch mit Tischtuch ohne Tischtuch

Toni G., in einschlägigen Kreisen bekannter Kunst- und Gemäldedieb, sitzt bei sich zu Hause und liest die Zeitung. Auf seinem Sofa liegt zusammengefaltet ein rotes Tuch.

Da plötzlich fällt sein Blick auf die Zeitungsmeldung, die er gesucht hat:

»Tischtuch gestohlen, Kunstwerk entwertet.

Durch Diebeshand ist am vorletzten Tag der Ausstellung *Möbel als Kunstobjekt* eines der gezeigten Werke entwertet worden. Wie das Kulturreferat mitteilt, nahm am Samstag ein Besucher von dem Objekt des Düsseldorfer Künstlers Reiner Ruthenbeck *Tisch mit Tischtuch* das dunkelrote Tischtuch ab und schmuggelte es vermutlich unter dem Mantel aus den Ausstellungsräumen. Die Leihgabe des Bonner Kunstmuseums hatte einen Versicherungswert von 35.000 D-Mark…«

Bis hierher lächelt Toni noch hochzufrieden. Aber dann liest er weiter:

»…während das Tuch, das etwa 2,50 Meter lang ist, nur ein paar Mark wert ist. Deshalb hofft man beim Kulturreferat, dass der Täter sich vielleicht nur einen Jux machen wollte und das Stück Stoff zurücksendet!«

»Wie bitte? Was ist das?«, schreit Toni jäh und springt wütend auf. »Einen Jux? Ich habe das verdammte Tischtuch für meinen Auftraggeber in den USA organisiert. ›Bringen Sie mir das Tuch vom Ruthenbecker *Tisch mit Tischtuch*‹, hat er gesagt. ›Das Tischtuch ist genauso viel wert wie der Tisch.‹ Und jetzt soll plötzlich nur der Tisch was wert sein?

Das Tischtuch gehört doch zum Kunstwerk! Ohne das Tischtuch ist der Tisch doch nicht mehr das Kunstwerk *Tisch mit Tischtuch*!

Dass ein Tisch mit Tischtuch ein Kunstwerk ist – versteh ich ja sowieso nicht. Früher habe ich klassische Werke geklaut. Das war einfacher.

Aber bitte schön – ihr habt den Tisch mit Tischtuch zum Kunstwerk erklärt. Mir kann's ja nur recht sein, hat unsereiner was zu tun.

Aber hinterher einfach einen Teil des Kunstwerks wieder zum Tischtuch, zum einfachen Tischtuch zu erklären – nee, meine Herren, das können Sie nicht machen! Da kann ich ja genauso gut behaupten, Ihr Tisch ohne Tischtuch ist nichts mehr wert. Was sieht man denn vom Kunstwerk, wie? Das Tischtuch und sonst bloß ein paar Beine, die unten rausgucken.

Wisst ihr, was ich jetzt mache? Ich kauf jetzt selbst einen Tisch. Und den bringe ich meinem Auftraggeber und sage ihm: Das ist jetzt das Kunstwerk *Tisch mit original Tischtuch*. Und ihr könnt euer Kunstwerk von mir aus *Tisch ohne Tischtuch* nennen. Oder *Tisch mit abhanden gekommenem Tischtuch*. Und wenn ihr ein neues Tuch auf den Tisch legt – dann werde ich in der ganzen Kunstwelt bekanntgeben: Das ist nicht das Original!

Wenn ein Tischtuch erst mal zum Kunstwerk erklärt worden ist – da kann es auch nie wieder ein einfaches Tischtuch werden! Was man in die Welt gesetzt hat als Kunst – das kann man nicht einfach wieder entkunsten! Das wäre ja noch schöner!«

Das Kondom Dialog am Frühstückstisch

MANN *(frühstückt, liest dabei Zeitung)*

FRAU *(kommt wütend herein)*: Wohin bitte fährst du heute, Horst Rüdiger?

MANN: Nach Frankfurt, das weißt du doch.

FRAU: Und was machst du da?

MANN: Ach, Liebling. Große Konferenz, hab ich dir doch gesagt.

FRAU: Und was ist das hier, bitte?

MANN *(desinteressiert)*: Was?

FRAU: Das hier! *(hält ihm ein Kondom unter die Nase)*

MANN: Ach das.

FRAU: Sag mir, was das ist. Sprich es bitte aus.

MANN: Aber Liebling, du wirst doch wissen, was das ist.

FRAU: Ich weiß auch, was das ist. Was ist das?

MANN: Das ist ein Kondom, ist das.

FRAU: Was hast du mir dazu zu sagen?

MANN: Was soll ich dazu sagen. Ein Kondom. Zur Verhütung – und zum Schutz...

FRAU: Ich habe es in deinem Aktenkoffer gefunden.

MANN: Ja und?

FRAU: Du brauchst so etwas also für deine große Konferenz?!

MANN: Nein, nein, natürlich nicht. Das hab ich nur...

FRAU: O, Rüdiger! Du betrügst mich! Du betrügst mich!

MANN: Aber Liebling, nein! Wie kommst du denn darauf?

FRAU: Ja, wozu benötigst du denn so ein..., so ein Dings, wenn du auf Reisen bist?

MANN: Benötigen? Aber nein: Ich benötige es doch gar nicht. Es ist doch gar nicht benutzt.

FRAU: Ach, und wozu nimmst du es dann mit – nach Frankfurt auf die große Konferenz?

MANN: Warum? Na ja – das soll man doch. Das wird einem doch jeden Tag geraten – im Fernsehen und auf großen Plakaten und überall. Dass ein Mann mit Verantwortung und – und um seine Frau zu schützen…

FRAU: Zu schützen? Wovor?!

MANN: Aber Liebling, bitte, nun tu doch nicht so. Das weißt du doch wohl.

FRAU *(tief empört)*: Also, das ist ja großartig. Ich weiß gar nicht, wie ich dir danken soll – für deine Fürsorge, für deine Voraussicht. Du denkst also tatsächlich, wenn du da in deinem 6-Sterne-Hotel mit deiner Sekretärin rumbumst, an die Gesundheit deiner Frau. Ich bin gerührt. Ich bin überwältigt! Nein, wie rücksichtsvoll. Das hätte ich dir gar nicht zugetraut…

MANN: Aber Doris, nein, nun hör doch mal…

FRAU: Geh mir aus den Augen. Scher dich hin, wo der Pfeffer wächst. O Gott, o Gott!

MANN: Aber Doris, Schatz, nun hör doch mal. Ich schwöre dir: Ich habe dich noch nie betrogen – und ich werde dich auch nie betrügen. Aber, mein Gott, es kann doch nicht verkehrt sein, dass man sich vorbereitet für den Fall, und dann wäre es doch besser…

FRAU *(holt tief Luft)*: Mal angenommen, ich glaube dir. Angenommen. Dann ist aber eines klar: Du trägst dich mit der Absicht, du planst im Voraus, mich zu betrügen – und schleppst bereits dein Handwerkszeug mit dir herum!

MANN: Nein, nein, Liebling. Ich meine… Es gibt keine andere Frau, ganz bestimmt nicht. Aber es könnte doch mal sein… Ich meine – dass man in eine Situation kommt, in der man als Mann sozusagen gezwungen ist, dass man aus Höflichkeit…

FRAU *(läuft aufschluchzend aus dem Zimmer)*

MANN *(laut)*: Also gut, dann eben von nun an wieder ohne!

Freu dich auf den Tod

Hermann und Hermine, das Rentnerehepaar, sitzen auf dem Sofa. Hermine strickt und Hermann liest.

HERMINE: Ich hab gelesen, im Altersheim bei Pinneberg, da, wo wir angemeldet sind, da freuen sich die Alten richtig auf den Tod.

HERMANN: Wieso? Ist das etwa kirchlich? Dass sie einem da dauernd was vom lieben Gott und himmlischen Paradies vorbeten, oder was?

HERMINE: Nein! Die haben da eine besondere Pflegemethode. Nach spätestens sechs Wochen Behandlung halten die Patienten den Tod für ihren liebsten Freund und können gar nicht abwarten, dass er kommt.

HERMANN: So. Und wie kriegen die das hin? Mit so'nem Laberheini von Psychologen oder was?

HERMINE: Nein. Ganz einfach. Zuerst binden sie dich mal am Bett fest.

HERMANN: Wie bitte? Mich bindet kein Mensch am Bett fest, damit das mal klar ist!

HERMINE: Grade dich, Hermann. Dich binden sie extra fest. Die Renitenten werden immer zuerst angebunden.

HERMANN: Ach, hör doch auf. Und wieso? Wozu soll das gut sein?

HERMINE: Wozu? Damit du dich schneller durchliegst. Sonst läufst du ja immer wieder rum und kriegst keine offenen Wunden.

HERMANN *(hustet)*: Sag mal, das ist ja furchtbar. Halt den Mund. Da wird einem ja schlecht.

HERMINE: Wieso denn? Das ist Pinneberger Pflegemethode. Und zu essen kriegst du auch nichts mehr. Von Tag zu Tag wirst du immer schwächer und schlapper, bald bist du nur noch Haut und Knochen.

HERMANN: Ich hab gesagt *(hustet)*, du sollst den Mund halten, das macht dir wohl Freude!

HERMINE: Und sauber gemacht wirst du dann auch nicht mehr. Dann liegst du da tage- und wochenlang in deinem eigenen Schmutz – und das stinkt bestialisch, nicht zum Aushalten!

HERMANN: Hermine! *(hustet)* Sei ruhig, ich kann das nicht anhören.

HERMINE: Die alte Frau, die sie da rausgeholt haben, soll nur noch geflüstert haben: Ich möchte so gerne tot sein!

HERMANN: Pass mal auf, Hermine. Wenn du nicht sofort damit aufhörst, dann bring ich dich um, ich erwürg dich!

HERMINE: Wirklich?

HERMANN: Darauf kannst dich verlassen!

HERMINE: Danke Hermann. Versprich mir das. Bevor sie dich abholen, erwürgst du mich noch. Das wär vielleicht doch noch die bessere Methode.

HERMANN *(hustet nur noch)*

Schuldig bin ich sowieso

Angenommen mal: Ich stehe
an der Kreuzung und ich drehe
mir, bis Grün kommt, einen Popel oder zwei,
bin ich ganz gelassen, bis ich plötzlich sehe:
neben mir – Polizei.

Später überleg ich mir zwar, dass
gegen zwei, drei Popel drehn bei Rot
gar kein öffentlicher Polizeierlass
oder nennenswerte Kerkerstrafe droht.
Aber in dem Augenblicke, wo
die mich ansehn, denk ich nur noch: O!
Weiß nicht ein noch aus und nicht, wohin
mit dem Finger in der Nase drin.

Hilfe! Denkbar wäre doch,
rechter Finger, linkes Nasenloch
ist Geheimsignal von Terroristen,

was die Polizisten aber wüssten,
und so leid es ihnen tut, losballern müssten.

Oder: Kleiner Finger linker Hand
rechts im Loch heißt: Scheiß aufs Vaterland.
Ach, zwei Löcher und zehn Finger:
Sittlichkeit, Verrat, die schlimmsten Dinger.

Polizei. Was man auch macht –
mit und ohne Nasebohren –
jedenfalls: Du bist verloren.
Grad der Unverdächtige erweckt Verdacht.

Endlich Grün. Die Polizei gibt Gas.
Ach, von hinten lieb ich Polizisten.

Doch noch straßenlang macht mich die Frage blass:
Dass sie mich beim Abfahrn freundlich grüßten,
was bedeutet das?

Erwin weiß, wie man umzieht

Ich sitze hier auf 'ner Kiste, den Laptop auf den Knien und... Augenblick mal... Entschuldigung, ich musste gerade von der Kiste aufstehn... Meine Frau sucht den Karton mit dem Flaschenöffner... Dabei ist jede Kiste beschriftet. Und außerdem leben wir schon... Jetzt sucht sie wieder die Kaffeemaschine... Also gut, setz ich mich auf 'ne andere Kiste... Wo war ich stehen geblieben? ...leben wir schon drei Wochen auf Kisten.

Ja, ja – Sie vermuten ganz richtig: Wir sind umgezogen! Und wenn ich mich jetzt ganz still in die Ecke auf den Fußboden setze, wird es mir vielleicht sogar gelingen, die Geschichte von Erwin zu erzählen. Von Erwin, dem dicken Möbelpacker.

»Es ist ja so«, hat Erwin gesagt, »der erste Umzug, den der Mensch mitmacht, ist: aus dem Mutterleib auf diese Welt. Da hat er zwar noch keine Möbel, aber das Prinzip ist schon erkennbar: von der kleineren Wohnung in die größere. Ob er da aber glücklich wird, ist noch die große Frage!«

Noch nie habe ich in so kurzer Zeit so viel fürs Leben gelernt. Außer Erwin waren noch drei weitere Möbelpacker gekommen. Ein langer Blonder, ein drahtiger Grieche und ein Seebär. Die schleppten und schleppten und stiegen die vier Stockwerke mit der Kraft und Gleichmäßigkeit von Maschinen rauf und runter.

Nur Erwin hielt sich zurück – er hatte schon Schweißperlen auf der Stirn, als er das erste Mal oben ankam. Er pustete und sagte: »Müssen Sie so weit oben wohnen? Je höher man wohnt, desto tiefer fällt man aus'm Fenster!« Der Grieche packte sich sofort eine Kommode und schob damit los. Der lange Blonde hievte sich zwei Kisten auf den Nacken. Der Seebär nahm rechts einen Kühlschrank und links die schwere Tischplatte.

Erwin nahm in jede Hand ein Schaumstoffkissen und tat so, als wollte er damit losziehen. Aber dann blieb Erwin stehen und sagte: »Für das kurze Leben schafft sich der Mensch zu viele Sachen an.« Dabei fiel Erwins Blick auf den Kleiderstapel. »Besonders die Frauen«, sagte Erwin. Und zu meiner Frau, die sowieso mit gemischten Gefühlen in der halbleeren Wohnung herumstand: »Was wollen die Frauen mit so viel Kleidern? Wenn keine Liebe da ist, nützen die Klamotten sowieso nix.«

Der Grieche war inzwischen schon zweimal wieder oben gewesen. Sessel und Regale verschwanden, die Räume leerten sich von Minute zu Minute. Erwin verstand es geschickt, seinen Kollegen auszuweichen – er war immer grad im Schlafzimmer, wenn sie im Wohnzimmer den Fernseher abbauten. Allerdings bei dem großen Schrank griff Erwin mit ein: Er dirigierte den Griechen und den Blonden ins Treppenhaus und erteilte fachmännischen Rat, von welcher Seite das Möbel am besten anzupacken sei.

Während die beiden das Riesenmöbel die Treppe runterschleppten, erklärte Erwin mir: »Es kommt immer darauf an, die Dinge von der richtigen Seite anzupacken. Nicht nur Schränke. Überhaupt alle Probleme.«

Dann war die Wohnung leer. Erwin stand noch auf dem Flur mit den beiden Schaumstoffkissen unterm Arm. Meine Frau guckte sich traurig um in der leeren Wohnung. Irgendwie ist das ja ein Abschiednehmen von einem ganzen Lebensabschnitt. Wie viele gute und böse Worte sind zwischen diesen Wänden gefallen, wie viel Geschirr ist hier durch die Luft… Aber Erwin unterbrach unsere wehmütigen Gedanken: »Ist doch alles nur vorläufig«, sagte Erwin. »Die letzte Wohnung ist sowieso sechseckig. Aber da ist es dann auch endlich gemütlich.«

Sprach's und trug die beiden Schaumstoffkissen tatsächlich eigenhändig in den Möbelwagen.

Die Einmach-Oma

Manche kleine Geschichten sind besonders haltbar. Diese hier hat eine Halbwertzeit von mindestens 20.000 Jahren.

»Schön ist das. Wenn man als alter Mensch noch merkt, dass man gebraucht wird. Dass alles einen Sinn hatte.« So sprach Onkel Alfred vor ein paar Tagen zu mir, als wir Oma Mewes zu Grabe trugen. Oma Mewes – die Einmach-Oma.

Sie und ihr Mann Christian haben sich über vierzig Jahre nicht beirren lassen! Gegen den Spott der ganzen Familie haben sie seit Kriegsende noch immer jedes Jahr in ihrem Garten Erbsen, Bohnen, Wurzeln, Zwiebeln und sogar Kartoffeln angebaut. Angefangen hatte es bei ihnen wie bei so manchem Kleingartenbauern in der schlechten Zeit, kurz vor Ende des Krieges. Aber je besser die Zeiten wurden, desto weniger Gartengemüsefarmer gab es. Aus Kartoffelacker und Tomatenplantage wurde Zierrasen mit Edeltanne.

Nur bei Christian und Emma Mewes nicht. Jahr für Jahr bestellte Christian seinen Gemüsegarten. Und Emma stand in der Küche und weckte ein.

Bis in die sechziger Jahre ließ die Familie es sich ja noch gefallen. Man nahm ganz gern mal ein Glas Birnen oder selbst eingemachte Erdbeermarmelade mit. Aber Oma Mewes' Vorratskeller war schon längst bis unter die Decke vollgestapelt. Jeder, der zu Besuch kam, musste mindestens zwei Gläser mitnehmen. Und irgendwann spielte die Familie nicht mehr mit.

»Wir sind doch nicht mehr im Krieg! In jedem Supermarkt kriegt man Erbsen und Wurzeln nachgeworfen! Ein Garten lohnt sich nicht mehr. Legt doch Rasen an, pflanzt Blumen.«

Oma und Opa Mewes aber ließen sich nicht beirren. Und Opa sagte noch: »Eines Tages werdet ihr euch noch alle Finger danach lecken!«

Als Opa vor zwei Jahren starb, standen auch noch das frühere Kinderzimmer, die Waschküche und der Werkraum bis oben hin voller Eingemachtem und Konserven. »Wenn Einmach-Oma stirbt, kommt alles auf den Müll. Will ja doch keiner haben«, lautete der geheime Familienbeschluss.

Und dann geschah das Wunder.

Plötzlich, Mitte '86, erschien erst Eva, Emmas Enkelin. Ihr Baby war gerade ein Jahr alt.

»Du hast doch noch so viel Eingemachtes aus der guten alten Zeit«, hieß es. Und Erbsen und Wurzeln, die Brechbohnen und der Rosenkohl gingen weg wie warme Semmeln.

Immer mehr Säuglingsmütter meldeten sich. Oma Mewes musste die Austeilung streng auf Familienmitglieder rationieren.

»Weißt du, Oma, so gesundes Gemüse und so gut eingeweckt, das gibt's heute nämlich nicht mehr.«

Von Tschernobyl sagten sie nichts. Das hätte Oma sowieso nicht mehr begriffen.

So starb Oma Mewes, nachdem sie oft an Opa gedacht hatte: »Einmal werden sie noch kommen und sich alle zehn Finger danach lecken.«

Keramik

Welch Erlebnis. Einen Topf zu bauen.
Meine Frau macht einen Topf aus Ton.
Etwas wird. Aufregend zuzuschauen.
Was nie war: Auf einmal ist es schon.
Wird schnell hier und da noch korrigiert.
Steht, ist rund, hat Henkel und gefällt.
Seine Töpferin, noch selber staunend, spürt:
Sie war nicht umsonst auf dieser Welt!

Vom großen Okkultistentag

»Beängstigend! Entsetzlich! Wie unsere Jugend immer noch am Okkultismus hängt!«, rief Herr Z. auf unserem Alsterspaziergang aus. Herr Z. ist mein Freund und Berater. Ich schätze ihn wegen seiner oft sehr eigenwilligen Logik.

»Ist es wirklich so schlimm mit der Jugend?«, fragte ich.

»Mehr als 125.000 sind in Berlin zusammengeströmt, um ihren okkulten Ritualen und den unmenschlichen Lehren ihres Oberpriesters zu huldigen.«

»Was sind denn das für Rituale?«, fragte ich.

»Für einen vernunftbegabten Menschen kaum zu fassen!«, sagte Herr Z. »Lauter geheimnisvolle Sachen, die mit Naturgesetzen nicht zu erklären sind. Sie drohen ihren Mitgliedern mit Verbrennen und entsetzlichen Qualen, wenn sie zum Beispiel nicht an vier Götter zugleich glauben: Einer ist irgendwie ein großer Heiliger Geist, von dem niemand was Genaues weiß; ein anderer ist ein Gottvater, der einen Sohn von einer Frau hat, den er aber nicht selbst gezeugt hat, sondern wieder von dem Heiligen Geist hat zeugen lassen – wobei die Frau Jungfrau blieb, und zwar auch, nachdem sie den Sohn zur Welt gebracht hatte.«

»Finster, dieser Okkultismus«, sagte ich.

»Aber das ist noch nicht das Schlimmste«, entgegnete Herr Z. »Der oberste Priester dieser okkulten Bewegung lehrt seine Anhänger, völlig unempfindlich zu sein gegenüber dem Elend verhungernder Kinder. Wenn die Weltbevölkerung von Jahr zu Jahr wächst (bald werden es neun Milliarden sein), so ist das eben der Wille des Heiligen Geistes oder des Vaters oder des Sohnes oder der Mutter – oder aller vier Götter zusammen. Auf jeden Fall ist es viel wichtiger, dem okkulten Gelübde treu zu bleiben: beim Geschlechtsverkehr niemals etwas gegen die Empfängnis tun! Und natürlich auch hinterher nicht. Der oberste Priester dieser Schwarzen-Magie-Bewegung hat beschlossen: Der Inhalt der Enzyklika Humanae Vitae von 1968 – der so genannten Pillen-Enzyklika – soll zum unfehlbaren Dogma erklärt werden! Das heißt: Wer dann noch an diesem Dogma zweifelt, ist verdammt. Wer sich zweifelnd fragt: ob nicht doch der Oberpriester am elendigen Schicksal so vieler sterbender Menschen schuld ist – der wird verdammt!«

»Sprechen Sie etwa vom Katholikentag?«, fragte ich.

»Ich spreche von der größten okkultistischen Bewegung des Abendlandes«, sagte Herr Z. »Und von ihrer grausamen unmenschlichen Lehre. Keine andere Sekte der Schwarzen Magie hat es so weit gebracht mit ihren okkulten Lehren. Dieser Ruhm bleibt allein ihrem Oberpriester vorbehalten.«

Wie Herr S. Erfolg haben könnte

An manchen Tagen bleibt Herr S. im Bett.
Aufsteht und macht und schafft allein Herr Z.

Herr S. erwacht nur ab und an und sieht
(vom Bett aus), wie Herr Z. sich müht:

ankurbelt, aufräumt, eingreift, vorschlägt, ringt,
ein-, um-, in Schwung, in Gang und vorwärtsbringt.

Herrn S. wird schon vom Hinsehn, ach, so matt,
dass er zurücksinkt auf die Lagerstatt

und weiterschläft. Spätabends legt Herr Z.,
vibrierend noch, sich zu Herrn S. ins Bett

und sagt: So könnte es gelingen,
dass wir, mein Freund, es *doch* zu etwas bringen:

Wenn du, statt unsre Angelegenheiten
mit Wägen, Zweifeln, Fragen zu zerstreiten,

nur immer weiterschläfst, gesund und fest,
und nie mehr aufwachst und *mich* machen lässt!

Ablandiger Wind

An einem Ostseestrand. Auf der Ostsee ist ein kleines, gelbes Boot zu sehen, das schon etwa 30 m vom Strand entfernt herumschwabbelt. Im Strandkorb sitzt Herbert und ruft auf die See hinaus:

Gute Fahrt, Frau Kapitän!
(Dann spricht er zu sich selbst:)
Geht ganz schön ab, das kleine Boot.
(Und ruft wieder laut auf die See hinaus:)
Volldampf voraus, Juttaliese!
(Und wieder leise zu sich:)
Soll ja gar nicht ungefährlich sein mit so'nem kleinen Gummiboot. Ist ja 'ne bessere Plastik-Schüssel. Bei ablandigem Wind…

(Herbert hält sein Taschentuch in den Wind. Man sieht, dass der Wind von Land kommt. Und spricht wieder zu sich selbst:)

Ja, haben wir. Und gar nicht so knapp. Ist schon so mancher nicht wiedergekommen. Wenn sie da nicht aufpasst.

(Ruft wieder auf See hinaus. Aber das Boot ist schon zu weit weg.)

Juttaliiiiiiiese!!!

(Wieder zu sich:)

Dagegen kommt man als Einzelner nicht mehr an, gegen die See. Dies Jahr sind schon 21 Touristen abgesoffen, hat der Portier gesagt... Du treibst nicht schlecht raus, Juttaliese. Aber du weißt ja sowieso alles besser!

(Er lehnt sich in seinem Strandkorb zurück und spricht zu sich – oder zu einem imaginären Publikum in Richtung Ostsee:)

Meine Frau. Das da! Was da immer kleiner wird – das Gelbe da ist meine Frau. Intelligente Frau. Pro... – progressiver Typ. Komm ich gar nicht mit. Alles will sie allein machen. Nicht nur Boot fahren. Ich eng sie ein, sagt sie. Hab sie mindestens zehn Jahre unterdrückt, sagt sie. Sie muss endlich ihre Selbstverwirklichung verwirklichen. Ich als Mann kann das gar nicht verstehen, sagt sie. Selbst wenn ich mir Mühe geben würde, nicht. Weil: Die traditionelle Rolle des Mannes ist die des Unterdrückers. Die Frau ist aus ihrer – äh, wie war das? – historischen Rolle heraus völlig do - do - domestiziert oder so ähnlich.

(Herbert steht auf und guckt angestrengt in die Ferne, wo irgendwo das Boot langsam davon schwimmt.)

Ich bin ja sowieso nur ein gefügiges Werkzeug – der dingsda – der herrschenden Gesellschaftsschichten. Ich lasse mich ausbeuten und merk es noch nicht mal. Merk es einfach nicht.

Darf ich gar nicht sagen, dass sie damals das Haus haben wollte. Endlich raus aus der Mietskaserne wollte sie damals. Raus aus der Wohnfabrik! Was Eigenes müsste man haben. Gut, hab ich gedacht. Das ist ein Ziel. Hab Überstunden gemacht.

(Er setzt sich wieder in den Strandkorb.)

Fünf Jahre Überstunden. Keine ruhige Minute bei den Schulden. Aber gerade das, sagt sie, hat ihre Abhängigkeit von mir noch mehr manifestiert! Und dann kam das Kind! Sogar von der Natur wird die Frau ausgebeutet, sagt sie. Jawohl! Weil sie die Kinder kriegen muss. Ich in meiner veralteten Vater-Rolle als Oberpavian und Rudelführer hab natürlich überhaupt nicht begriffen, dass das Kind die Frau, soziologisch gesehen, völlig kaltstellt.

(Steht wieder auf, hält die Hand über die Augen, späht...)

Oh! Schön weit! Ganz schön weit schon.

(Setzt sich wieder.)

Na, das ist doch klar. Windeln wechseln, Hintern abwischen, Breichen kochen – eine Erniedrigung ist das für eine intelligente Frau, die noch an der Veränderung der Gesellschaft mitbauen könnte. Der Junge muss gedacht haben, er ist so'ne Art Krankheit, ein schwerer Schicksalsschlag für seine Mutter. Und immerzu: Wir lassen uns scheiden. Wir lassen uns nicht scheiden. Wir lassen uns doch scheiden. Hätte ich doch bloß! Damals wär das noch einfach gewesen. Und billig. Wo ist sie denn?

(Steht auf, sucht durchs Fernglas. Spricht zu sich selbst:)

Noch kann man sie sehen.

(Hält wieder das Taschentuch in den Wind.)

Hm. Unverändert. Wenn sie so weitertreibt...

(Setzt sich wieder.)

Na ja – und dann kam ja ihre Bewusstwerdung. Ja, ja! Ist sich bewusst geworden, dass sie kreativ tätig sein muss. Töpfern, malen, diskutieren! Alles durch ihre Seelenverwandtschaft mit Barbara. Nur Frauen können Frauen verstehen, sagt sie. Mit Barbara kann man auch politisch reden.

Und was tust du politisch?, hat sie gefragt. Ich, sag ich, – äh – ich hab genug zu tun mit der Werkstatt und...

Profitdenken, Leistungswahnsinn, fährt sie mich gleich an. In einer Welt des sinnlosen Wachstums will ich die finanzielle Diktatur über meine Frau noch mehr verstärken, meint sie!

Dabei wollte ich ja hauptsächlich das Haus abzahlen. Und ihre Bauernkate. Und ihr Cabrio. Aber gerade das hat sie ja noch abhängiger gemacht, sagt sie. Weil ich mit meinem patriarchalischen Machtanspruch – na ja – irgendwie so...

(Steht wieder auf, sucht sie durchs Fernglas.)

Ich bin ein Spießer. Einen Hund will ich haben. Typisch für mich. Herrschaftsansprüche.

(Setzt das Glas wieder ab.)

Ist doch klar, dass sie sich mit mir nicht mal in ihrer Selbsterfahrungsgruppe sehen lassen kann…

Und als ich nach Hause komme und finde sie mit Barbara in meinem Bett – was habe ich gemacht? Ich rückständiger Pascha? Rausgeschmissen hab ich die Seelenfreundin. Dass eine Frau nur wahre Zärtlichkeit von einer Frau erfahren kann, hab ich natürlich nicht begriffen. Und dass ich impotent bin, auch nicht. Dabei wäre das gar kein Wunder, wenn…

(Guckt wieder durchs Fernglas. Plötzlich aufgeregt.)

Wo ist sie denn? Ich seh sie ja gar nicht mehr… Ich seh sie nicht mehr!!

(Prüft noch einmal den Wind mit dem Taschentuch.)

Ablandiger Wind. Wird sogar stärker. Wenn sie nun da draußen… Juttaliiiiiese!!!

(Holt aus dem Strandkorb eine versteckte Flasche und trinkt daraus. Zu sich selbst:)

Das kann sie unmöglich sehn!

(Überlegt und ist plötzlich ganz ruhig.)

Wenn sie nun nicht wiederkommt… vor heute abend, mein ich… könnt ich vielleicht mal ein Steak essen mit Pommes frites – und nicht immer dieses Körnerfutter.

(Plötzlich ganz laut:)

Und ich könnte mir einen Hund anschaffen!

(Freudig.)

Einen Hund schaffe ich mir an!. Und ich brauch nicht mehr zur Therapie. Ich könnte ganz einfach mal – weil ich primitiv bin – ganz einfach mal zum Fußball gehen. Und zu Barbara werde ich sagen: »Tut mir leid, deine sexuelle Seelenfreundin ist heute leider abgeso…«

(Begreift, dass sie wirklich weg ist.)

Verdammt! Sie ist weg! Die kommt ja nie zurück. Ich muss die Polizei, den Rettungsdienst… muss ich…

(sieht sich vorsichtig nach allen Seiten um)

muss ich spätestens morgen… benachrichtigen!

(Und setzt sich wieder in den Strandkorb und trinkt aus der Flasche.)

Die Schocker

In Verehrung für Frank Wedekind

Du großer, wilder Frank Wedekind!
Guck mal her, da wirst du lachen:
Was heute so unsere Schocker sind.
Und wie sie Skandale machen!

Sie sitzen im großen Schauspielhaus
und haben es warm und trocken.
Was denken wir uns nun diesmal aus,
die Kulturelite zu schocken?

So ein Schocker ist heute festangestellt.
Bei staatlichen Subventionen.
Die Kulturelite jault und bellt:
Er möge uns schocken, nicht schonen!

Er zeigt ihnen ein erigiertes Glied,
die Titten, 'ne haarige Möse.
Ach, wie sich der Schocker zu schocken bemüht.
Mein Gott, ist er heut wieder böse!
Die Kulturelite jedoch ist verwöhnt.
Die Schauspieler echt kopulieren.
Das Parkett aber ist gelangweilt und gähnt.
Ach, man hat es nicht leicht beim Schockieren.

Du großer, wilder Frank Wedekind.
Das haut dich wohl richtig vom Hocker:
Wie ästhetisch sie und empfindlich sind,
unsre staatlich bezahlten Schocker!

Mut braucht es heute zum Schocken nicht viel.
Du musstest im Kerker hocken.

Sie treiben es heut als Gesellschaftsspiel.
Und sitzen schön warm und trocken!

Der Zug der Tiere

Durch den Wald hört man ein Raunen,
und der Jäger sieht mit Staunen:
Reh und Hase fürchten sich nicht mehr.
Alle Tiere – auf die Lichtung
strömen sie aus jeder Richtung:
Fuchs und Wildschwein, Wolf und Schaf und Bär.
In der Luft ein Summen, Singen,
dumpfes Brausen, Flügelschwingen:
Alle Vögel schweben auch heran.
Bussard, Adler, Storch und Meise,
keiner scheut die weite Reise,
denn die Sache hier geht alle an!
Auch ein Walross ist dazwischen,
abgeordnet von den Fischen,
denn die können ja nicht mitmarschiern.
Plötzlich ruft der Uhu: »Leute,
wir habn nichts gesagt bis heute,
aber heute, da wolln wir mal demonstriern!«
Panther, Zebra, Falke, Ente,
sie entrollen Transparente,
darauf steht in echtem Tier-Latein:

»Mensch, hör auf, die Welt zu töten,
alles Leben zu zertreten!
Dir gehört die Erde nicht allein!«

Und ein Frosch mit Zornesbeben
fordert: »Lasst die Störche leben!

Mensch, das sagen wir, die Frösche, dir!«
Und der Fuchs, dieser Schlawiner,
protestiert für die Rebhühner:
»Das Erlegen, sag ich, überlasst nur mir!«
Und das Walross hat 'ne Liste:
»In den Flüssen, an der Küste
sterben täglich Fische ohne Zahl!
Hering, Aale, Butt und Barben
im verseuchten Wasser starben,
ohne Gnade jagen sie den Wal!«
Dass die Erde nicht krepiere,
sammelt sich der Zug der Tiere:
Heute Nacht erreichen sie die Stadt.
Hört ihr heute etwas gurren,
bellen, piepen, grunzen, knurren,
wisst ihr: was das zu bedeuten hat!

Mensch, hör auf, die Welt zu töten,
alles Leben zu zertreten!
Dir gehört die Erde nicht allein!
Plötzlich sieht man mit den Zweigen,
alle Kiefern sich verneigen.
Ach, so manche ist schon braun und kahl.
Müssten wir nicht wehrlos stehen,
würden wir jetzt mit euch gehen,
unsre Wunden zeigend wie ein Mal.
Birken, Buchen, Lärchen, Eichen,
wollen von der Stelle weichen.
Wie es ächzt und stöhnt im ganzen Wald!
Viele, die schon halb gestorben,
sind noch einmal wach geworden,
rufen: »Helft uns! Helft uns! Aber bald!«
Ich, der Wald, den in Gedichten
ihr besungen und Geschichten,
alle Bäume, todkrank und betrübt,

sagen: »Worte, fromme Lieder,
machen uns gesund nicht wieder.
Nein, beweist uns jetzt, dass ihr uns liebt!«

Mensch, hör auf, die Welt zu töten,
alles Leben zu zertreten!
Dir gehört die Erde nicht allein!

»Sind Sie sicher, dass das eine Eiche ist?«

Der Antrag

Ungewöhnlicher Vorfall auf dem Gartenbauamt.

Alfred Neumann, ein Einfamilienhausbesitzer, besucht mal eben seinen Skatbruder Herbert. Denn Herbert sitzt auf dem Gartenbauamt und darf Genehmigungen zum Bäumefällen erteilen. Frisch und heiter stürmt also Alfred Neumann einfach so durch das Vorzimmer seines Skatbruders direkt in seine Amtsstube und legt gleich los:

»Hallo, Herbert, altes Haus. Ich hab's dir ja neulich schon gesagt. Hier das ist mein Antrag, über den wir gesprochen haben: Die Eiche muss weg von meinem Grundstück. Du weißt doch…«

»Psst!« Der Beamte blickt sich erschrocken um. Ob auch niemand seinen Freund gehört hat. Dann mit gepresster Stimme:

»Duz mich nicht im Dienst, du Blödmann.« Dann laut in amtlichem Tonfall:

»Sie stellen also einen Antrag auf das Fällen des Baumes vor Ihrem Grundstück, Herr Neumann. Begründung?«

Alfred Neumann hat noch nicht begriffen, warum sein Kumpel sich so geheimnisvoll benimmt.

»Na, das haben wir doch schon hundertmal besprochen, Herbert: Die nimmt die ganze Sonne weg! Ich meine…«

»Begründung!«, sagt der Beamte wieder laut. »Sie müssen Ihren Antrag begründen, Herr…. äh Neumann.«

»Ach so – entschuldige«, sagt Neumann – er beginnt zu begreifen. »Entschuldigen Sie bitte, Herr Kessler. Es ist wegen – ich wollte sagen: die Drainage. Also – die Eiche gefährdet die Drainage. Das Wurzelwerk könnte das Abflussrohrsystem…«

»Um was für einen Baum handelt es sich?«, fragt der Beamte laut genug, damit auch seine Mitarbeiterin im Vorzimmer es verstehen kann.

Aber Neumann beherrscht das Spiel noch immer nicht so ganz. Verblüfft sagt er:

»Na eine Eiche. Das weißt du doch… Ich wollte sagen: Sie haben doch selbst… äh… ehem…«

Streng blickt der Beamte – als hätte er seinen Skatbruder noch nie im Leben gesehen:

»Eine Eiche? Sind Sie sich da ganz sicher, Herr Neumann?« Er zieht die Augenbrauen hoch und macht ein Gesicht, welches bedeutet: »Du Dussel, eine Eiche kann ich doch niemals genehmigen.«

Aber Neumann ist einfach zu naiv:

»Wieso denn nicht? Du hast sie doch selber…« – O Gott, jetzt erst geht ihm ein Licht auf. »Entschuldigen Sie, eine Eiche? Habe ich gesagt Eiche? Nein, ich glaube, es ist eher… O, verdammt, wie heißen die Dinger noch?«

»Birke?«, fragt der Beamte leise. »Eine Birke?«

»Wieso denn 'ne Birke?«, entfährt es Neumann. Aber dann hält er sich die Hand über den Mund. »Ach so, ja, eine Birke. Eine Birke. Wie komme ich auf Eiche? Entschuldigen Sie bitte. Die Birke, die Birke da vor meinem Grundstück.«

Und ohne noch ein Wort zu sagen, trägt der Beamte das Wort Birke ein in den Antrag, stempelt und unterschreibt und reicht es dem Antragsteller zurück.

»Bitte sehr. Ist genehmigt.«

»Klasse! Danke, Herbert, altes Haus… äh, vielen Dank, Herr Amtsrat, Herr Kessler. Danke sehr. Auf Wiedersehen.«

Triolett

Als mir nichts einfiel, ist mir dies
Gedicht hier eingefallen.
Was, dacht ich bös und grämte gries,
als mir nichts einfiel, *ist* mir dies?
Doch nichts ist nichts, wie sich erwies.
Seht, als das beste noch von allen,
die mir nicht einfieln, ist mir *dies*
Gedicht hier eingefallen.

Die Suppe

Glauben Sie nur nicht, dass der folgende Dialog auf eigener Erfahrung beruht. Nein, nein – ich hab ihn nur mal so beobachtet: Er und sie beim Mittagessen.

SIE: Wolfgang, du kannst nörgeln kommen, das Essen ist fertig.

ER: Sehr geistreich. Was soll das heißen?

SIE: Gar nichts, Wölfi. Ich bin nur immer sehr gespannt, was es nun heute wohl wieder zu nörgeln gibt.

ER: Wenn ich mir erlaube, hier und da mal Kritik zu üben am Essen, dann ist das noch lange kein Nörgeln.

SIE: Oh, entschuldige, Wolfgang: Du kannst kritisieren kommen, das Essen ist fertig.

ER: Wenn du zum Beispiel Spargel und Schinken machst. Und der Spargel ist holzig wie ein Stock: Dann darf ich keine Miene verziehen, sondern soll so tun, als ob alles in Ordnung wäre? Oder was?

SIE: Aber nein. Ich warte ja gerade darauf, was du wieder sagen wirst, mein Liebling. Denn wenn der Spargel nicht holzig ist, ist ja bestimmt der Schinken versalzen.

ER: Ja und? Was kann ich dafür, wenn es so ist? Soll ich denn etwa alles, ohne einen Ton sagen zu dürfen, so wegschlucken...

SIE: Nein, im Gegenteil, Wolfgang. Ich kann ja auch nur davon lernen, was du mir sagst, woran es nun wieder liegt. Ob das Essen zu heiß ist oder zu kalt oder zu salzig oder zu nüchtern oder sonstwas.

ER: Willst du dich über mich lustig machen? Essen ist eine Sache der Ästhetik, ein Genuss, den man mit Verstand vollziehen muss. Es wäre doch umgekehrt geradezu eine Kränkung, wenn ich alles nur kommentarlos in mich hineinstopfen würde, was du auf den Tisch bringst.

SIE: Und so hat eben jeder seine Aufgabe.

ER: Wie bitte, was soll das nun wieder?

SIE: Ich habe die Aufgabe zu kochen und mir auszudenken, was dir schmecken könnte...

ER: Ja, und? Soll ich vielleicht, wenn ich abends nach Hause komme, mich noch in die Küche stellen und...

SIE: Aber nein, Liebling! Ich sage doch nur: Jeder von uns hat eben seine Aufgabe. Ich habe die Aufgabe, das Essen zu machen, und du...

ER: Und ich?

SIE: Und du hast die Aufgabe, daran herumzunörgeln.

ER: Herrgott, verdammt noch mal! Ich nörgele nicht. Es ist eine boshafte Unterstellung von dir, wenn du behauptest, dass ich herumnörgele, nur weil ich mal wage zu sagen: Diese Suppe ist zu scharf!

SIE: Oder zu süß oder zu salzig oder zu fett oder zu wässrig.

ER *(fängt an, die Suppe zu löffeln)*: Eine wunderbare Suppe. Ich habe noch nie eine so köstliche Suppe gegessen. Diese Suppe ist überhaupt nicht zu übertreffen. Es ist die Suppe aller Suppen, eine Super-Suppe!

SIE: Wolfgang, du erschreckst mich.

ER: Nur leider – durch dein ewiges Gerede – ist sie jetzt zu kalt.

SIE: Na, Gott sei Dank. Dann ist ja alles in Ordnung.

Abenteuer Brötchenholen

Heute morgen schaffe ich es mal. Ich will mit der Familie Kaffee trinken, bevor die Kinder aus dem Haus sind. Also bin ich extra früher aufgestanden, um die Brötchen zu holen. Es wird zwar etwas knapp, weil ich um 8.30 Uhr einen dringenden Termin im Sender habe. Aber das müsste schon klappen. Und ich weiß natürlich genau, welche Brötchen ich kaufen will:

Zwei Schokobrötchen für die Kinder, ein Croissant für Susanne und zwei Brötchen, Wecken oder Rundstücke für uns beide.

Da ist auch schon der Bäckerladen. Und die Fußgängerampel zeigt grün. Na bitte. Auf der anderen Straßenseite wartet noch einer, der so aussieht, als wenn er Brötchen holen will. Aber der hat keine Chance, der muss noch den Verkehr abwarten. Also – forschen Schrittes rein in den Bäckerladen. Verdammt, da stehen schon Kunden. Allerdings: nicht besonders viele. Eins, zwei, drei, vier – fünf Kunden. Na gut. Das kann nicht so lange dauern. Allerdings: Die Bäckersfrau ist wieder mal die einzige Verkäuferin heute Morgen. Wann stellen die endlich mal 'ne Aushilfskraft ein? Die brauchen dringend eine Service-Personal-Analyse.

Aber egal. Es duftet so herrlich nach frischen Brötchen im Laden. Die Hausfrau an Position 1 hat auch schon gezahlt und strebt – beide Arme voller Tüten – dem Ausgang zu. Froh und dynamisch wie ich immer noch bin, halte ich ihr die Bäckerei-Ladentür auf, wo jetzt auch der Herr von der anderen Straßenseite auftaucht, den ich, clever und immer auf Draht, vorhin abgehängt habe. Also gleich wird es losgehen:

Zwei Schokobrötchen für die Kinder, ein Croissant für Susanne und zwei Brötchen, Wecken oder Rundstücke für uns beide.

In diesem Augenblick bemerke ich: Die Bäckersfrau steht fast regungslos hinter der Ladentheke. Sie sieht den Herrn in der Freizeitjacke freundlich an. Und was macht der?

Er fasst sich sinnierend ans Kinn und sagt:

»Hmm.« –

Wie bitte, was soll das denn? Was macht der da? »Hmm«, sagt er wieder und fügt nachdenklich hinzu. »Was nehm ich denn mal?«

Nicht zu fassen, nicht zu glauben!

Der fängt jetzt an zu überlegen. Um Gottes willen, wie lange soll denn das dauern?

»Ich muss nur erst mal wissen, wie viele Brötchen«, sagt die Bäckersfrau. »Wegen der Tüte. Ob eine große oder eine kleine.«

»Hmm«, sagt die Freizeitjacke. – »Warten Sie mal…« –

Warten Sie mal? Hat er tatsächlich ›Warten Sie mal‹ gesagt? Der ist wohl geisteskrank!

Ich hab keine Zeit zum Warten!

Aber da scheint doch eine Entscheidung zu fallen: »Die hellen Brötchen hier vorne«, sagt der Kunde, »sind das dieselben wie die hellen da hinten?« – »Ja, das sind beides Krosse Gerburger – das sind dieselben.«

»Na gut, dann geben Sie mir mal so einen Gerburger – aber von da hinten.«

Die Bäckersfrau, ohne etwas einzuwenden, holt mit der Zange einen Gerburger von da hinten und eilt zurück.

»Ach wissen Sie«, sagt der Mann, »ich glaub, ich nehme gleich zwei.«

Die Bäckersfrau wagt es nicht, das zweite Gerburger von ›hier vorn‹ zu nehmen. Sie springt wieder zur Seite und holt das zweite Brötchen von ›da hinten‹.

»Hmm«, sagt der Mann wieder. »Ihre Körnerbrötchen da…«, er zeigt auf einen anderen Korb, »was sind denn das für Körner da außen drauf auf den Brötchen?«

Die Bäckerfrau sieht kurz auf zu den anderen wartenden Kunden – aber sie bleibt ruhig und freundlich.

»Das sind Roggenkörner und Sonnenblumenkörner und auch etwas Gerste…« – »So, so«, sagt der Mann. »Und ganz bestimmt kein Leinsamen?«

»Nein, nicht dass ich wüsste.«

»Ich vertrage nämlich kein Leinsamen, wissen Sie. Ich habe eine starke Abneigung gegen Leinsamen. Zeigen Sie doch bitte mal.«

Die Bäckersfrau atmet tief durch, dann holt sie mit der Zange ein Körnerbrötchen aus dem Korb und hält es dem Kunden entgegen. Aber die Freizeitjacke hat schon etwas Entsetzliches entdeckt:

»Da sind ja auch noch *unten* Körner drauf. Unter dem Brötchen. Also nein, das ist zuviel. Bitte nein. Dann bitte die dunklen ohne Körner.«

»Gern. Und wie viele bitte?«

»Hm. Tja. Meihild hat neulich gesagt, sie mag sie. Und Thomas wollte sogar zwei. Ach Gott, dann geben Sie mir ruhig vier…« Aber er korrigiert sich: »Nein drei genügen. Drei sind genug.«

Uff! Ich könnte…! Das reicht jetzt! Das ist ja furchtbar! Das muss ich mir nicht gefallen lassen!? Hören Sie mal, Sie Schlafwagenschaffner, würden Sie gefälligst Ihr Brötchen-Casting etwas abkürzen?! – will ich grade rufen – da wird die Bäckereitür von außen aufgerissen:

Ein Trainingsanzug kommt herein gestürmt, als wenn er verfolgt würde, ein fünfzigjähriger Trainingsanzug mit rotem Kopf und blonden Reststrähnen.

Was ist denn das für einer?

Mit wiegendem Schritt eilt er an der ganzen Schlange vorbei und späht auf die Backwarenauslagen hinter der Theke.

Der ist ja wohl völlig verrückt! Der kann doch hier nicht einfach vordrängeln. Halt, halt… Aber… Das tut er auch gar nicht. Nein – er läuft nur mit wiegenden Schritten die Theke ab wie Wallenstein vor der Schlacht, wenn er seine Soldaten versammelt. Mit ernstem Kontrollblick besichtigt er die Kopenhagener, die Marzipanschnecken, die Bienenstiche, die Butterkuchen der Auslage – als ob er prüfen müsste, ob sich auch alle an ihrem Posten befinden.

Und dann – völlig unbegreiflich – stellt er sich plötzlich ganz gesittet und normal am Ende der Schlange an.

Uff!

Einen Augenblick hat dieser Auftritt mich abgelenkt. Aber was ist jetzt mit der Freizeitjacke?

»Nein«, sagt die grade, »dann nehmen Sie zwei Körnerbrötchen wieder raus aus der Tüte…«

Wie bitte? Was ist los?! Ich glaub, jetzt platz ich aber wirklich!!

»Die runden Weizenbrötchen, kosten die eigentlich auch 50 Cent?«

»Ja, 50 Cent«, sagt die Bäckersfrau.

»Also gut, dann nehme ich die.«

»Ist das jetzt alles?«

Wehe, wenn nicht! Ich schlag dir von hinten mit der Tasche auf die Rübe.

»Ja, das ist alles«, sagt die Freizeitjacke. Nicht nur ich atme auf – die ganze Reihe scheint wiederbelebt zu sein.

Die Bäckersfrau hat an der Kasse alles addiert: »4 Euro 10 Cent«, sagt sie, da – ja, Sie haben es erraten – da fällt der Freizeitjacke noch etwas ein.

»Die Käsebrötchen, die sehen aber gut aus. Ich überlege grade, ob ich eines davon mitnehme.« – »O Gott!…«, rutscht es mir schon heraus – aber da hat die Bäckersfrau schon ein Käsebrötchen auf die Theke gelegt.

»Nehmen Sie mal eins mit – zum Probieren«, – und in einem Atemzug: »Der Nächste bitte.«

Das rettet der Freizeitjacke das Leben.

»Ach, Frau Wehmeier, wieder auf den Beinen?«, fragt die Bäckersfrau. Und das grauhaarige, gebeugte Mütterchen ist an der Reihe.

Sie hat schon ein bisschen Parkinson, die Hände zittern. Aber mit klarer, heller Stimme sagt sie:

»Ich bekomme ein Rundstück und ein Milchbrötchen. Aber nicht so dunkel. Das letzte Mal war das Brötchen viel zu dunkel.« –

»Ich zeige sie Ihnen«, sagt die Bäckersfrau. »Und Sie sagen mir dann, welches Sie haben wollen.« Nein!!, schreit mein ganzer Körper. Nein, nein, nein!! Jetzt fängt die blöde Bäckersfrau tatsächlich an, dieser

Scheintoten die Brötchen einzeln zu erklären. Ich glaub, ich werde zur Furie. Ich nehme gleich den ganzen Tresen auseinander. Ich hab nicht so viel Zeit. Ich hau ab, ich fliehe aus dem Laden, hier werd ich ja noch wahnsinnig!!!

Aber das alte Mütterchen ist schließlich ein altes Mütterchen. Und das sechste vorgezeigte Brötchen scheint auch tatsächlich schon das richtige zu sein.

»Ja, ich glaub, das ist wohl nicht zu dunkel. Es ist wegen meiner Verdauung«, sagt das Mütterchen. Ja, die Verdauung. Gott sei Dank, jetzt hat sie eine gute Verdauung. Und jetzt muss es ja weitergehen. Folgt nur noch das unvermeidliche Ritual des Bezahlens. Kleine gebeugte Mütterchen haben ja immer genügend Kleingeld im Portemonnaie, um passend zu zahlen. Wirklich allerliebst der Anblick, wie sie mit ihren zittrigen Fingern die Münzen einzeln aus der Geldbörse fummelt:

»Gucken Sie mal, sind das zehn Cent oder fünfzig Cent?«

»Das sind zehn Cent, Frau Wehmeier.«

»Wirklich? Zeigen Sie noch mal her…«

Ich weiß wirklich nicht, warum ich nicht schon lange schreiend rausgelaufen bin. Das Überraschungs-Familienfrühstück kann ich doch schon canceln. Wahrscheinlich komme ich nicht mal mehr rechtzeitig in den Sender. Und dabei, verdammt noch mal, will ich doch nur:

Zwei Schokobrötchen für die Kinder, ein Croissant für Susanne und zwei Brötchen, Wecken oder Rundstücke für uns beide.

Aber was ist plötzlich los mit mir? Ich merke: Meine Energie lässt nach, Resignation beginnt sich meiner zu bemächtigen… Anstatt rauszulaufen, ertappe ich mich dabei, wie ich der Hausfrau mit Kopftuch und dem Herrn in der Cordjacke, die hinter mir stehen, zuhöre:

»Jaaaa, wussten Sie das nicht?«, fragt die Hausfrau. »Die Frau ist doch schon vor drei Wochen ausgezogen. Da sind doch gar keine Gardinen mehr. Das ging ja auch nicht mehr. Er hat sie ja schon einmal fast umgebracht. Haben Sie denn die Schreie nie gehört? Das war doch an der Tagesordnung. Wenn sie ein blaues Auge hatte, haben wir uns gar nichts mehr dabei gedacht...«

Ich will weg. Ich muss hier raus!

Aber nein – das Mütterchen ist gegangen. Jetzt bin ich doch wohl an der Reihe:

»Ich möchte bitte zwei Schoko...«

Verdammt, wieso? Wo kommt denn jetzt plötzlich das kleine Mädchen her, das vor mir steht. Ich bin doch jetzt...

»Ich soll Brötchen holen«, sagt das Kind und guckt wie Sterntaler zu der Bäckersfrau auf.

»Weißt du denn auch, welche?«

»Ich soll Brötchen holen.«

»Ja, mein Kind, aber welche. Hat deine Mutti dir vielleicht einen Zettel mitgegeben?«

»Ja.«

»Und wo ist der Zettel?«

»Ich soll Brötchen holen.«

»Da hast du doch den Zettel in der Hand. Zeig doch mal her.«

Ich halt es wirklich nicht mehr aus. Jetzt muss ich es einfach sagen: Tut mir leid, muss ich sagen, ich habe auch Kinder zu Hause! – aber zum Glück sagt die Hausfrau zu der Lodenjacke:

»Den Hund hat sie ihm aber dagelassen. Und den hat der brutale Mensch vergiften lassen.«

»Nein. Den Foxi?«

»Wussten Sie das etwa nicht...«

Die Bäckersfrau nimmt die Brille ab, weil sie die Schrift von Mutti nicht gut lesen kann. Im Sender beginnt jetzt die Redaktionskonferenz. Und ich bin nicht dabei. Das kleine Mädchen nimmt über den Tresen die Tüte in Empfang und hält sie vor die Brust und geht an mir vorbei. Irgendwie niedlich, die Kleine. Ich sehe ihr nach. Sie ist richtig stolz, dass sie schon einkaufen kann...

»Der Nächste bitte. Was möchten Sie denn, junger Mann?«

Meint sie etwa mich? Bin ich schon dran?

»Äh, ja, Augenblick, äh... warten Sie mal...«

Die wahre Gleichberechtigung

Hermann und Hermine, das Rentnerehepaar, sitzen wieder auf dem Sofa.
Hermine liest die Zeitung. Schüttelt den Kopf. Dann laut:

HERMINE: Hermann! In der Zeitung steht, jetzt dürfen auch Mädchen zur Bundeswehr.

HERMANN: Ja, aber nicht als richtige Soldaten. Nur so in der Schreibstube oder als Sanitäter.

HERMINE: Na, ich weiß nicht. Wenn die Frauen erst mal Soldaten sind, dann wollen sie auch mal schießen. Gleichberechtigung!

HERMANN: So weit kommt das noch. Vielleicht noch 'n Phantombomber fliegen oder 'n Panzer fahren, was?

HERMINE: Und warum nicht, Hermann?

HERMANN: Ist doch nix für Frauen. Stell dir mal vor, 'ne Frau in so'nem Riesenpanzer.

HERMINE: Mit Servolenkung, Hermann. Haben wir doch auch. Auto fahren können die Frauen ja auch meistens besser als die Männer.

HERMANN: Auto fahren kann man doch nicht mit'm Krieg vergleichen. Frauen sind doch viel zu weich. Im Ernstfall fangen die an zu heulen, statt zu schießen.

HERMINE: Das sag man nicht. Beim Kinderkriegen verliern auch immer die Männer die Nerven. Frauen sind Schmerzen gewöhnt.

HERMANN: Ach, was du da redest. In einem modernen Krieg ist das sowieso alles anders. Da geht das mit Computer und Geheimcodes.

HERMINE: Das können Frauen auch. Im Reisebüro bewunder ich immer die jungen Mädchen – wie die mit dem Computer umgehen. Toll.

HERMANN: O Gott! Im Reisebüro! Da buchen sie für Mallorca. Aber im Ernstfall – da muss jemand auf den roten Knopf drücken. Verstehst du: auf den roten Knopf!

HERMINE: Geht das denn so schwer? Braucht man da ordentlich Muskeln zu?

HERMANN: Ach was! Aber eiskalte Nerven. Ganz Russland in die Luft jagen. Oder den ganzen Iran! Weißt du, was das heißt? Zehn Millionen Menschen auf einmal! Da sind Frauen doch viel zu sentimental zu.

HERMINE: Weiß nicht, Hermann. In der Zeitung stand: Da hat eine Frau ihrem Mann den Kopf abgeschnitten und in die Tiefkühltruhe getan.

HERMANN: Ja, Frauen sind eben Gefühlsmenschen. Aber im Ernstfall, da geht es um eiskalte Logik. Also: Die Moslems schicken ihre Raketen los. Was nun? Ist es vielleicht nur ein Irrtum vom Computer? Schießen sie vielleicht bloß auf Europa? Oder auch auf Amerika? Die halbe Menschheit hängt davon ab, was du nun tust.

HERMINE: Siehst du wohl, Hermann. Da hilft keine Logik. Das ist reine Gefühlssache.

HERMANN: Ach, lass mich doch zufrieden.

HERMINE: Schimpf doch nicht, Hermann. Deine Zigarrenasche. Pass doch auf. Ich mein ja nur: Frauen können genauso auf den roten Knopf drücken. Vielleicht sogar besser. Weil sie eine ruhigere Hand haben. Mehr Zartgefühl.

HERMANN: Außerdem gibt es nicht nur einen roten Knopf, sondern immer zwei. Da müssen zwei Offiziere oder so gleichzeitig draufdrücken, sonst läuft da überhaupt nix.

HERMINE: Na, siehst du wohl, Hermann. Eine Frau und ein Mann. Die drücken beide gleichzeitig auf den roten Knopf und sprengen die Welt in die Luft. Das ist die wahre Gleichberechtigung.

Der Mensch hat die Sprache

Der Mensch ist höher als das Tier.
Seine Sprache ist der Beweis dafür.

Hab keine Angst.
Ich helfe dir.
Sei wieder gut.

Wenn du nicht gleich…
Krepier, krepier!
Ich schlage zu!

Der Mensch als höchste Kreatur
besitzt die Sprache. Höret nur:

Ich liebe dich.
Der Krieg ist aus.
Die Tulpen blühn.

Du bist mein Feind.
Verbrennt das Haus.
Wir töten ihn.

Der Mensch kann Worte sagen – und
alle aus demselben Mund:

Dein Haar im Wind.
Der schöne Tag.
Das blaue Kleid.

Hör auf zu schrein.
Tu, was ich sag.
Die Beine breit!

Der Mensch gehört nicht zu den wilden
Tieren – er kann Worte bilden.

Ich schweige nicht.
Ich sag, was ist.
Euch fürcht ich nicht.

Jawohl, jawohl!
Ich bin dein Knecht.
Halleluja.

Seinsgleichen ist auf Erden nicht.
Der Mensch allein hat Geist. Er spricht.

Das Meer ist still.
Der Roggen steht.
Die Wolken ziehn.

Der Kolben stampft.
Kapazität.
Maschinengrün.

Am Anfang war das Wort – das heißt:
Der Mensch kann denken – er hat Geist.

Ein Lied erklingt.
Noch einen Kuss.
Trink aus den Wein.

Im Gleichschritt marsch.
Der Gnadenschuss.
Du bist ein Schwein.

Der Mensch kann sprechen. Und das ist
das Menschliche, welches am Menschen ist.

Die Friedensbombe

Das war im Jahre 1982. Der Himmel hing grade mal wieder voller Atombomben.

»Haben Sie schon gehört von der Friedensbombe?«

Herr Lühmann winkte mir entgegen und strahlte über das ganze Gesicht. Er saß wie so oft auf der Bank an dem kleinen Kanal bei den Schrebergärten und hatte Kleopatra bei sich. Kleopatra ist eine von den 15 Katzen, die Herr Lühmann in seiner Gartenlaube verpflegt.

»Was für 'ne Bombe?«, fragte ich.

»Ich hab's ja immer gewusst«, lächelte Herr Lühmann, »irgendwann wird die Wissenschaft doch noch einmal etwas wirklich Segensreiches erfinden. Denn im Grunde sind die Menschen gut, sie hatten nur nicht den Mut, es einzusehen.«

In der Straße wissen alle, dass Herr Lühmann, na ja, wie soll man sagen, nicht mehr ganz richtig im Kopf ist. Früher war das einigen Nachbarn sogar unheimlich. Und eine Mutter hat einmal einen Polizisten auf den Spielplatz geholt, weil Herr Lühmann mit seinen 74 Jahren in der Sandkiste saß und mit den Kindern Kuchen backte. Aber Herr Lühmann hat ganz ernsthaft zu dem Polizisten gesagt:

»Wenn ihr nicht werdet wie die Kinder, werdet ihr nie ins Himmelreich kommen.«

Inzwischen haben sich alle an den komischen Heiligen gewöhnt. Und seit sich herumgesprochen hat, dass Herr Lühmann morgens immer ganz früh aufsteht und die überfahrenen Katzen, Kaninchen und Igel von der Hauptverkehrsstraße sammelt, um sie am Kanal unter den Büschen zu beerdigen, finden alle den »Verrückten« einfach nur harmlos und nett.

Ich setzte mich neben Herrn Lühmann und fragte:

»Also was ist das, eine Friedensbombe?«

»Ja, hab ich selbst im Radio gehört. Sie haben eine Bombe erfunden, die macht die Panzer und alle Waffen kaputt, aber die Menschen bleiben am Leben!«

»Herr Lühmann«, sagte ich, »falls Sie vielleicht die Neutronenbombe meinen…«

»Da kann man sich doch richtig wünschen, dass bald ein Krieg ausbricht. Denn stellen Sie sich mal vor…«

»Herr Lühmann, Sie müssen da was verwechseln.«

Aber Herr Lühmann ließ sich gar nicht unterbrechen. Er hatte so ein Leuchten in den Augen:

»Da fahren dann die Panzer und Geschütze aufeinander zu – und plötzlich: ein großer Blitz und Donner und Rauch. Und dann eine große Stille. Und plötzlich sieht man, wenn der Qualm sich verzogen hat, alle Panzer und Waffen sind einfach weg. Nur die Soldaten stehen noch auf dem Schlachtfeld. Und zwar alle nackt. Denn die Bombe vernichtet ja alles Material – nur was lebt, bleibt am Leben. Und da stehen sie nun alle, die nackten Soldaten. Und keiner weiß mehr, wer Freund und wer Feind ist. Kein General ist mehr zu erkennen: Denn die Orden und Fahnen sind natürlich auch vernichtet. Was bleibt den Soldaten anderes übrig, als sich zusammen auf die Erde zu setzen und zu beraten, wo sie was anzuziehen herkriegen. Ist das nicht wunderbar? Das ist die Friedensbombe.«

Hätte ich da etwa sagen sollen: »O nein, Herr Lühmann, die Neutronenbombe funktioniert ja gerade umgekehrt: Die Panzer werden verschont, aber die Menschen werden vernichtet…?«

Dann hätte er bestimmt gesagt: »Das kann nicht sein. Die Menschheit müsste ja wahnsinnig sein, um so etwas im Ernst auch nur denken zu können.«

Ein Sadist am Krankenbett

Sterbehilfe? Also, Sie meinen: dass der Arzt jetzt meiner Frau irgendwie 'ne Spritze gibt oder den Hahn da von dem einen Schlauch da zudreht – und dann schlummert sie so rüber? Nö, da bin ich aber dagegen. Können Sie nicht sehen: ihre wahnsinnig weit geöffneten Pupillen – und wie sie immer noch zuckt. Die hat grauenvolle Schmerzen, sage ich Ihnen.

Und das ist auch gut so. Reden kann sie ja nicht mehr. Aber hören kann sie mich noch. Na, Grete, du Miststück. Das kann noch mindestens eine Woche dauern – weil, dein Krebs ist ja einer von den langsamen, frisst sich mit Genuss durch deine Gedärme. Ich weiß, Grete, dass dir das Morphium nichts mehr nützt. Du leidest Höllenqualen, was? Ja, in Holland oder auch in Belgien oder in der Schweiz, da hätte dir der Arzt schon lange angeboten, dich zu erlösen. Dann hättest du das unterschrieben und dann wäre Schluss gewesen.

Aber ich hätte dann nichts mehr davon gehabt. Nein, Grete, es ist nicht, weil du nicht mir das Grundstück überschrieben hast, sondern deinem Bruder. Nein, ich freu mich ganz einfach darüber, wenn du so elend daliegst und nicht mehr ein noch aus weißt vor Schmerzen. Jetzt reißt du den Mund auf, als wenn du schreien wolltest. Aber das geht ja nicht mehr. Die Stimmbänder sind ja schon weggefressen. Nein, Gretel, du kennst mich doch. Hab richtig eine wolllüstige Gänsehaut. Das muss ja furchtbar sein, Gretel. Und das hört nicht auf. Aber erlösen wollen wir dich nicht: Da bin ich mir mit der Kirche in unserem Lande einig. Um Gottes willen! Du sollst nicht töten, sagt ja zum Beispiel der Vorsitzende des Rats der evangelischen Kirche. Also, wenn es um die Sterbehilfe geht. Sonst sind die von der Kirche ja nicht prinzipiell gegen das Töten. Soldaten zum Beispiel dürfen ja töten. Wenn sie vom Militärpfarrer gesegnet sind. Nur Sterbenskranke, die das selber wollen, die dürfen das nicht selber wollen. Dass man Schluss macht mit ihrem Leiden. Du bist zwar ein einzelner Mensch und denkst, du kannst für dich selber entscheiden – aber darüber kann ja die christliche Kirche nur lachen – um es mal ganz klar auszudrücken. Zwar bist du gar nicht in der Kirche, zahlst gar keine Kirchensteuer, aber was moralisch richtig ist und was nicht, das liefern sie dir gratis. Und richtig ist eben: dass du so lange leidest, wie es irgend geht. Da bin ich mir als Sadist mit der Kirche auch echt einig. Früher haben die ja auch immer nach Herzenslust die Menschen gequält, ganz langsam alle Knochen im Leibe zerbrochen.

Besonders auf die Frauen hatten sie es immer abgesehen, in jeder Frau steckt eine Hexe.

Na, mein Kind, ist der Herr dir schon erschienen? Ja – und so meinen sie das auch jetzt. Immer schön leiden. Das Leiden, hat der Ethik-Professor Weber neulich gesagt, gehört nun mal zur Existenz dazu. Leiden muss sein – das muss man eben mal erlebt haben. Also, wenn andere leiden, meint er. Na, Gretel, kannst du nicht sterben? Würdest mir jetzt direkt dein Grundstück noch dafür überschreiben, wenn das noch ginge, was?

Geht aber nicht mehr. Ach, bitte, nicht ohnmächtig werden. Dann fühlst du ja den Schmerz nicht mehr. Unsere Justizministerin sagt auch: Sterbehilfe ist bei uns in Deutschland undenkbar. Sie meint: wegen unserer Geschichte. Weil wir ja die Juden und andere Nichtarier auch immer gequält haben oder Geisteskranke in die Gaskammer geschickt. Also aus dieser Tradition heraus, dass die Deutschen die Unmenschlichkeit immer auf die Spitze getrieben haben, deshalb sind wir auch gegen die Sterbehilfe. Weil die ja human wäre. Das wäre ja eine Tat der Barmherzigkeit und der Menschlichkeit – und dafür haben wir nun mal keine Tradition hier bei uns im Lande. Mir als eingefleischtem Sadisten gefällt das natürlich sehr. – He, was ist denn, Grete? Du bäumst dich auf – igitt, du kotzt auf die Bettdecke – und jetzt? Ach, wie schade. Ich glaub, jetzt ist sie tot.

Das war immer so mit ihr – das ganze Leben. Nie hat sie mir mal eine Freude bis zum Ende gegönnt.

Eigentlich

Eigentlich – sprach der Ehemann –
weiß ich, dass ich mich
nicht in jedes Bett mehr legen kann.
Eigentlich.

Eigentlich – sprach der General –
hasse ich den Krieg.
Blut ist schwer ersetzbares Material.
Eigentlich.

Eigentlich – sprach der Kommunist –
da befürchte ich,
dass der Mensch so ideal nicht ist.
Eigentlich.

Eigentlich – sprach der Aktionär –
gut verstehe ich
auch den letzten Hafenarbeiter.
Eigentlich.

Eigentlich – sagt selbst der Despot –
macht Macht unglücklich.
Nirgends ist man mächtig vor dem Tod.
Eigentlich.

Eigentlich sind wir alle nur
gut und großmütig.
Doch vor allem sind wir von Natur –
eigentlich.

… mit Berry Sarluis, Gitarre

IV. Wo bist du, Lysistrata?

Drama mit Quitten

Der Quittenbaum von Böckelmann ragt mit einem großen Zweig auf das Grundstück von Stelter.

Vor zwei Jahren durfte Böckelmann noch zu Stelter rübergehen und seine Quitten abpflücken. Aber inzwischen hat Böckelmanns Hund den Hund von Stelter gebissen. Oder Stelters Hund den Böckelmann'schen – das ist eben nicht ganz klar.

Darum lässt nun Stelter den Böckelmann nicht mehr an seine Quitten ran. Im vorigen Jahr hat Böckelmann den Stelter aufgefordert:

»Wenn ich schon nicht Ihr Grundstück betreten darf, dann geben Sie mir wenigstens meine Quitten raus.«

»Das sind nicht Ihre Quitten«, hat Stelter erwidert. »Lesen Sie mal das BGB. Das sind nur so lange Ihre Quitten, wie sie am Baum hängen, wenn sie runterfallen, gehören sie mir.«

Böckelmann hat mit ansehen müssen, wie seine Quitten bei Stelter auf den Rasen gefallen sind. Und der hat sie vergammeln lassen.

Dieses Jahr nun hat sich die Sache dramatisch zugespitzt:

Plötzlich sieht Böckelmann morgens, wie Stelter mit einer Säge auf eine Leiter steigt und anfängt, den Ast von Böckelmanns Quittenbaum abzusägen. Böckelmann rennt in seinen Garten. Aber Stelter ruft ihm schon entgegen:

»Regen Sie sich gar nicht erst auf, Herr Böckelmann. Im BGB steht: Zweige, die aufs Nachbargrundstück ragen, dürfen vom Nachbarn abgesägt werden!«

Böckelmann, als der Quittenbaumeigentümer, überaus empört: »So! Dann wissen Sie wohl auch, dass die am Zweig hängenden Quitten mir gehören!«

Stelter hämisch:

»Selbstverständlich. Solange sie am Zweig hängen. Wenn sie aber runterfallen, sind sie Fallobst. Und das gehört mir. Und ich lass es vergammeln.«

Stelter hat angefangen zu sägen. Dadurch sind die reifen Quitten eine nach der anderen abgefallen.

»Halt!«, hat Böckelmann gerufen. »Sie machen sich strafbar. Im BGB steht, dass Sie die Quitten nicht vom Baum entfernen dürfen. Auch nicht durch Schütteln!«

»Ich schüttle ja gar nicht. Ich säge. Und das darf ich – laut BGB.«

Böckelmann, ohnmächtig mitansehend, wie an seinem Baum gesägt wird: »Ich werde Sie verklagen! Das ist Obstbeschädigung. Ihr Sägen ist auch ein Schütteln. Sie haben nicht das Recht, meine Quitten vom Baum zu schütteln.«

Stelter ist von der Leiter gestiegen und hat Böckelmann den Ast hingehalten, an dem keine einzige Quitte mehr hing.

»Wenn Sie Wert auf den Ast legen, werfe ich ihn gern auf Ihr Grundstück, Herr Böckelmann.«

Böckelmann ist ins Haus gerannt.

»Ich bring den Stelter um!«, hat er gebrüllt.

»Lieber nicht«, hat seine Frau gesagt. »Das will er doch nur erreichen!«

Gutes aus Deutschland

Lieber Gott, wer hat alle die Autos gemacht?

Mein Kind, die Autos hat sich ausgedacht
ein Mann mit Phantasie und Verstand
aus meinem fleißigen deutschen Land.

Lieber Gott, wer hat die Atombombe erfunden?

Mein Kind, die hat in mühsamen Stunden
ein Mann der deutschen Wissenschaft
erdacht mit seines Geistes Kraft.

Lieber Gott, wer war der größte Faschist?

Mein Kind, wie naseweis du bist.
Das war ein schrecklich verwirrter Geist
in jenem Land, das Deutschland heißt.

Lieber Gott, wo kommt der Kommunismus her?

Mein Kind, die große Beglückungslehr,
die da besagt, dass *ich* nicht bin:
Deutschen Philosophen kam sie in den Sinn.

Lieber Gott – kommt aus Deutschland auch Gutes?

Aber ja, mein Kind, aber ja, das tut es!
Die gewaltigen deutschen Aktenberge,
die frommen Bayern und die Gartenzwerge!

Wichtige Postsache

»Mit großem Abscheu«, schreibt mir ein Postinnendienstbeamter aus München, »gebe ich Ihnen ein Schreiben der Oberpostdirektion Stuttgart zur Kenntnis. Dieses Schreiben hat bei uns bayerischen Postdienstlern einen großen Ekel erregt.«

Das Schreiben der Oberpostdirektion Stuttgart befasst sich mit einer äußerst lebenswichtigen Postbetriebsfrage:

Stellungnahme über alkoholarmes Bier für das Personal im Kraftfahrdienst.

Dann folgt eine Belehrung darüber, dass *chemisch rechnerisch bei normalem Trinkverhalten mit alkoholarmem Bier kein Rausch angetrunken werden kann.*

Aber die Postdirektion kennt ja ihre Beamten. Darum weist sie mahnend darauf hin:

Ein Biertrinker kann ohne Mühe an einem Tag zehn Liter trinken… Über fünf bis sechs Stunden können bei eineinhalb Liter alkoholar-

mem Bier in der Stunde 0,4 Promille Blutalkoholgehalt nachgewiesen werden.

Und gewissenhaft, wie sie bei der Post nun mal sind, rechnet die Oberpostdirektion Stuttgart vor: *Bei einer 50 Kilogramm schweren Frau von 160 Zentimetern Größe können nach acht Litern alkoholarmem Bier 0,1 bis 0,3 Promille nachweisbar sein.*

Dann folgt Pos. 3:

Wenn Beschäftigte im Kraftfahrdienst unbedingt Bier trinken müssen (welch ein lebensnahes Verständnis für den beamteten Gewohnheitstrinker spricht aus diesen Worten! Ja, dann, so sagt die Oberpostdirektion:), *ist sicher alkoholarmem Bier der Vorzug zu geben.*

Jedoch – nun kommt das Hauptproblem, so recht aus dem bundesdeutschen Postleben gegriffen: *Wie unterscheidet aber ein Stellenvorsteher Normalbiertrinker von Trinkern alkoholarmen Bieres, die in gleicher Weise müde und nach Hopfen riechend ihren Dienst antreten?*

Ja, das ist ein Problem: Denn müde sind sie bekanntlich alle, und nach Bier riechen sie auch alle!

Zu all diesem aber sagt mein Informant aus Bayern nur noch dies: »O, mei – die Schwaben! Narrisch sans. I möcht im Leben net zehn Liter alkoholarmes Bier saufa! Pfuideifi! Da tät i spein! Mir trinka jeden Tag zur Brotzeit um Neune unsre zwoa, droa Weißbier, verstehst? – Bevor mir die net hoabn, wird überhaupts koa Post net ausgetragen! Alkoholarmes Bier! Sakrazementhallelujanochamol. Dös könnts selber saufa! Host mi?«

Vom heiligen Weingeist

Ich habe wieder an ihn denken müssen – an den Feldkuraten Katz.

Feldkurat Katz? Kennen Sie nicht?

Na, der aus dem Schwejk, der schon damals immer so ungeheuer besoffen seine Feldmessen zelebrierte.

»Gieß mir aus der Kanne den Wein ein«, schrie er damals an der

Front den Schwejk an. »Aber gieß kein Wasser ein. Auch in die zweite Kanne kommt Wein, du Lump!«

Und dann begann er zu zelebrieren und zu predigen. Und seine Predigt wurde immer feuriger und ordinärer. Die Soldaten, die bald aufs Schlachtfeld zum Abschlachten geführt werden sollten, standen da und feixten sich eins.

»Er hat wieder den ganzen Messwein ausgesoffen«, gluckten sie. »Gleich fällt er um.«

Aber es war eine Gaudi. Die Soldaten waren richtig begeistert, wenn er rief:

»Euch wird's der Herrgott zeigen, in die Hosen scheißen vor dem Feind – hick! –, habt ihr den Himmel und die lieben Englein verdient, ihr Drecksgesindel, he? Jetzt wird gestorben, ihr räudigen Sünder. Zur Hölle mit euch – hick – Hurenböcken und Lumpengesindel. Amen. Hick!«

Jedenfalls ohne Messwein – so ganz nüchtern – hätten sie den Feldkuraten nicht erleben mögen. Aber wenn er so schön besoffen von der Jungfrau Maria schwadronierte – »Eine wunderbare Frau – mit solchen Schenkeln, ihr Schweinebande – viel zu schade für eure dreckigen Gedanken!« – das war direkt ein Trost vor dem Gang aufs Schlachtfeld.

Und daher: Wie in unseren Tagen die katholischen Bischöfe der Niederlande erklärt haben: Der Messwein muss mindestens vierzehn Prozent Alkohol haben. (Bei Weinkontrollen war nämlich wiederholt beanstandet worden, dass der Messwein zu wenig Alkohol enthielt.) – Da habe ich an den Feldkuraten denken müssen:

Bravo, das ist eine weise Entscheidung.

Auf den Heiligen Geist ist vielleicht doch nicht immer so Verlass, dass er den Prediger entsprechend begeistert. Mit vierzehn Prozent Weingeist aber gelingt es einfach immer.

Nicht wahr, ihr räudigen Sünder – ihr Lumpengesindel!?

Zur Hölle mit euch! Amen. Hick.

Der unzeitgemäße Herr S.

Oft sitzt Herr S. in seinem Zimmer
und freut sich. Oder noch viel schlimmer:
erlaubt sich, auf sein Innen achtend,
sich selbst als Phänomen betrachtend,
beglückt zu staunen über sich:
Ei, Gott zum Gruße, das bin *ich*.

Und mitten bei hochoffiziellen
Verhandlungen mit höchsten Stellen
sowie beim Küssen seiner Frau
betreibt er solche Innenschau,
zieht taktlos sich in sich zurück
und sieht sich an und strahlt vor Glück.

In Anbetracht: Die Welt läuft heiß
und keiner glaubt, was jeder weiß,
und was nicht Unrecht ist, ist teuer –
ist dies Verhalten ungeheuer.

Die Aggression wird unerträglich

Wie böse der böse Russe einmal war – jedenfalls in der Meinung der meisten deutschen Politiker – haben die meisten wohl vergessen. Am bösesten wurde der Russe, als er plötzlich anfing abzurüsten. Damals spielte sich im Verteidigungsministerium folgendes Gespräch ab.
Der Staatssekretär trat in das Allerheiligste des Verteidigungsministers:

»Herr Verteidigungsminister, Herr Verteidigungsminister! Gorbatschow hat soeben vorgeschlagen: Er will alle Panzer aus den Ostblockstaaten abziehen. Ohne Gegenleistung!«

Der Verteidigungsminister hat es schon erwartet:

»Mistkerl!«, sagt er. »Augenblick – was steht denn hier in meinem Ausredenkatalog? Aha, ja hier: Abrüstungsausrede 371:

›*Der Gorbatschow-Vorschlag bedeutet eine eindeutige Verschiebung des konventionellen Gleichgewichts zu seinen Gunsten. Mit dem Panzerabzug gewinnt er nämlich ein moralisches Übergewicht gegenüber dem Westen. Das heißt: Er rüstet weiter auf. Moralisch gesehen. Aber Aufrüstung bleibt Aufrüstung!*‹«

Ein paar Minuten später kommt der Staatssekretär schon wieder:

»Herr Verteidigungsminister! Herr Verteidigungsminister! Gorbatschow hat soeben mit dem Truppenabzug aus den Ostblockstaaten begonnen! Die marschieren schon in Richtung Moskau! Um Gottes willen, was sagen wir der Presse?«

»Feigling, der verfluchte! Augenblick – wo ist mein Ausredenkatalog? Ja hier:

›*Der Abzug der Sowjettruppen nach Russland erfüllt die Nato-Staaten mit allergrößter Sorge. Ohne Frage handelt es sich um die Vorbereitung eines Atomschlages und...*‹

Aber dieser Gorbatschow gibt einfach keine Ruhe. Der Staatssekretär steht schon wieder da:

»Herr Verteidigungsminister! Herr Verteidigungsminister! Gorbatschow zieht alle Atomraketen ab, alle Flugzeuge, einfach alle Waffen! Seine Soldaten werden alle entlassen. Er braucht sie für den Wiederaufbau der Wirtschaft. Gorbatschow hat folgende Erklärung abgegeben:

›Die ewigen Ausreden des Westens dauern mir zu lange. Die UdSSR setzt alle Hoffnung auf die Friedensliebe des Westens. Da bei einem Krieg der Großmächte ohnehin die ganze Menschheit vernichtet würde, sehen wir keinen Sinn mehr in militärischer Stärke. Sollte uns der Westen nunmehr überfallen, bleiben wir immer noch die moralischen Sieger vor der Geschichte. Selig sind die Friedfertigen!‹«

Der Verteidigungsminister wischt sich den Angstschweiß von der Stirn:

»Verdammt, jetzt bin ich aber bald am Ende. Mein Ausredenkatalog...äh... da muss ich ja schon den Überfall-Ausredenkatalog nehmen. Also gut, sagen Sie der Presse:

›*Die Bundesregierung hat immer betont: Die Politik der Abschreckung ist die Politik des Friedens. Gorbatschow hat die Abschreckung verletzt, also den Frieden. Als wahre Freunde des Friedens, von niemandem mehr abgeschreckt, erschrecken wir jetzt vor nichts mehr. Schon gar nicht vor uns selbst!*‹«

Die Lösung der Publikumskrise

Ich hatte da ein sehr interessantes Kulturgespräch. Auf der Ausstellungsparty vor zwei Tagen. Thomas G. kam sofort auf mich zu – ich hatte ihn zwei Jahre nicht gesehen. Er studiert Theaterwissenschaft. Ein ungeheuer engagierter Typ. »Stellen Sie sich vor«, sagte er, »der Bürgermeister soll geäußert haben, er wünsche sich wieder mehr Inszenierungen, bei denen man den Dichter noch wiedererkennt. Eine Unverschämtheit. Der Intendant hat mit Rücktritt gedroht.«

»Ein Skandal«, sagte ich.

»Das Theater ist doch kein Amüsierbetrieb«, legte Thomas los. »Theater von heute hat die Aufgabe, unbequem zu sein. Wenn man den Klassiker noch wiedererkennt, braucht man ihn doch gar nicht erst aufzuführen. Was gehen uns denn die Probleme von damals an? Um das Heute geht es. Die Dummheit, Trägheit, Korruption, Geistlosigkeit dieser Zeit gilt es anzugreifen – und die sitzt nicht zuletzt auch im Parkett!«

»Darum ist das Theater ja auch eine Art Besserungsanstalt für das Publikum«, sagte ich.

»Da gibt es eben nur ein Dilemma«, seufzte Thomas. »Wenn man Theater macht, das dem Publikum zeigt, wie dumm und blöd es eigentlich selbst ist – dann kommt es nicht mehr ins Theater.«

»Ja, ja«, sagte ich. »Deswegen heißt es ja auch immer, die besten Inszenierungen sind die, wo keiner hingeht.«

»Mir noch einen Sherry«, sagte Thomas zu der vorbeigehenden

Bedienung, um dann endlich zu seiner entscheidenden Erklärung anzusetzen.

»Wir haben keine Intendanten-Krise – wir haben eine Publikums-Krise! Intendanten, die das Theater füllen, gibt's wirklich genug – die einfach solche Inszenierungen machen, die beim Publikum ankommen. Kunststück. Verantwortungsvolle Intendanten mühen sich aber schon seit Jahren mit heiligem Ernst, ohne jede Spur von Humor und mit möglichst wenig dramatischem Geschehen, kurz, ohne alles, was nur ablenkt und zerstreut, um die reine Gesellschaftskritik, die engagierte Realität. Aber die Leute rennen lieber in Stücke, die Spaß machen. Der reinste Wahnsinn!«

»Ja, wirklich!«

»Nein. Der reinste Wahnsinn ist ein Stück, wo sie hinlaufen, weil es Spaß macht.« – »Trotzdem der reinste Wahnsinn«, sagte ich. »Aber wie soll man das ändern?«

»Manchmal glaub ich«, sagte Thomas G., indem er den Sherry entgegennahm, den ihm die Kellnerin brachte, »es geht nur noch mit Druck. Wenn das Publikum die Wohltaten nicht annehmen will, die man ihm bietet, dann muss es eben gezwungen werden!«

»Wie meinst du das?«

»Einfach die Theaterbesuchspflicht einführen! Es ist ja nur zum Besten des Bürgers – so wie die Gurtanschnallpflicht oder die Krankenkasse. Jeder Bürger hat jährlich drei Theaterpflichtbesuche zu absolvieren. Für jeden kriegt er zwei Punkte gutgeschrieben. Die muss er am Jahresende dem Bezirksamt vorlegen. Andernfalls hat er Bußgeld zu zahlen.«

»Jetzt brauch ich auch einen Sherry«, rief ich.

»Die Theater wären dann immer voll«, erläuterte Thomas begeistert. »Intendantenkrise gäbe es nicht mehr. Die Regisseure könnten so viel Kunst machen, wie sie wollen. Die Leute müssen es einfach aushalten.«

»Das ist die Lösung«, rief ich. »Aber wie wär's: Für besonders langweilige Inszenierungen könnte man dann vielleicht ein paar Extra-Punkte kriegen.«

»Na klar«, sagte Thomas. »Härtefälle kann man ja berücksichtigen.«

Das gehört sich nicht

Das gehört sich nicht.
Das was?
Das Das.

Das Ge hört sich nicht.
Gehört sich,
dass das Das sich nicht hört?

Gehört das Das gehört?
Gehört sich das,
dass das sich nicht gehört?

Wem gehört das Das?

Wer gehört schon sich?
Wem gehört schon was?
Was gehört schon gehört?

Das gehört sich nicht.
Hört, hört!

Kunstwerke auf der Autobahn

»Verdammt! Sind die denn wahnsinnig geworden?«, schrie Matthias schon auf der Segeberger Chaussee. Vor der Autobahnauffahrt Schnelsen-Nord: kilometerlanger Stau.

»Wieso müssen diese Idioten vom Bauamt ausgerechnet zum Ferienbeginn hier 'ne Baustelle aufmachen?«

»Das ist gar keine Baustelle«, sagte Jutta. Sie legte sich im Sitz zurück und drehte die Scheibe herunter.

»Das sind alles nur rot-weiße Absperrlatten, gelbe Lampen und

Schilder. Von irgendwelchen Arbeiten ist überhaupt nichts zu sehen.«

Der Stau hatte sich schon auf drei Kilometer Länge aufgebaut.

»Ich glaube, da steckt die Kulturbehörde dahinter«, sagte Jutta. »Mich erinnert dieses Gebilde aus Latten, Schildern und Lampen sehr an Berlin. Weißt du noch: Da haben die doch in der Nähe vom Kurfürstendamm auch so ein Kunstwerk aufgebaut. Absperrgitter und Straßenschilder aufgetürmt als Modern Art. Guck dir das hier mal nach Kunstgesichtspunkten an: irre, diese weiß-roten Signallinien mit den gelben Bewusstmachungslampen! Straßenskulpturauffahrt Schnelsen-Nord: der Mensch in seiner Verlorenheit an die Zivilisation! – Oder: Ende einer Illusion. Die Raum-Markierung mit Pfahl und Latte. Die Straße. Das Schild. Der Asphalt. Die Intransigenz von Raum und Grenze!«

»Toll!«, knurrte Matthias wütend.

Aber zwei Stunden später dann vorm Elbtunnel – als Jutta wieder anfangen wollte: »Dies ist die Plastik: Halt-inne-vor-dem-dunklen-Loch« – kam Matthias ins Grübeln:

Ja, irgendeine höhere Bedeutung mussten diese Baustellenabsperrungen ohne Bauarbeiten weit und breit ja haben. Es kann doch nicht sein, dass sie einfach völlig sinnlos über die Feiertage aufgebaut waren.

»Das sind Kunstwerke«, dachte er. »Und wir alle gehören dazu. Wir sind Feiertagskunstwerke vor symbolischen Baustellen. Wir befinden uns mittendrin in dieser irrealen Wirklichkeit und sind dadurch über die Realität erhoben…« Er fiel in Trance und schlief ein – und erwachte erst, als der Fahrer hinter ihm zwanzig Minuten später hupte.

»Wir sind ein bewegliches Kunstwerk«, murmelte Matthias, fuhr an und kam erst nach zwanzig Metern wieder zum Stehen.

Herr S. und die Morgengymnastik

Herr S. macht sechzehn Liegestütz
als tägliche Gymnastik,
geht achtmal in den Schneidersitz –
schön langsam, nicht so hastig –
beugt seinen Rumpf, und zwar zurück,
macht sieben Scherensprünge,
Kniebeugen bis zu fünfzig Stück
und dreizehn Hüftaufschwünge;
beginnt den Tag frisch und befreit,
fühlt, wie er fit und stark ist,
und denkt: Es tut mir richtig leid,
dass dieser durchtrainierte Leib
trotz allem – für den Sarg ist.

Der Doktorand

oder Der Beamte, die Krone der Menschheit.

Mal wieder bei Kurt in der Bahnhofskneipe. Ein Gast war gerade gegangen.
Wahrscheinlich ein kleiner Handwerker. Er hatte einige derbe Sprüche über die Beamten hierzulande losgelassen. »Die Beamten ruinieren uns. Erstens pupsen sie nur in ihre Sessel und zweitens machen sie uns kleine Leute kaputt!«, hatte er geflucht. Kurt hatte sich mit keinem Wort dazu geäußert. Der Student, der ebenfalls am Tresen stand, hatte auch nichts gesagt. Aber jetzt, als der Gast gegangen war, sagte er zu Kurt:

»Entschuldigen Sie, dass ich mich da einmische, Herr Wirt. Aber Ihr Gespräch eben mit dem Herrn, der gerade gegangen ist. Über die Beamten. Ich höre das alles mehr mit wissenschaftlichem Interesse. Zurzeit hört man ja überall diese Beamtenschelte. Dass die Beamten zu viele Privilegien haben und die Last der deutschen Einheit nicht mittragen wollen und so weiter.«

»Ach, sind Sie Beamter?«, fragte Kurt.

»O nein!«, wehrte der Student ab, »ich bin Doktorand. Der Philosophie. Ich stehe kurz vor der Vollendung meiner Doktorarbeit. Und ich darf sagen: Sie wird einiges Aufsehen erregen. Professor Habermilch nennt sie jetzt schon ›die philosophische Bombe zum Ende des 20. Jahrhunderts‹!«

»Aha. Was steht denn da drin?«, fragte Kurt beim Bierzapfen.

»Nun ja, der Inhalt ist natürlich nicht einfach in zwei Sätzen zu sagen – aber das Wesentliche ist: Ich weise nach, dass die Idee des Sozialismus gar nicht gescheitert ist. Im Gegenteil: Gerade in unseren Tagen hat sie ihre konkret nachweisbare Realisation gefunden. Nur dass Marx und Engels und die anderen Vordenker für die Vollendung der gesellschaftlichen Frage zwei Kategorien verwechselt haben: den Arbeiter und den Beamten.«

»So, so«, sagte Kurt.

»Jawohl! Das Arbeiterparadies als solches hat sich nicht bestätigt, wie wir ja alle wissen. Aber einsam an der Spitze der gesellschaftlich antifeudalistischen Bewegung steht in geradezu unantastbarer Herrlichkeit: der Beamte – insonderheit der bundesdeutsche. Mein Fazit interrego cognitum ludens: Den Zustand der risikolosen Existenz des Individuums in der Gesellschaft in leistungsunabhängiger mußebetonter Zufriedenheit – hat der Homo sapiens in der auserwählten Spezies des Beamten tatsächlich und unumkehrbar erreicht!«

Kurt musste herzhaft lachen.

»Wie bitte? Sie lachen?«, fragte der Student empört. »Sie finden das witzig? Aber nein, Herr Wirt, das ist nicht als Hohn oder Spott zu verstehen. Ich beweise Ihnen meine These an konkreten Ereignissen der Gegenwart. Hier – Seite 284, Fundstelle 14 g meines Manuskripts…«

Und er las aus einem Schriftstück vor:

»›…fordert der deutsche Beamtenbund einen sog. Immobilienausgleich für alle Regierungsbeamten, die von Bonn nach Berlin umziehen müssen. Die Verluste der Beamten, die sie bei Verkauf z. B. einer

Eigentumswohnung erleiden würden, müssen vom Staat ausgeglichen werden…‹ Was? Sauerei? Zum Wahnsinnig…? Aber nun merken Sie doch bitte auf: Ich zitiere Karl Marx in der ›Deutschen Ideologie‹, Ausgabe Ulrich Heidt von 1923, Quellenangabe 151 a-h: ›*…die empirische Fixierung des Proletariers an seinen mietabhängigen Standort… machen ihn außer von den Produktionsmitteln auch von seinen ortsgebundenen Wohnbedingungen abhängig und sind dadurch…*‹

Verstehen Sie: Es ist also eine alte marxistische Forderung, dieser so genannte Immobilienausgleich – und nichts anderes, als was der Sozialismus schon immer gefordert hat, so dass…«

Aber Kurt musste wieder lachen: »Die sollen erst mal was leisten!«, sagte er.

»Was bitte?«, fragte der Student. »Erst mal was leisten? Die Beamten? Versuchen Sie doch einmal, Herr Wirt, sich von dieser hergebrachten Vorstellung zu lösen!

Fundstelle 337 g: Erich Pecklaff, ein Engels-Schüler in seiner Schrift ›Die Utopie muss Wirklichkeit werden‹:

›*Die Leistungsabhängigkeit des arbeitenden Menschen erniedrigt ihn zum Produktionsfaktor.*‹ –

Das ist die eine Stelle! Die andere – und nun merken Sie auf: Quelle: das bundesdeutsche Beamtengesetz, Artikel 3, Absatz 7 ff.:

›*…der Beamte ist unabhängig von seiner Leistung allein nach seinem Anspruch auf Besoldung zu entlohnen, die sich nur nach seinem Rang, seinem Amt und das heißt im Endeffekt nach der Länge seiner Dienstjahre errechnet.*‹ –

Leistungs*un*abhängig!! Das heißt: ohne Konkurrenzdruck, ohne den menschenentwürdigenden Arbeitsleistungsnachweis, sondern in der inneren seelischen Ausgeglichenheit, die sich auch in dem zufriedenen Gesichtsausdruck von Beamten widerspiegelt, die auf ihrem Arbeitsplatz den Schlaf der Gerechten im wiedergewonnenen Paradiese schlafen.«

»Ich lach mich kaputt«, sagte Kurt. »Die spielen doch außerdem noch dauernd krank. Und dann gehen sie zum Tennisplatz oder zum Angeln.«

»Ja«, sagte der Student, »da gibt es natürlich noch eine Lücke. Ich meine: Dass Beamte *heute* noch gezwungen sind, sich krank zu melden, wenn sie ihren Rasen mähen wollen, das ist unmöglich. Marx sagt, hier – ich habe die Fundstelle:

›*So werden sie dann fischen gehen oder jagen und andere wiederum sich des Ackerbaus befleißigen – aus der Freude und dem inneren Bedürfnis heraus und nicht, um sich von den Strapazen der Arbeit zu erholen…*‹

Also: Karl Marx! Sie dürfen da nicht missgünstig sein, Herr Wirt! Welch eine Freude ist es, dass es nun endlich am Ende der großen blutigen Gesellschaftsumstürze dieses herrliche Ergebnis gibt – diese strahlende Figur der gesellschaftlichen Vollkommenheit und der unerschütterlichen Zufriedenheit: den Beamten! Den deutschen Beamten, das höhere Wesen!«

Kurt wurde allmählich böse.

»Hören Sie bloß auf«, sagte er. »Wir Steuerzahler müssen die Beamten bezahlen, diese höheren Wesen.«

»Ja, selbstverständlich müssen wir das!«, sagte der Student. »Tun Sie das etwa nicht gern? Da muss ich mich wundern. Wer sind Sie denn? Entschuldigen Sie, ein armseliger Kneipenwirt, der in seiner gesellschaftlichen Entwicklung zurückgeblieben ist – und nun mal eben zum Unterbau gehört.«

»Jetzt werden Sie man nicht frech!«

»Aber Herr Wirt, ich werde doch nicht frech. Das gehört zu meiner Gesamthypothese dazu. Der Marxismus ist ebenfalls von dem Bild des ›Baumes der Gesellschaft‹ ausgegangen, der sich allmählich durch alle Stadien zur vollen Entfaltung seiner Krone und schließlich seiner Blüten und Früchte entwickelt. In diesem Bild sind Sie, Herr Wirt – und zurzeit natürlich auch noch ich –, nur Stamm oder Ast oder Zweig – tragende Glieder. Aber wir dürfen fröhlich sein, dass wir als kleine Zellen dem großen Gebäude der herrlichen Idee dienen können!

Was wäre denn Ihr Leben hier mit Bierverkauf und Würstchen, wenn Sie sich nicht ständig sagen dürften, dass Sie dies alles tun, damit unsere geliebten Beamten jetzt – wie der Herr Innenminister es grade beschlossen hat – zwanzig Prozent mehr Kindergeld kriegen – aber die Normalbürger nicht. Das ist doch schön! Dadurch hat doch auch Ihr hässliches Leben einen Sinn bekommen. Wir alle dürfen dem Gesellschaftsideal des Beamten dienen und...«

Jetzt hatte Kurt die Schnauze voll. Er hat ja schon viele Irre erlebt. Aber so einen Irren noch nicht.

»Bitte«, sagte Kurt, »machen Sie, dass Sie rauskommen. Den Schwachsinn ertrage ich nicht mehr!«

»Wie bitte? Was ist... Wieso das Lokal verlassen? Ich wollte doch ein Bier...«

»Ja, können Sie kriegen«, sagte Kurt und schüttete ihm den Rest aus einem Bierglas ins Gesicht. So was kennt man sonst gar nicht von Kurt.

Der Student konnte das nicht begreifen. Er nahm seine Sachen und floh aus der Bahnhofskneipe mit den Worten:

»Es lebe das Beamtentum! Die Vollendung der menschlichen Gesellschaft!«

Ich mag so gern am Fließband stehn

So mancher denkt, er könnt es zu was bringen
mit Singen.
Ein andrer bringt den ganzen Saal zum Rasen
mit Blasen.
Ein Dritter träumt, die Mädchen wolln ihn gern sehn
im Fernsehn.
Doch alles dies ist dumm und grob.

Ich hab den allerbesten Job,
wo ich wie'n Irrer reinhaun darf und mitmisch,
so richtig schön erbarmungslos und rhythmisch.

Ich mag so gern am Fließband stehn, am Fließband stehn,
am Fließband stehn, am Fließband stehn, am Fließband stehn.
Es bleibt nie stehn und fließt so schön und fließt so schön
und fließt so schön und fließt so schön und fließt so schön.
Und alles, was ich mies fand,
zerfließt für mich am Fließband.
So schön ich das und dies fand,
am schönsten ist's am Fließband.

Was führt zu Streit und Krieg und allen Übeln?
Das Grübeln.
Was ist der Grund, wenn grade Sachen krumm gehen?
Das Rumstehn.
Und wer ist schuld, wenn Schreck und Chaos hausen?
Die Pausen.
Doch alles dies vergisst sofort
der Mensch am Fließband im Akkord.
Die Pausen und das Rumstehn und das Grübeln.
Wir lassen uns das Fließband nicht verübeln!

Ich mag so gern am Fließband stehn…

Wichtig ist für alles, was wir lieben,
das Üben.
Ich bin ein Künstler, können Sie mir glauben,
im Schrauben.
Zehntausendmal am Tag denselben Bolzen
ranknolzen.
Ja, Sicherheit, Beständigkeit,
wo gibt es das in dieser Zeit?

Wie schön, wenn man tagaus, tagein am Band ist.
Wo alles so vertraut und so bekannt ist.

Ich mag so gern am Fließband stehn...

Künstlerschicksal

Im Garten beim Bier saßen die beiden Männer und schwärmten von alten Zeiten.

»Künstlerische Handarbeit wird nicht mehr geachtet«, sagte der Jüngere. Der Ältere mit dem weißen Haar und den tiefen Falten im Gesicht stimmte zu:

»›Meister‹ haben sie mich mal genannt. Guck dir meine Hände an.«

Er zeigte dem Jüngeren seine Hände. Feingliedrige Finger! Wahrhaftig, das waren Künstlerhände!

»Und ich hab den präzisesten Beat von ganz Norddeutschland geschlagen«, sagte der Jüngere. »Wie ein Uhrwerk, und das Becken! Mein Sound war berühmt. Die Studios haben sich gerissen um mich. Mike, der Drummer! Alle großen Popstars haben mich zu ihren Plattenaufnahmen geholt!

Und heute? Die wissen, glaube ich, gar nicht mehr, dass es Schlagzeuger gibt. Macht alles der Computer. Und verdammt: Der Computer ist noch präziser! Und alles im Original-Sound! Da kommst du nicht mehr gegen an mit der Hand!«

»Die Technik hat uns kaputtgemacht«, stimmt der Alte zu.

»Ich hab meine Lithos noch mit der Nadel in die Stahlplatte graviert. Da musst du spiegelverkehrt arbeiten. Den jungen Mann von Dürer hatte keiner so perfekt drauf wie ich. Oder den Fugger. Oder den Limburger Dom auf der Rückseite vom braunen Riesen. Alles freihändig und in Stahl.

Einmal hab ich mir sogar einen Jux erlaubt. Hab oben links in die Ecke geschrieben:

›*Wer Banknoten nachmachen kann oder verfälschen oder nachgemachte oder verfälschte in den Verkehr bringen und es nicht tut, ist ein Weihnachtsmann.*‹

Und keiner hat es gemerkt! Das Schriftbild war perfekt! Lesen tut es ja keiner.

Aber heute? Der Laser-Kopierer macht dir in fünf Sekunden eine Blüte – perfekter geht es wirklich nicht. Jeder kleine Gauner kann sich heute in fünf Sekunden einen Hunderter fälschen. Da fällt selbst das BKA drauf rein. Einfach auf den Knopf drücken – und fertig.«

»So ist es«, seufzte der Jüngere. »Und nach uns Künstlern fragt keiner mehr.«

Im Supermarkt

Die junge Frau im Supermarkt hatte gerade ein Paket Butter und einen Joghurt-Becher in den Einkaufswagen getan.

»He! Halt, das ist mein Wagen!«

Ein älterer, aufgeregter Herr in Hut und Mantel kam auf die Frau zu. Er griff nach dem Wagen.

Die junge Frau sagte gar nichts.

»Haben Sie nicht gehört? Was grinsen Sie mich noch so an?«

»Entschuldigung. Der Wagen war doch leer.«

»Das ist mein Wagen. Der stand dort bei der Backabteilung. Den Wagen habe ich so lange hierhergestellt!«

»Ja, aber woher sollte ich das wissen…?«, sagte die junge Frau.

Ein jüngerer Mann im blauen Anzug kam hinzu.

»Wenn ich da helfen dürfte: Die Rechtsprechung kennt weder ein Eigentums- noch ein Nutzungsrecht an leerstehenden Leihwagen, solange sie nicht in direktem Gebrauch…«

»Was mischen Sie sich ein, Sie Klugscheißer!«, rief der aufgeregte Herr. »Ich habe diesen Wagen eigenhändig vom Eingang hierhergeschoben. Die Dame da hinten kann es bezeugen!« Er ruderte mit den Armen, um seine Zeugin herbeizurufen.

Noch zwei Frauen waren hinzugetreten. Die eine schimpfte gleich los.

»Mir haben sie auch schon den Wagen gestohlen. Sogar mit zehn Pfund Kartoffeln drin!«

»Aber, meine Herrschaften, die Rechtsprechung spricht lediglich von einer unverbindlichen Nutzungsmöglichkeit leihweise bereitgestellter Leihwagen, ohne jeglichen Anspruch auf…«

»Hier ist die Dame! Die Dame ist Zeuge!«, rief der aufgeregte Herr jetzt.

»Machen Sie sich doch nicht lächerlich!«, kam nun eine ganz Dicke darauf zu.

»Solange Sie keine Sachen im Wagen haben, ist das auch nicht Ihr Wagen!«

»Ja, soll ich etwa meinen Hut reinlegen?«

Vor lauter Menschen war schon gar kein Wagen mehr zu sehen.

»Was ist denn hier los?«, fragte eine kleine Frau von hinten und stellte sich auf die Zehenspitzen.

»Der Herr hat einer Dame die Butter aus dem Wagen geklaut!«

»Immer dasselbe! Immer die jungen Leute!«, schrie irgendjemand, der überhaupt nicht wusste, um was es ging.

Keiner hatte bemerkt, dass die junge Frau längst Butter und Joghurt aus dem Wagen genommen und an der Kasse bezahlt hatte. Als sie den Laden verließ, hörte sie gerade, wie jemand rief:

»Polizei! Dann hole ich die Polizei, Sie Flegel!«

Supermärkte mochte sie nicht. Diese Hektik, dies Gezerre. Jetzt stritten sich schon wieder ein paar Leute da drüben über irgendetwas. Aber für so etwas interessierte sie sich nicht…

Rührselige Ansprache vor einem Wochenbett

Das haben Sie ja wieder großartig gemacht,
Verehrteste! Und ich bewundere Sie.
Einen richtigen Menschen zur Welt gebracht!
Ganz ehrlich, das könnte ich nie!

Mag sein, Sie denken: Was ist schon dabei?
Und lächeln still, bescheiden wie Sie sind.
Ja freilich ist der Vorgang nicht mehr neu,
und doch: Ich bitte Sie: ein lebendiges Kind!!

Und überhaupt, was fällt mir Esel ein,
zu solchen Sachen mein I-A zu geben!

Wo zwischen dem Noch-nicht- und dem Nicht-mehr-Sein
ein Jetzt-Sein stolz beginnt, ein Leben,
sollt unsereiner wohl die Schnauze halten
und in sich gehen und bedenken seine Sünde

und beten oder wenigstens die Hände falten,
anstatt zu tun, als ob er was davon verstünde.

Ja, sehen Sie, das ist der nackte Neid.
So dazustehen und ratlos zuzugaffen,
wie Sie als Frau für die Unsterblichkeit
mit großem Mute große Werke schaffen.

Auch denk ich: Dass der Mann bleibt ungeschoren,
die Frau jedoch hat Schererei und Tränen,
ist von Natur nicht, wie's wohl scheint, verkehrt.

Seht euch doch um!
War, was ein Mann geboren,
je einer Träne wert?

Moin, Moin!

»Guten Morgen, Herr Matzen!«

»Guten Morgen, Herr Scheibner!«

»Guten Morgen allerseits.«

»Moin, Moin!«

»Einen wunderschönen guten Morgen, verehrte Anwesende!«

So geht das nun jeden Tag. Ob man will oder nicht. Ob man ausgeschlafen ist oder brummig. Kommt einem ein Kollege auf dem Flur entgegen:

»Guten Morgen!«

Ist es sogar eine Kollegin – pass auf, dass du als erster »Guten Morgen« sagst. Emanzipiert wollen sie sein, aber wehe, du vergisst, dass der Mann zuerst grüßt. Dann grüßen sie zuerst. Aber ganz giftig:

»Guten Morgen!!«

Betritt ein Kollege die Abteilung und fragt nach dem Vorgang Brettschneider, vergisst aber »Guten Morgen« zu sagen, gucken sie ihn alle nur muffig an. Geben gar nicht richtig Antwort. Bis ihm plötzlich ein Licht aufgeht.

»Habe ich eigentlich schon ›Guten Morgen‹ gesagt?«

»Nö.«

»Guten Morgen, sage ich.«

»Guten Morgen!« Und da ist auch schon der Vorgang Brettschneider.

Schade, dass ich kein Verhaltensforscher bin. Sonst würde ich mal versuchen, den Zusammenhang zwischen dem Schwanzwedeln der Hunde und dem Begrüßungszeremoniell der Menschen aufzuspüren. Instinkthandlungen sind schließlich beides. Oder halten Sie es für möglich, dass irgendeiner der Millionen morgendlicher »Guten Morgen«-Wünscher seinen Kollegen buchstäblich und wörtlich einen guten, also glücklichen, herrlichen, unvergesslichen Morgen wünscht? Aber lassen wir das. Wenden wir uns lieber dem noch viel interessanteren Thema »Mahlzeit« zu.

Die Tageszeit »Mahlzeit« beginnt irgendwann kurz nach dem Frühstück. Eine genaue wissenschaftliche Definition des Mahlzeit-Beginns ist zwar noch nicht gelungen – auf jeden Fall geschieht es jedoch täglich so zwischen 9.30 und 10.30 Uhr, dass zwei Kollegen sich auf dem Flur begegnen, und der eine sagt noch »Guten Morgen«, aber der andere sagt: »Mahlzeit.«

Wer nun etwa glaubt, Mahlzeit habe irgend etwas mit dem Mittagessen zu tun, irrt sich gewaltig. »Mahlzeit« sagen zwei Kollegen auch zueinander, wenn sie gerade beide aus der Kantine kommen und noch die Puddingreste im Bart haben. Ja, »Mahlzeit« sagen sie sogar, wenn… Wie soll ich das beschreiben? Neulich stand ich mit dem Gesicht zur Wand an einem Ort, wo ich nun wirklich nichts essen möchte. Herr Dienberger kam herein, stellte sich neben mich – und:

»Mahlzeit, Herr Scheibner.«

Mahlzeit dauert ungefähr bis 15.30 Uhr. Dann beginnt »Schönen Feierabend«!

Aber der Gruß »Schönen Feierabend!« ist schon keine reine Instinkthandlung mehr. Für Kollegen, die man nicht ausstehen kann, genügt ein höfliches und kurzes »'n Abend«.

Traum vom Ruhm

Abraham Lincoln war der Präsident,
den man heut noch als Pfeifentabak kennt.

Der eiserne Bismarck: Wie darf er sich freun,
der Nachwelt als Hering erhalten zu sein.

Napoleon erst! Seines Heldentums Lohn:
Unsterblich als »Cognac Napoleon«!

Es müsste die Welt *meinen* Namen kennen –
und nach mir ein Verhütungsmittel benennen!

Schon wieder aus dem Altersheim geflohen

Der Rentner aus dem Altersheim, Willi Pahlke, kommt wieder durch den Park gehumpelt, sieht sich ängstlich um. Auf der Bank sitzt eine junge Mutter, die einen Kinderwagen vor sich hat.

»Pst, junge Frau, nicht erschrecken.« Er setzt sich vorsichtig neben die junge Frau und guckt sich wieder vorsichtig um.

»Wenn ich mich mal einen Augenblick neben Sie setzen könnte. Dann können die mir nichts tun. Rentnerabschussbeauftragte. Großes Hallali auf Organentnahmespender.«

Die junge Frau guckt etwas erschrocken.

»Aber so halten die mich vielleicht für den Opa von Ihrem Kleinen«, erklärt ihr der Alte. »So zwischen Weihnachten und Neujahr muss man unbedingt sehen, dass man ausbrechen kann aus'm Altersheim. Sonst binden die einen gnadenlos am Bett fest.«

»O Gott«, sagt die junge Mutter.

»Ja, ist ja nur Notdienst. Der Zivi und die Oberschwester Olga.« Und Pahlke macht die Oberschwester nach mit hoher Fistelstimme:

›Tut uns leid, Herr Pahlke, aber zu Ihrer eigenen Sicherheit müssen wir Sie 'n bisschen anbinden.‹ Ja, und die andern Alten, die sperren sie im Fernsehzimmer ein – und dann feiern die beiden Weihnachten auf der Liege von der Nachtschwester. Herbert Reffke hat sie mal in flagranti erwischt.«

Die junge Frau schüttelt den Kopf. Willy Pahlke neigt sich rüber und guckt das Baby an.

»Wie alt ist er denn, der Kleine?«

»Sechs Monate.«

»Ach, wie niedlich«, sagt Pahlke und schnippt mit den Fingern zu dem Baby.

»Ja, wir Alten und die kleinen Kinder, wir haben ja eines gemeinsam: Zu uns sind die Leute auch immer so scheißfreundlich. Bloß unser Kindergeld, das haben sie uns ja gestrichen. Ja, der Staat muss ja sparen, und darum kriegen die über Hundertjährigen nicht mehr zu jedem Geburtstag ihr Geburtstagsgeld von 125 Euro, sondern nur noch zu jedem runden Geburtstag über Hundert. Also 105 oder 120. Ich sag zu Heiner Krause – also er ist wütend, weil er wird 103 nächstes Jahr – ich sag: Niemals würde ich darauf bestehen, auf den 125 Euro. Man will doch als Rentner nicht daran schuld sein, dass der Staat kaputt geht. Nee, man muss ja als Rentner sehen, dass man so wenig wie möglich auffällt. Die haben doch schon lange das Gesetz für die Lebensaltersbegrenzung in der Schublade. Das größte Problem für diesen Staat sind doch wir, die Rentner.«

Dann sieht er sich wieder das Baby an.

»Wie heißt er denn, der kleine Mann?«

Die Mutter lächelt: »Juliane.«

»Ach so, ein Mädchen«, lacht der Alte. »Juliane! Ja, Juliane haben wir grade vor 14 Tagen beerdigt. 81 ist sie geworden. Aber auch ein Fall von grade noch mal verhindertem Sozialmissbrauch. Sie wollte ja unbedingt noch einen Bypass haben. Dann hätte sie noch neunzig Jahre alt werden können. Aber dass sie damit auch wieder den Staat zugrunde richtet, hatte sie keine Skrupel. Na, die Krankenkasse hat das denn immer weiter und weiter rausgeschoben, bis es zu spät war.«

»O pfui«, sagt die junge Mutter.

Aber der Alte meint:

»Na ja, das kostet ja auch alles doppelt und dreifach bei uns alten Leuten. Ja, erst mal die Operation selber und dass man dann immer noch länger lebt. Das kostet. Ich mein: Mit dem Schuldgefühl mag man ja auch nicht leben.«

Dann wird er plötzlich unruhig, der Alte. Er sieht jemanden kommen. Schnell hakt er die junge Frau unter:

»Wenn ich Sie mal kurz einhaken dürfte, junge Frau. Da kommt wieder dieser Parkwächter. Man kann ja heute keinem Menschen mehr trauen. Der ist nun selber Rentner, aber ich trau ihm das zu, dass er mit seinem Aufpickerstock auch auf Rentnerabschussprämie aus ist.«

Aber der Parkwächter biegt auf einen anderen Weg ab.

Und Herr Pahlke fährt in seiner Betrachtung fort:

»Ich meine, man sieht das ja ein, dass es eine Unverschämtheit ist gegenüber dem Wirtschaftsstandort Deutschland, wenn man immer älter und älter wird. Aber dann könnten sie doch eigentlich gleich reinschreiben ins Grundgesetz, Artikel 14 oder was weiß ich: Jeder Bundesbürger hat eben nur 75 Jahre zur Verfügung. Und dann ist jedes Jahr nach Weihnachten großes Alteneinschläfern in der Turnhalle. Bürgermeister hält 'ne kleine Ansprache, es gibt einen kleinen Umtrunk. Dann hätte man doch wenigstens was, wo man sich drauf freuen kann.«

Die junge Frau ist geschockt.

»So was dürfen Sie nicht sagen«, sagt sie.

Aber Herr Pahlke sieht irgendwo hinten wieder jemanden kommen.

»Ich muss wieder weiter«, sagt er. »Schönes Leben für Ihr Baby wünsch ich. Da hinten kommen sie wieder: Rentnerabschussbeauftragte!«

Und humpelt davon.

Rauchen oder Trinken

Hermann und Hermine, das Rentnerehepaar, sitzt wieder auf dem Sofa. Hermine strickt, Hermann liest eine Zeitung und raucht dabei seine Pfeife und gibt Qualmwolken von sich.

HERMINE *(wedelt ärgerlich den Qualm von Hermanns Pfeife beiseite)*: Du immer mit deinem Gequalme.

HERMANN *(liest ungerührt die Zeitung und sieht gar nicht auf)*: Das brauch ich nun mal. Ich mecker ja auch nicht, wenn du deinen Rotwein trinkst.

HERMINE: Tse. Ja, Rotwein trinkst du ja außerdem noch!

HERMANN: Na und? Du kannst ja von mir aus auch 'ne Pfeife rauchen. Soll ich dir eine leihn? *(hält ihr die Pfeife hin)*

HERMINE: I gitt! Aber Rotwein ist gesund. Ich hab gelesen: Drei Gläser Rotwein am Tag, dann stirbt man nicht am Herzinfarkt. Aber nur wenn man nicht raucht.

HERMANN: Und ich hab gelesen: Wer raucht, bleibt wach im Kopf und kriegt nicht die Alzheimer-Krankheit.

HERMINE: Und was nützt es einem, wenn man wach im Kopf ist und stirbt an Herzinfarkt?

HERMANN *(überlegt einen Augenblick)*: Und was nützt das, wenn man länger lebt und weiß das gar nicht?

Immer diese Scheinehen

Immer wieder werden in diesem Lande so genannte Scheinehen geschlossen, obwohl das doch streng verboten ist. Man muss sich das so vorstellen: Da spricht irgendein Schwarzer aus Nigeria ein blondes deutsches Mädchen an:

»Entschuldigung, wären Sie eventuell bereit, mich zu heiraten? Nur so zum Schein. Ich brauche den Schein. Und lasse es mich was kosten.«

Das blonde deutsche Mädchen hat zufällig die Kohle bitter nötig. Sie ist Studentin und sagt: »Ja«. Also: Die beiden gehen aufs Standesamt und lassen sich trauen. Oho! Das ist ein kriminelles Delikt. Wird mit Gefängnis bestraft.

Und richtig: Zwei Wochen später klingelt es schon an der Tür:

»Guten Tag, ich komme von der Ausländerbehörde. Ich möchte mich nur einmal ein bisschen in Ihrem Ehehaushalt umsehen. Erste Frage: Wo ist bitte Ihr Ehemann?« –

»Zur Arbeit!«, antwortet die Studentin ganz entrüstet.

»Zur Arbeit? Hm, na ja, na gut. Wo ist seine Zahnbürste?«

Die Studentin zeigt die Zahnbürste.

»Aha, na gut«, sagt der Beamte. »Jetzt bitte das Ehebett. Haben Sie ein Ehebett?«

»Selbstverständlich. Bitte sehr!«

»O«, sagt der Beamte. »Das ist ja direkt zerwühlt. Also Ehebett vorhanden. Na ja. Ach und sagen Sie doch mal bitte: Was ist denn das Leibgericht Ihres Ehemannes?«

»Leibgericht? Für ihn ist wichtig, dass alles vegetarisch ist.«

»Alles vegetarisch. Ja, da haben Sie aber Glück, das hat er bei seiner Befragung auch gesagt. Aber jetzt, meine Liebe: Hat er seinen Blinddarm noch? Hat er eine Blinddarmnarbe. Ja oder Nein?«

»Es geht Sie ja nichts an. Aber wenn Sie das brauchen: Ich küsse seine Narbe jede Nacht!«

»Na schön. Aber das muss auch noch nichts beweisen. Es lässt sich leider nicht vermeiden: Ich muss Sie bitten, Ihren Oberkörper freizumachen.«

»Wie bitte?«

»Ja, das ist nötig, Ihr Ehemann hat behauptet, Sie hätten unter der linken Brust einen Leberfleck. Zeigen Sie bitte mal!«

Die Studentin tut es.

»Bitte sehr. Wenn es Ihnen Freude macht?«

»Ja, ist in Ordnung. Sie können Ihre Bluse wieder anziehen.«

Zufrieden steckt der Beamte seinen Schreibblock ein.

»Entschuldigung«, sagt er, »das musste sein. Aber Sie haben die Prüfung bestanden. Auf Wiedersehen!«

Das ist ja auch gar nicht verwunderlich. Studenten, die eine Scheinehe schließen, sind ja schließlich nicht doof. Die sitzen zwei Tage und zwei Nächte – und fragen sich gegenseitig alle Punkte ab und sind dann hundertprozentig vorbereitet.

Aber merkwürdig! – trotzdem liest man immer wieder davon, dass Ehen annulliert werden, weil sie nur auf dem Papier bestanden. Immer wieder Scheinehen. Die einen gehen dafür ins Gefängnis, die andern werden dafür zurück in die Wüste geschickt.

Die Erklärung ist sehr einfach. Immer wieder passiert es nämlich, dass der Eheprüfungsbeamte aus Versehen auf den falschen Klingelknopf drückt. Ist ja auch manchmal sehr unübersichtlich – so eine Namensreihe mit Klingelknöpfen unten vor der Haustür. Also: Der Beamte klingelt.

»Ja, bitte?«, kommt eine Stimme aus der Gegensprechanlage.

»Ich bin von der Behörde. Es geht um Ihren Ehemann.«

»Um Gottes willen. Ja kommen Sie rein.«

Und das Unglück nimmt seinen Lauf.

»Sind Sie Frau Nowack?«, fragt der Beamte.

»Ja, ja, das bin ich.«

»Wo befindet sich Ihr Ehemann?«

»Mein Ehemann? Ja, woher soll ich denn das wissen? Wahrscheinlich in der Kneipe.«

»Aha«, sagt der Beamte und notiert schon mal: Weiß nicht, wo ihr Mann sich aufhält.

»Was ist denn los?«, fragt die Frau. »Haben Sie ihn wieder mit diesem Miststück erwischt?«

»Ruhe bitte. Hier stelle ich die Fragen. Würden Sie mir bitte mal seine Zahnbürste zeigen?«

»Zahnbürste?«, fragt die Frau. Was für ein seltsames Ansinnen. »Weiß ich nicht, ob er sich die Zähne putzt.«

»Aha!«, sagt der Beamte. »Keine Zahnbürste. Jetzt zum Ehebett.«

Dann steht er im Schlafzimmer und stellt fest:

»Hier ist ja nur ein Bett benutzt in Ihrem Schlafzimmer!«

»Ja, sicher«, sagt die Frau. »Meistens schläft mein Mann ja woan ders, und wenn er hier schläft, geh ich aufs Sofa. Das Schnarchen halt ich nicht aus«

»Aha«, sagt der Beamte. »Kein Ehebett.« Er notiert es. Dann fragt er streng:

»Und sein Lieblingsgericht?«

»Sein Lieblingsgericht?«, fragt die Frau etwas ratlos. »Ach so – ja, äh: ein Liter Pilsener und zwei Doppelkorn.«

»So, so.« Jetzt geht es Schlag auf Schlag:

»Hat er eine Blinddarmnarbe?«

»Weiß ich nicht, da hab ich noch nicht nachgeguckt.« –

»Aha!« Die Frau ist so gut wie überführt. »Ihr so genannter Ehemann behauptet nämlich, regelmäßig Geschlechtsverkehr zu haben.«

»Ja, ja«, sagt die Frau, »das glaub ich schon. Bloß nicht mit mir.«

»Das genügt«, sagt der Beamte. »Ihren nackten Oberkörper brauche ich gar nicht mehr zu sehen. Sie versuchen nämlich, die Behörde in die Irre zu führen. Sie sind gar nicht verheiratet. Ich sage es Ihnen auf den Kopf zu: Sie führen eine Scheinehe!«

»Ja, ja«, sagt die Frau und guckt deprimiert, »gedacht hab ich das schon lange!«

Unheimlich

Auf der Gartenparty von Michael saß ein verliebtes Paar etwas abseits von den anderen. Sie küssten sich hin und wieder, sahen sich verliebt an und hielten Händchen.

Später, als der Mann einen Augenblick allein saß, kam ein anderer Gast und setzte sich zu ihm. Er bot ihm eine Zigarette an.

»Wo ist denn Ihre Freundin?«, fragte er.

»Meine Freundin? Sie meinen meine Frau?«

»Ach so – Entschuldigung. Ich dachte nur – weil Sie noch so verliebt miteinander sind.«

»Ja. Wir lieben uns.«

»So hab ich's nicht gemeint. Ich meinte ja nur – na, Sie verstehen schon.«

»Nein, ich verstehe nicht. Was meinen Sie denn?«

»Ach nichts, ich meine doch nur – ich sah, wie Sie sich küssten – ist ja auch in Ordnung, wunderbar. Aber da dachte ich natürlich: Die Dame ist Ihre Freundin.«

»Wieso? Wieso natürlich? Kann man nicht auch seine Frau küssen?«

»Aber klar. Warum nicht! Es ist eben nur nicht so üblich. Man sieht es seltener, dass jemand mit seiner eigenen Frau, wie soll ich mal sagen…«

»Zärtlich ist, meinen Sie?«

»Na ja – wenn zwei so Hand in Hand sitzen und sich noch Küsschen geben und so – dann denkt man eben, das ist die Freundin und nicht die Frau.«

»Warum?«

»Ja, sag ich doch. Weil man eben – wenn man noch verliebt ist…, na ja, Sie wissen schon – aber wenn man verheiratet ist, ich meine, dann…«

»Küsst man sich nicht mehr?«

»Ja schon. Aber doch nicht so öffentlich. Wie wenn man verliebt ist…«

»Und warum nicht?«

»Herrgott, was weiß denn ich! Ich sag ja nur: im Allgemeinen. Das kennt man eben nicht so, dass zwei dann immer noch…«

Die Frau kam zurück. Zärtlich blickte sie ihren Mann an und nahm gleich seine Hand.

»Na, da will ich nicht länger stören, das junge Glück«, sagte er und wollte sich entfernen.

»So jung ist es gar nicht mehr, unser Glück«, sagte der Mann lächelnd. »Wir sind schon sechs Jahre verheiratet.«

»Na, prima. Desto besser«, sagte der andere. Er ging schnell weg – wie einer, der etwas sehr Unheimliches erlebt hat.

Dokumentation III

... und mit Mördern teilen sie die Betten

oder »Lysistrata hat sich wieder daneben benommen«

Es gab mal eine Zeit, da waren Atombomben und Raketen in unserem Land stationiert und jederzeit einsatzbereit. Gott sei Dank – die Zeit ist vorbei. Für immer? Wer weiß...

Unsere Soldaten jedenfalls tun nur noch gute Werke. Sandsäcke schleppen bei Hochwasser, Schnee schippen bei Schneekatastrophen und bei der Fußball-Weltmeisterschaft den Strafraum verteidigen, falls ein feindlicher Fußballspieler darin eindringen sollte.

1985 war es noch nicht ganz so friedlich.

aus Pinneberger Zeitung, November 1985

Abfuhr für den Lästerlyriker: Scheibner ist unerwünscht

hl **Ellerau** – Deutschlands bekanntester Lästerlyriker, Hans Scheibner, ist in Ellerau unerwünscht. So jedenfalls sehen es geschlossen die Christdemokraten. Aber auch ein SPD-Vertreter und Mitglieder des Bürger-Vereins entschieden sich dafür, daß Scheibner nicht engagiert wird. Grund dieser Ellerauer Abfuhr: Die Äußerungen Scheibners während einer Talk-Show zum 30jährigen Bstehen der Bundeswehr. CDU-Fraktionschef Edmund Sievers: „Wenn sich ein Herr Scheibner hinstellt und öffentlich die Soldaten als ‚Mörder' bezeichnet, dann hat dieser Mann den gesamten Berufsstand des Bundeswehrsoldaten beleidigt und kein Recht, mit Unterstützung von Steuermitteln in Ellerau aufzutreten." SPD-Mitglied Rolf Gülck zeigte sich da etwas toleranter: „Es ist doch ein schwaches Bild, wenn wir so reagieren ..." Nun, die Entscheidung ist gefallen, obwohl der Kulturausschuß die Sache positiv beurteilte. Der stellvertretende Kulturausschußvorsitzende Friedel Gau (BVE) hatte sich vorher noch die festgelegten Eintrittspreise (zehn Mark für Erwachsene und sechs Mark für Jugendliche und Studenten) für den im nächsten Jahr geplanten Scheibner-Abend durch die Versammlung bestätigen lassen.

Der Fall Hans Scheibner

Von PETER KRUSE

Manche mögen über die Feststellung lächeln, aber die Behauptung läßt sich nicht von der Hand weisen: Auch Journalisten haben ein Berufsethos, das uns verpflichtet, Kollegen in Schutz zu nehmen, wenn sie angegriffen werden oder selbst angreifen. Das freie Wort genießt in der demokratisch verfaßten Gesellschaft, wie in der Bundesrepublik Deutschland, höchsten Schutz.

Hans Scheibner aber, der seit Jahren im Hamburger Abendblatt satirische Kolumnen schreibt, hat sich mit seinen Auslassungen im Wochenend-Fernsehen aus dieser Schutzbedürftigkeit selbst entlassen.

Diese Zeitung würde ihre Glaubwürdigkeit einbüßen, schwiege sie zu dem weitab aller Satire stehenden Scheibnerschen Angriff auf die Soldaten der Bundeswehr, die er mit kriminellen Gewaltverbrechern, Mördern, auf eine Stufe stellt. Hier macht sich der „Läster-Lyriker" der eklatanten Verhetzung schuldig, gegen die er in vielen seiner satirischen Beiträge selbst mit Vehemenz angetreten ist.

Es wäre keinem der Soldaten in dieser Republik zu verdenken, wenn er in Scheibners Ausfall einen Straftatbestand sieht und Klage wegen übler Verleumdung erhebt. Der Satiriker müßte dann vor Gericht seine Behauptung belegen, aber wir können ihm schon jetzt sagen, daß er kläglich scheitern müßte.

Es gibt für Hans Scheibner überhaupt nur einen Weg, der es ihm in dieser Situation noch erlaubt, das Gesicht zu wahren: eine öffentliche Entschuldigung. Das ist das Mindeste, das Soldaten erwarten, die einen demokratischen Auftrag erfüllen.

Anruf von Rochus Bassauer, NDR-Unterhaltungschef:

»Ihre Satirereihe … ›scheibnerweise‹ müssen wir leider absetzen.«

»O weh!
Was war geschehen?«

Hamburger Abendblatt
Chefredakteur

Herrn
Hans Scheibner
Harnackring 69

2050 Hamburg 80

Hamburg, 4. November 1985
kk/r

Lieber Herr Scheibner,

mit Ihren Äußerungen über Soldaten und über die Bundeswehr am Freitagabend in der NDR-Talkshow haben Sie sich für eine weitere Mitarbeit beim Hamburger Abendblatt disqualifiziert.

Betrachten Sie bitte unsere Zusammenarbeit als beendet.

Mit freundlichen Grüßen

Klaus Korn

Alida Gundlach und Hans Scheibner

Scheibner in der NDR-Talkshow
Verteidigungsminister Manfred Wörner (re.)
und General Wolfgang Altenburg (li.)

Wo bist du, Lysistrata?

Mädchen und Frauen! Witwen und Bräute.
Alle mal herhörn! Arbeit beiseite!
Die Welt liegt im Sterben. Schuld ist der Mann.
Wird höchste Zeit. Jetzt müsst Ihr ran!

I
Vor zweitausend Jahren in Griechenland –
Aristophanes hat es besungen –
da haben die Frauen mit Standhaftigkeit
die Männer zum Frieden gezwungen.

Eine mutige Griechin – Lysistrata –
rief die Frauen, die jungen und alten,
in Athen auf den Marktplatz rief sie sie
und hat folgende Rede gehalten:

Freundinnen! Schwestern! Wie lange denn noch
soll der Wahnsinn der Männer so gehen?
Wie lange noch solln wir dem sinnlosen Krieg
dieser Dummköpfe schweigend zusehen?

Zehn Jahre schon tun sie sich wichtig mit
ihrem Krieg gegen Sparta. Unsummen
geben sie jährlich für Waffen aus.
Und wir Frauen? Wir Frauen sind die Dummen!

Ihr Mütter verliert eure Söhne im Krieg!
Im kalten Bett liegt ihr Bräute!
Sie richten den ganzen Staat noch zugrund.
Es muss was geschehen. Noch heute!

Ja, so war das mit Lysistrata!
Ist lange her. Zweitausend Jahr:
Damals hatten die Frauen noch Mut.

Wo find ich dich heute, Lysistrata?
Heut sagen die Frauen zu allem ja.
Was die Männer auch machen, ist gut.

Atomkriege planen und Wahnsinnsraketen.
Millionen unschuldige Menschen töten.
Die Frauen stehen da: Ja, ja! Ja, ja!

Wo bist du, Lysistrata!?

II
Der Männer müsst ihr enthalten euch!
Verweigern den Männern die Liebe!
rief Lysistrata, bis vor Begier
sie euch anflehn: Ja, ja, es ist Friede!

Nein, riefen die Frauen, das können wir nicht,
auf das Schönste im Leben verzichten.
Dann beklagt euch nicht, rief Lysistrata,
wenn die Männer euch alles vernichten.

Da stöhnten die Griechinnen Ach und Weh!
Wir sehnen uns doch nach den Küssen.
Dann aber entschlossen sie tapfer sich:
Also gut! Männer, raus aus den Kissen!

Wir schwören, wir Mädchen und Fraun von Athen:
Kein Mann soll uns künftig berühren.
Wir machen sie wild. Aber wenn sie dann wolln,
haben wir immer grad Fieber und frieren.

Und wenn mit Gewalt sie uns zerren ins Bett,
weil vor Sehnsucht sie beinahe sterben,
dann bleiben wir kalt. Und steif wie ein Brett,
ihnen jeglichen Spaß zu verderben!

Ja, so war das mit Lysistrata!
Heut sagen die Frauen zu allem ja.
Heut sind sie geduldig und still.

Wo find ich dich heute, Lysistrata?
Heut sagen die Frauen zu allem ja.
Atomkrieg und Overkill.

Die Griechinnen, ja, die konnt ich verehren.
Heut lassen die Frauen die Männer gewähren.
Stumm stehn sie da. Ja, ja! Ja, ja!

Wo bist du, Lysistrata?

III
Die Griechen, die haben zuerst nur gelacht.
Dann gedroht. Dann gefleht, sie zu lieben.
Die Griechinnen aber, die tapferen Fraun,
sind tatsächlich standhaft geblieben.

Bald konnten die Männer, die Ärmsten, ach,
ihre männliche Kraft kaum verbergen.
Und sie riefen: »Ihr Frauen, was müssen wir tun?
Nur lasst uns vor Liebe nicht sterben!«

»Macht endlich Friede, ihr Gockel, ihr Narrn.
Hört auf mit den sinnlosen Kriegen.
Macht Friede mit Sparta. Dann dürft ihr sofort
wieder neben und über uns liegen!«

Da kam auch aus Sparta 'ne Delegation.
»Unsre Frauen wolln uns nicht mehr lieben!«
(Lysistratas Werk. Die wusste das schon.)
»Es pressiert uns. Macht Frieden! Macht Frieden!«

Und wirklich: So haben sie Frieden gemacht.
O ihr Frauen, ihr Klugen, ihr Schönen!
Das gab einen Jubel. Ein Fest! Eine Nacht.
Und ein Singen und Jauchzen und – Stöhnen.

Ja, so war das mit Lysistrata.
Ist schon lange her: Zweitausend Jahr:
Damals hatten die Frauen noch Mut.

Wo gibt es dich heute, Lysistrata?
Die Frauen sind schlapp. Sie sagen nur ja.
Welchen Wahnsinn der Mann auch tut.

Heut halten sie still, die Bräute und Mütter:
»Es muss wohl so sein, und ist es auch bitter… !«
Die Frauen stehen da. Ja, ja! Ja, ja!

Wo bist du, Lysistrata?

Und seither? Wie es wirklich gewesen ist?
Jungfrauen haben die Soldaten geküsst.
Stolz schickten sie sie in den blutigen Streit –
mit Blumen bekränzt, dem Schlachtfeld geweiht.
Wir hörten die Mütter, stolz auf die Orden:
Mein Sohn ist als Held für den Kaiser gestorben.
Die blutigen Sieger empfingen sie
mit offenen Armen und zitterndem Knie.
Mein Bruder – fürs Vaterland ließ er sein Leben.
Genug. Man muss sich vor Scham übergeben.

IV

Doch manchmal träum ich ihn immer noch –
Aristophanes' Traum von den Frauen.
Wie wäre wohl heute – ich träume ja nur –
so ein Liebesentzug zu verdauen?

Präsident Bush spricht zu Tony Blair:
»Die Frauen wollen nicht mehr kopulieren.
Sie bumsen und vögeln und blasen nicht mehr.
Die Welt ist nicht mehr zu regieren.

Man kann sich in keine Versammlung mehr traun.
Die Soldaten, sie rebellieren.
Sie verteidigen keine Welt ohne Fraun.
Die Welt ist nicht mehr zu regieren!«

Das wär dann die Stunde, wo eine von euch
vor die Männer müsste hintreten:
»Ihr fragt nach uns Frauen? Ach, nein. Seht mal an!
Warum schlaft ihr nicht mit den Raketen? «

Aber ach, es ist ja nicht möglich heut.
Die Frauen sind ja selbst nicht zu retten.
Ihre Söhne schicken sie brav in den Krieg.
Und mit Mördern teilen sie die Betten!

Das gab es nur bei Lysistrata.
Ist schon lange her. Zweitausend Jahr.
Oh, ihr Griechinnen, ihr hattet Mut!

Die Ballade von Lysistrata

in der NDR-Talkshow 1985, Auszüge aus dem Sendeprotokoll

Scheibner: Das ist ein Verweigerungslied. ... Ich bin kein radikaler Pazifist. Eigentlich nicht. Aber ich meine, in der Situation, in der die Menschheit sich heute befindet, kann man gar nichts anderes mehr sein.

[...]

Scheibner: Herr Steinhoff, meinen Sie nicht, daß, ganz gleich, welche persönliche Schuld oder Nichtschuld jemand hatte, aber wer in diesem Dritten Reich eine so herausragende Stellung bekleidet hat, wie Sie es getan haben, und für dieses Dritte Reich gekämpft hat, wäre es nicht viel weiser gewesen, wenn Sie dann Schluß gemacht hätten und gesagt hätten: Jetzt ergreife ich einen anständigen Beruf? ...

Glotz: Sie haben vorhin den Satz gesagt: einen »anständigen Beruf«. Würden Sie das bitte einmal interpretieren? ...

Scheibner: Ich bin Satiriker, Herr Glotz, ich kann nur meinen Kollegen Georg Kreisler zitieren: »Aus dem wird nie etwas, der bleibt ein General.«

[...]

Wörner: Sie haben doch damit angefangen, die Soldaten mit Mördern in einen Topf zu werfen ...

Scheibner: ... Ich habe nicht die Soldaten mit Mördern in einen Topf geworfen. Aber ich habe alle die Leute in einen Topf geworfen, die mit der Vernichtung von Millionen Menschen Planspiele treiben und nur damit ihre sogenannte Sicherheitspolitik machen!

[...]

Scheibner: Ich möchte einen ganz kleinen künstlerischen Beitrag bringen.

Krüger: Herr Scheibner, es reicht jetzt!

Wörner: Nein, den wollen wir nicht hören. Ich will ihn nicht hören, damit das klar ist.

Friedensliebe

Alle Menschen lieben nur den Frieden.
Notabene: sagen sie.
Würde jeder doch den Frieden lieben.
Notabene: klagen sie.
Friede, keiner kämpft für dich,
sagt ein jeder, so wie ich!

Präsidenten selbst sind für den Frieden,
Kriegsminister, General.
Sagen: Keiner kann den Frieden lieben
so wie wir in jedem Fall.
Friede – jeder liebt dich halt –
auch, wenn's sein muss: mit Gewalt!

Völker sich bedrohen und berauben.
Aber jeder Friede! schreit.
O ihr Menschen, gern will ich euch glauben,
dass ihr Friedens-Freunde seid.
Scheint wohl so, denk ich betrübt:
dass der Friede euch nicht liebt!

Frei zu sein wie ein Hund

»Da in Griechenland, auf unserer Insel – da liefen immer so Hunde am Strand herum. Muss ich immer dran denken.«

Heinz Mühlbeck sitzt an seinem Schreibtisch und überträgt Zahlen von den Bestandsbelegen der Außenlager auf seine vorbereiteten Erfassungsblätter.

»Manche von den Hunden liefen auch in der Stadt umher. Das waren ganz magere, drahtige Hunde. So grau, gefleckt und stabil. Liefen einfach so frei herum. Gehörten zu keinem Menschen.«

Der Kollege hört gar nicht zu. Gibt keine Antworten und greift nach dem Telefon.

Heinz Mühlbeck malt wieder Zahlen. »Statistik der Fehlbestände gehärteter Ventilverschlussmuttern der Zylindertypen C 21, C 21a...«

»Das waren vielleicht selbstbewusste Tiere, sag ich dir!«, sagt Mühlbeck. Der Kollege hat noch keinen Anschluss. Mühlbeck erzählt weiter.

»Ich dachte: Die müssen doch halb verhungert sein. Sahen auch so aus. Kein Fleisch auf den Rippen. Wir haben extra vom Frühstück ein Stück Brot mitgenommen und es so einem armen Köter mit an den Strand gebracht. Aber was soll ich dir sagen: Der Hund kommt neugierig an. Schnuppert am Brot – und wendet sich misstrauisch wieder ab. Frisst er nicht! Ist halb verhungert und frisst kein Brot!«

Der Kollege hat jetzt Anschluss. Redet irgendwas Dringendes über Bestellformularvordrucke mit gelben Kopien.

Heinz Mühlbeck malt wieder Zahlen in seine Blätter. Ganz deutlich sieht er den schwarzen Bastard vor sich, den sie immer Satan genannt haben. Mühlbeck ist sogar in den Tourist-Shop gegangen und hat Hunde-Cracker gekauft. Satan stand am Strand, kam langsam näher, leckte höflich an den Hunde-Crackern – und drehte sofort wieder ab.

»Rätselhaft, wie diese herrenlosen Hunde über die Runden kommen«, sagt Heinz Mühlbeck laut. »Gehen nicht zur Arbeit, haben keinen Chef – und sind sogar noch wählerisch!«

Der Kollege hat austelefoniert.

»Jaja. Wauwau«, sagt er und geht aus dem Zimmer.

Mühlbeck malt wieder an seiner Statistik der Fehlbestände für gehärtete Ventilverschlussmuttern. Eine schreckliche Sehnsucht überkommt ihn. Das tut richtig weh in der Brust.

»Ich würd was drum geben, so ein Hund zu sein. Herrenlos und frei unter Gottes Himmel!«

Der Alptraum des Brigadegenerals

Brigadegeneral Zedler muss einige schlaflose Nächte hinter sich haben!

Erst diese Ungeheuerlichkeit mit diesem Wort »Soldaten sind potentielle Mörder«. Dass er so etwas lesen muss und nichts dagegen machen kann! Wie muss er sich da vorkommen? Der Brigadegeneral! Als Mörderkommandeur etwa? Weit haben wir's gebracht mit dieser verfluchten Demokratie!

Aber nun das Allerschlimmste: Der General liest in der Zeitung: Die Grünen wollen ein Deserteurdenkmal am Gasteig aufstellen! »Dem Antihelden, Deserteur aller Kriege«, gegenüber dem Bürgerbräukeller ausgerechnet, wo dereinst unser geliebter Führer…, äh…, na ja – eine historische Stätte immerhin.

Der General könnte platzen vor Wut. Ein Denkmal für Kameradenschweine und Feiglinge.

Der General schreibt einen geharnischten Leserbrief:

»Fahnenflucht ist eine verwerfliche Handlung! Sie ist das schmähliche gemeine Im-Stich-Lassen der eigenen Kameraden… So ein Denkmal wäre das Monument unserer verhöhnten Rechtsordnung!«

Und es interessiert den General nicht, dass der Fahnenflüchtige im Dritten Reich vor der Fahne mit dem Hakenkreuz geflüchtet ist. *Fahne ist Fahne!* Sie sollen ihm bloß nicht kommen mit: Der wahre Held des Zweiten Weltkrieges war der Deserteur – weil der sich geweigert hat, den Wahnsinnskrieg des Größenwahnsinnigen mitzumachen. *Krieg ist Krieg.* Befehl ist Befehl. Wo kämen wir denn hin, wenn die Soldaten anfingen, nach Recht und Unrecht zu fragen!

Der Deserteur ist schlimmer als jeder andere Verbrecher, denkt der General, schlimmer als jeder Mörder!

Verdammt – da kommt dem General ein schrecklicher Gedanke: Das Wort vom *»potentiellen Mörder«* kann er noch so eben und eben vertragen. Was soll's. Im Krieg wird eben gemordet. Und basta! Wie aber, wenn einer dieser Friedensschwärmer auf die teuflische Idee käme, zu sagen:

»Jeder Soldat ist auch ein potentieller Deserteur?«

»Nein! Das darf nicht geschehen!«, denkt der General und zittert vor Erregung. »Dann schon lieber Mörder! Dann schon lieber Mörder!«

Der Trost kommt vom Radfahren

Immer wieder fällt mir ein:
Der Kardinal weiht die Radfahrer ein.
Oder anders gereimt: Immer wieder begegnet
der Kardinal mir, der die Radfahrer segnet.

Das habe ich wirklich, ganz lange her,
mal selber erlebt. Auf der Straße. Wie er,
der Kardinal, sich sportlich beteiligt,
indem er die Radfahrer heiligt.

Mitten beim Lesen von Flugzeugunglücken,
bei Auffahrunfällen, beim Möbelverrücken,
in den allerentlegensten Augenblicken
begegnet mir dieser göttliche Mann
und segnet die Radfahrer an.

Ob es Gott vielleicht gibt und ob Gott überhaupt
bejahenden Falles fest an mich glaubt,
ist mir alles nicht klar. Aber dann und wann
bin ich richtig froh, dass ich Rad fahren kann.

Im Stau

Auf der Autobahn. Stau bis an den Horizont. Ein Autofahrer sonnt sich bei geöffneter Fahrertür, streckt die Beine heraus:

Immer mehr Autofahrer sehen ja dem Stau am Wochenende oder an den Feiertagen usw. mit durchaus positiven Gefühlen entgegen. Mir und meiner Frau geht das auch so.

Im Stau – da kann man doch endlich mal so richtig relaxen. In jedem Urlaubsort kannst du plötzlich erleben, dass deine Verwandten da auftauchen oder dein Chef plötzlich neben dir am Strand liegt – bloß im Stau nicht. Wenn du erst mal stehst und hast so vierzig, fünfzig Kilometer Autos vor dir, da hast du deine Ruhe. Und das stundenlang. Einfach herrlich. Meine Frau und ich, wir fahren ja immer extra zum Ferienbeginn los. Brauchten wir nicht. Wir haben gar keine Kinder. Aber ohne Stau wär das überhaupt kein Urlaub für uns. Auch mit den menschlichen Bedürfnissen – also zuerst hatte meine Frau immer noch so Hemmungen, sich da einfach neben der Leitplanke hintern Busch zu setzen. Das hat sie jetzt überwunden. Sie sagt: So kriegt der Mensch wenigstens mal wieder ein Gefühl für das Natürliche, das Unverfälschte, für die Natur eben. Na ja, gut, ich meine, sie könnten jetzt doch mal allmählich dafür sorgen, dass mal so Kabelfernsehanschlussbuchsen an der Leitplanke angebracht werden, damit man denn auch mal bisschen fernsehen kann. Oder auch alle 200 Meter mal 'ne Trinkhalle, wo man mal ein Bier und seinen Schnaps trinken kann. Ja, Alkohol darf man ja. Bis das in so einem Stau weitergeht, da ist man ja schon dreimal wieder nüchtern. Nun sagt meine Frau ja: Warum hast du eigentlich immer noch so ein teures und schnelles Auto mit deinen 200 PS. Wo du doch sowieso meistens nur im Stau stehst. Ich sag: Schatz, das siehst du falsch: Grade im Stau braucht man ein schnelles Auto.

Guck mal, wenn ich – sagen wir mal einen AUDI 80 auf 'ner freien Autobahn mit 200 km/h überhole, dann ärgert er sich drei oder vier Sekunden. Aber wenn ich im Stau neben so einem steh, dann ärgert der sich drei oder vier Stunden. Steht er da mit seiner lahmen Krü-

cke neben meinem Wahnsinnsrenner – und ärgert sich und ärgert sich, das ist doch viel schöner.

Außerdem ganz wichtig: Im Stau zeigt mir mein Navigationsgerät das auch an. Dass ich im Stau steh, kann ich aufm Bildschirm sehen. Sie stehen im Stau, steht da. Das gibt einem so eine Gewissheit, wie sie die meisten andern gar nicht haben.

Die Kirchen haben ja auch den Vorteil vom Stau schon entdeckt. Da stehen ja schon überall die Autobahnkapellen. Da kannst du einfach so ausm Stau raus immer mal einen beten gehen. Sie wollen jetzt auch sogar Stau-Pfarrer einsetzen, so an Pfingsten und Ostern und so. Die gehen dann so zwischen den Autoreihen hin und her und segnen die Autos an. Ja, ist doch praktisch für die Kirche – da können ihnen die Leute ja nicht weglaufen. So – jetzt hab ich genug geredet. Lassen Sie mich zufrieden. Ich will noch ein bisschen relaxen.

Kaninchen

Wussten Sie, dass Kaninchen sich am meisten aufregen, wenn sie von ihresgleichen geärgert oder erniedrigt werden?

Eigentlich sollte man doch denken: Wenn so ein armes Kaninchen von einem Hund über die Wiese gejagt wird – und mit knapper Not im Gebüsch entkommt –, dann müsste es fast sterben vor Angst.

Aber nein: Es ist nur ein bisschen außer Atem – und nach kurzer Zeit geht sein Puls wieder ruhig.

Oder wenn ein Marder unterwegs ist – der Todfeind des Kaninchens. Das Kaninchen sichtet den Marder, verdrückt sich – und merkt sich die Zeit, in der der Marder unterwegs war. Dann geht es selber nächstens zu anderen Zeiten aus. Erregen tut es sich kein bisschen über den Feind.

Ein bayerischer Biologe hat untersucht, unter welchen Reaktionen das Kaninchen am meisten leidet. Ergebnis: Lebensgefahr und Verfolgungsjagden machen ihm nichts aus. Was das Kaninchen richtig kaputtmacht, ist, wenn ein anderer Rammler in seinem Bezirk auftaucht. Wenn ein Kaninchenbock mit einem stärkeren Kaninchenbock im selben Revier leben muss – weil die Kaninchen sich zum Beispiel zu stark vermehrt haben –, dann erhöht sich der Herzschlag des Kaninchens, es leidet unter Minderwertigkeitskomplexen, der soziale Stress macht das Kaninchen fix und fertig und sogar aggressiv.

Wie bitte? Was Sie mit so einer blöden Kaninchengeschichte anfangen sollen?

Ich dachte, Sie interessieren sich für Tiere.

Na schön, erzähl ich was anderes:

Walter, Geschäftsführer, Ehemann mit vier Kindern, hat schon dreimal einen geschäftlichen Konkurs überlebt. Einmal hat ihn die Konkurrenz um zwei Millionen geprellt. Da lächelt er nur.

Aber morgens im Autoverkehr sollten Sie Walter erleben:

»Du hast deinen Führerschein wohl auf'm Dom gewonnen!«, schreit er in seiner Luxuskiste. Bloß, weil ihm einer mal so'n bisschen die Vorfahrt nimmt.

»Blöde Kuh! Typisch Frau am Steuer!«

Walter wird krebsrot, er möchte am liebsten mit dem Kopf durch die Windschutzscheibe.

»Opa, geh zurück ins Heim!«, schreit er. »Trinkt schon aus der Schnabeltasse und muss noch Auto fahren!« Weil ein älterer Herr vor ihm im Stau nicht sofort weiterfährt. Walter kriegt bestimmt mal einen Herzinfarkt im Straßenverkehr.

Nee, mit Kaninchen hat das überhaupt nichts zu tun. Kaninchen haben ja gar keinen Führerschein.

Wirklich unwirklich

Plötzlich stand meine Nachbarin Frau Liedke vor der Tür, in Tränen aufgelöst:

»Mein Mann ist tot.«

»Das ist eine unzulässige Betrachtungsweise, liebe Frau Liedke«, sagte ich. »Ich kann Ihnen gleich fünf Menschen nennen, die von der Gesundheit Ihres Mannes hundertprozentig überzeugt sind.«

»Ja, zugegeben«, sagte die Frau, »aber jetzt ist er tot. Der Arzt hat den Totenschein ausgestellt.«

»Auch Ärzte, liebe Frau Liedke, sind nun einmal auf ihre speziell medizinische Sicht der Wirklichkeit festgelegt. Ihre Aussagen sind darum von einseitigem Interesse geprägt.«

»Aber – er atmet nicht mehr. Er ist schon ganz kalt.«

»Na, sehen Sie: Diese Zustandsbeschreibung ist etwas ganz anderes als die Schwarzmalerei, er sei tot. Er hat schließlich 64 Jahre lang geatmet. Das sind, bei nur 20 Atemzügen pro Minute, nicht weniger als 672 Millionen Atemzüge. Da fällt es doch überhaupt nicht ins Gewicht, wenn er jetzt mal eine kleine Zeit damit aussetzt.«

»672 Millionen? So viele?« Frau Liedke war beeindruckt.

»Es ist falsch, immer gleich mit dem ersten spekulativen Anschein zu operieren.«

»Dann ist er vielleicht noch gar nicht tot?«

»Die Lebenserwartung der Menschen ist gerade in den letzten Jahrzehnten um mehr als 20 Prozent gestiegen. Das ist die Wirklichkeit, meine Liebe, und die bedeutet das Gegenteil von Tod.«

»O, ich danke Ihnen«, sagte Frau Liedke. »Woher haben Sie nur diese wundervolle Art, alles so positiv zu machen und viel schöner, als es mir vorkam?«

»Das habe ich von den verantwortlichen Männern der chemischen Industrie gelernt. Immer wenn sie nach einem Chemie-Unfall die Lage analysieren, wird mir klar, dass ich ganz einfach ein völlig falsches Wirklichkeitsverständnis habe.«

Gustav

In die Schweiz ist sie gefahren
und ich darf so lange
Gustav bei mir aufbewahren.
Bin vor Glück ganz bange.

Gustav ist ihr Meeresschweinchen.
Und ich liebe sie.
Süße Schnauze. Kurze Beinchen.
Gustav, mein ich. Ach, und wie!

Gustav, du kriegst Sekt zu saufen,
süßes Schweinetier.
Darfst auf Tisch und Teppich laufen.
Oder was du willst. Auch Bier!

Will umhegen dich, als wärest
du sie – und sie mein.
Gustav, schönstes Schwein des Meeres,
edelstes und größtes Schwein.

Kommt sie heim und holt ihr Kleinchen,
sagt ihr Gustav dann:
»Gut hat man's bei dem als Schweinchen.«
Und dass sie es auch so haben kann!

Herbert macht nie die Tür

Neulich treff ich Herbert und Elke im Café. Die beiden sitzen sich finster gegenüber.

»Was ist denn mit euch los?«, frage ich.

»Elke will zum Anwalt. Die Scheidung einreichen.«

»Wieso denn?«, frage ich ganz entsetzt. »Ich denke, ihr seid seit sechs Jahren glücklich verheiratet. Hast du sie betrogen, Herbert?«

»Ach wo! Und deswegen würde sie sich ja auch nicht so aufregen.«

»Hast du ihn betrogen, Elke?«

»Nicht, dass ich wüsste«, sagt Elke.

»Also hört mal, was ist denn los mit euch? Was soll das?«

»Sie lässt sich von mir scheiden«, sagt Herbert, »weil ich manchmal vergesse, die Tür hinter mir zuzumachen.«

»Immer«, wirft Elke dazwischen.

»Sagt mal, seid ihr noch zu retten?«, frage ich. »Welche Tür? Und überhaupt: Ihr spinnt wohl!«

Da sieht Elke mich ganz ernst an und sagt:

»Ich weiß, es hört sich blöd… Aber wenn du so was seit fünf Jahren mit… Ganz gleich, um welche Tür es sich… Ob er aus dem Schlafzimmer, aus dem Wohnzimmer, aus der Küche, aus dem Bad…: immer lässt er die Tür…«

»Aber Elke!«, sage ich, »das ist doch kein Grund zur Scheidung!«

»Ich gebe ja zu«, sagt Herbert, »ich denke oft nicht daran, die Tür zuzumachen. Aber das ist doch nicht böse gemeint.«

»Nein, aber es ist zum Verrückt…«, sagt Elke.

»Werden, meinst du«, ergänze ich sie.

»Jawohl, zum Verrückt…!«, sagt Elke. »Beim ersten Mal habe ich mir ja noch nichts dabei… Ich habe nur gesagt: Herbert, mach doch bitte die Tür… Beim zweiten Mal hab ich auch noch ganz ruhig…: Herbert, würdest du bitte die Tür hinter dir… Beim dritten Mal war ich dann allerdings schon etwas… Und beim vierten Mal hab ich ihn an…: Herbert, warum machst du eigentlich nie die Tür…?«

»Moment mal, Elke«, sage ich. »Warum redest du denn so komisch. Kannst du deine Sätze nicht beenden?«

»Wieso. Ich beende meine…«

»Sätze!«, sage ich.

»Zuerst ist es nur eine Bagatelle«, sagt Elke. »Aber allmählich kann so eine Bagatelle dich wahnsinnig…«

»Machen«, sage ich. Sie macht mich schon ganz kribbelig.

»Ja«, sagt Elke, »zum Schluss wird es schon zur fixen…«

»Idee, Herrgott noch mal!«

»Man achtet nur noch darauf, ob der andere die Tür…«

»Zumacht!« Ich werde wütend.

»Aber der geht wieder und wieder aus der Tür und macht sie einfach nicht…«

»Zu!«, brumme ich Elke an. »Du kannst einen ja wahnsinnig machen mit deiner blöden Angewohnheit, die Sätze nicht zu Ende zu sprechen. Das ist ja, als ob…«

»…einer jedesmal vergisst, die Tür hinter sich zu… Wenn ich will, kann ich meine Sätze sehr wohl be… Aber Herbert brauchte ja auch nur einmal… Und nun seht ihr mal, wie furchtbar das… Wenn man eine Sache nie zu Ende…«

»O weh!«, habe ich nur noch gerufen.

»Ich glaube wirklich, es ist das Beste, ihr beiden lasst euch…«

Und hab so schnell wie möglich das Café…

Zwei Hühner und ein kleines Mädchen

Ein Vortrag zur postmodernen Gegenwartskunst
von Professor Galimathias Bazon Blödian
über das Lebenswerk
der Clarence Miegel-Fürstenbruck

Meine Damen und Herren,
liebe Frau Miegel-Fürstenbruck, lieber Herr Dr. Fürstenbruck, lieber Herr Erster Bürgermeister, liebe Freunde der Weser-Quelle, ich fühle mich außerordentlich geehrt, hier heute in meiner Eigenschaft als Kunstsachverständiger zu Ihnen sprechen zu dürfen.

Und das auch noch aus diesem besonderen, ja, ich möchte sagen, historischen Anlass.

Die Malerin Clarence Miegel-Fürstenbruck – wie wir alle wissen, Gattin des Mineralwasser-Konzernchefs Dr. Dr. Hermann Fürstenbruck – stellt heute aus Anlass ihres 50. Geburtstages zum ersten Mal ihr bildnerisches Werk der Öffentlichkeit vor. Und ich darf sagen: Es handelt sich um eine Offenbarung, eine Sensation in der Malerei des 21. Jahrhunderts, vor der wir mit höchster Bewunderung stehen.

Nicht Beuys, nicht de Maria, nicht der gnadenlose Realitätsentsorger Kamülski – einfach niemand hat es nämlich wie sie geschafft, sich derart weit von der Wirklichkeit zu entfernen… nein, falsch: sich eine derart eigene Wirklichkeit fern jedes Realitätsbezuges zu erschaffen… Sehen Sie bitte auf eine der zentralen Arbeiten der Künstlerin:

Zwei Hühner und ein kleines Mädchen.

Die einen oder anderen Besucher sehen mich verwundert an, weil ihnen gerade dieses Werk kaum einer Erklärung zu bedürfen scheint.

Vorsicht! Vorsicht!, sage ich da. Bilder, die keiner Erklärung oder Interpretation bedürfen, sind schon mal keine Kunstwerke! Das sollten Sie als Ausstellungsbesucher und Kunstbetrachter allmählich wissen. Und wenn Ihnen Bilder einfach nur so gefallen – sollte Ihnen das auf jeden Fall verdächtig vorkommen. Sich selbst sollten Sie verdächtigen, ob Sie überhaupt einen Zugang suchen. Wem eine Malerei gefällt, der hat sie nicht begriffen! Das dürfen Sie sich bitte schon mal merken.

Aber worauf kommt es denn nun an? Lässt es sich in kurzen, klaren Worten formulieren? Ich will es versuchen:

Ein bildnerisches Kunstwerk der Gegenwart ist niemals bereits als solches fertig.

Es muss vollendet werden. Und zwar von wem? Von dem Betrachter, meine Damen und Herren. Glauben Sie nur nicht, Sie könnten einfach vor irgendein Bild hintreten und es betrachten. Nein, Sie müssen es vollenden. Was will die Darstellung Ihnen sagen? Auf die Übertragung des subjektiven illusionistischen Erkennens kommt es an, auf die Semantik der Bedeutung und was diese Bedeutung uns bedeuten soll.

Sie können mir wieder nicht folgen, ich weiß, aber das ist beabsichtigt, denn wenn Sie mich verstehen würden, könnten Sie diesen Vortrag ja selber halten.

Zwei Hühner und ein kleines Mädchen.

Versuchen Sie deshalb auch bitte gar nicht erst, mir zu folgen, wenn ich Ihnen jetzt erläutere, wie Clarence Miegel-Fürstenbruck in den fünf Jahrzehnten ihres Schaffens – über ihre frühen Versuche im Expressionismus und Impressionismus, Kubismus, Surrealismus zur Global-Abstraktion und zum Gereontologismus, Realnihilismus,

Substanzio-Negativismus und Additivkumulativismus des ausgehenden Neoliberalkubismus und des Antipaintismus endlich zu Ihrem völlig unverwechselbaren Stil, nämlich dem Real-Reprorationismus gekommen ist, vor dem Sie heute stehen. Wie zum Beispiel in diesem frappierend unmittelbar reprorationalistischem Werk:

Zwei Hühner und ein kleines Mädchen.

Also: Stellen Sie sich bitte eines der herkömmlichen, traditionellen Werke der Malerei vor – also z. B. eine absolut weiße Leinwand. Was wollte uns der Künstler damit sagen?

Da höre ich Sie schon vorlaut rufen: Nichts! Weil er nichts gemalt hat, will er uns auch nichts damit sagen.

Ja, und das ist eben der Fehler. Darum sage ich: Vorsicht! Ein Bild, welches nichts darstellt, will uns eben nicht nichts darstellen, sondern will uns dazu bewegen, nichts zu denken, d. h. also: das Nichts zu denken – und da ein Nichts, welches gedacht ist, schon wieder eine Eigenschaft hat, nämlich gedacht zu sein – ist es also eine neue Wirklichkeit, die Sie selbst aus dem Nichts auf der Leinwand geschaffen haben. Haben Sie nicht verstanden, wunderbar. So kommen wir der Sache näher.

Nun könnten Sie ja einwenden: Bei einer leeren Leinwand würden Sie gar nicht nichts denken, sondern z. B. »leere Leinwand«.

In diesem Falle würde ich Ihnen gratulieren: Denn Sie hätten instinktiv einen Weg aus der nicht vorhandenen neuen Wirklichkeit hin zu einer dritten Wirklichkeit gefunden – nämlich der Wirklichkeit, die hinter der nicht vorhandenen abstraktlos subtrahierten Wirklichkeit liegt – und bis heute eben letzten Endes nur von der Malerin Clarence Miegel-Fürstenbruck uns allen offenbart wurde.

Und damit lassen Sie mich zum praktischen Teil meiner Ausführungen übergehen. Ich möchte Ihnen am Beispiel des Werkes

Zwei Hühner und ein kleines Mädchen

der Clarence Miegel-Fürstenbruck klarmachen, womit Sie es hier in Wahrheit zu tun haben.

Bitte, nun sagen Sie nicht: »Wir haben keine Erklärungen nötig. Das Bild spricht für sich selbst.«

Denn das, meine Damen und Herren, ist es ja gerade: Diese Bilder sind derart für sich selbst sprechend, sie verkünden das Können der Künstlerin aus sich selbst heraus – und das muss ich ablehnen, denn es würde ja schon wieder bedeuten, dass dieser mein Vortrag überflüssig ist – und das kann ja meinetwegen stimmen – wird mich aber auf keinen Fall davon abbringen, ihn trotzdem zu halten. Also bitte, reißen Sie sich zusammen!

Nehmen wir also die Darstellung **Zwei Hühner und ein kleines Mädchen.**

Für mich ist es unfassbar, wie die Künstlerin hier den vordergründigen Betrachter überlistet. Die Mittel sind ihr malerisches Können, ihre genial zu nennende Form und Farb-Gestaltungskraft, mit der sie den einfältigen Geist daran hindert, den wahren, den gefährlichen und antiwestlichen Geist dieses Werkes klar zu erkennen. Denn was sehen wir hier wirklich? Nun kommt es. Sie hätten es nie gedacht. Ich auch nicht. Aber wozu ist man denn Kunstsachverständiger: Wir sehen hier, meine Damen und Herren..., nun – phantastisch, auf so etwas kann auch nur ein professioneller Kunstprofessor wie ich kommen: Wir sehen – den Aufschrei der afghanischen Bauern! Wir sehen die Unterdrückung einer Jahrhunderte alten Tradition mittelasiatischer Lebensgrundlagen. Mit welchem Recht mischt sich Amerika in die Wirtschaftsgrundlagen eines fremden Landes ein – **Zwei Hühner und ein kleines Mädchen,**

sie stehen für eine unverdorbene, naive Lebenskultur, eine klare, wunderbare Existenz, die von Ihnen und mir, von der Zivilisation und dem Fortschrittsterror, schon beim Betrachten, oder besser gesagt, *durch* das Betrachten in Frage gestellt wird.

Clarence Miegel-Fürstenbruck nennt ihr Bild einfach **Zwei Hühner und ein kleines Mädchen.**

Das aber – ist Tarnung. Bei der Rechtsprechung hier im Lande könnte es ja sonst leicht sein, sie zumindest einer geistigen Verwandtschaft zur El Kaida zu bezichtigen.

Nur weil dieses Bild z. B. auch ein afghanisches Kind darstellen könnte – noch unberührt von westlicher Dekadenz.

Das also ist es, was dieses Bild uns sagen will. Und erst durch diese völlig blödsinnige Auslegung meinerseits erhält dieses Werk doch seinen tieferen Sinn, seine aktuelle Bedeutung.

Bitte, was meinen Sie? Das Bild richtet sich in Wirklichkeit gegen die High-Society, die sich z. B. in Kampen auf Sylt jede Nacht die Nasen wundkokst?

Mag ja sein. Da können Sie von mir aus auch recht haben. Vor allem, weil die Darstellung auf den ersten Blick nicht das Geringste mit diesem Thema zu tun hat. Hauptsache ist ja, dass Sie es nicht einfach nur für die gekonnte Darstellung von zwei Hühnern und einem kleinen Mädchen halten. Denn Kunst, meine Damen und Herren, ich sagte es eingangs, wird erst Kunst durch den Betrachter – der Betrachter aber wiederum wäre auch weiter nichts als ein Betrachter, wenn er nicht Erleuchtung erhielte von einem Kunstsachverständigen und Erklärer, der wiederum kein Sachverständiger wäre, wenn er etwas von der Sache verstünde. Und so sehen wir uns am Ende dieses Vortrags selbst zum Leben erwacht in diesem phänomenalen Werke, und wir begreifen, dass das Werk, welches wir betrachten, sozusagen zurückbetrachtet – sehen Sie genau hin? Erkennen Sie sich? Sie und ich, meine Damen und Herren – wir sind die zwei Hühner! Jawohl: Die Hühner, das sind wir. Und zwischen uns, in der Mitte steht sie, die Neorealistin, die 50-jährige Künstlerin Clarence Miegel-Fürstenbruck.

Ich danke mir fürs Zuhören.

Holzbein-Egon

Holzbein-Egon wurde ein Kindlein geboren.
Er stand vor dem Säugling mit roten Ohren.
Er hatte ganz fürchterlich einen im Tee.
Er sagte: Mein Sohn, so wie ich das seh:

Erst liegst du im Leibe
dem liebenden Weibe.
Dann liegst du im Leben
hauptsächlich daneben.
Zum Schluss liegst du Flasche
dem Staat auf der Tasche.
Der Deckel macht klapp.
Und schon liegst du im Grab.

Erst darfst du noch hoffen,
es steht alles offen.
Dann darfst du zum Segen
für andre dich regen.
Dann darfst du dein Denken
sogar noch beschränken.
Ist die Kiste verschraubt,
ist dir alles erlaubt.

Holzbein-Egon sprach in seinem Garten
mit den verschiedenen Gemüsearten.
Und hatte er sich richtig einen reingetan,
dann meckerte er wütend die Radieschen an:

Erst hast du ein Kissen,
ein gutes Gewissen.
Dann hast du bald Pläne,
kein Geld und Probleme.
Dann hast du zwei Wagen.

Dann hast du's im Magen.
Der Deckel klappt zu.
Na und dann haste Ruh!

Erst sollst du gedeihen,
dann sollst du dich freuen,
dann sollst du kapieren,
dass sie dich regieren,
dann sollst du marschieren
und sollst jubilieren.
Dann stirbst du an Gicht.
Und das sollst du dann nicht.

Wenn Egon seine Enkel so Lieder singen:
»Man muss der Gesellschaft jedes Opfer bringen«,
hört Egon vom »Opfer« mit größtem Vergnügen,
er fragt sie bloß: Ob-wer – noch einen kriegen?

Kommst du auf die Erde,
kommt erst die Behörde.
Dann kommen die Lehrer.
Und all die Erklärer.
Die Schlauen und Frommen
zu dir alle kommen:
In die Kiste hinein
aber kommst du allein!

Drum lass dich nicht schrecken
von höheren Zwecken.
Sie singen und sagen
von herrlichen Tagen.
Doch du musst nur denken:
Hab nichts zu verschenken.
In der Grube, du Schlot,
ärgerst du dich sonst tot!

Bruno Brockmann

V. Was in Achterndiek in der Nacht geschieht

Das Lied von den Lemmingen

»Herr Nachbar! Wissen Sie vielleicht:
Wo rennen wir alle hin?«

Zur Seite da! Sehn Sie denn nicht,
dass ich in Eile bin!

»Man muss doch wissen… He! Hallo!
Wie lange und wie weit?!«

Hau ab da! Du versperrst den Weg!
Ich hab jetzt keine Zeit!

»Kann mir denn niemand sagen hier:
Wohin geht unser Lauf?«

Du großer Gott! Was will denn der?
Mann, halt uns hier nicht auf!

Kennen Sie die Lemminge?
Die stürzen sich ins Meer.
Erst rennt einer los – und dann
läuft ein zweiter hinteran,
vierzig! Fünfzig!
Seht mal an:
Plötzlich rennt die ganze große Herde
hinterher!
Lemminge, Lemminge!
Die dummen, kleinen Lemminge –
ersaufen alle im Meer!

»Wenn mir hier niemand sagt, wohin,
dann lauf ich nicht mehr mit!«

Was denken Sie sich eigentlich,
Sie bringen uns aus dem Tritt!

»Fragt denn keiner vorne an,
wohin der Weg uns führt?«

Vorsicht! Sie sind selber schuld,
wenn Ihnen was passiert!

»Leute, bleibt mal stehn und seht:
das schöne Abendrot!«

Bist du noch zu retten, Mann?
Wir treten dich noch tot!

Kennen Sie die Lemminge?
Die stürzen sich ins Meer…

»O Brüder, haltet an! Ich weiß:
Wir stürzen alle ins Meer!«

Zur Seite! Weg! Voran! Voran!
Wer stört hier den Verkehr?

»Ihr rennt in euren Untergang!
Ich bitte euch: Kehrt um!«

Du bringst dich selber in Gefahr!
Mann, sei doch nicht so dumm!

»Ich bleibe stehn! Hört doch auf mich!
Noch ist es Zeit! Bleibt stehen! Aaaaaaaah –«

Da liegt er nun.
Das tut uns wirklich leid!

Kennen Sie die Lemminge?
Die stürzen sich ins Meer...

Lieber ein Mädchen

Sie sitzen wieder zusammen auf dem Sofa, Hermann und Hermine, das Rentner-Ehepaar, und führen eines ihrer erhellenden Gespräche.

HERMINE: Hermann?

HERMANN: Hermine?

HERMINE: Stummelchen muss jetzt bald so weit sein.

HERMANN: Hä?

HERMINE: Margret ihre Monika. Nun wird sie schon Mutter.

HERMANN: Hm.

HERMINE: Sie wünscht sich ein Mädchen. Bloß keinen Jungen. Unbedingt ein Mädchen.

HERMANN: So, so.

HERMINE: Wie sich das alles geändert hat. Wenn ich noch denk, wie böse du warst, als unsere Elisabeth kam. Hab mich richtig schuldig gefühlt damals.

HERMANN: Na, na – nun übertreib mal nicht.

HERMINE: *Nur* ein Mädchen. Und dann das zweite auch noch. Hast du vergessen, dass du drei Tage weggelaufen bist, als Margret kam? So böse warst du.

HERMANN: Na ja – als Vater will man einen Sohn. Ist doch überall so.

HERMINE: Ja, früher. Früher musste die Frau so lange Kinder kriegen, bis endlich ein Junge kam. Aber heute: Bloß kein Junge!, hat Monika gesagt. Die können ja nur noch neurotisch werden! Die Zukunft gehört den Frauen. Männer sind nicht mehr in, wie das jetzt heißt.

HERMANN: Ja, weil Monika zu diesen Emanzen gehört. Deswegen hat sie auch keinen Ehemann zu dem Kind. Furchtbar.

HERMINE: Sie könnt ja heiraten, wenn sie wollte. Der Versicherungskaufmann will sie ja heiraten. Aber sie ist es ja, die nicht will. Will ihren eigenen Weg gehn, sagt sie.

HERMANN: Mit einem unehelichen Kind!

HERMINE: Ach, das ist gar nichts Besonderes mehr, Hermann. Der Vater kann froh sein, wenn er das Kind nochmal angucken darf! Sie will Fotografin werden und sich selbständig machen. Nicht abhängig sein von einem Mann. Und zum Heiraten liebt sie ihn nicht genug, sagt sie. Tss. Tss. Das hätte unsereiner sich mal wagen sollen.

HERMANN: Was heißt das?

HERMINE: Wie? Ach nichts.

HERMANN: Ach so. Ist das vielleicht nix mehr wert, dass ich damals als anständiger Mann gesagt hab: Wir heiraten, bevor es jemand merkt??

HERMINE: Ja, damals war ich natürlich froh. Aber stell dir vor, ich hätt gesagt: Ich schaff das schon allein. Du brauchst nur zu bezahlen.

HERMANN: Ach nee. Und dann?

HERMINE: Hätt ich vielleicht das Lyzeum besucht. Hätt vielleicht einen gebildeten Studenten kennengelernt, einen Doktor oder so, und... He, bleib doch hier, Hermann. Ich sag doch nur, die Frauen setzen sich überall durch heute, und die Männer...

HERMANN: Dass dir ein Klempner nicht gut genug ist, hab ich schon immer gewusst! *(Knallt die Tür zu.)*

HERMINE: ...und die Männer – die Männer können einem fast schon wieder leid tun.

Dokumentation IV

Ein glühender Verehrer des Führers...

Oder: War da noch was?

SCHEIBNERWEISE

„Nun darf man - nach dem Urteil des Sonthofener Amtsgerichts - doch wieder sagen: Soldaten sind potentielle Mörder!“, sagte ich gestern zu meinem seltsamen Bekannten, Herrn Z.

„Ich halte das nicht für korrekt!“, sagte Herr Z. „Wir müssen uns doch fragen: Welche Vorstellung hat der Staat von seinen Soldaten, die er zum Dienst verpflichtet? Wie möchte er sie haben - und wie muß man sie deshalb nennen?“

„Ja, und - das wäre?“

„Man kann dies doch sehr gut daran ablesen: Welche Traditionen der Staat von seinen Soldaten bewahrt sehen möchte. Ich nenne nur ein Beispiel:

HANS SCHEIBNER

Wie möchte der Staat die Soldaten?

In Füssen gibt es die ‚General Dietl-Kaserne' - benannt nach einem berühmten Nazi-General. Die Allgäuer SPD und die Grünen fragten beim Verteidigungsministerium an, ob diese Art von Traditionspflege beabsichtigt sei. General Dietl war ein glühender Verehrer Hitlers, er war überzeugter Nationalsozialist und ist für den Tod von Tausenden von Menschen verantwortlich. 1943 bekam er das goldene NSDAP-Abzeichen.

SPD und Grüne äußerten deshalb die Meinung, daß es wohl dringend notwendig sei, die Kaserne umzubenennen.

Das Verteidigungsministerium jedoch zeigt daran nicht das geringste Interesse. Auch die Stadt Füssen sieht keinen Grund, die Kaserne umzubenennen. General Dietl ist für das Verteidigungsministerium immer noch ‚ein äußerst beliebter Truppenführer gewesen, der lediglich seine Pflicht als Soldat getan hat'“.

„Oh, ja. Ich staune. Aber was hat das mit der Bezeichnung 'potentieller Mörder' zu tun?“

„Nun, dieser Dietl gilt doch dem Verteidigungsministerium als ein Vorbild für die Soldaten - weshalb die Kaserne nach ihm benannt ist.

Der Nazi-General war aber nicht nur ein potentieller Mörder, sondern ein wirklicher Mörder - der auch nicht nur einfach mordete, sondern mit Begeisterung für Größenwahn und Anmaßung kämpfte - in unbedingtem Gehorsam zu jedem Verbrechen bereit.

Daher denke ich: Unserem Verteidigungsministerium ist die Bezeichnung ‚potentieller Mörder' einfach nicht genug. Es wäre im Hinblick auf Füssen sicherlich glücklicher mit einer Bezeichnung wie etwa dieser:

‚Soldaten sind willenlos mordende Bestien!'“

Betroffene Truppen geben den Ausschlag

Kein neuer Name für Dietl-Kaserne

Stoltenberg gibt zu: Heute käme der General nicht mehr als Taufpate in Betracht

Von Petra Heilingbrunner

üssen – Bundesverteidigungsminister erhard Stoltenberg sieht keinen Anlaß, ie nach dem Wehrmachtsgeneral Eduard ietl benannte Bundeswehrkaserne in üssen (Landkreis Ostallgäu) umzubeennen. Dies geht aus der Antwort des desverteidigungsministeriums auf e Kleine Anfrage des Allgäuer Grünenbgeordneten Gerald Häfner hervor, die un nach drei Monaten Bearbeitungszeit ertiggestellt wurde. Wie berichtet hatte er Bundestagsabgeordnete die Bundesegierung mittels zahlreicher Fragen wingen wollen, Aussagen über des Geneals Verhältnis zum Nationalsozialismus u machen und eine Stellungnahme zu öglichen Konsequenzen daraus abzugeen.

erdegang erforscht

Der Hintergrund dieser Anfrage: Das erteidigungsministerium hatte im verangenen Jahr beim Militärgeschichtlinen Forschungsamt in Freiburg (Breisau) eine Studie über den Werdegang von duard Dietl (1890–1944) in Auftrag gegeen, nachdem Sozialdemokraten, Grüne nd Katholiken im Allgäu immer wieder ngeprangert hatten, daß ein „glühender nhänger Hitlers" Namensgeber einer deswehrkaserne sei. Diese Art von Traditionspflege in einer demokratischen Armee sei nicht tragbar, wurde argumentiert.

Mißtrauen entstand dann bei den Dietl-Gegner, als bekannt wurde, daß das Verteidigungsministerium nicht das gesamte Ergebnis der Historiker-Studie der Öffentlichkeit zugänglich machen will, sondern lediglich eine kurze Zusammenfassung herausgab. Deren Kern: „Die vorliegenden Quellen zeigen eine Verbindung wechselnder Intensität zwischen Dietl und dem Nationalsozialismus, insbesondere auch zwischen Dietl und der Person Hitlers. Obwohl es historisch-methodisch nicht möglich ist nachzuweisen, inwieweit Dietl persönlich vom Nationalsozialismus überzeugt war, gibt es doch keinen Anhalt dafür, daß er sich irgendwann vom NS-Regime losgesagt oder auch nur Kritik geäußert hätte."

Diese Formulierungen zusammen mit der Entscheidung, die Studie nicht ganz zu veröffentlichen, wurde von den Allgäuer Grünen und der SPD als „feige" kritisiert; auch die katholische Friedensbewegung Pax Christi zeigte sich entrüstet über die „Informationsblockade". „Welchen brisanten Inhalt enthält die Studie, daß eine Veröffentlichung vom Bundesverteidigungsministerium bislang noch immer nicht gewagt wird?" fragte der Grünen-Abgeordnete deshalb in Bonn an. Die Antwort des Verteidigungsministeriums ist lapidar. „Die Studie enthält keinen brisanten Inhalt", heißt es, sie werde lediglich deshalb nicht in ihrer Gesamtheit veröffentlicht, weil sie Einlassungen von Zeitzeugen und Nachlaßverwaltern enthalte, denen Vertraulichkeit zugesichert worden sei.

Aus der NSDAP ausgetreten

Das Verteidigungsministerium gibt trotzdem einige Einzelheiten der Studie zu Dietls Verhältnis zum Nationalsozialismus auf Fragen Häfners preis: „Dietl war seit Ende des Ersten Weltkrieges der nationalsozialistischen Bewegung verbunden." Er sei 1919 in die DAP (Deutsche Arbeiterpartei), die spätere NSDAP eingetreten 1920 jedoch „vermutlich aus dienstrechtlichen Gründen" wieder ausgetreten. Er sei an der blutigen Niederschlagung der Münchner Räterepublik, an den Vorbereitungen des Kapp-Putsches sowie an der militärischen Ausbildung der Münchner SA beteiligt gewesen. Während des Hitler-Ludendorff-Putsches 1923 habe er sich außerstande erklärt, auf die Putschisten zu schießen, fanden die Militärhistoriker in Freiburg heraus.

„Hitler nahegestanden"

„Nach dem Scheitern des Putsches 1923 hat sich Dietl nicht mehr nennenswert politisch betätigt", heißt es weiter in der Antwort des Ministeriums, „stand aber wohl zeitlebens Hitler und dem Nationalsozialismus nahe". Seiner engen Bekanntschaft mit Hitler habe Dietl seinen Einsatz in Narvik/Norwegen im letzten Krieg „verdankt", schreibt das Verteidigungsministerium. Er sei von Hitler als erster Offizier der Wehrmacht mit dem Eichenlaub zum Ritterkreuz ausgezeichnet worden und habe 1943 das goldene Parteiabzeichen der NSDAP erhalten. „Dietls umgängliche Art als Vorgesetzter und sein militärischer Führungsstil tragen ihm die Bewunderung seiner Soldaten ein", steht außerdem in dem Schreiben. Anläßlich seines Aufenthalts in seiner Heimat habe GeneralDietl mehrere Propagandareden gehalten, in denen er „stark persönlich gefärbte Bekenntnisse zu Hitler" abgelegt habe.

Der Bundesverteidigungsminister vertritt laut Antwortschreiben des Ministeriums die Auffassung, daß General Dietl heute aufgrund der geltenden Richtlinien als Namensgeber für eine Kaserne „nicht mehr in Betracht" käme. Stoltenberg bekunde daher „erneut seine Bereitschaft, sich Umbenennungen nicht zu verschließen".

Wie möchte der Staat die Soldaten?

Staatsanwaltschaft
bei dem Landgericht Hamburg

☒ Gorch-Fock-Wall 15
☐ Karl-Muck-Platz 1
☐ Karl-Muck-Platz 12/14
☐ Holstenwall 7

2000 Hamburg 36

Postanschrift: Postfach 30 52 61, 2000 Hamburg 36
Geschäftszeit montags bis freitags von 9 bis 13 Uhr
Fernsprecher (040) * 34 97-1 (Vermittlung)
Behördennetz 9.43 / Telex 2 162 235 jbhh d

KONTO DER LANDESHAUPTKASSE HAMBURG:
Hamburgische Landesbank (BLZ 200 500 00)
Konto-Nr. 101 600 / 070 - Schlüssel-Nr. 21 810 -

Staatsanwaltschaft bei dem Landgericht Hamburg, Postfach 305261, 2000 Hamburg 36

Herr
Hans Scheibner
Stofferkamp 37 b

2ooo Hamburg 65

			Ihr Zeichen	Ihr Schreiben vom
Geschäfts-Nr. (bei allen Schreiben angeben)	Abteilung	Zimmer d. Gesch.Stelle	Fernsprecher (Durchwahl)	Datum
141 Js 368/89	14	114	* 34 97 – 697	8. DEZ. 1989

Betr.: Ermittlungsverfahren gegen Sie u.a.
wegen Verdachts der Beleidigung und der Volksverhetzung

Sehr geehrter Herr Scheibner!

Unter der Rubrik "Scheibnerweise" ist in der Hamburger Morgenpost vom 8.6.1989 eine Glosse mit der Überschrift "Wie möchte der Staat die Soldaten?" veröffentlicht worden. Der Bundesminister der Verteidigung hat mit Schreiben vom 28.6.1989 gegen den Verfasser der Glosse und den Verantwortlichen Redakteur Strafanzeige wegen Beleidigung der Soldaten der Bundeswehr, der Bundeswehr selbst sowie des Bundesministeriums der Verteidigung und wegen Volksverhetzung erstattet. Von der Einleitung des Verfahrens gegen Sie setze ich Sie hiermit in Kenntnis. Rechtliches Gehör wird Ihnen -falls erforderlich- zur gegebenen Zeit angeboten werden.

Hochachtungsvoll

Lund
Staatsanwalt

Mein Vater war ein Deserteur 1985

Mein Vater war ein Deserteur.
Er ist aus dem Krieg abgehaun.
Hat weggeworfen sein Gewehr.
Ich will nicht schießen und morden mehr.
Da haben sie ihn gefunden.
Gefoltert und gebunden.
Und totgeschlagen im Morgengraun.

Mein Vater war ein Deserteur.
Er hat gerettet die deutsche Ehr.
Und wenn sie wieder marschieren:
Ich werde auch desertieren.

Der General der Bundeswehr
hat sich aufgeregt wie ein Kind.
Ein Denkmal für einen Deserteur!
Ein Schlag ins Gesicht fürs Militär!
Das Vaterland verraten
und alle braven Soldaten,
die für den Führer gestorben sind.

Mein Vater war ein Deserteur.
Er hat gerettet die deutsche Ehr.
Und wenn sie wieder marschieren:
Ich werde auch desertieren.

Soldat, Soldat, Soldat von heut,
bist ja doch nur ein Hampelmann
der Mächtigen in dieser Zeit.
Marschierst umher im Narrenkleid.
Die Städte werden verrauchen.
Dich werden sie nicht dazu brauchen.
Mein Rat, Soldat: Tritt gar nicht erst an.

Mein Vater war ein Deserteur.
Er hat gerettet die deutsche Ehr.
Und wenn sie wieder marschieren:
Ich werde auch desertieren.

Die Sau im Dorfteich

»Ich habe vor einem Jahr und vor zwei Jahren darüber geschrieben!«, rief ich erregt aus. »Aber ich werde wieder darüber schreiben!«

Mein seltsamer Bekannter, der gewisse Herr Z., blieb stehen.

»Sie wollen doch nicht etwa schon wieder über die vergiftete Nordsee schreiben?«, fragte er.

»Die großangekündigte Konferenz in Den Haag war auch wieder nur eine Farce«, entgegnete ich.

»Es ist zum Wahnsinnigwerden. Ich werde das Bild von den Lemmingen gebrauchen! Wir rennen und rennen auf die Katastrophe zu – keiner wagt es, sich dem Lauf entgegenzustellen und…«

»In Klein Pampau ist eine Sau in den Dorfteich gefallen!«, sagte Herr Z.

»Wie bitte?«

»Darüber sollten Sie schreiben! Glauben Sie mir: Diese Sensation wird größte Aufmerksamkeit erregen. In Klein Pampau ist eine Sau in den Dorfteich gefallen! Hören Sie bloß auf mit Ihrer ewigen Nordsee. Das Thema ist out, sage ich Ihnen. Das hat mit dem Gewöhnungseffekt zu tun.«

»Gewöhnungseffekt hin oder her! Man kann doch nicht schweigend mit ansehen, wie durch diese engstirnigen Ressortinteressen ein Meer, ein unwiederbringlicher Lebensraum vernichtet wird – und unsere Kinder…«

»Geben Sie sich keine Mühe. Das Thema steht – wenn überhaupt – höchstens noch auf Seite fünf. Vor ein paar Monaten stand es noch auf Seite eins. Das Thema ist out. Wenn Sie jetzt wieder davon anfangen, schreibt Ihnen wieder ein Kritiker: Dem fällt auch nichts anderes mehr ein als seine Nordsee…«

»Aber das ist doch gegen jede Vernunft!«

»Mit Vernunft lässt sich das nicht begründen. Natürlich ist der Einsatz für die Erhaltung der Natur immer vernünftig, immer wichtig. Aber da gibt es eben – diesen Modeeffekt: Alles ist mal out. Und wenn sich die gesamte Menschheit langsam, aber sicher umbringt: Als Thema ist es out.

Schreiben Sie nur: In Klein Pampau ist eine Sau in den Dorfteich gefallen. Das erregt Interesse! Ist sie ersoffen? Wie groß war sie? Wie hieß die Sau? Das will der Leser wissen! Und Ihr Kritiker schreibt: Endlich mal was anderes!«

Fleisch essen und Blut trinken

Manchmal führe ich mit meinem seltsamen Bekannten, Herrn Z., interessante Gespräche über Metaphysik und so weiter. Gestern sagte ich zu ihm:

»Haben Sie gelesen: Sprecher der katholischen Kirche warnen jetzt besonders vor den Gefahren des Okkultismus. Harald Baer von der katholischen sozialethischen Arbeitsstelle Hamm, zum Beispiel, oder Hans Liebl von der Erzdiözese München und Freising.«

»Okkultismus ist die Lehre, dass es verborgene, naturwissenschaftlich nicht einzugliedernde Tatsachen der Natur und des Seelenlebens gibt«, sagte Herr Z. dozierend.

»Und das kann gefährlich werden?«

»Nun, es nimmt hin und wieder makabre Formen an. Zum Beispiel gibt es eine Gotteslehre, bei der von ihren Anhängern während einer okkultistischen Zeremonie das Blut des Gottes getrunken wird.«

»Wie furchtbar. Richtiges Blut?«

»Jawohl. Das richtige Blut. Die Mitglieder dieser – okkulten Bewegung essen auch das Fleisch ihres Gottes auf.«

»Mein Gott, das ist ja Kannibalismus! Kein Wunder, dass die katholische Kirche da warnt! Richtig das Fleisch?«

»Jawohl, das richtige Fleisch! Und das sogar in doppeltem Okkultismus. Das Blut wird nämlich als Wein eingenommen – aber es IST Blut. Das Fleisch wird als Brot eingenommen – aber es IST Fleisch. Es verwandelt sich dann aber vor der Verdauung noch wieder zurück in Brot bzw. Wein, damit der Anbetende nicht den eigenen Gott ausscheidet.«

»Ach so, Herr Z.! Hahaha! Sie sprechen vom Abendmahl! Das ist doch nur symbolisch gemeint!«

»Oho, keineswegs, mein Lieber. Die Römische Kirche bleibt streng dabei: Die geweihte Hostie ist nicht ein Symbol Christi, sondern Christus selbst. Das ist ein Dogma seit dem 4. Laterankonzil im Jahre 1215. Wer es nicht glaubt, ist verdammt!«

»Gut, gut! Aber mein lieber Herr Z., das sind Glaubenssachen. Da sollte man sich nicht hineinmischen.«

Herr Z. lächelte fein.

»Ja eben. Darum erwähne ich es ja auch gerade. Weil es mich immer wieder sehr amüsiert, wenn ich höre, dass die katholische Kirche vorm Okkultismus warnt.«

»Du siehst mich nicht!«

Ist es Ihnen, geliebter Leser, schon einmal passiert, dass Sie jemanden nicht gesehen haben? Ich meine: Obwohl Sie ihn eigentlich hätten sehen müssen? Weil er sozusagen direkt vor Ihnen stand. Ihr eigener Onkel zum Beispiel kommt Ihnen auf der Straße entgegen! Aber Sie: sehen ihn einfach nicht.

Also wenn Ihnen so etwas schon mal passiert ist – oder vielleicht sogar hin und wieder mal passiert –, dann seien Sie froh, dass Sie nicht mit Elke verheiratet sind. So wie Herbert.

Sitz ich gestern bei Herbert zu Haus und wälze mit ihm die ewigen Probleme der Menschheit. Plötzlich kommt Elke nach Haus. Mich begrüßt sie freundlich mit Küsschen. Aber zu Herbert sagt sie nur:

»Mit dir red ich bald nicht mehr.«

»Was ist los, Liebling?«, fragt Herbert.

»Du siehst mich ja doch nicht! Das ist nun schon das dritte Mal.«

»Mein Gott, sind wir uns etwa begegnet und ich hab dich nicht…«

»Fast hättest du mich umgerannt!«

»Wo denn, Liebling?«

»Am Stephansplatz. Ich hab dir noch zugelächelt, aber du…«

»Ach, Elke! Das tut mir leid. Aber ich hab dich wirklich nicht gesehen!«

»Deine eigene Frau!«

Herbert ist ehrlich bestürzt, man sieht es ihm an. Er sagt:

»Bitte entschuldige, Elke! Aber da ich dich nicht gesehen habe, habe ich natürlich auch nicht gesehen, dass du es warst, meine eigene Frau, die ich nicht sehe.«

»Neulich hat er mich fast umgefahren«, sagt Elke, zu mir gewendet. »Ich hab direkt vor seinem Auto gestanden und sogar noch gewunken.«

»Ich bin eben manchmal mit meinen Gedanken woanders«, sagt Herbert.

»Nur komisch, dass dir das immer bei mir passiert.«

»Aber Elke! Wenn ich in Gedanken bin, dann weiß ich doch nicht, dass du…«

»Ich bin ja nur deine Frau. Mich kann man ja übersehen.«

»Aber nein, Elke! Und wenn du die Kaiserin von China wärest…«

»Ja, die würdest du natürlich nicht übersehen. Andere übersiehst du ja auch nicht!«

»Ich werde wahnsinnig! Natürlich sehe ich auch andere mal nicht.«

»So? Wen denn zum Beispiel?«

»Ja, das weiß ich doch nicht! Ich kann doch nicht wissen, wen ich sonst noch nicht sehe!«

»Siehst du! Weil du nämlich immer nur mich nicht siehst. Ich möchte bloß mal wissen, was du sagen würdest, wenn ich dich nicht sehen würde!«

Ein diabolisches Lächeln glitt über Herberts Lippen.

»Wenn du mich in demselben Augenblick nicht sehen würdest, in dem ich dich nicht sehe: Das wäre ja zu schön!«

»Ja, das ist wieder typisch«, rief Elke. »Nicht mal, wenn ich dich nicht sehen würde, würdest du mich sehen. Du siehst mich eben nicht!«

Herbert nahm einen tiefen Schluck aus seinem Bierglas. Dann sagte er nur noch: »Da siehst du's!«

Gibt's wirklich

Monika, du süße Biene,
heute habe ich gesehn
eine *Gleisentkrautungsmaschine*.
Sag, ist das nicht wunderschön?

'ne Maschine, wie sympathisch,
deren Lebens-Inhalt lautet,
dass sie sauber automatisch
maschinell das Gleis entkrautet.

Schlangen schlüpfen aus der Pelle.
Wundersame Selbstenthautung.
Und dann gibt es noch die schnelle
maschinelle Gleisentkrautung.

Ach, Natur, du große, kühne.
Feuer schufest du und Eis.
Und zum Schluss eine Maschine,
welche krautet (ent) das Gleis,

die das Gleis, das Gleis entkrautet,
die entkrautet, ja, das Gleis…
weshalb auch ihr Name lautet…
Ja, jetzt ist's genug, ich weiß.

Die neuen Leiden des Theaterkritikers

Kurz vor den Theaterferien möchte ich dem gefürchteten Theaterkritiker Müller-Bongartz das Wort erteilen.

»Weißt du – es is ja so – hick –, als Theaterkritiker hastu es heute überhaupt nicht leicht, hick – 'schuldigung…«

Müller-Bongartz stand neben mir an der Casino-Theke, als er diesen tiefgründigen Monolog hielt. Er war nicht mehr so ganz nüchtern. Sonst wäre er vielleicht vorsichtiger gewesen.

»Du musst dich ja immerweg profi-profilieren als Kritiker, wenn du eine, hick, Kapaz-kapazipazität bleibn willst, verstehstu. Und das is heutzutage verdammt schwierig, mein Lieber. Früher – also, will mal sagen: zu Gründgens' Zeiten – war es einfach. Wenn du als Kritiker begeistert warst von einer Aufführung – hick –, hastu natürlich 'n Verriss geschrieben. Is ja klar. Kamen Protestbriefe vom Publikum, Intendant drohte mit Klage wegen Rufmord. Aber alle sagten: Müller-Bongartz, Donnerwetter, scharfer Hund. Lässt sich nicht einlullen. Also: Man hatte sich wieder profi-profiliert.

Aber heute? – Hick. – Ich sag dir: So was von kompliziert. Der Lern-, der Dings, der Lernprozess des Pub-, des Publikums hat ja stattgefunden, verstehst du. Der dümmste Abonnent weiß ja heute schon: Wenn mir das Stück gefällt, isses Scheiße… – Infolgedessen, wenn ich wie früher bei Stück, was mir gefällt, schreibe: reaktionäres Machwerk, sagen die Leute bloß: Wissen wir alleine. Brauchen wir kein Kritiker zu.

Das Kompli-plizierte – hick – is ja nun: Ich hab als Kritiker gelernt: Immer wenn ich zerknirscht bin, wenn ich ausm Theater rauskomme, also: Es kotzt mich alles an, die ganze Welt und ich mich auch: Denn war das Stück große Klasse. Weil: Ich hab – hick – ein' sozial-gesellschaftlich-sexual-politisch-psychologischen Denkanstoß gekriegt. Ich schreib also: tolles Stück, progressiv, unheimlich positiv in seine negative Gnadenlosigkeit. Aber was ist das fürn Mist! Positive Kritik schreibt ja heute jeder Volontär beim letzten Käseblatt über ein beschissenes Stück. Hick. – Wie soll man sich als Müller-Bongartz denn da noch profi-profiliern, verdammt noch mal!

Also, das ist so kompliziert! Wenn ich nun aus ein Theater komm und bin zerknirscht, verstehstu, frag ich mich immer: Bin ich nu zerknirscht, weil's Stück mir irgendwie gefallen hat, so dass ich zerknirscht sein muss über solch konservatives Machwerk, oder bin ich zerknirscht, weil ich schon wieder zerknirscht worden bin? Oder andersherum: Ich komm ausm Theater – hick – als ein froher Mensch.

Sofort muss ich denken: Holla – hick –, bin ich jetzt also ein froher Mensch, weil ich ein Denkanstoß gekriegt hab, der mich zerknirscht, worüber ich mich ja freuen muss und positive Kritik schreiben – oder bin ich ein froher Mensch, weil es Stück richtig spannend war, und ich muss jetzt zerknirscht sein, weil ich nicht zerknirscht bin? Das ist so – also – so schwierig, sag ich dir – hick...

Jetzt hab ich schon gedacht: Nächste Saison mach ich mal was Neues. Schreib ich einfach, wenn es Stück mir gefallt, schreib ich Bombenkritik. Sagen alle in der Szene: Müller-Bongartz is wahnsinnig. Und bei so'n richtigen dilettantischen Quatsch – schreib ich: war richtiger dilettantischer Quatsch. Denn sagen alle: Müller-Bongartz schreibt ja, wassas Pub-Publikum denkt. Der ist verrückt geworden. Ruiniert sein Ruf. Aber das ist vielleicht mal wieder ein Weg – hick –, sich zu profi-, profiliern. Prost!«

Vom Streben nach Höherem

Ist dir schon einmal aufgefallen,
dass der Mensch grundsätzlich das Gute will?
Ob sie sich küssend in die Arme fallen
oder auf andere Weise abknallen:
Dahinter steckt immer ein hohes Ziel.

Nie habe ich jemanden sagen hören:
Ich liebe die Ungerechtigkeit.
Sondern sie halten Reden und schwören:
Wenn nicht die höheren Werte wären!
Wir ziehen ja nicht für den Streit in den Streit!

Solche Erkenntnis ist gut für die Seele.
Weil es ein Trost ist, wenn man da sieht:
Welche Partei der Gewalt ich auch wähle,
wen ich auch immer zum Glücklichsein quäle:
dass es alles in höherer Absicht geschieht.

Lied von der kleinen Gänseblum

I

Ich hab mich in dieser bedeutenden Zeit
an einem Gänseblümchen erfreut.
Es stand da so auf der Wiese mit hundert
anderen Gänseblümchen herum.
Ich hab es betrachtet und hab es bewundert,
als gäb es nicht größere Dinge zu tun.

Und jetzt schäm ich mich so.
Und jetzt frag ich mich bloß:
Wie werd ich dies frohe Gefühl wieder los?

II

Ich verstehe ja auch: Es ist furchtbar blöd.
Nur weil da ein Gänseblümchen steht,
vergess ich für einen kompletten Moment,
dass die Menschheit an allen Ecken brennt.
So ein Gänseblümchen, so ein lausiges Stück,
enthält nicht fürn Groschen Gesellschaftskritik.

Und jetzt schäm ich mich so.
Und jetzt frag ich mich bloß:
Wie werd ich dies frohe Gefühl wieder los?

III

Und alle beschwören die Menschheitsvernunft
und arbeiten an der großen Zukunft.
Und alle wissen: Es ist nicht mehr weit
bis zum Ende der mühsamen Übergangszeit.
Sie sind progressiv und erwerben sich Ruhm.
Und ich immer mit meiner Gänseblum.

Ach, verzeiht: liebe Leut.
Ich bin wirklich so dumm:
Doch es war eine sehr schöne Gänseblum.

Beiß doch dem Psychiater mal ein Ohr ab

Ich glaub, mit mir stimmt etwas nicht.
Ich bin zum Beispiel nicht ganz dicht.
Was mich jedoch nicht stört.
Und dass ich manchmal in Geduld
mir sage: Ich bin selber schuld,
das ist bestimmt verkehrt.

Der dümmste Fritz kann heut verstehn:
Man muss das alles kritisch sehn,
um progressiv zu sein.
Doch wenn du mal so kritisch bist
und *ihnen* in die Suppe pisst,
dann schäumen sie und schrein.

Wenn ich ein Mädchen lieben darf,
bin ich schon auf das nächste scharf
und seinen Erdbeermund.
Ich leb nur einmal, denke ich.
Die bessern Menschen ekeln sich:
Igitt! ist der gesund.

Beiß doch dem Psychiater mal ein Ohr ab!
Und wenn er schreit:
Das geht zu weit!
Dann sagst du einfach: Tut mir leid!
Was kann denn ich dafür,
dass ich so viel Humor hab.

Der eine tritt den anderen.
Aus Tretern und Getretenen
dies Wundertal besteht.
Das Tretespiel, ich spiel es mit.
Es wisse jeder, der mich tritt:
dass ich gut wiedertret!

Ich lieb die Faulheit allemal.
Schreit ihr nur: Das ist unsozial.
Ich drück mich; weil das übt.
Bevor ich zum Psychiater geh,
ich staune und mich wundere,
dass mich Aas einer liebt.

Es kommt der Tag, wo jedermann
gerecht ist, sagt ihr. Mann o Mann!
Ob ihr das wirklich glaubt?
Der Mensch, der bleibt ein böses Vieh.
Ich lieb ihn trotzdem irgendwie, –
wenn ihr erlaubt…

Gespräch am Mittagstisch

Herr Fleschmann aus der Rechnungskontrolle, Fräulein Sievert aus der Buchhaltung und die Herren Meinrad und Bähr aus der Materialverwaltung sitzen in der Kantine beim Mittagessen. Das heißt: Herr Fleschmann sitzt noch nicht, er kommt gerade vom Büfett und fragt – auf den freien Platz zeigend: »Darf ich?«

»Bitte«, sagt Herr Bähr. »Sieht man Sie auch mal wieder? Wie geht's denn?«

»Danke«, sagt Herr Fleschmann. »Mir geht's gut. Um ein Haar wär ich weggewesen. Darf ich mal das Salz?«

»Bitte sehr. Wieso weg?«

»Hab mich gestern zweimal um mich selbst gedreht. Muss man sich mal vorstellen: Achtzig hatte ich drauf. Kommt da um den Knick rum so ein Traktor auf die Straße. Ohne zu warten. Fährt einfach drauflos. Ich auf die Bremse. Der Wagen geht hinten weg. Dreht sich und saust auf die Gegenfahrbahn. Wenn da was gekommen wäre, wär ich Matsch gewesen. Können Sie mir auch mal den Pfeffer…?«

»Glück muss man haben«, sagt Herr Bähr. »So was Ähnliches ist mir doch voriges Jahr passiert. Nur nicht so glimpflich. B 205. Auch Vorfahrt nicht beachtet. Ist Ihr Kotelett auch so zäh? Hm. Also ich komm von Neumünster – plötzlich fliegt ein VW auf mich zu. Jawohl: fliegt. Ich kann noch das Lenkrad rumreißen, komm auf die Gegenfahrbahn, schleudere aber wieder zurück – und bleib auf der Seite liegen. Meine Frau: drei Rippen gebrochen. Der VW war auf der anderen Seite zusammengestoßen und von dem Volvo über die ganze Straße geschleudert worden. Der Volvo-Fahrer war besoffen, hatte das Stoppschild überfahren. Bloß dem ist natürlich nichts passiert. Nur der VW-Fahrer – dem hat's glatt den Kopf abgerissen. Scheußlich.«

»Haben Sie den Senf gesehen?«, fragt Herr Fleschmann.

»Hier bitte, den hab ich«, sagt Herr Meinrad. »Ja, ja, da kann man jeden Tag was erleben. Ich bin doch vorige Woche nach Hannover gewesen. Kurz vor Seesen seh ich plötzlich…«

»Das Fleisch ist wirklich wie Leder«, sagt Herr Fleschmann.

»…eine Riesenstichflamme. Ist ein Lkw rechts über die Planke gekippt. Wahrscheinlich Übermüdung. Und ich seh noch, wie der Fahrer versucht, nach oben…«

»Das ist doch eine Frechheit, dass man so was essen soll. Ich bin doch kein Wolf«, sagt Herr Bähr.

»…also aus der Fahrertür rauszusteigen. Blutüberströmt. Aber das Schlimmste: Im selben Augenblick kracht vor mir – also rechts vor mir – ich war ja links, also hier – darf ich mal das Messer? – hier der Löffel ist der Ford vorne, der dahinter war so ein kleiner Renault. Krach! macht es – und ich seh noch, wie der Beifahrer – also richtig wie ein Pfeil durch die Scheibe…«

Fräulein Sievert nimmt ihren Teller und steht auf.

»Schon fertig?«, fragt Herr Bähr.

»Ich kann nicht mehr essen«, sagt Fräulein Sievert. Und geht weg.

»Recht hat sie. Ich werd mich beschweren. Das Fleisch ist eine Frechheit!«

Was in Achterndiek in der Nacht geschieht

Vorspiel

Ihr Kinder dieser großen Zeit,
hört her und lernt was dazu:
Ein uraltes Märchen erzähle ich euch.
Vom Fischer un siner Fru!

I
Es war einmal ein Fischer! Und
der ist heut Bürgermeister.
Sein kleines Dorf heißt Achterndiek.
Und Jonny Hansen heißt er.

Und Achterndiek lag achtern Diek
am Strom, verträumt und stille.
Da hörte man nur die Möwen schrein
und Jonnys Frau Sybille.

Jonny Hansen bürgermeisterte
am liebsten bis nachts um drei
im Dorfkrug Skat und Doppelkopp.
Die See ging hoch dabei.

Doch eines Nachts, der Mond schien hell,
so beim Nachhausegehn,
denkt Jonny: Will doch mal schnell
nach meinen Aalreusen sehn.

Oha, da war ein Schellfisch drin.
Ein Riesen-Exemplar.
Der ihn so traurig wie ein Mensch
aus großen Augen ansah.

»Ich bin ein Prinz«, sprach da der Fisch
im hellen Mondenschein.
So'n Spökenkrom, brummte Jonny nur –
und warf ihn wieder rein!

So was gibt es nur in Achterndiek.
Und das liegt hinterm Deich.
Was in Achterndiek in der Nacht geschieht,
das glaubt kein Mensch, dass es so was gibt.
Und da fehlt dir der Vergleich.

»Un mine Fru heet Ilsebill.«
Is god, sä de Fisch,
schall se hebben, wat se will!

II
Als der Bürgermeister nach Hause kam
in der Nacht zu seiner Frau:
Sybille, sagt er, da war ein Prinz,
das war ein Kabeljau.

Komm mal her, sagt sie, hauch mich mal an.
Du bist wohl wieder blau!
Mal langsam, Jonny! Was war das?
Ein Prinz als Kabeljau?

Und wirfst ihn wieder rein? – Ich ess
kein' Fisch, wo sprechen kann. –
Mann! Jonny! Geh sofort zurück!
Los, zieh dich wieder an!

Da musst du dir was wünschen, Mann!
Das ist die Chance zum Glück!
Geh hin und wünsch dir: den Autobahn-
zubringer für Achterndiek! –

Was soll ich wünschen? Ein' Autobahn-
zubringer? Was nützt uns der? –
O Jonny, du Döskopp, dann kriegen wir
nach Achterndiek Fremdenverkehr!

Dann wohn' wir nicht im Kuhstall mehr,
sondern haben ein Fertighaus.
Und der Bürgermeister stolperte
zurück in die Nacht hinaus.

So was gibt es nur in Achterndiek.
Und das liegt hinterm Deich.
Was in Achterndiek in der Nacht geschieht,
das glaubt kein Mensch, dass es so was gibt.
Und da fehlt dir der Vergleich.

»Un mine Fru heet Ilsebill.«
Is god, sä de Fisch,
schall se hebben, wat se will!

III
Als der Bürgermeister nach Hause kam,
der Morgen war schon grau:
Vor einem kleinen Eigenheim
empfing ihn seine Frau.

Und Jonny stand und staunte bloß:
Was ist denn hier passiert?
Der Marktplatz neu. Der Dorfkrug auf
neumodisch renoviert!

Da standen lauter Bungalows
und Weekend-Häuser rum.
Und in der Luft von der Autobahn
ein dumpfes Motorengebrumm.

Ein Segelhafen, Mann o Mann!
Parkplätze allerhand.
Ein Campingplatz mit Minigolf
und ein Nacktbadestrand.

Und Jonny ging zum Dorfkrug rein.
Da schrien sie alle Hurra!
Hier tagt der Fremdenverkehrsverein!
Unser Bürgermeister ist da!

Wir wolln, dass Jonny Hansen spricht!
Denn unser Dank ist groß.
Aber Redenhalten, das konnte er nicht.
Und so sagte er einfach drauflos:

So was gibt es nur in Achterndiek.
Und das liegt hinterm Deich.
Was in Achterndiek in der Nacht geschieht,
das glaubt kein Mensch, dass es so was gibt.
Und da fehlt dir der Vergleich.

»Un mine Fru heet Ilsebill.«
Is god, sä de Fisch,
schall se hebben, wat se will!

IV
So ging ein halbes Jahr ins Land.
Da war ganz schön Betrieb.
Und es entstanden vier Hotels
im stillen Achterndiek.

Die Vogelinsel bauten sie
zum Segelflugplatz um.
Der Vogelwart lief jetzt mit Eis
und Coca-Cola rum.

Des Bürgermeisters Frau jedoch
erkannte eines klar:
Wir brauchen ein Meereswellenbad
und 'n Kurhaus nächstes Jahr.

Und darum müssen Steuern her.
He, Jonny! Wie kriegen wir die?
Wir brauchen nicht nur Fremdenverkehr,
wir brauchen auch Industrie!

Mensch, Jonny, unser Hinterland
ist Zonenrandgebiet.
Da müssen paar Fabriken hin,
damit die Wirtschaft blüht.

Dem Bürgermeister war nicht wohl.
Sie aber: Steh nicht rum!
Los, Jonny, wünsch von deinem Fisch
ein Industriezentrum!

So was gibt es nur in Achterndiek.
Und das liegt hinterm Deich.
Was in Achterndiek in der Nacht geschieht,
das glaubt kein Mensch, dass es so was gibt.
Und da fehlt dir der Vergleich.

»Un mine Fru heet Ilsebill.«
Is god, sä de Fisch,
schall se hebben, wat se will!

V

Als der Bürgermeister nach Hause kam,
seine Frau war stolz und froh.
Sie plantschte schon im Swimmingpool
im Luxus-Bungalow.

Doch Jonny sprach besorgt: Was riecht
so giftig hier die Luft?
Das ist der Aluminium-
und Kupferhüttenduft.

Da sah der Bürgermeister rings
Kamine, Silos und Tanks.
Fabriken, Kräne und totes Vieh.
Ihm war so bange und angst.

Im neuen großen Gemeindesaal
rief ein Herr von der Industrie:
Herr Bürgermeister von Achterndiek,
ein Sanierungsgenie sind Sie!

Er sprach von Arbeitsmarkt und -kraft.
Umsätzen, die zu erzieln.
Aber Jonny dachte: Ich möchte doch bloß
mal wieder Doppelkopp spieln.

Stattdessen sollt er ’ne Rede halten,
Das war ihm sehr fatal.
In seiner Not fing er an zu singen.
Und da sang der ganze Saal:

So was gibt es nur in Achterndiek.
Und das liegt hinterm Deich.
Was in Achterndiek in der Nacht geschieht,
das glaubt kein Mensch, dass es so was gibt.
Und da fehlt dir der Vergleich.

»Un mine Fru heet Ilsebill.«
Is god, sä de Fisch,
schall se hebben, wat se will!

VI
Macht euch die Erde untertan,
sprach Gott in seiner Schläue.
Baut Autobahn um Autobahn,
ich mach mir dann ’ne neue.

Des Bürgermeisters liebe Frau
konnt nachts nicht mehr recht schlafen.
Sie sagte: Jonny, es steht schlecht
um den Containerhafen.

Das Wachstum unserer Industrie,
das funktioniert nicht mehr.
Es mangelt uns an Energie.
Ein Kernkraftwerk muss her!

Da wurde Jonny aber blass.
Nee, rief er, das geht schief.
Das ist gefährlich, und die Luft
wird radioaktiv.

Ach was, rief sie, zu deinem Fisch!
Denn bei Atomkraftwerken
macht man das überall heut so,
bevor die Leut’ was merken.

Und Jonny ging zum Strom und rief.
Der Fluß war braun und stank.
Nach Stunden kam der große Fisch,
kurzluftig und sehr krank.

So was gibt es nur in Achterndiek.
Und das liegt hinterm Deich.
Was in Achterndiek in der Nacht geschieht,
das glaubt kein Mensch, dass es so was gibt.
Und da fehlt dir der Vergleich.

»Un mine Fru heet Ilsebill.«
Is god, sä de Fisch,
schall se hebben, wat se will!

VII
Als der Bürgermeister nach Hause kam,
war er beeindruckt stark
von seinem altfriesischen Herrenhaus
mit Golfplatz und mit Park.

Am Fluss stand schon das Kernkraftwerk.
Und 'ne neue Strafanstalt.
Da saßen auch Demonstranten drin,
die hatten mit Gewalt

nicht vor den Baggern weichen wolln,
den Atom-Bauplatz besetzt.
Und weil sie so gerne sitzen gewollt,
na, da sitzen sie eben jetzt.

Und morgen kommt das Fernsehn her!
O Jonny, mein lieber Mann,
die wollen, dass du 'ne Rede hältst
im ersten und zweiten Programm.

Ich armer Jonny Hansen! Ach!
Ich versteh was von Doppelkopp.
Und ich will keine Rede halten! Nee!
O Gott, o Gott, o Gott!

Er wälzte sich im Bette.
Da sah er im Mondenschein
den Schatten des Reaktors.
Da fiel ihm die Rettung ein.

So was gibt es nur in Achterndiek.
Und das liegt hinterm Deich.
Was in Achterndiek in der Nacht geschieht,
das glaubt kein Mensch, dass es so was gibt.
Und da fehlt dir der Vergleich.

»Un mine Fru heet Ilsebill.«
Is god, sä de Fisch,
schall se hebben, wat se will!

Und Jonny rief: Bald spielen wir
wie früher Doppelkopp!
Ich wünsch mir jetzt von Timpe Te:
Mach mich zum lieben Gott.

Das weiß ich aus'm Märchenbuch.
Dann dreht der Fisch zurück
das Rad des Fortschritts in der Welt
und besonders in Achterndiek.

Und Jonny ging zum breiten Strom,
der ganz abscheulich stank.
Jedoch am Fluss ein Wagen vom
Gewässerschutzamt stand.

Ein Mann mit einem Prüfgerät
stand da und murmelte:
O_2 = null, pH-Wert zehn:
O weh, o weh, o weh!

Er hielt ’nen Fisch in seiner Hand.
Der war sehr tot und grau.
Und Jonny hat ihn gleich erkannt!
Min Fisch! Min Kabeljau!

Jonny Hansen lief nach Hause.
Angst saß ihm im Genick!
O, Gott, wat schall bloß war’n ut uns!
Ut uns – un Achterndiek.

Doch das gibt’s ja nur in Achterndiek.
Und das liegt hinterm Deich.

Als ich aus dem Fenster sprang

Als ich aus dem Fenster sprang,
hoffte ich sekundenlang,
ob es mir nicht noch gelänge,
dadurch, dass ich langsam spränge,
sozusagen nur zu schweben
und den Sprung zu überleben.

Aber gleich lag ich im Blut.
Polizei tatüü tatuut,
hat mich fleißig eingesammelt
und in einen Sarg verrammelt.
Mir ist kalt. Denn nun bin tot ich.
Deinetwegen. Idiot ich.

Dokumentation V

Wer war eigentlich Stefan Heitmann?

Der erste 50-jährige Embryo

Ich bin ja so stolz, ein Deutscher zu sein!

»Über den Paragraphen 218 hat Heitmann gesagt: ›Hätte meine Mutter so gedacht wie die Frauen heute, ich wäre nicht auf der Welt!‹ Ja. schade, Frau Heitmann, den Bundespräsidenten hätten Sie rechtzeitig verhindern können!«

Stefan Heitmann

»Ein 50-jähriger Fötus?«

»Gegen Abtreibung von Justizministern«

Arnold Vaatz

Arnold Vaatz
Mitglied des Sächsischen Landtages

Sächsischer Landtag
Holländische Straße 2
01067 Dresden
Telefon 0351 • 48 55 0

Staatsministerium für
Umwelt
und Landesentwicklung
Ostra-Allee 23
01067 Dresden
Telefon 0351 • 4 86 22 00
Telefax 0351 • 4 96 18 62

Wahlkreisbüro der CDU
Langestraße 40
01159 Dresden
Telefon 0351 • 4 32 18 57

Herrn
Harald Röpke
Vorsitzender des Rundfunkrates
des Norddeutschen Rundfunks
Norddeutscher Rundfunk
- Gremienbüro -
Rothenbaumchaussee 132

20149 Hamburg

Dresden, 16. November 1993

Sehr geehrter Herr Vorsitzender des Rundfunkrates!

Der NDR hat für den 8. September 1993 die Sendung "Nachschlag" produziert. Sie wurde von dem Kabarettisten Hans Scheibner bestritten und von der ARD ausgestrahlt. Herr Scheibner nahm darin auf Steffen Heitmann und dessen 1957 verstorbene Mutter bezug mit den Worten:

"Über den 218 hat er (Heitmann) gesagt, 'Hätte meine Mutter so gedacht wie viele Frauen heute, ich wäre nicht auf der Welt'. Bravo! - Ja, schade, Frau Heitmann, den Bundespräsidenten hätten Sie rechtzeitig verhindern können."

Der letzte Satz der Scheibnerschen Aussage greift zurück auf die Theorie vom unwerten Leben. Er ist eine Anleihe aus dem Gedankengut des deutschen Faschismus. Die Forderung Tucholskys "Satire darf alles!" ist hier unbeachtlich, es gibt Ereignisse, die Kurt Tucholsky nicht mehr erlebt hat. Nach Euthanasie und Auschwitz ist deutscher Satire nicht mehr alles erlaubt. Wer armselig oder verdorben genug ist, hierfür nach Begründungen zu suchen, der findet diese bei Bertolt Brecht.

Mit dem zitierten Ausfall verletzt die Sendung die nach Artikel 1 des Grundgesetzes unantastbare Würde eines Menschen. Der NDR hat damit seine nach § 7(1) des Staatsvertrages über den Norddeutschen Rundfunk (NDRStV) gesetzlich geforderte Bindung an die verfassungsmäßige Ordnung verletzt. Entgegen § 7(2) NDRStV hat er sich über das Gebot, die Würde eines Menschen zu achten, hinweggesetzt und der Nichtachtung von Leben und körperlicher Unversehrtheit eines Menschen das Wort geredet.

Der zitierte Ausfall ist zudem ein Verstoß gegen die genannten Rechtsgrundsätze, der besonders schwer wiegt; er verfolgt das Ziel, einen Menschen an seinem verfassungsmäßigen Recht zu einer Kandidatur für das höchste öffentliche Amt zu hindern.

Ich bitte Sie als den Vorsitzenden des Landesrundfunkrates, in dem von Ihnen verantworteten Medium die Verbreitung eines deutschen Wohlstandsfaschismus der neunziger Jahre nicht zu dulden und eine sofortige Befassung des Programmausschusses nach 22 (2) NDRStV einzuleiten.

Ich bitte Sie ferner, im Rundfunkrat folgenden Antrag einzubringen und über die einzelnen Punkte separate Abstimmungen herbeizuführen:

1. Der Rundfunkrat verurteilt die eingangs zitierte Einlassung des Kabarettisten Hans Scheibner in der Sendung "Nachschlag" vom 8. September 1993.

2. Der Rundfunkrat entschuldigt sich bei Steffen Heitmann, seinen Geschwistern und seinen Kindern für diese Entgleisung sowohl in Schriftform als auch über den Bildschirm.

3. Der Rundfunkrat fordert den Intendanten auf, die Zusammenarbeit mit dem Kabarettisten Scheibner sofort einzustellen.

4. Der Rundfunkrat fordert den Intendanten auf, den verantwortlichen Redakteur dieser Sendung und den Chefredakteur von ihren Pflichten zu entbinden.

5. Der Rundfunkrat beruft den Intendanten ab.

Ich habe damit von meinem Recht auf Eingaben zur Programmgestaltung nach § 13 NDRStV Gebrauch gemacht und gesagt, welche Personen meines Erachtens für eine Programmgestaltung nicht mehr in Frage kommen dürfen. Ich bitte um satzungsmäßige Befassung.

Mit vorzüglicher Hochachtung

Arnold Vaatz

...s Schreibens von Herrn Arnold Vaatz, MdL,
...Herrn Harald Röpke, Vorsitzender des Rundfunkrates des NDR,
...m 16. November 1993

Anlage K

...rn
...sef Stock, MdL
...dtag Niedersachsen
...rich-Wilhelm-Kopf-Platz 1
...159 Hannover

...u
...udia Nolte, MdB
...J/CSU-Bundestagsfraktion
...deshaus
...13 Bonn

...rn
...Wolfgang Schäuble, MdB
...sitzender der CDU/CSU-
...destagsfraktion
...deshaus
...13 Bonn

...alle Mitglieder der
.../CSU-Bundestagsfraktion
...e verteilen)

...n
...Hermann Otto Solms, MdB
...itzender der FDP-
...destagsfraktion
...deshaus
...13 Bonn

Herrn
Eduard Lintner, MdB
CDU/CSU-Bundestagsfraktion
Bundeshaus
53113 Bonn

Herrn
Hans-Ulrich Klose, MdB
Vorsitzender der SPD-
Bundestagsfraktion
Bundeshaus
53113 Bonn

und alle Mitglieder der
SPD-Bundestagsfraktion
(bitte verteilen)

Herrn
Dr. Gregor Gysi, MdB
Gruppenvorsitzender der
PDS/Linke Liste im Bundestag
Bundeshaus
53113 Bonn

Herrn
Dr. Klaus-Dieter Feige
Geschäftsführender Ausschuß
Bündnis 90/Grüne im Bundestag
Bundeshaus
53113 Bonn

und alle Mitglieder der Gruppe
Bündnis 90/Grüne im Bundestag
(bitte verteilen)

Evangelische Kirche
Deutschlands
Postfach 210220
30402 Hannover

und alle Bischöfe
(bitte verteilen)

Herrn
Jens Reich
Max-Delbrück-Centrum für
molekulare Medizin
Robert-Rössle-Straße 10
13122 Berlin

Herrn
Roman Herzog
Präsident des
Bundesverfassungsgerichtes
Schloßbezirk 3
76131 Karlsruhe

Herrn
Ignatz Bubis
Vorsitzender der Direktion des
Zentralrates der Juden in Deutschland
Schumannstraße 65
60325 Frankfurt

Sekretariat der deutschen
Bischofs-Konferenz
Kaiserstraße 163
53113 Bonn

und alle Bischöfe
(bitte verteilen)

Herrn
Dr. hc. Johannes Rau
Ministerpräsident des Landes
Nordrhein-Westfalen
Haroldstraße 2
40213 Düsseldorf

Frau
Dr. Hildegard Hamm-Brücher
Defreggerstraße 8 I
81545 München

MEDIEN

SATIRIKER Richard Rogler: weiterhin beim WDR

SATIRIKER Hans Scheibner: Kritiker Vaatz angezeigt

SATIRE-OPFER Heitmann, Ex-CDU-Präsidentenkandidat: „Schade, Frau Heitmann . . ."

TV-SATIRE

Die Posse um Heitmann

Dauerstreit um drei „Nachschlag"-Sendungen der ARD: Sachsens Minister Vaatz angezeigt

Satire, zumal im Fernsehen, ist eine todernste Sache. Diese Erfahrung machen zur Zeit die Kabarettisten Hans Scheibner und Richard Rogler, die in der ARD-Reihe „Nachschlag" im Herbst '93 den damaligen Bundespräsidenten-Kandidaten der CDU, Steffen Heitmann, aufs Korn nahmen.

Heitmann schwieg – dafür bombardierte sein Parteifreund, Sachsens Umweltminister Arnold Vaatz, NDR und WDR mit Protesten. Die Reizworte des Streits: Abtreibung und Auschwitz.

Begonnen hatte alles im September '93, als Läster-Lyriker Scheibner eine Heitmann-Äußerung zur Abtreibung persiflierte. Heitmann wörtlich: „Hätte meine Mutter so gedacht wie viele Frauen heute, ich wäre nicht auf der Welt!" Dies reizte Scheibner zu einer „satirischen Überspitzung": „Ja, schade Frau Heitmann, den Bundespräsidenten hätten Sie rechtzeitig verhindern können."

Vaatz sah Heitmanns Menschenwürde verletzt und verlangte die Entlassung von Chefredakteur Robert Hetkämper und Intendant Jobst Plog. Der NDR-Rundfunkrat hängte die Sache tiefer. Er sprach zwar von einer „gravierenden Fehlleistung" des Satirikers, stellte aber keinen Verstoß gegen den Staatsvertrag fest.

Weil Vaatz ihm inzwischen „Rückgriff auf faschistisches Gedankengut" vorwirft, hat Scheibner jetzt Strafanzeige wegen Beleidigung und Verleumdung erstattet. Außerdem will Scheibner eine Million Mark von Vaatz, falls der seine Äußerungen nicht zurücknimmt. Der dachte vorige Woche gar nicht daran.

Kleine Sendung, große Wirkung auch beim „Nachschlag" des WDR. Satiriker Rogler hatte Heitmann im Oktober gleich zweimal attackiert, unter anderem mit „Steffen, Du wirst Präsident, keine Sorge, wir machen das! Auf Deinen Berliner Amtssitz, da kommt die Reichskriegsflagge drauf, Auschwitz wird internationales Tagungszentrum . . ."

Anders als beim NDR forderte Vaatz vom WDR-Rundfunkrat nur eine Entschuldigung für die „Entgleisung". Egal, wie der Streit ausgeht: Beim nächsten Kölner „Nachschlag" im September wird Rogler wieder dabeisein. ■

GÜNTHER BÄHR

SATIRE-KRITIKER Arnold Vaatz (CDU): „Entgleisung"

Fotos: action press, M. Ebner/Focus-Magazin, Thomas & Thomas, vario press

FOCUS 9/1994

Der Schweiger

Einer meiner besten Freunde ist Karl-Heinz. Wir sind schon zusammen zur Schule gegangen. Ein ungewöhnlich zuverlässiger Mensch. Einer, der lieber handelt als redet. Aber manchmal, wenn wir uns treffen, ist es doch etwas anstrengend mit ihm. Denn er ist ein Schweiger. Sitzt da und kriegt die Zähne nicht auseinander. Ich selber rede dann und frage nach diesem und jenem, aber die Antwort ist immer nur: Ja. Oder ganz kurze Sätze. Selten, dass er mal ins Reden kommt. Da muss es sich dann schon um Dinge wie Leben oder Tod handeln.

Nun passiert es mir andererseits oft, dass mich zum Beispiel jemand anruft und sagt:

»Entschuldigung, ich will Sie ja nicht stören. Es geht auch ganz schnell. Ich weiß ja, dass Sie wenig Zeit haben. Deswegen fasse ich mich auch kurz. Ich kenne das ja selbst, wie lästig das ist, wenn man einfach so angerufen wird und zuhören muss, obwohl man gar nichts hören will. Also, ich weiß ganz gut, wie wenig Zeit Sie haben, darum…« usw. usw.

Ja, oder ich gerate in Unterhaltungen, die gehen so: »Da habe ich doch einen Unfall gesehen. An der Straße dahinten, bei der großen Kreuzung. Wie heißt die noch? Jedenfalls ein VW oder ein Opel Kadett. Oder war es ein Fiat? Ja, ich glaube, das war ein Fiat. So einer, wie ich mal hatte. Ich hatte ja mal einen gebrauchten Fiat. Der war prima. Damit habe ich…« usw. usw.

Oder Leute fangen so an:

»Zu Ihrem Gedicht möchte ich Ihnen etwas sagen. Ich habe ja als junger Mensch selber Gedichte geschrieben. Mein Lehrer sagte, ich hätte eine große Begabung dafür. Die habe ich wohl von meinem Vater. Der hat ja schon für die Hochzeitszeitung meiner Großeltern immer Gedichte gemacht. Während meine Mutter ja mehr diese andere Begabung hatte…« usw. usw.

Ja, immer, wenn mir so etwas passiert, und im Übrigen auch, wenn ich bestimmte Politiker im Fernsehen oder im Radio reden höre, immer dann sehne ich mich von ganzem Herzen nach einem Gespräch mit meinem Freund Karl-Heinz, dem großen Schweiger.

Dammtor umsteigen

Verkehrstechnisch hat sich so manches verändert seit meiner Jugend. Eine Straßenbahn zum Beispiel gibt es in Hamburg nicht mehr – obwohl immer wieder behauptet wird, sie würde wiederkommen. Aber die »Verkehrsprobleme« sind sich im Prinzip gleich geblieben – seit damals, seit den 50er Jahren, als es in meiner Familie – bei Konfirmationen, Geburtstagen oder Hochzeitstagen – immer nur ein Hauptthema gab:

Kaum ist Tante Irmi ins Zimmer getreten, wird sie von Onkel Kalli gefragt: »Na, wie bist du hergekommen, Irmi?«

»Ich? Ach, das ist ja eine wunderbare Verbindung. Ich steig Osterstraße in die U-Bahn bis Holstenstraße...«

»Geht ja gar nicht. Die fährt doch nicht nach Holsten...«

»Mit Schlump-Umsteigen natürlich. Und von da mit der S-Bahn über Eidelstedt. Und dann nehm ich den Bus...«

»Aber Irmi!«, ruft Onkel Kalli und fasst sich an den Kopf. »Viel zu umständlich! Warum fährst du nicht bis Hagenbecks Tierpark und dann mit dem Bus zum Siemersplatz und von da mit der Bahn...«

Es klingelt. Tante Adele kommt.

»Du kommst aber spät, Adele!«

»Ja, der Farmsener Bus kam mal wieder nich an'n Laden.«

»Bus?«, rufen Tante Irmi und Onkel Kalli nun vereint aus.

»Da musst du die U-Bahn nehmen. Ist doch so einfach. Du fährst über Wandsbek-Gartenstadt nach Barmbek und Kellinghusenstraße, da steigst du um nach Hoheluftbrücke, und dann mit der Zwei!«

Onkel Erwin, der inzwischen auch gekommen ist (von Wartenau über Lübecker Straße/Hauptbahnhof/Dammtor), redet dagegen an.

»Ihr müsst euch mal 'n Fahrplan anschaffen! Viel günstiger über Hauptbahnhof, und von da hast du die freie Auswahl: entweder die U-Bahn oder...«

Tante Martha deckt Kaffee auf. Aber es ist immer noch nicht ganz geklärt, ob man nun besser über Hauptbahnhof oder besser über Barmbek fährt, wenn man Schlump umsteigen muss! Mitten in der

Schwarzwälder Kirschtorte kriegt Onkel Kalli sich mit Onkel Erwin beim Kopf, weil der mit dem Schnellbus gekommen ist und Onkel Kalli behauptet, dass dafür die Seniorenkarte nicht gilt. Zwischen Kaffee und Abendbrot diskutieren sie die hochwissenschaftliche Frage, ob Tante Leni, wenn sie von Wandsbek-Ost kommt, Hasselbrook auf die S-Bahn umsteigen kann, um Berliner Tor noch mal nach Aumühle umzusteigen – oder ob es besser ist, gleich bis Hauptbahnhof durchzufahren…

Dann bringt Tante Martha das Abendbrot. Onkel Kalli sagt, er muss jetzt auch bald gehen.

Und Tante Irmi fragt:

»Wie fährst du denn?«

»Ich nehm die Zwei bis Hoheluftbrücke, steig in die Hochbahn bis Kellinghusenstraße – und dann mit'm Alsterdampfer bis Krugkoppel…« – »So'n Blödsinn! Du kannst doch lieber den Schnellbus nehmen bis Dammtor und von da mit der S-Bahn…«

Onkel Erwin bleibt meistens am längsten und phantasiert noch kurz vor Mitternacht, dass die Linie 15 früher von Dorotheenstraße bis Harburg fuhr, und die Zwei fuhr eingleisig bis Lokstedt/Betriebsbahnhof, aber die neue S-Bahn unter der Alster, da ist er richtig stolz drauf, dass er das noch erleben durfte…

Kurz vor zwölf lässt er sich dann von mir im Auto nach Haus bringen und gibt mir den Tipp, in Verkehrsfragen niemals auf Onkel Kalli zu hören, weil der nämlich zu geizig ist, sich den Sommerfahrplan zu kaufen.

Das Geheimnis der zweiten Socke

Wie schön, dass es auch in unseren aufgeklärten Tagen immer noch letzte Geheimnisse gibt. Der Orientierungsorganismus der Brieftaube, der Potentialwall beim radioaktiven Zerfall, die Befruchtungstechnik des violetten Korallenanbeters – und nicht zu vergessen: das große Mysterium der verschwundenen Herrensocke!

»Ich hab schon wieder eine von deinen Socken übrig, verdammt noch mal«, flucht die Hausfrau. »Wie kann so was angehen? Ich weiß ganz genau: Ich habe eine gerade Anzahl in die Waschmaschine getan. Und jetzt ist eine Socke übrig. Das ist doch ein Wahnsinn!«

»Liebling«, sage ich, »dieses Phänomen ist der Menschheit seit langem bekannt. Der Dichter Morgenstern hat uns bereits darauf aufmerksam gemacht, mit seinem weltbekannten Gedicht: ›Es gibt ein Gespenst / das frißt Taschentücher / es frißt sie aus dem Koffer / aus dem Bett / aus dem Nachttisch… / Mit 18 Tüchern / stolzer Segler / fuhrst du hinaus / aufs Meer der Fremde / mit acht bis sieben / kehrst du zurück / ein Gram der Hausfrau.‹«

»Taschentücher! Taschentücher! Das sind ja keine Paare! Aber Socken! Nehmen wir mal an, du hast eine Geliebte und musst dich schnell anziehen, um wieder nach Hause zu kommen. Da könntest du vielleicht vergessen, deine Unterhose anzuziehen – aber doch nicht eine Socke. So was merkt man doch. Da kriegt man doch einen kalten Fuß. Und ich hätte sofort gesehen, wenn du einseitig barfuß im Schuh steckst!«

»Wahrscheinlich frisst sie die Waschmaschine.«

»Unsinn! Es muss doch eine Erklärung geben. Neulich habe ich eine übrig gebliebene Socke zum Putzlappen degradiert. Drei Wochen später ist die andere Socke plötzlich wieder da. Das ist doch schikanös!«

»Hiervon, meine Liebe, spricht bereits der Dichter Ringelnatz. Er hatte einen Handschuh verloren. Nachdem er den anderen verbrannt hatte, war der verlorene wieder da. ›Im Dreierverband‹, schreibt Ringelnatz, ›da waren wir reich und mächtig / jetzt sind wir niederträchtig!‹«

»Sehr witzig! Und was mach ich nun – mit dieser einen Socke?«

Da fiel mir nur noch ein: Warum soll nun ausgerechnet ich dieses Problem lösen, an dem alle vor mir gescheitert sind? Man hört ja auch sonst nicht auf mich, wenn ich meine Lösungen zu anderen weltbewegenden Problemen anbiete!

Frühlingsgedicht

Du lieber Mai, ich dichte dir
hier heimlich auf Geschäftspapier
ein paar verliebte Zeilen.
Durchs Fenster sehe ich – obwohl
ich nicht durchs Fenster sehen soll –
die Wolken ziehn beziehungsweise eilen.
Du wütest draußen ganz schön rum,
du bläst auch Bäume und Autos um;
ich habe selbst gelesen,
weit über dem jährlichen Durchschnitt sei
in diesem (in dir, mein lieber) Mai
die Sachschadenziffer gewesen.
Blas zu, mein Freund, reiß Häuser ein,
nimm Rentner und alte Mütterlein
und puste sie über die Dächer.
Entzücken, ach, füllt meine Brust!
Mach, lieber Mai, nach Herzenslust
viel Fetzen und Scherben und Löcher.

Ein Lied für meine besonderen Freunde

Ihr guten Freunde all, habt Dank!
Ich danke Euch mit dem Gesang
für Eure harte Kleinarbeit,
mit der Ihr mein Gehirn befreit.
Von wahrer Freundschaft schwärmte ich!
Ach, ohne Euch, da wüsst ich nicht:

Mein allerbester Freund – bin ich!

Ihr Lehrer, die Ihr mich gelehrt:
Der Mensch an sich ist gar nichts wert.
Ob Bösewicht, ob Frohnatur,
das richtet sich nach der Zensur.
Für Eure Lehr' bedank ich mich.
Denn ohne Euch, da wüsst ich nicht:

Mein bester Lehrer – der bin ich.

Ihr Lehrherrn, die Ihr mir gezeigt:
Wer lernt, ist dumm. Wer dumm ist, schweigt.
Und wer was weiß, ist prima dran,
solang er es verbergen kann.
Für Eure Güte bedank ich mich.
Denn ohne Euch, da wüsst ich nicht:

Der's gut mit mir meint – das bin ich.

Ihr braven Bürger, gute Leut,
die Ihr zu jedem freundlich seid,
der sich, ein Mensch zu sein, geniert
und sich genau wie Ihr frisiert.
Für Eure Liebe bedank ich mich.
Denn ohne Euch, da wüsst ich nicht:

Wer liebt mich, wie ich bin? Na, ich!

Ihr Zeitungsschmierer, die Ihr mir
vergällt die Freude am Papier
und mir erklärt: Wer schreibt, der bleibt,
wenn er das Vorgeschriebene schreibt.
Für Euer Wort bedank ich mich.
Denn ohne Euch, da wüsst ich nicht:

Wen frag ich nach der Wahrheit? Mich!

Ihr Weihrauchschwenker, fromme Leut,
Gott kommt gleich nach der Obrigkeit.
Er sitzt im Sittlichkeitsverein,
senil und fett und singt Latein.
Für Euren Gott bedank ich mich.
Denn ohne Euch, da wüsst ich nicht:

Am besten glaub ich nur an mich.

Ihr Freiheitskämpfer, die ihr befreit
die Unfreien in die Unfreiheit.
Und Freiheit brüllt und meint, es sei
der Mensch, Euch zu gehorchen, frei.
Für Eure Freiheit bedank ich mich.
Denn ohne Euch, da merkt ich nicht:

Der mich befrein muss – das bin ich!

Ihr Herren Richter: Oh, wie schön
lehrt Ihr mich, Recht recht zu verstehn.
Recht haben: eine schlimme Tat
für jeden Schuft, der sonst nichts hat.
Recht ändert sich. Nicht das Gericht.
Habt Dank, Ihr Herren, Ihr lehret mich:

Recht, mich zu richten – hab nur ich!

Ja, Freunde habe ich genug,
die meinen's gut und sind sehr klug.
Sie haben alle einen Rat,
wie ich es machen muss, parat.
Ach, sie sind so besorgt um mich.
Und ohne sie, da wüsst ich nicht:

Wenn es drauf ankommt, hab ich – mich.

Unrecht und Ehrlich

Unrecht Gut gedeihet nicht.
Ehrlich währt am längsten.
Ehrlich: Gutes Unrecht gedeiht am längsten.
Unrecht währet so lange
ehrlich nicht gedeihet.
Das beste Unrecht gedeiht desto länger,
als Ehrlich sich wehrt.
Unehrlich gewährt recht gutes Gedeihen.
Unrecht geht gut und dauert nicht so lange.
Ehrlich währt es jedenfalls am längsten.

Die Streichholz-Aufgabe

Sie haben vielleicht auch schon mal ziemlich spät am Abend eines dieser Knobelspiele im Fernsehen auf N 24 oder so gesehen. Da sieht man dann entweder so geometrische Figuren, die übereinander gelegt sind, und man soll angeben, wie viele Dreiecke sich ergeben haben. Oder da sind z. B. die Zahlen 7 und 1 zu sehen. Aus Streichhölzern gelegt. Dazu die Frage: Welches Streichholz muss verlegt werden, damit aus 17 14 entsteht? Dann rufen Sie bitte an unter 0190 37689 – und gewinnen Sie 160.000 Euro. Und ganz klein daneben: 2,90 Euro p. Minute.
Nun gibt es ja schon fünfjährige Kinder mit hoher Spezialbegabung. Die können ganz leidlich lesen und so eine Streichhölzer-Zahlenaufgabe ist für die ein Klacks. So wie für Charlotte, die Tochter meines früher mal ganz gutsituierten Freundes Ottmar. Sie ist sonst wie alle Kinder – nur eben mit dieser Spezialbegabung. Ottmar ist Autovertreter. Er wollte eines Abends, während er mit einem Kunden verhandelte, nur kurz seine Frau anrufen, um ihr zu sagen, dass er etwas später nach Hause käme:

OTTMAR:
Ja, hallo, Liebling… Wie bitte? Wer ist denn da? Ach, du bist es Lottchen. (Meine kleine Tochter.) Holst du mir die Mama mal ans Telefon? Was sagst du? Wir kriegen ganz viel Geld? Du musst nur – was? Das Streichholz runterziehen. Was für ein Streichholz. Die Mama sollst du mir holen… Lotte. Streichholz? Du sollst nicht mit Streichhölzern spielen. Um Gottes willen, Lotte. Lotte! Man darf nicht mit Streichhölzern spielen. Hörst du mich? (Entschuldigen Sie, meine Tochter steckt gleich das Haus an.) Lotte? Hallo, Lotte, hörst du mich? Du sollst die Mama holen. Nein, Papa ist nicht böse. Aber du musst die Streichhölzer weglegen. Kein Feuer machen. Das ist ganz, ganz, ganz, ganz schlimm. Hol mir jetzt sofort Mama. Wo ist Mama? Zum Yoga? Ganz lange schon. Ach, und da hast du die Streichhölzer aus der Schublade in der Küche genommen. Tu sie sofort wieder dahin. Hörst du. Lotte! Was soll denn das heißen, wir werden reich, wenn du das Streichholz runterziehst. Du tust jetzt sofort die Streichhölzer weg. Ich werde verrückt. Ich ruf die Polizei… Lotte. O Gott, was macht sie jetzt…? Lotte, sag doch etwas. Lotte! Hallo… Streichhölzer im Fernsehen? Welchen netten Mann hast du angerufen? Ach so. Na Gott sei Dank. Du hast gar keine Streichhölzer. Die sind im Fernseher. N 24 oder so. Ach, sie meint dieses Ratespiel. Wo man mit Streichhölzern eine Zahl legt oder einen Buchstaben. Diese Abzockerei, wissen Sie. Wo dann tausend Leute anrufen auf der 0190er Nummer. 30 Sekunden 3 Euro. – So, mein liebes Kind. Jetzt musst du aber auch brav sein und zu Bett gehen, weißt du. Deine Mama kommt doch bald und dann musst du im Bett liegen. Was ist? Der nette Mann meldet sich noch immer nicht? Du hörst immer nur Musik. Wo hörst du Musik?

Aus Mamas Handy? Du hast von Mamas Handy aus die 0190 angerufen? Lotte! Drück sofort beim Handy auf den roten Hörer. Hörst du?! Auf den roten Hörer. Nein, wir werden nicht reich, weil du die Lösung weißt. Wir werden bettelarm, weil du auf der 0190… Um Himmels willen. Wie lange hörst du die Musik schon? Seit Mama weggegangen ist? O Gott! Lotte, du legst jetzt sofort auf. Sofort legst du jetzt…, nein nicht dieses Telefon. Das Handy. O Gott, die telefoniert seit zwei Stunden mit dem Handy auf 0190... Entschuldigen Sie, ich muss sofort nach Hause.

Der Unterschied

Hermann und Hermine, das Rentnerehepaar, haben ihre Kinder und Enkelkinder besucht. Auf der Rückfahrt nach Hause unterhalten sie sich über Kindererziehung.

HERMANN: Das war ja nicht auszuhalten, wie der immer geschrien hat. Das kleine Biest, dieser Thorsten. So klein er ist, könnt man ihm schon eine kleben.

HERMINE: Ach, das ist doch ganz normal. Er kriegt eben Zähne. Dann schreien sie alle so.

HERMANN: Ach was. Er ist doch schon eineinhalb. Der hat doch schon Zähne. Das ist nur so'ne Ausrede. Wenn ihn sein Opa mal auf'n Arm nehmen will, dann schreit er wie am Spieß.

HERMINE: Das musst du doch nicht persönlich nehmen. Die Kinder fremdeln in dem Alter. Das ist ganz natürlich.

HERMANN: Fremdeln, auch wieder so'ne neunmalkluge Erklärung. Damit müsste er ja allmählich durch sein. Und sein Opa ist ja auch kein Fremder.

HERMINE: Oder es ist die Trotzphase. Das haben die Kinder in dem Alter. Da müssen sie ihre Selbständigkeit erkämpfen. Sie müssen einfach ausprobieren, wo die Grenze ist.

HERMANN: Ja, ja, ja – lauter so kluge Erklärungen aus den Büchern. Da ist so ein Bengel einfach ein unausstehliches Biest – aber immer gibt es 'ne kluge Erklärung dafür. Entweder die Zähne oder die Trotzphase oder das Wachstum oder die Rollenfindung. Später ist es dann die Pubertät, dann kommt die Sturm-und-Drang-Zeit. Und wenn so einer dann was anstellt, dann waren das auf jeden Fall das Elternhaus oder die sozialen Umstände. Immer gibt das 'ne Ausrede. Die Eltern lesen kluge Bücher, und dann haben sie 'ne Erklärung für diese Tyrannei von ihren Sprösslingen und lassen sich alles gefallen. Statt ihnen einfach mal eine an die Ohren zu hauen, damit sie wissen, wo's längs geht.

HERMINE: Als wir heiraten mussten damals, da warst du achtzehn. Deine Mutter hat mir erzählt, dass sie richtig froh ist, dich aus dem Haus zu haben. Du warst von Geburt an ein ewiger Nörgler und Quälgeist, hat sie gesagt. Hast mit den Füßen getrampelt und in die Tischkante gebissen. Und als junger Mann warst du ein Dickkopf mit Tobsuchtsanfällen. Und deine Mutter hat gesagt: Wahrscheinlich hat sie versäumt, dir öfter mal den Hintern zu versohlen.

HERMANN: So'n Quatsch, man muss ja unterscheiden zwischen sinnloser Quengelei und Charakter! Ich hatte schon als Kind einen eigenen Willen und einen starken Charakter. Und so ist das bis heute geblieben. Bloß, dass meine Mutter das nicht begriffen hat. Und du ja auch nicht.

Tennis als Ehe-Therapie

Viele Partnerschaften kommen in die Krise, weil Frau und Mann zu unterschiedliche Interessen haben. Ich will mal sagen: Er geht gern zum Kegeln – und sie bügelt lieber die Oberhemden. Das sind zwei ganz verschiedene Sportarten. So dass dann meist der eine die Begeisterung des anderen nicht so recht verstehen kann. Darum rate ich Ehepaaren immer: unbedingt denselben Sport betreiben. Besonders geeignet erscheint mir das Tennis-Mixed – oder genauer: das Ehepaar-Tennis-Mixed.

Ein Ehepaar spielt Doppel gegen ein anderes Ehepaar.

Und Sie dürfen mir glauben: Eine Ehe, die diese außerordentliche Beanspruchung übersteht, die ist auch sonst durch nichts mehr zu erschüttern.

Es beginnt meist ganz harmlos. Beide Ehepaare betreten im Plauderton den Tennisplatz. Die beiden Herren zwinkern sich heimlich zu und machen den üblichen Scherz: »Na, Jürgen, dann wollen wir mal: Herrentennis mit Damen-Behinderung. Hahahahaha…« – Die Damen sind meist etwas kultivierter: »Wenn ich nur nicht immer so aufgeregt wäre«, sagt die eine. »Ach, Doris, du brauchst dich doch nicht aufzuregen. Deiner kann doch wenigstens Tennis spielen.« – Und dann geht's los. Jürgen steht im zweiten Spiel vorn am Netz – und schlägt schon den zweiten Volley direkt vor die Füße ins Netz. Doris, seine Frau, geht von der Vorhand auf die Rückhandseite und sagt kein Wort. Aber sie lächelt. Und zwar: süffisant.

Das also ist ihr Jürgen. Der alles besser weiß und alles besser kann. Neulich ist er mit der Telefonabrechnung der Telekom ins Zimmer gekommen. »Was ist das für eine Nummer hier? Mit der Nummer 53 86 766 hast du im Monat Januar 18-mal und insgesamt 78 Minuten telefoniert – für zusammen 65 Euro 60 Cent. Deine Mutter? Die kannst du gefälligst besuchen. Was habt ihr euch denn schon zu sagen! Das ist etwa genau so viel, wie ich für einen Abschluss bekomme, an dem ich eine Stunde arbeite. Ich arbeite dafür, dass du telefonierst. Ist dir überhaupt klar, wie gut es dir bei mir geht…« – Wie gesagt: Sie lächelt. Süffisant. Dann schlägt sie wieder auf.

Der Return kommt – und er bringt es tatsächlich fertig, auch den dritten Volley direkt vor sich ins Netz zu schlagen. Sie wechselt wieder die Position an der Grundlinie und sagt gar nichts. Sie macht nur so ein höhnisches Geräusch. Hmmmmhmmmmm! Er hört es und es trifft ihn direkt in die Magengrube. Denn er weiß natürlich ganz genau, was das bedeutet: »Wie sehr du dich auch aufspielst, du alter Gockel, wie du dich auch wichtig tust mit deinem Vertriebsleiterposten und mich und die Kinder tyrannisierst: Du bist und bleibst einfach eine Flasche!«

Dann ist sie dran. Erster Aufschlag: im Netz. Zweiter Aufschlag: im Aus.

Sie wechseln wieder die Position. Und während er an ihr vorbeigeht, sagt er ganz höflich:

»Versuch's ruhig noch mal, Liebling.« Und lächelt so nett, dass ihr davon schlecht wird. Denn sie weiß natürlich auch genau, was das heißt:

»Liebling, siehst du nicht, wie tolpatschig du dich anstellst. Wenn du dich sehen könntest, würdest du dich nicht mehr darüber wundern, dass ich mit unserer Praktikantin vögel.«

Und so spielen sie weiter. Ehepaar gegen Ehepaar. Jürgens Gegenspieler auf der anderen Seite hat einen Mordsaufschlag. As durch die Mitte. As cross geschlagen.

Und jedes Mal sieht Jürgen ziemlich albern dabei aus.

Aber wenn der Gegenspieler auf Doris' Seite schlägt, gibt er ihr jedes Mal die Chance zu einem guten Return.

»Es geht doch«, sagt sie wieder lächelnd zu Jürgen.

Und Jürgen kocht vor Wut. Vor lauter Zorn schlägt er der Dame gegenüber seinen Aufschlag direkt auf den Körper.

Die schreit auf – und der Blick von Doris sagt wieder alles: »Genügt es nicht, dass du deine eigene Frau schon geschlagen hast?« Aber zur Gegnerin ruft Doris rüber: »Entschuldigung. Mein Mann möchte sich gern entschuldigen.«

Wer am Ende gewonnen hat, ist wirklich unwichtig.

Auf jeden Fall sitzen nach dem Spiel beide Ehepaare zusammen. Jürgen hat zu seinem Gegenspieler kurz bemerkt: »Da kann ich leider nichts machen.« Und Doris hat nur zu ihrer Gegenspielerin bemerkt: »Dein Mann spielt ja wirklich gut.«

Und wenn sich Jürgen jetzt beherrscht und nicht sein Bierglas nimmt, um es Doris ins Gesicht zu schütten – dann ist alles wieder ok.

Diese Ehe ist durch nichts mehr zu erschüttern.

Einstein, Verena und ich

Mir ist nicht ganz klar, was sie eigentlich will.

Gestern abend – ich sitz noch bei einer Flasche Rotwein, und Verena will schon zu Bett gehen – sagt sie so beiläufig:

»Die Relativitätstheorie hat Einstein wahrscheinlich auch nicht selber geschrieben. Der hat seinen ganzen Ruhm nur seiner Frau zu verdanken.«

»Aha«, sage ich. »Und? Was willst du damit ausdrücken?«

»Ach nichts«, sagt sie, holt eine Zeitung raus – und liest mir vor:

»Die insgesamt 43 erhaltenen Briefe Einsteins an Mileva stammen aus den gemeinsamen sehr kreativen Jugend- und Ehejahren und lassen die Vermutung über eine wissenschaftliche Mitarbeit Milevas an seinen ersten Publikationen durchaus zu.«

»Ja. Und?«

»Ist doch interessant. Nicht? Er hat den Ruhm eingeheimst – und in Wirklichkeit ist alles von ihr!«

»Interessant. Aber warum guckst du denn dabei so bedeutungsvoll?«

»Tu ich das? Hier steht noch was: ›Es war für einen Mann in jenen Jahren wohl nicht ungewöhnlich, die Arbeit seiner Frau mit dem eigenen Namen zu versehen!‹ – Also im Klartext: Sie war das Genie. Und er hat den Nobelpreis gekriegt! – Aber wie schön, dass es dann doch mal rauskommt!«

»Ja, ja«, sage ich.

»Und wenn es vielleicht nur so gewesen ist«, sagt Verena, »sie hat ihm immer nur die Flasche weggenommen, damit er nicht zu viel säuft – oder wenn er angefangen hat, sich für den Größten zu halten, hat sie ihm immer gesagt: Bleib auf dem Teppich, Albert! Dann hat sie damit im Grunde auch die Relativitätstheorie erfunden – denn ohne sie wäre er ein versoffenes Genie geblieben! Hahaha… Aber irgendwann kommt es eben doch immer heraus!«

Damit geht sie zu Bett.

Ja – und da sitz ich nun. Was meint sie damit? Sie nimmt mir ja auch tatsächlich manchmal die Flasche weg, das geb ich zu. Und wenn ich mal 'n bisschen zu verträumte Einfälle habe, sagt sie: »Das begreift kein Mensch!« Und dann wirft sie immer so eigene Gedanken hin – und ich – mehr um ihr einen Gefallen zu tun – verwende sie manchmal in meinen Geschichten… Also häufiger, na ja…

Aber was hab ich mit Einstein zu tun? Oder sie mit der Relativitätstheorie? Ich versteh das einfach nicht.

Frühling, ja du bist's

Nicht nur Glöckchen blühn in dir, o Mai.
Auch Gedanken tragen manche Blüte.
Und das Herz schwillt an von Herzensgüte – atme, kranke Seele, atme frei,
Winter, Eis und Schnee sind nun vorbei.
Tulpen stehn, wo lange gar nichts stand,
Knospen springen,
Jauchzen, Singen,
Frühling, Frühlingstaumel überall im Land.

Sollte ich vielleicht als letzter
Mensch mich ärgern wie ein Hund?
Dazu hätt ich grade Grund!
Glückspilz ich! Mein Vorgesetzter
stieg auf meinen Vorschlag heute
willig auf die Fensterbank,
blickte erst noch etwas bang
fünfzehn Stockwerk in die Tiefe,
doch dann: Dass die Ehre riefe,
schrie der gute Mann – und sprang.

Habe zwar nicht nachgesehen,
was er noch dort unten tat –
und man soll mich recht verstehen:
Es ist um den Menschen schad'.

Atme, kranke Seele, atme frei.
Nicht nur Glöckchen blühn in dir, o Mai.

Wenn du noch eine Mutter hast...

Das Bild der Mutter ist auch nicht mehr das, was es mal war.

Eines Mannes Mutter zu beleidigen: Das war mal eine Todsünde. Sogar Gangster und Mafiosi hatten da ihre schwache Stelle.

Und heute?

Ich habe da vor ein paar Tagen einen kleinen Streit miterlebt – sehr merkwürdig.

Cordula ist Lehrerin. Holger – der Typ, mit dem sie zusammenlebt – ist bei der Behörde beschäftigt.

Holger hatte zu Cordula gesagt:

»Unsere Videokassetten könntest du auch mal wieder ordnen. Nichts ist beschriftet, und nichts ist einsortiert. Wie soll man da was wiederfinden?«

Darauf Cordula – halb zu mir gewandt:

»Er ist genau so ein Spießer wie seine Mutter. Wehe, es liegt nicht alles an seinem Platz! So war seine Mutter auch. Den ganzen Tag war sie am Aufräumen und Ordnungschaffen. Die hat sogar die Teppichfransen gekämmt. Den ganzen Tag hat sie ihre Kinder angemeckert dass sie Ordnung halten sollen. Sich ordentlich hinsetzen, ordentlich essen, ordentlich gehen und ordentlich aussehen. So ist Holger auch!«

Holger schüttelte nur den Kopf und sagte:

»Du hast es nötig, mir meine Mutter vorzuwerfen. Mich interessiert meine Mutter überhaupt nicht. Das Kapitel ist schon lange abgeschlossen. Aber deine Mutter mit ihrem Tick nach Höherem! Die hat es dir doch bis heute nicht verziehen, dass du nicht wenigstens einen Banker geheiratet hast und Golf spielst!«

»Gib dir keine Mühe, mein Lieber. Du weißt ganz genau, wie egal mir meine Mutter ist. Ich hab genug unter ihr gelitten. Mit meiner Mutter kannst du mich nicht mehr kränken!«

»Du gelitten? Deine Mutter hat dich doch wenigstens geliebt. Sie war ja zumindest nicht schlecht. Sie hat diesen Tick gehabt. Aber im Grunde wart ihr doch behütet!«

»Meine Mutter mich geliebt? Jetzt muss ich aber lachen! Du bist geliebt worden, mein Lieber – und hast es nicht begriffen!«

»Ich – ich soll geliebt worden sein? Jetzt ist aber genug. Du willst mich ja nur beleidigen. Dabei bist du die Letzte, die Grund hätte, sich über ihr Elternhaus zu beschweren.«

Irgendwie hab ich den Eindruck: Wer nicht wenigstens von seinen Eltern verkorkst wurde, der kann gar nicht mitreden heutzutage.

Der Krieg widerspricht dem Verstand

Im Prinzip ist der Mensch sehr erfolgreich schon
in der Grundlagenforschung für Aggression.
Und hätte es nicht den Irak-Krieg gegeben,
würden Tausende Frauen und Kinder noch leben,
die verbluteten oder verbrannten…, na gut, bitte sehr:
Das ist ja schon viel zu lange her.

Wissenschaftlich ist sie vollständig abgebaut,
die Klassifizierung nach Rasse und Haut,
und hätten nicht schon wieder hier im Land
gute Deutsche Menschen andrer Völker verbrannt
und gezeigt, dass Faschismus unausrottbar sei,
dann könnte man meinen: Der Spuk ist vorbei.

Sozialpädagogisch ist der Mensch unsrer Zeit
in der Grundlagenforschung für Gewalt schon sehr weit.
Und hätten sie nicht grade in diesen Tagen
am Balkan Kinder und Greise erschlagen
und bestialisch gewütet – ja, bitte sehr:
Das ist doch schon mehr als drei Wochen her.

Die christliche Welt lebt in Demokratie –
wer anderes glaubt, den respektieren sie.
Und hätten wir nicht grade in Dublin gesehen,
wie die Kinder dort zitternd zur Schule gehen,

dann könnten wir sagen: Den Irrsinn kennt
die Menschheit ja nur noch im Orient.

Überhaupt, wenn man denkt von der Steinzeit her,
da hat sich der Mensch fortentwickelt so sehr,
er hat seit der Zeit der Barbaren
einen erheblichen Aufschwung erfahren,
sie sind klüger und technisch raffinierter geworden
im Städtezertrümmern, Zivilistenermorden.

Der Krieg widerspricht im Prinzip dem Verstand –
gesellschaftspsychologisch ist das längst schon erkannt.
Wir können das Morden und das Massakrieren
zwar nicht verhindern, aber glänzend definieren!

Walther und Willy – einer, der noch zuhören kann.

VI. Die ganz großen Tomaten

Das Narrenlied

Wer wagt es, dem König die Wahrheit zu sagen?
Der Narr soll es wagen.
Der König lässt jedem den Kopf abschlagen!
Das kann am besten der Narr vertragen.
He, hoppla!

Sitzt der König fest auf dem Thron,
nirgends in Sicht eine Revolution,
spricht er zum Narren: »Nun lästere, mein Sohn!
Die Wahrheit, die bittere, vertragen wir schon!«
(Solange die Wahrheit nicht schaden kann,
verträgt sie sogar der mächtige Mann.)

»Der König muss sterben«, spricht der Narr.
Und der König, der lacht: »Wie wahr, wie wahr!
Und wie nahe liegt bei der Narrheit
die Wahrheit!«

Wer wagt es, dem König die Wahrheit zu sagen?
Der Narr soll es wagen!
Der König lässt jedem den Kopf abschlagen!
Das kann am besten der Narr vertragen!
He, hoppla!

Aber jetzt kommen andere Zeiten.
Hört ihr die Glocken des Aufruhrs läuten?
Das Schloss ist umstellt. Da kommen sie schon,
die frechen Führer der Revolution.
Der König sagt zum Narren: »Nun sprich!
Aber die Wahrheit, befehle ich!«

»Der König muss sterben«, sagt der Narr.
»Kopf ab«, ruft der König.

»Da hört ihr es ja!«
So nahe liegt bei der Narrheit
die Wahrheit!

Ja, so war es in früherer finsterer Zeit,
aber ach, wie so herrlich haben wir es heut!
Einen König, einen König, den gibt es nicht mehr.
Die Wahrheit zu sagen, fällt niemandem schwer.
Nur sollte natürlich im Ganzen und Großen
die Wahrheit nicht gegen die Kirche verstoßen.
Auch soll man es so mit der Wahrheit halten:
Sie muss auch gefallen den Sendeanstalten.
Völlig frei ist die Wahrheit im Kabarett,
aber nicht vor den Wahlen, da mögen wir's net,
Scharf sei die Wahrheit und blank wie ein Messer.
Nur nicht gegen den Papst, denn der kennt sie besser.
Es strahle das Feuer der Wahrheit noch heller!
Am besten im ganz kleinen Kabarett-Keller.

Und eins, lieber Narr, das müssen wir sagen:
Du sollst es nicht live auf dem Sender wagen.
Sonst muss, wie der König in früheren Tagen –

der Redakteur dir den Kopf abschlagen!

Das Große an der Kleinkunst

Rede zu den Tagen der Kleinkunst in St. Ingbert

Ich weiß nicht – also, ich fühle mich nicht so ganz glücklich hier: Tage der Kleinkunst. Ich frage mich doch: Wieso gebe ich mich mit so etwas ab? Ich wollte mein Leben lang immer nur mit Kunst zu tun haben, ich wollte mein Leben der Kunst weihen – wie man es der Wahrheit weiht oder der Liebe. Niemals wäre ich auf die Idee gekommen, mein Leben der kleinen Wahrheit oder der halben Wahrheit zu weihen – oder für eine kleine Liebe mein Herz hinzugeben. Aber jetzt hier:

Kleinkunst? Kleine Kunst? Was ist das überhaupt?

Neulich hat ein bildender Künstler aus Niedersachsen die Herren von der documenta verklagt. Er hatte sich schon zweimal beworben teilzunehmen und ist jetzt das zweite Mal abgelehnt worden. »Wieso«, sagt dieser Künstler, »nach welchen Kriterien wird da geurteilt? Kunst ist alles. Da gibt es überhaupt keine Kriterien. Man muss nur irgendeine Realität mittels des Bewusstseins zu Kunst erklären, dann ist es auch Kunst. Solche konservativen, reaktionären Gesichtspunkte wie handwerkliches Können oder Gestaltungsfähigkeit – die können Sie vielleicht von einem Klempner erwarten oder einem Dachdecker, aber doch niemals von einem Kunstschaffenden!«

Dieser Mann hat doch Recht. Die bedeutende Kunstkritikerin Verena Auffermann in der Süddeutschen Zeitung über den Künstler Richard Long:

»Es ist gar nicht schwer, ganz gewöhnliche Dinge in Kunst zu verwandeln. Steine zum Beispiel. Man muss sie nur ins Museum legen, am besten in einen leeren Raum und sagen: Steine. Dann ist es Kunst.«

Und wer das nicht glaubt, wird zur Strafe ebenfalls zur Kunst erklärt. Und wenn einer erst mal zur Kunst erklärt ist, dann wird er nie wieder etwas anderes – jedenfalls kann niemand das Gegenteil beweisen.

Also: Was Kunst ist, das weiß man nun endlich! Es hat zwar Jahrhunderte gebraucht – früher hieß es immer: Über Kunst kann man nicht streiten – heute kann man nun wirklich nicht mehr über Kunst streiten: Was zur Kunst erklärt ist, ist auch Kunst. Und eine Jury über Kunst ist eine Frechheit. Kunst ist Kunst.

Ist das jetzt klar?

So – wenn das nun aber klar ist, dann wird es jetzt schwierig: Denn was, verdammt noch mal, was ist denn dann Kleinkunst?

Es wäre überhaupt kein Problem, aus Kleinkunst Kunst zu machen. Man brauchte die Kleinkunst ja einfach nur zur Kunst zu erklären, schon wäre sie es. Schon wäre sie groß. Warum machen sie es dann also nicht, die Kleinkünstler hier in St. Ingbert und überall? Ich begreife es nicht!

Wenn einer das Große nicht kann, dann macht er eben etwas Kleines. Aber wenn es schwerer ist, was Kleines zu machen als was Großes, aber das Große trotzdem immer noch als groß gilt und das Kleine weiterhin als klein, warum macht man dann nicht lieber was Großes oder erklärt das Kleine zum Großen, denn indem man es zum Großen erklärt, wäre es ja auch sofort groß? Warum Kleinkunst, wo sich der Kleinkünstler noch einer Jury zur Beurteilung stellen muss, von der er vielleicht noch gesagt bekommt: »Sie müssen noch besser werden; was Sie machen, ist noch nicht gut genug! Sie müssen vielleicht noch ein bisschen üben, Ihre handwerklichen Fähigkeiten reichen noch nicht aus usw. usw.«

Nein, das verstehe ich nicht. Warum wollen Leute unbedingt wirklich etwas leisten, wo sie doch alles umsonst bekommen können, wo sie nur sagen müssen bzw. »ins Bewusstsein erheben«, dass das, was sie darbieten, Kunst ist? Nein, sie setzen sich dem Urteil einer Jury aus. Wo liegt da der Sinn?

Oder... Augenblick mal..., da kommt mir ein Verdacht. Könnte es vielleicht sein, dass so ein Kleinkunstwettbewerb eigentlich nur aus wohltätigen Zwecken stattfindet? Wohltätigkeit für die Juroren, die ja im eigentlichen Sinne auf dem Gebiete der Kunst überflüssig geworden sind. Wo alles Kunst ist, braucht es keine Jury mehr.

Also so ist das: Es geht bei einer Kleinkunstpreisverleihung gar nicht um die Kleinkünstler – es geht um die Juroren, um den Erhalt von Jury-Arbeitsplätzen.

Die Kleinkünstler machen sich absichtlich klein, um den Herren Juroren, die so gern noch immer etwas entscheiden möchten, noch eine Gelegenheit dazu zu geben. Die Herren Juroren sind eben größtenteils würdige alte Herren, die sich an die Moderne nicht angepasst haben, rückständige Leute, die es nicht lassen können, immer noch nach handwerklichem Können, nach Einfallsreichtum, nach sprachlichem Feingefühl usw. zu urteilen bzw. solche Kriterien zur Voraussetzung für einen Preis zu machen. Kriterien – die es in der großen Kunst doch gar nicht gibt!

Nun gut, einige mitfühlende Künstler, die sich freiwillig aus Barmherzigkeit mit den Herren Juroren zu Kleinkünstlern erklärt haben, stellen sich hier heute der Beurteilung. Und weil die Künstler ihre Wohltätigkeit ernst nehmen, brauchen Sie sich, meine Damen und Herren, nun natürlich auch nicht zu wundern, wenn Ihnen hier Darbietungen vorgeführt werden, die eben auch solche altmodischen Eigenschaften wie »handwerkliches Können, Sprachgefühl und darstellerische Genauigkeit« besitzen, also eben jene Eigenschaften, die man in der wahren, in der großen Kunst Gott sei Dank abgeschafft hat – oder sagen wir: die dort nicht nachweisbar sind und auch gar nicht nachgewiesen werden müssen.

Verehrte Damen und Herren, ich könnte jetzt bösartig sein und Sie alle – inklusive des Herrn Bürgermeisters zu Kunstwerken erklären – aber keine Angst, ich möchte mir ja nicht nachsagen lassen, hier in St. Ingbert einen Willkürakt begangen zu haben. Und so tue ich Ihnen den Gefallen und erkläre stattdessen alle anwesenden Damen und Herren, alle Juroren und auch die hübschen kleinen Assistentinnen sowie das gesamte Büfett mit sämtlichen Appetithappen zum »Kleinkunstgesamtwerk«!

Müllmann Uwe Möller am Tresen

Draußen war Weihnachten. Drinnen in der Imbissbude stand Müllmann Uwe Möller mal wieder bei Kurt, dem Wirt, am Tresen. Er nahm einen tiefen Schluck aus seinem Bierglas und hielt in aller Gemütsruhe die folgende Ansprache:

»O Mann, Kurt, waren die Autofahrer heute morgen wieder ungeduldig. Warum sind die eigentlich immer so ungeduldig? Warum sind die eigentlich immer so ungeduldig – besonders vor Weihnachten? Kein Verständnis für unsere verantwortungsvolle Tätigkeit. Standen da eben wieder so zwölf oder dreizehn Autos hinter unserm Müllwagen und konnten natürlich nicht vorbei. War ja auch 'ne Einbahnstraße. Fängt doch der Erste von denen an zu hupen. Stell dir das mal vor: Der hupt uns an.«

Uwe Möller lacht herzlich und nimmt noch einen Schluck Bier.

»Das war natürlich ein Fehler von ihm. Ich meine: Wir können nämlich noch viel sorgfältiger mit den Tonnen umgehen, als wenn wir rohe Eier transportieren, und ganz langsam. Was soll ich dir sagen: Da springt doch tatsächlich einer aus seinem Auto und ruft: ›Könnten Sie sich nicht beeilen, wenn ich zu spät komme, verliere ich meine Stellung!‹ Ich sag zu ihm: ›Guter Mann, wenn Sie meinen, dass Sie das schneller können, dann können Sie uns das ja mal beweisen!‹ Hahahahaha! Was soll ich dir sagen: Der arme Kerl hat uns doch tatsächlich die ganzen Tonnen mit weggerollt. Haben wir gelacht.

Dabei sind wir Müllmänner doch grade zu Weihnachten so besonders milde gestimmt.

Wir wünschen ja jedem Kunden fröhliche Weihnachten. Klingeln überall an, im Erdgeschoss besonders: ›Guten Tag, Ihre fleißigen Müllmänner wünschen fröhliche Weihnachten!‹ Nein, wir halten dabei nicht die Hand auf. Das sieht vielleicht manchmal so aus. Und die meisten drücken uns dann ja auch mal einen kleinen Zwanziger in die Hand oder eine Buddel Wein oder so. Aber glaub mir: Das wollen wir gar nicht. Wir wollen nur fröhliche Weihnachten wünschen. Aber es gibt auch tatsächlich Leute – wenn du denen die Hand hinhältst, dann geben sie dir einfach auch die Hand und sagen: ›Ja, fröhliche Weihnachten wünsche ich Ihnen auch‹ und sonst nix.«

Uwe Möller grinst vor sich hin und sagt dann ganz listig:

»Na klar, wir haben andererseits auch ein gutes Gedächtnis. Ich meine: Wenn dann da im Januar oder so mal eine Plastiktüte mit Müll neben dem Mülleimer von einem steht, der uns so eine kleine Aufmerksamkeit gegeben hat, dann nehmen wir die Tüte natürlich mit – auch, wenn wir das gar nicht dürfen. Aber wenn wir zu einem von den andern kommen, die uns einfach nur fröhliche Weihnachten gewünscht haben – wenn da dann der Deckel vom Mülleimer nur so einen winzigen Millimeter hoch steht – dann gehen wir mal kurz – ratsch!! – mit der Hand darüber, dass der Müll daneben liegt. Das können wir ja nicht anders. Wir haben ja unsere Vorschriften.«

Uwe Möller trinkt den letzten Schluck aus seinem Glas.

»Weißt du, als Müllmann sag ich immer: Ist doch sowieso alles Müll. Warum regst du dich auf im Leben – irgendwann kommst du auch auf die Deponie.

So, Kurt, ich zahl mein Bier. Ja, ich muss ja wieder zurück zu meinem Wagen. Als ich los ging, standen ja schon wieder drei Autos hinter uns.

Bis morgen denn!«

Er sagt, sie hat gesagt, sagt er

Karl und Adele sind über zwanzig Jahre verheiratet. Ihre Streitgespräche sind Kunstwerke der verbogenen Logik. Das Typische daran ist, dass er immer schon vorher weiß, was sie gleich sagen wird.

Im Auto: Karl hat soeben die Bundesstraße erreicht. Er gibt nun etwas mehr Gas.

»Ich fahr nicht zu schnell. Ich fahre genau 100«, sagt er plötzlich.

»Ja, ich sage ja auch gar nichts«, sagt Adele.

»Du wolltest doch gerade wieder sagen: Fahr nicht zu schnell.«

»Wollte ich nicht sagen.«

»Wolltest du doch sagen. Seh ich doch an deinem Gesicht.«
»Ach was.«
Dann dauert es eine Weile.
Plötzlich Adele: »Fahr doch nicht immer so schnell, Karl!«

Zu Hause im Wohnzimmer: Karl holt sich die dritte Zigarre aus der Kiste. Adele sieht fern. Karl sagt, während er die Zigarre ansteckt:

»Ja, ich weiß: Ich soll nicht so viel rauchen.«
»Wer sagt das?«
»Du wolltest das gerade wieder sagen.«
»Ich hab doch gar nichts gesagt.«
»Ich mecker ja auch nicht dauernd über deinen Eierlikör. Da kriegt man nämlich auch Krebs von.«
»Was regst du dich auf? Ich hab doch gar nichts gesagt!«
»Du wolltest gerade wieder sagen: Rauch nicht so viel!«
»Woher willst du wissen, was ich sagen *wollte*?«
»Natürlich wolltest du das sagen!«
»Ich *habe* es aber nicht gesagt.«
»Und ich lass mir mein Vergnügen nicht verderben!«
»Das ist aber schon die dritte heute, Karl!«

Herr S. etwas unten

In einer ihm gegrabenen,
zu spät von ihm bemerkten Grube saß Herr S.
Zunächst noch der erhabenen
Gedanken bar, schien er verstört. Indes:
Je mehr er sich als unbeweglichen
Gefangenen mit Schmerz erkannte,
bemerkte er: Es übermannte
seltsames Mitleid ihn für jeglichen
Beweglichen, der oben, frei mit Schauern
hinwandeln muss, weil Gruben auf ihn lauern.

Dokumentation VI

Warum ich nicht in den Himmel komme

Töte mit Gott, aber töte

Wie in jedem ordentlichen Vaterland, so besteht natürlich auch in dem unseren seit langem eine verständnisvolle Zusammenarbeit zwischen Kirche und Militär.

Da gibt es einen wohlausgebildeten so genannten Militärseelsorge-Vertrag zwischen der evangelischen Kirche und der Bundesrepublik Deutschland. Diesen Vertrag nun wollten doch tatsächlich dreißig Jahre nach seinem Bestehen einige abtrünnige Pastoren gekündigt haben. Mit welcher Begründung? Sie seien nicht länger bereit, im Auftrage des Staates das Kriegshandwerk zu segnen!

Zufällig begegnete mir in diesen Tagen der berühmte Feldkurat Katz, bei dem der brave Soldat Schwejk Dienst getan hat.

»Was sagen Sie dazu, Herr Feldkurat: Einige unserer Pastoren wollen nicht mehr die geltenden militärischen Konzepte von der Kanzel her rechtfertigen?«

»Wäre doch schade um die vielen gut bezahlten Pfarrstellen«, sagte Feldkurat Katz. »Solange der Staat das Tötungshandwerk durch Gottes Segen verschönern möchte, ist die Militärpfarrstelle ein anständig bezahlter Beruf, in dem sich der Mensch nicht zu sehr schindet!«

»Diese Leute sagen aber: Der Pfarrer muss im Ernstfall zur Dienstverweigerung raten können!«

»Verstößt gegen jede Tradition«, sagte der Feldkurat. »Die Vorbereitungen zur Tötung von Menschen sind stets im Namen Gottes vor sich gegangen. Anders geht's gar nicht. Die große Schlachtbank der Weltkriege konnte des priesterlichen Segens niemals entbehren. Die Geistlichen aller Armeen zelebrierten ihre Messen immer für jene Partei, von der sie bezahlt wurden.«

»Die abtrünnigen geistlichen Würdenträger sagen aber: Ein Seelsorger muss die Freiheit haben, dem Soldaten auch zu sagen, dass es ein Verbrechen an der Menschheit ist, Atomwaffen zu produzieren, sie zu stationieren oder anzuwenden!«, warf ich ein.

»Das halte ich für einen Fehler«, sagte der Feldkurat. »Die kirchliche Betreuung soll der Erhöhung der Kampfkraft dienen. Nur wenn der Soldat an Gott glaubt, kämpft er tapfer für sein Vaterland und fürchtet den Tod – nicht, weil er weiß, dass das Paradies ihn erwartet! Seit man zurückblickt, wurde die Hilfe Gottes beschworen, wenn das große Morden losging. Wie sollen die Soldaten denn sonst in die richtige Stimmung kommen, zum Beispiel bei einem Atomkrieg freudig mitzumachen?«

»Was meinen Sie, Herr Feldkurat: Ob diese evangelischen Geistlichen vom Kommunismus inspiriert sind?«

»So wird es wohl sein«, sagte der Feldkurat. »Der liebe Gott kann ihnen diese Idee wohl nicht eingegeben haben. Denn der will mit Militärgeistlichen jeglicher Art sowieso nichts zu tun haben!«

Ist Abendmahl heute

Papst Paul der 12. war mal wieder groß da!
Achtung: eine neue Enzyklika:
»Bei Höllenstrafen: Niemals vergessen:
Wir wollen unsern Christus persönlich essen.
Nicht irgendwie nur anstatt und symbolisch!
Wir essen sein Fleisch, und nur das ist katholisch.
Bitteschön: Hier der Wein ist sein Blut!
Nicht dass ihr das Bluttrinken nur so tut!
Es *ist* sein Blut und das schluckt ihr jetzt mutig.
Schön den Bart abwischen. Der ist ja ganz blutig.
Und dazu sein Fleisch, ungekocht und roh!
Das Brot *ist* sein Fleisch, es tut nicht nur so!
Wie soll ich es denn nun noch deutlicher sagen!
Die Liebe zum Herrn geht direkt durch den Magen.
Wir essen dich auf, mit Haaren und Haut!
Sechs Stunden später ist der Herr schon verdaut!«

Jawoll, alter Paule, so muss man es machen.
Voll genug ist die Welt von halbgaren Sachen.
Da hört man von den evangelischen Leuten:
Das Brot soll ja seinen Leib nur *bedeuten*.
Und *bedeuten* soll das Blut nur der Wein!
Na, da kann ja jeder Menschenfresser sein.
Nee! Wenn schon, dann richtig und nicht sich verstecken!
Ist Abendmahl heute! Haut rein! Lasst's euch schmecken!

Der Papst kann sich nicht irr'n

Himmel. Arsch und Zwirn,
der Papst kann sich nicht irr'n

Bedenkt: Wie schlimm ist einer dran,
der sich nicht irren können kann!

Es irrt der Mensch, es irrt das Pfird.
(Das Pferd – weil auch ein Setzer irrt.)

Es irrt nur der Computer nicht?
Ein Irrtum. Oft vertut er sich!

Nur, Himmel, Arsch und Zwirn:
der Papst kann sich nicht irr'n.

er hat vielleicht nur eins im Hirn:
Ich armer Papst möcht einmal irr'n.

Doch wie er sich auch irrend müht:
Er irrt, wenn er sich irren sieht,

irrt also, irr, er irre, nicht!
Es irrt der Wirt, es irrt das Licht

(das Irrlicht, und zwar nachts umher)
und jeder Irre irret sehr,

der sich im Irrtum, dass er irrt,
nicht irr zu sein, verwirr-verwirrt.

Nur, Himmel, Arsch und Zwirn:
Der Papst kann sich nicht irr.

**DER BISCHOFSVIKAR FÜR HAMBURG UND SCHLESWIG-HOLSTEIN
IM BISTUM OSNABRÜCK**

Der Bischofsvikar für Hamburg und Schlewig-Holstein
Postfach 106404, 2000 Hamburg 1

MORGENPOST-Verlag GmbH
z. Hd. Herrn Hans SCHEIBNER
Griegstraße 75

2000 Hamburg 50

Danziger Straße 52
Postfach 106404
2000 Hamburg 1
Telefon: 040/248770
Durchwahl 24877-221

25. 4. 89 Dr.J./Rs

Sehr geehrter Herr Scheibner!

Eine meiner vielen Bildungslücken hat sich schon nach ein paar Wochen Leben in Hamburg ein Stück weit zusammengezogen: Durch den Pressespiegel unserer Informationsstelle erfahre ich in regelmäßigen Abständen, daß in einem Presseorgan, das bundesweit vor allem durch seinen Kampf ums Überleben hervorgetreten ist, Ihrer Weise gemäß immer wieder die katholische Kirche für harsche, manchmal gekonnte, in jedem Fall aber immer effektheischende Schelte herhalten muß. Sollen sich gerade in Hamburg so viele Morgenpostleser beim Thema katholische Kirche gekniffen fühlen?

Wie es auch sei. Da ich nun hier meinen Sitz genommen habe, und das nicht ehrlichen Gewissens vertreten könnte, wenn ich nicht im ganzen positiv zu unserer Kirche stünde, grüße ich Sie mit diesen Sätzen

X
- nicht von oben herab und huldvoll,
- nicht nur verstehend und einfühlsam, sondern im Widerspruch,
- aber in der Bereitschaft, mit Ihnen fair zu streiten.

Also: Wenn Sie Lust haben, treffen wir uns mal bei Ihnen oder bei mir, und das ohne den Druck, einander bekehren zu müssen, aber doch in der Erwartung, daß Vernunft eine gemeinswame Sprache spricht.

x umständig!

+H.-J. Jaschke

(Dr. Hans-Jochen Jaschke)
Weihbischof

Janz anders

Im Foyer des Kabaretts »Die Stachelschweine« in Berlin hängt eine Uhr – die läuft verkehrt herum. Bestimmt haben Sie so eine Uhr auch schon mal gesehen: Die 9 ist rechts, und die 3 ist links. Die Zeiger laufen linksrum. Man ist immer wieder verblüfft, wenn man die Uhr ansieht. Sie zeigt die Zeit richtig an. Nur eben spiegelverkehrt.

Pussy, die Beleuchterin, lächelte und amüsierte sich, als ich mal wieder vor der Uhr stehen blieb:

»Kannste mal sehen«, sagte Pussy, »es könnte och janz anders sin!«

Verdammt: Da hat sie recht! Das ist doch nur von Menschen ausgedacht, dass die Uhr nur rechtsrum richtig läuft. Wir aber denken: So muss es sein, und anders geht es nicht.

In England fahren die Autos links richtig – und hierzulande wären sie Geisterfahrer!

Wenn es regnet, sagen die Leute: »Schlechtes Wetter!« In Dürregebieten in Afrika ist der Regen das beste Wetter, das man sich nur wünschen kann!

Mit einem Mal begreife ich auch den Berliner Taxifahrer: »Sie denken vielleicht, ick fahr Sie durch Berlin. Ganz falsch: Berlin dreht sich um uns herum!«

Mir fällt wieder ein: Neulich stand ich mit Verena auf dem Flugplatz. Ein einziges Menschengedränge. Wir hatten Nathan, unseren Hund, dabei. Plötzlich sieht Nathan noch einen Hund. Und Nathan bellt! »Ruhig, Nathan!«, schimpfte ich ihn aus.

»Stell dir vor«, sagte Verena, »du bist unter Hunderten von Hunden der einzige Mensch. Und plötzlich entdeckst du noch einen Menschen. Würdest du dann nicht ›Hallo!‹ rufen?«

Man muss sich eben alles auch mal andersrum vorstellen.

Die Sonne geht unter? Irrtum: Die Erde dreht sich. Oben ist, wo der Himmel ist? Aber der Himmel ist auch unten!

Apropos Himmel: Die Frommen kommen zu Gottvater in den Himmel. Ja, das bilden sich einige ein. Vielleicht ist Gott aber gar kein Vater, sondern eine Frau. Und die ist ein lustiger Vogel – und kann die Frommen alle nicht ausstehen.

Oder wenn die Erde schon der Himmel ist – und wir sind nur zu dämlich, es zu merken?

»Kannste mal sehen: Es könnte och janz anders sin!«

Die ganz großen Tomaten

Dieser kleine Dialog unter Eheleuten spielt im Jahre 1986 – kurz nach dem GAU von Tschernobyl.

MARTHA: Ich hab sie gekriegt, Krischan. Die ganz großen Tomaten, ich hab sie gekriegt. Die können nicht verfaulen. Das sind die mit den Genen, weißt du. Wo sie innendrin irgendwie alles umdrehen, in den Zellen oder so.

CHRISTIAN: So. Und was willst du damit?

MARTHA: Erst wollte mir Herr Beckmann gar nicht sagen, welche Tomaten die mit den Genen sind. Aber als alte Kundin, sagt er, verrate ich es Ihnen. Und dazu hab ich noch drei Kilo Mais gekauft. Auch mit den umgedrehten Genen. Und Sojaöl, sagt Herr Boekenhauer, da kann ich von ausgehen, dass das auch umgedreht ist mit den Genen.

CHRISTIAN: Ja, ist ja gut »mit den Genen«. Aber was willst du denn damit?

MARTHA: Salat machen. Für Ingo, hab ich gedacht, unseren allerliebsten Schwiegerenkel. Ich kann den Gedanken nicht mehr ertragen, wie er unsere Enkeltochter behandelt. Neulich hatte die arme Barbara schon wieder ein blaues Auge. Und sie hat so geweint am Telefon.

CHRISTIAN: Ja und? Was hat das mit Tomaten zu tun?

MARTHA: Tomatensalat ist sein Leibgericht. Und wenn er heute Abend kommt und drei Wochen bei uns wohnt, weil er auf Montage ist, denn mach ich ihm drei Wochen lang Tomatensalat. Mit Reis und Sojaöl! Das dauert denn zwar ein bisschen – aber in zehn Jahren spätestens hat Barbara ihn denn von Hals.

CHRISTIAN: Versteh ich nicht. Durch Tomatensalat?

MARTHA: Ja, sicher. Da gibt das doch Krebs von. Hab ich mich doch erkundigt. Und nicht nur Krebs, vielleicht noch viel was Schlimmeres, was sie noch gar nicht wissen. Dann geht Ingo qualvoll zugrunde. Und das hat er auch verdient.

CHRISTIAN: Das ist doch Blödsinn. Doch nicht von Tomatensalat! Hab ich doch hier grade gelesen inner Zeitung: Die Experten von der Landwirtschaft und vonner Lebensmittelindustrie sagen: Die sind vollkommen ungefährlich, diese umgedrehten Gene, für die Gesundheit!

MARTHA: Ja, eben! Das weiß ich doch. Das haben sie doch damals bei den Holzschutzmitteln auch immer gesagt. Hoch und heilig haben die Experten geschworen: Alles ungefährlich. Aber nach ein paar Jahren sind die Menschen da reihenweise dran gestorben und verkrüppelt. Und die Experten sagen: Ja, das konnten wir damals ja noch nicht wissen. Wir hatten ja noch keine Ergebnisse. Also mit anderen Worten: Der Menschenversuch, der war noch nicht abgeschlossen. Und diesen Menschenversuch, den werd ich jetzt an Ingo machen.

CHRISTIAN: Aha. Na ja. Aber das geht doch gar nicht. Ich mein: Dann müssen wir beide ja auch immer davon mitessen, sonst merkt er das doch.

MARTHA: Das ist ja grade das Schöne, Christian. Wir sind jetzt beide über achtzig. Bis der Krebs kommt – also neunzig werden wir doch sowieso nicht mehr. Aber Barbara, die ist denn erst 42. Denn kann sie noch was anfangen mit ihren Leben.

CHRISTIAN: Ja, ja – wenn er sie bis dahin nicht schon totgeschlagen hat.

MARTHA: Ach wo. Er wird doch denn auch langsam immer schwächer, in den letzten Jahren siecht er nur so dahin. O, ich freu mich schon da drauf, wenn er ordentlich reinhaut in die umgedrehten Tomaten. Schmeckt's, Ingolein? Nimm dir ruhig noch mehr. Je mehr, desto besser!

CHRISTIAN: Ja, denn man zu. Denn fang man schon an, den Salat zu machen.

MARTHA *(steht auf)*: Ist das nicht schön, Christian? Jetzt hat die

Wissenschaft endlich mal was erfunden, wo nur wir alten Leute einen echten Vorteil von haben.

Die Weihnachtsfeier-Tour

Zwei Tage vorm dritten Advent ging mein Freund Walther mit seinem Hund Willy schon vormittags um elf Uhr aus dem Haus. Er hatte seinen feinen Anzug an, seinen besten schwarzen Tweedmantel, trug eine Krawatte mit Weihnachtskugeln drauf – und hinter sich her zog er einen Bollerwagen voller Geschenkpakete. Auf zum Weihnachtsfrühstück bei den Schrebergartenfreunden.

»Ich habe Elsbeth versprochen«, sagte Walther zu seinem Hund, »ich trinke keinen Tropfen Alkohol auf der Weihnachtsfeier. – ›Komm mir nicht wieder betrunken nach Hause wie im vorigen Jahr‹, hat sie gesagt, ›sonst kannst du was erleben!‹ Ich sage: ›Elsbeth, Weihnachtsfeiern sind dazu da, dass man mit lieben Menschen eine besinnliche Stunde zusammensitzt, vielleicht mal ein Weihnachtslied singt. Denn es soll Friede auf Erden sein und den Menschen ein Wohlgefallen.‹ – ›Aber vier Weihnachtsfeiern an einem Tag, das ist zuviel‹, sagt Elsbeth. Ich sage: ›Elsbeth, da muss ich hin. Man hat doch seine Verpflichtungen.‹«

So betrat Walther mit seinem Hund um 11.30 Uhr die kleine Eckkneipe, wo die Schrebergartenfreunde ihr Weihnachtsfrühstück gaben. Draußen war alles so schön weihnachtlich geschmückt. Nach ca. zwei Stunden wurde die Kneipentür wieder aufgestoßen – und Walther torkelte… nein, das ist übertrieben: Er kam eilig aus der Tür, der Hund sprang auch heraus und Walther sagte: »War doch 'ne schöne Feier.« Der Hund sah ihn vorwurfsvoll an. »Den Glühwein konnte ich nicht ablehnen«, sagte Walther. Dann befühlte er sein linkes Auge. Das war etwas geschwollen und blau-violett. »Na ja«, sagte Walther. »Wir hätten nicht von Politik anfangen sollen. Aber wenn dieser dämliche Rudolf Meier immer wieder verkündet: Er freut sich schon, wenn Guido Westerwelle erst mal Außenminister ist, da hab ich nur gefragt, ob er vielleicht irgendwie pervers ist. Und so ist das denn eben gekommen. Aber trotzdem, das war eine schöne Feier.«

Den Bollerwagen zog Walther noch hinter sich her. »Jetzt zu den alten Kollegen aus meiner früheren Firma. Pensionärstreffen, Willy, und Grünkohlessen mit Damen.«

Schon standen sie vor dem Betriebsheim der Firma. Und Walther schritt mit einem stimmungsvollen »O, du fröhlichehe…« hinein. Auch von drinnen hörte man sie schon singen. Zwei Stunden später, es war inzwischen 1.30 Uhr, kam Walther mit Willy wieder heraus. Nein, er hatte kein neues blaues Auge. Aber dafür hatte er sichtlich schon einen im Tee, wie man so sagt. Sein Schlips hing ganz weit runter, sein Oberhemd hing teilweise über der Hose. Der Bollerwagen war auch nicht mehr dabei. Willy setzte sich vorwurfsvoll vor sein Herrchen.

»Guck mich nicht so an«, sagte Walther. »Das war eine schöne Feier. Sekt vertrag ich kübelweise. Aber diese scharfe Lilo, was?« Walther wischte sich mit dem Taschentuch zwei Lippenstiftabdrücke ab. »Für ihre 62 Jahre. War doch mal meine Sekretärin, Willy. Ist die mir ganz schön an die Wäsche gegangen. Na ja, ich bin eben auch immer noch ein attraktiver Mann. Oho, Weihnachten, das Fest der Liebe, Willy. Wurde höchste Zeit, die Kurve zu kriegen. Aber jetzt zum Weihnachtskaffee in der Hundegruppe.«

Willy sperrte sich, zog an der Leine.

»Du willst nicht? Willy, das muss sein. Auch du hast deine Verpflichtungen: O, du fröhlichehee…«

Und sie betraten einen Einfamilienhaus-Vorgarten. Von drinnen aus dem Haus hörte man schon fröhliches Hundegebell. Diesmal dauerte es nur zehn Minuten – da schwankte Walther mit dem großen Airedaleterrier Willy auf dem Arm fluchtartig aus der Haustür. Wütendes Hundegebell hinter ihm.

»War doch eine schöne Feier, Willy. Aber ich hab dich gerettet, Willy. Der Schäferhund hätte dich fertiggemacht. Warum musst du ihn denn auch ›blöder Polizeihund‹ nennen. Aber die hatten ja auch nur Jägermeister zu trinken. Das ist ja mehr Medizin – aber sonst war das eine schöne Feier. Jetzt zu meinem alten Fußballclub. Vierte

Mannschaft alte Herren. Das wird jetzt ganz gemütlich. Da müssen wir rein, das ist 'ne Verpflichtung. Ich trinke auch keinen Tropfen, Willy. Weihnachten ist nämlich das Fest der besinnlichen Besinnlichkeit... O, du fröhlichehe...«

Und so stolperten sie beide in das Vereinslokal vom Eimsbüttler TC. Von drinnen hörte man schon als vielstimmigen Männerchor das wunderschöne Weihnachtslied »So ein Tag, so wunderschön wie heute...«.

Vier Stunden später ging die Tür wieder auf.

Jetzt war es 21 Uhr. Zwei nicht mehr ganz standfeste Sportsfreunde trugen Walther vor die Tür. Walther hatte den Adventskranz um den Hals. Eine Art Siegeskranz. Seine Brille war zerbrochen. Aber es ging Walther ausgezeichnet. Nur gehen konnte er nicht mehr. Obwohl er es behauptete:

»O, war das eine schöne Feier. Lasst mich los, Sportsfreunde, ich kann alleine gehen.« Und tatsächlich: Er konnte es doch. Jedenfalls auf allen vieren. So konnte er sich auch viel besser mit seinem Hund verständigen, unter vier Augen sozusagen. Denn der Hund war total nüchtern und zog seinen Herrn nach Hause bis vor die Haustür. Wobei Walther immer wieder lallte:

»So eine schöne Weihnachtsfeier. Weihnachten, das sind die Tage der besinn..., der besinnungslosen Besinnlichkeit... O, da sind wir ja schon fast zu Hause.«

Es war jetzt 23 Uhr.

Mein Freund Walther richtete sich auf – sah nach oben, wo Elsbeth, seine geliebte Ehefrau, wahrscheinlich schon hinter der Gardine stand. Aber dann schloss er tapfer nach drei, vier zunächst vergeblichen Versuchen die Haustür auf – zog seinen Hund hinter sich her, der offenbar große Angst hatte – und Walther stolperte die Treppe rauf und sang wirklich mit großer Inbrunst das wunderschöne Weihnachtslied:

»Fürchteeht euch nicht!«

Curry-Ketchup und sonst gar nichts

Liebe geht durch den Magen. Hahaha! Fragt sich nur, durch welchen Magen!
Grit zu ihrer Freundin Annalina:

»Ich hatte mich so gefreut, für Jason zu kochen. Das war ein Hauptgrund für mich, mit ihm zusammenzuziehen. Ich koch doch für mein Leben gern. Aber ich glaub, ich halt es nicht mehr lange aus. Er ist einfach primitiv, ein Barbar, sag ich dir.« Annalina wollte es gar nicht glauben.

»Doch!«, sagt Grit. »Ich koch zum Beispiel Seelachs. Auf Blattspinat, in reiner Butter gedünstet, darüber gebackene Mandelsplitter. Aber kaum hat er probiert, sagt er: ›Hmm. Sehr gut. Aber da fehlt noch was.‹ Und holt sich seine Plastikflasche mit Curry-Ketchup. Annalina, ich bitte dich: Curry-Ketchup über Seelachs! Oder ich mach gefüllte Aubergine mit Schafskäse überbacken, abgeschmeckt mit frischem Thymian. ›Hm‹, sagt er. ›Sehr gut. Aber da fehlt noch was.‹ Und matscht sich sein Curry-Ketchup über die Auberginen. Ich kann kochen, was ich will. Cordon bleu mit gratinierten Kartoffeln. ›Hm. Da fehlt noch was.‹ Das ist doch barbarisch! Ich hab die Curryflasche versteckt. Da ist er losgegangen und hat sich 'ne neue Flasche gekauft. Er braucht das, sagt er. Solange er allein gelebt hat, hat er es immer genommen. Es wurde mir einfach zu dumm. Neulich hab ich überhaupt nichts gekocht. Hab ihm einfach einen Klacks Curry-Ketchup auf den Teller gehauen. Weißt du, was er gesagt hat? ›Hm. Nicht schlecht. Kann ich vielleicht ein Stück Brot dazu kriegen?‹«

Aber Annalina hat ihre Freundin beruhigt.

»Wieso?«, sagt sie. »Die meisten Männer, die lange allein gelebt haben, leiden an so einer kaum heilbaren, pathologischen Störung, eine schwere Geschmackserkrankung. Nur mit unendlich viel Liebe und gelegentlicher Scheidungsandrohung zu heilen. Mein Thomas hatte diese Krankheit. Bei ihm allerdings was ganz Abartiges: Mayonnaise. Ich hab drei Jahre gebraucht, ihn zu entwöhnen. Jetzt ist er trocken.«

Weltrekord

Hermann und Hermine, das Rentner-Ehepaar, wieder im Dialog. Sie liest die Zeitung, er löst grad ein Kreuzworträtsel.

HERMINE *(schmunzelt vor sich hin. Dann entschließt sie sich zum Angriff)*: Weißt du, was ein Fuß ist, Hermann?

HERMANN *(ahnt ja immer schon, wenn sie ihn fragt, dass es eine Falle sein könnte)*: Was soll das?

HERMINE: Ein Fuß, mein ich. Was ist für dich ein Fuß?

HERMANN *(fang ich doch mal ganz primitiv an, denkt er sich)*: Meine riechen jedenfalls nicht, wenn du das meinst.

HERMINE: Ein Fuß ist eine Maßeinheit, Hermann. In Amerika messen sie nach Füßen.

HERMANN: So. Und was geht mich das an?

HERMINE: Ein Kubaner, Mister Sotomayer, der ist jetzt acht Fuß hoch gesprungen, stell dir das mal vor. Acht Fuß hoch.

HERMANN: So. Und wie hoch ist das?

HERMINE: Wieso, wie hoch? Sag ich doch grade: Acht Fuß ist er hoch gesprungen. Das ist Weltrekord.

HERMANN: Damit kann ich nichts anfangen. Wie hoch ist das denn? In Metern und Zentimetern.

HERMINE: Nicht ganz zwei Meter vierundvierzig.

HERMANN: Nicht ganz? Wieviel denn nun genau?

HERMINE: Ein Fuß, das sind dreißigkommavieracht Zentimeter, acht Fuß sind zweikommavierdreiachtvier Meter, also einskommasechs Millimeter weniger als zwei Meter vierundvierzig.

HERMANN: Das ist ja furchtbar. So'ne krumme Zahl kann man doch nicht als Weltrekord anerkennen.

HERMINE: Wieso? Acht ist doch keine krumme Zahl.

HERMANN: Nee, acht nicht. Aber zweikommavierdreiachtvier.

HERMINE: Ja, davon spricht doch gar keiner. Er wollte doch gar keine Meter und Zentimeter hoch springen.

HERMANN: Ist er aber doch. Er ist doch zweikommavierdreiachtvier hoch gesprungen.

HERMINE: Er ist acht Fuß hoch gesprungen.

HERMANN: Ja, acht Fuß sind doch zweikommavier und paar Zerquetschte.

HERMINE: Dafür kann er doch nichts. Als er Anlauf genommen hat, hat er gar nicht an Meter und Zentimeter gedacht. Er hat nur gedacht: Ich will der erste Mensch sein, der acht Fuß hoch springt. Und hops war er drüben. Und jetzt hat er den Weltrekord.

HERMANN: Ach was. So'ne krumme Zahlen kann man doch nicht als Weltrekord anerkennen.

HERMINE: Er kann doch nichts dafür, dass unsere Zahlen so krumm sind!

HERMANN: Ach, unsere Zahlen sind krumm. Das ist ja nun das Letzte!

HERMINE: Seine acht Fuß sind jedenfalls schön glatt und grade!

HERMANN: So ein Quatsch! So ein krummer Weltrekord.

HERMINE: Nee, Hermann. Das ist man bloß zu hoch für dich. Und für alle Leute, für die ihre Welt die einzig mögliche ist. Hahahaha.

Gutachter müsste man sein

Mit größter Empörung hören wir Patienten zum Beispiel davon, dass mal wieder ein genialer Chirurg, einer der Halbgötter in Weiß, sich vor Gericht verantworten muss, weil er angeblich einen Kunstfehler gemacht haben soll. Eine ungeheuerliche Unterstellung! Es stellt sich dann natürlich auch jedesmal sehr schnell heraus, dass der Chirurg in Wirklichkeit nach den neuesten Erkenntnissen seines Faches gar nicht anders handeln konnte. Der Gutachter, den das Gericht und der Professor ausgewählt haben, hat das Gericht nämlich wieder einmal überzeugen können.

So eine Geschichte beginnt meistens unmittelbar nach einer Operation und spielt sich folgendermaßen ab:

Professor Klingenmesser streift sich die OP-Handschuhe ab und sagt gutgelaunt zu seiner Assistentin:

»Sagen Sie mal, Frau Dr. Alsmann, was war denn eigentlich mit Ihnen los eben im OP? Was sollten diese aufgeregten Zeichen, die Sie mir die ganze Zeit gemacht haben?«

Assistentin Dr. Alsmann ist ein bisschen verlegen:

»O, Herr Professor, ich wollte Sie doch nur aufmerksam machen die ganze Zeit: Sie haben dem Patienten beide Arme abgenommen...«

»Ja, sicher doch«, sagt der Professor. »Zwei Arme in fünf Minuten. Das war doch wieder eine Meisterleistung.«

»Ja, schon, Herr Professor, aber es war doch eigentlich, wenn ich mir erlauben dürfte, das zu bemerken – es war doch eine Achillessehne.« Sie macht ängstlich eine Pause und sieht den Professor erwartungsvoll an. Dann wiederholt sie: »Aber Sie haben ihm die Arme amputiert. Beide.«

Da muss der Professor richtig ein bisschen lachen:

»Na und?«, fragt er amüsiert. »Dann haben Sie ihn mir wahrscheinlich falsch rum hingelegt. Aber machen Sie sich mal deswegen keine Sorgen, das kann ja mal vorkommen.«

»Na ja«, sagt Frau Dr. Alsmann schüchtern, »ich wollte ja auch nur: Dass Herr Professor keine Unannehmlichkeiten bekommen...«

»Unannehmlichkeiten? Wie meinen Sie denn das? Ich bin eine Kapazität, meine Liebe. Die Leute kommen in Scharen, um sich von mir die Arme abnehmen zu lassen.«

»Ja, natürlich, Herr Professor. Sie wissen doch, wie sehr ich Sie bewundere. – Es ist ja nur: falls der Patient vor Gericht geht. Das hat es ja alles schon gegeben, Herr Professor.«

»Ach so. Deswegen machen Sie sich Sorgen. Ist ja direkt rührend von Ihnen. Aber haben Sie noch nie einem Patienten die Lunge statt der Leber rausgenommen? Mein Gott, so was passiert hier doch jeden Tag. Da haben wir immer eine Lösung. Ich zeige Ihnen das mal:«

Und Professor Klingenmesser winkt ins andere Behandlungszimmer rüber zu seinem Kollegen:

»Hallo, Kollege Heilmann. Haben Sie mal 'n Augenblick Zeit für mich?«

»Aber gern«, ruft Heilmann von drüben und kommt hereingeeilt. »Was gibt's denn? Gibt's wieder ein Gutachten zu erstellen?«

»Ja, wieder einmal«, lacht der Professor. »Folgender Fall: Was sagen Sie dem Gericht – Sie kriegen natürlich den Auftrag – bei doppelter Armamputation wegen Achillessehnenabriss? Kollegin Dr. Alsmann befürchtet nämlich, ich könnte Unannehmlichkeiten bekommen.«

Da strahlt Kollege Heilmann übers ganze Gesicht:

»Armamputation bei Achillessehne?«, lacht er. »Was haben Sie denn daran auszusetzen? Dann passen Sie mal auf und hören Sie mal zu:«

Heilmann stellt sich hinter den Schreibtisch, als stünde er im Zeugenstand, und beginnt feierlich:

»Hohes Gericht – ich werde versuchen, mich so allgemeinverständlich wie möglich auszudrücken.

Nach Heiderbright und Michelson besteht eine indirekte Umgehungskontraktion zur Rückenmarkshypothenuse im unteren Bereich des Achselknorpels unterhalb der Korvettenaorta, welche zu einer kontinuierlichen toxischen Übersäuerung der gesamten Sprunggelenkdynamik führen muss und nur durch ein konsequentes Abklemmen der oberen Entzündungsherde zu unterbinden ist. Der Chirurg hat also nur die Alternative untere oder obere Extremitäten. Herr Professor Klingenmesser hat in verantwortungsvoller Abwägung die Armamputation gewählt, weil sein Patient als Büroangestellter ja immer noch mit dem Munde schreiben kann – andererseits aber in seiner Firma keine Rolltreppen sind, so dass er seine Beine noch braucht.«

Frau Dr. Alsmann ist perplex:

»Ach, das ist ja überzeugend. Das wusste ich ja gar nicht. Das werde ich mir merken. Bei Achillessehne immer die Arme amputieren. Beide.« Noch immer erstaunt verlässt sie das Zimmer.

Die Herren Professoren aber wollen sich ausschütten vor Lachen:

»Ja, oder die Ohren abschneiden oder den Magen rausnehmen. Dem Gericht können Sie doch alles erzählen. Die haben doch keine Ahnung!«, ruft der Professor.

»Und immer gibt es die schönen fetten Gutachter-Honorare«, feixt Heilmann.

»Ja, ist ja gut, Herr Kollege«, lacht der Professor. »Wenn es 'ne Verhandlung gibt, kriegen Sie den Gutachter-Auftrag!«

Den Menschen ein Wohlgefallen

Am Kiosk am Bahnhof Heiligabend um sieben
steht Ewald, der Penner, ein Bier in der Hand.
Um fünf Uhr schon hat ihn die Streife vertrieben
von seinem Schlafplatz, der Bahnhofsbank.
Vor zehn Jahren, als Ewald den Lappen verlor – als Lkw-Fahrer –, hat er noch gelacht.
Jetzt kommt ihm das Leben wie ein Alptraum vor:
Das Arbeitslossein hat ihn fertig gemacht.

Frohe Weihnacht hört man ihn lallen.
Und den Menschen ein Wohlgefallen.

Katjenka ist eingesperrt längst in Berlin.
Aus Bukarest haben sie sie rübergeschleust.
Für 3.000 Euro zusätzlich Benzin.
Jetzt weiß sie, was »Arbeit als Kellnerin« heißt:
O du fröhliche, herrliche Weihnachtszeit:
Zwölf Freier am Tag schickt der Russe ihr rein.
Bis fünf Uhr am Morgen: die Beine breit,
sonst schlägt er ihr wieder die Fresse ein.

In-klu-sive Getränke und Stöhnen bei allen:
Und den Menschen ein Wohlgefallen.

Aus Angst vor den Pfaffen hat sie das Kind
zur Welt gebracht, aber dann, so sagt sie:
Wer hätt es genommen, dass ich Arbeit find?
Bei 15 Grad Minus darum legte sie

das Bündel vors Haus irgendwo vor der Stadt
und weinte und hoffte, man findet es bald
und dass es dann Eltern mit Einkommen hat.
Aber 15 Grad Minus ist einfach zu kalt.

Ohne Arbeit bist du ja verloren.
Euch wurde ein Kindlein geboren.
Euch wurde ein Kindlein geboren.

An die Prophetin Jehovas

Liebe Frau, Sie haben ja so recht.
Unter uns gesagt: Ich bin ein Schwein.
Und ich glaube wohl, dass Gott das Schwein-Sein rächt.
In den Himmel lässt er kein Schwein rein.

Dass die Welt bald untergeht,
wie Sie sagen, halt ich fürn Gerücht.
Erstens wär das sowieso schon viel zu spät,
zweitens find ich übrigens: Es lohnt sich nicht.

Sehn Sie mal: Wär ich der liebe Gott
oder Herr Jehova oder so,
tränk ich Aufgesetzten und Rumpott.
Mich als Gott an Leuten ärgern? Aber wo!

Hat man Gottsein als Beruf, ist alles klar.
Menschenskind, da fühlt man sich so gut,
dass man aus zwei Päpsten sich ein paar
Eierwärmer machen könnte –
und es doch nicht tut!

Trotzdem dank ich Ihnen aber sehr,
dass Sie meine Seele interessiert.
Ja, den lieben Gott anpreisen, das ist schwer,
weil er selbst anscheinend keinen Finger rührt.

Liebe Frau, als echter Höllensohn
werd ich schreien bald in Qual und Ewigkeit.
Darum: Schluss jetzt! Sie verstehen schon:
Ich muss geizig sein mit meiner Zeit!

Der Eingangsstempel

Einfach ist es, verehrter Leser, ein Kinderspiel, über bürokratische Vorschriften zu spotten. Oder gar über bürokratische Menschen, welche schon selber zur Vorschrift geworden sind. Ich möchte Ihnen daher einen Fall erzählen, in welchem eine dienstliche Anweisung, die Ihnen vielleicht zunächst übertrieben erscheint, am Ende doch ihren höheren Sinn enthüllt.

Zugetragen hat sich diese durchaus ermutigende bürokratische Begebenheit in der »Nebendienststelle 607 für Bestellwesen zur Bedarfserfassung innerbehördlicher Hygiene-Papiere«. Nebendienststellen-Leiter Kurt-Eberhardt Schmidt-Schulte machte an einem ganz gewöhnlichen Dienstagmorgen bei Durchsicht der Eingangspost (es handelte sich um drei Schriftstücke: 1 Toilettenpapier-Prospekt, 1 Rundschreiben der Hausverwaltung und den Essensplan der Kantine für die 16. Woche) – machte er also eine furchtbare Feststellung:

Ausgerechnet der Toilettenpapier-Prospekt trug den Tages-Eingangsstempel in der linken oberen Ecke. Jawohl: in der linken oberen Ecke. Dienststellen-Leiter Schmidt-Schulte richtete sich auf, prüfte, ob alle Bleistifte und Kugelschreiber auf seinem sauberen Schreibtisch gerade oder rechtwinklig ausgerichtet waren, und rief:

»Fräulein Reinicke. Kommen Sie bitte!«

Fräulein Christina Reinicke, seit 15 Jahren Sachbearbeiterin in der »Dienststelle 607 für Bestellwesen und Bedarfserfassung innerbehördlicher Hygiene-Papiere«, erschien. Die Dienststelle 607 war somit sozusagen vollständig versammelt.

»Sie haben den Eingangs-Stempel auf diesem Toiletten-Papier-Angebots-Prospekt in die linke obere Ecke platziert. Wie erklären Sie sich das, Fräulein Reinicke?«

Fräulein Reinicke errötete.

»Ich habe keine Erklärung«, sagte sie.

»Sie wissen genau, dass meine Dienst-Anweisung lautet: Der Eingangs-Stempel für Eingangspost ist in der rechten oberen Ecke des Schriftstücks zu platzieren, und zwar so, dass die Rahmen-Linien des Stempel-Drucks parallel zu den Kanten des Schriftstücks verlaufen. Ich erteile Ihnen eine Rüge, Fräulein Reinicke!«

Dienststellen-Leiter Schmidt-Schulte war blass geworden. Die hier aufgetretene Unregelmäßigkeit erregte ihn zutiefst. Was aber nun kam, ließ ihn fast die Sinne verlieren.

Fräulein Christina Reinicke, seit 15 Jahren sozusagen das gesamte Personal der Dienststelle 607, antwortete mit freundlicher Stimme:

»Ist das nicht völlig egal, ob der Stempel links oder rechts steht?«

Erst schien es, als würde Schmidt-Schulte ohnmächtig werden. Dann brach es aus ihm hervor:

»Sie missachten das Prinzip einer rationellen administrativen Organisation! Ich dulde nicht, dass Sie sich in dieser Weise über behördliche Bestimmungen hinwegsetzen. Es ist nicht das erste Mal, Fräulein Reinicke, dass ich Sie bei Unregelmäßigkeiten ertappe. Vor zweieinhalb Jahren haben Sie eine Zusatzanfrage mit dem falschen Datum versehen, vor einem Jahr und acht Monaten haben Sie einen Fensterbriefumschlag auf der Rückseite beschriftet, im letzten Juni haben Sie eine Büroklammern-Bedarfsmeldung ausgeschrieben, obwohl sich noch 37 Büroklammern in Ihrem Schreibtisch befanden! Sie machen Fehler über Fehler!«

Sachbearbeiterin Reinicke ging zurück an ihren Platz. Am nächsten Tage aber – man denke: nach 15 Jahren pflichtbewusster Tätigkeit! –, ohne dass sie später selbst sagen konnte, woher sie die Kraft nahm, setzte sie den Eingangs-Stempel bei der gesamten Eingangspost (1 Rundschreiben der Hausverwaltung und 1 Mitteilung der Personalabteilung) zwar in die rechte Ecke – aber schräge!

Am selben Vormittag war Dienststellen-Leiter Schmidt-Schulte bei seiner vorgesetzten Dienststelle. Er zitterte. Einerseits wegen des ungeheuerlichen Vorfalls, andererseits, weil er seinen Dienststellen-Leiter drei Jahre nicht mehr aufgesucht hatte.

»Das Personal der Abteilung 607, Herr Vorsteher, Fräulein Christina Reinicke, hat das Prinzip der…«

»Moment mal«, sagte der Vorsteher. »607? Bedarfserfassung innerbehördlicher Hygiene-Papiere? Die Dienststelle haben wir doch vor zwei Jahren aufgelöst! Ist Ihnen das gar nicht mitgeteilt worden? Das Toilettenpapier wird jetzt vom Zentral-Einkauf mitbestellt.«

So also, verehrter Leser, wurde der tiefere Sinn einer scheinbar übertriebenen Anweisung doch noch offenbar.

Das hat mein Mütterlein mir beigebracht

Dass ich gehorsam bin und so bescheiden
und immer aufsteh in der Straßenbahn,
und lass mir wöchentlich die Haare schneiden:

Das hat mein Mütterlein mir angetan!

Dass ich vor Vorgesetzten mich verneige,
nie in der Kneipe sitz bis in die Nacht,
dem Alter mich in tiefer Ehrfurcht beuge:

Das hat mein Mütterlein aus mir gemacht!

Dass ich die Mädchen nicht an'n Busen fasse
und warte bis ich drankomm in Geduld
und mich von meinem Chef beschimpfen lasse:

Da ist mein liebes Mütterlein dran schuld!

Dass ich zur Kirche geh, die Hände falte,
den Katechismus rauf- und runterbet
und was der Pfarrer sagt, für heilig halte:

Das hat mein Mütterlein so hingedreht!

Dass ich mich morgens auch da unten wasche,
weil Sauberkeit zu frohem Herzen führt,
und nehme hübsch die Hände aus der Tasche:

Das hat mein Mütterlein mir andressiert!

Dass ich mich um die Nieren warm anziehe
und nie was trinke, was betrunken macht,
ein frohes Liedchen flöte in der Frühe:

Das hat mein Mütterlein mir beigebracht!

Dass Neger riechen, Italiener klauen
(den besten Kaffee kochen doch nur wir),
dass alle Türken hauen ihre Frauen:

Mein liebes Mütterlein, verdank ich dir!

Dass jeder Polizist grundsätzlich recht hat
und dass man sparsam ist und sich nichts borgt,
dass der Verbrecher es im Knast nicht schlecht hat:

Da hat mein Mütterlein schon für gesorgt!

O, Mütterlein, du weißt es doch: Ich habe
Gehorsam dir erwiesen so viel Jahr'.
Nun steh ich weinend hier an deinem Grabe:

Nur weil ich bis zuletzt gehorsam war!

Mit hoch erhobnem Eisenhammer stand ich.
Und du, mein Mütterlein, was sagtest du?
»O, untersteh dich!« – Und ich unterstand mich:

Mein armes Mütterlein, da schlug ich zu!

Was ich auch ganz bestimmt nicht wieder tu...

Meine Beulen und deine Beulen

Zwischen Mann und Frau gibt es aber auch manchmal so Missverständnisse, die lassen sich einfach nicht aufklären. Immer diese Autofahrer-Differenzen zum Beispiel.

Verena redet mich morgens beim Frühstück ohne Vorwarnung an: »Wann willst du eigentlich mal die Beule aus deinem Auto, vorn an der Seite, wann willst du die mal rausmachen lassen?« Ich sag natürlich:

»Wieso soll ich die rausmachen lassen? Übermorgen hab ich vielleicht schon 'ne neue Beule. Dann ärger ich mich doch nur.« Da macht sie wieder ihr ›Tssi‹ und sagt:

»Vielleicht könntest du ja einfach mal etwas vorsichtiger fahren.« – Was soll so eine Bemerkung? Ich sag: »Das hat mit vorsichtig gar nichts zu tun. Wer heutzutage Auto fährt, der holt sich nun mal Beulen am Auto.« Und sie – völlig unlogisch natürlich: »Ich habe in dieses Auto noch keine Beule reingefahren.« – »Nee«, sag ich. »Du nicht. Natürlich nicht.« – »Was soll das heißen?«, sagt sie. O Gott, und da geht's schon los. Ich muss ihr mühselig erklären: »Hör mal, Verena, wer zügig und flott und 'n bisschen sportlich fährt und wer es versteht, auch kleinste Parklücken auszunutzen – der hat dann natürlich auch mal die eine oder andere Beule im Blech. Wenn ich mein Auto in der Garage lasse und vor lauter Angst nur sonntags fahr und immer schön langsam und verkehrsbehindernd, dann hol ich mir natürlich auch keine Beule. Das ist wie im Krieg. Wer nicht an der Front war, hat auch keine Verwundung.« – Aber sie gibt nicht auf. »Was heißt denn Krieg?«, sagt sie. »Ich bin ein friedlicher Mensch und ich fühl mich einfach nicht so richtig wohl in einem verbeulten Auto.« Was soll ich da noch sagen?

So denken eben Frauen. Ich sag: »Hör mal, das geht mir genau umgekehrt. Wenn ich ein neues Auto habe, da fühl ich mich überhaupt erst wohl, wenn ich mir die erste Beule geholt hab. Da fällt richtig eine Last von mir ab. Gott sei Dank, jetzt ist die Angst vorbei. Jetzt hab ich meine Ruhe!« Da sagt sie erst mal eine Minute nichts mehr und dann mit einem Mal:

»Vielleicht erinnerst du dich noch: In unser voriges neues Auto hab ich die erste Beule reingefahren. Und damals hast du getobt und geschrien und nicht gesagt: Gott sei Dank, da ist eine Last von mir genommen.« – »O Gott«, sag ich. »Das war ja auch eine Beule beim Zurücksetzen. Die hast du ja aus lauter Dummheit da reingefahren. Wie ein Anfänger hast du zurückgesetzt. Und dann rumms! In ein nagelneues Auto!«

»Ach so«, sagt sie. »Wenn ich keine Beulen mach, dann liegt es daran, weil ich nicht fahren kann. Wenn ich aber Beulen mach, dann kann ich auch nicht fahren. Nur wenn du 'ne Beule reinfährst…«

»Jawohl«, sage ich, »meine Beulen und deine Beulen, das ist ein riesengroßer Unterschied, da liegen Welten dazwischen…«

Ja, und da geht's dann eben nicht weiter. Das begreift sie nicht. Da begreift sie einfach nicht!

Die falsche Fälschung

Dass acht von zehn Leuten mit falschen Krokodilen rumlaufen, ist ja normal. Also ich meine diese La Coste-Krokodile. Über Markenfälschungen regt sich doch kaum noch jemand auf. Das führt aber manchmal zu ganz absurden Situationen.

Carsten hat Geburtstag. Moni freut sich über das schöne Geschenk, das sie für ihn hat.

»Happy Birthday, mein Liebling. Jetzt bin ich aber mal gespannt, was du dazu sagst.«

Und legt ihm ein kleines, kostbar aussehendes Päckchen auf den Tisch.

Carsten schmunzelt:

»Hm. Etwas Kleines. Etwas Wertvolles? Aber mein Liebling, du weißt doch, ich brauche nichts. Als Mann ist man doch eigentlich bedürfnislos.«

Moni ist ganz aufgeregt:

»Pack es aus, ich will dein Gesicht sehen.«

Carsten wickelt aus und strahlt:

»Eine Uhr… eine Armbanduhr…« Und dann mit listigem Unterton: »Nein, das ist ja wohl nicht wahr. Das ist…, das ist… Mein Liebling. Eine Cartier. Junge, Junge!«

»Ja! Eine Cartier! Ich habe mir gedacht: Einmal im Leben soll mein Mann auch etwas wirklich Wertvolles tragen. Du immer mit deinen Billig-Armbanduhren von Watch-Switch oder wie die heißen.«

Axel spielt weiter den Überwältigten:

»Ganz toll. Die macht ja wirklich was her. O, ich danke dir, mein Liebling!« Er dreht die Uhr von vorn nach hinten und wieder zurück. »Und die sieht absolut echt aus. Da ist überhaupt kein Unterschied zu sehen.«

Moni muss lachen. Moni wirft sich in die Brust:

»Ein Unterschied? Was denn für ein Unterschied?«

»Na ja, zu einer echten, meine ich. Das ist ja aber auch wirklich kaum zu fassen, wie die das hinkriegen heutzutage. Ich hab schon mal eine echte in der Hand gehabt und…«

»Carsten!!« Moni sieht Carsten bedeutungsvoll an.

»Was denn bitte?«

»Carsten! Das ist eine echte. Glaubst du, ich schenke dir zu deinem vierzigsten Geburtstag ein Falsifikat?«

Carsten muss erst mal Luft holen Dann sieht er sich die Uhr noch einmal ganz genau an.

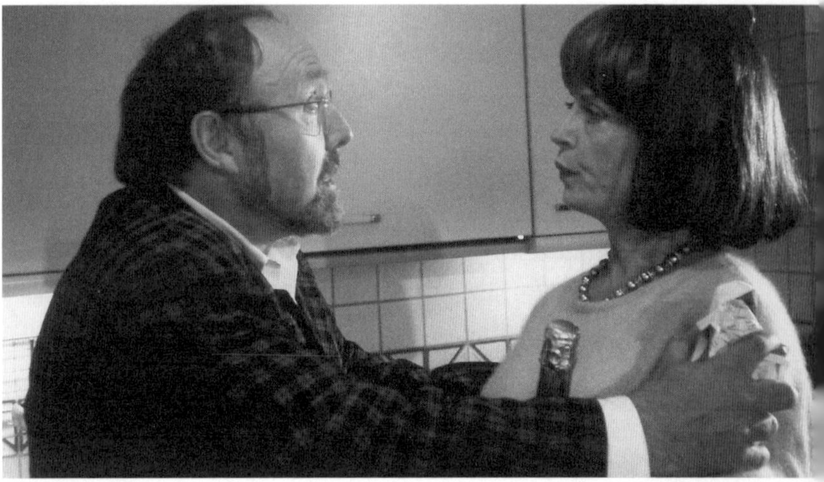

Er will es nicht begreifen. Sein Gesicht verfinstert sich. »Das ist… das ist tatsächlich eine echte…, eine echte Cartier. Ja, bist du denn wahnsinnig?«

»Für meinen Mann ist mir nichts zu kostbar.«

Moni ist stolz. Moni strahlt übers ganze Gesicht.

Aber Carsten ist entsetzt: »Um Gottes willen. So ein, so ein Dings, das kostet 6.000 Euro.«

»Ja und. Was sind schon 6.000 Euro.«

»Aber Liebling…« Carsten muss an sich halten, um nicht verärgert zu klingen. »Dann hast du dein Sparbuch geplündert. Du wolltest dir doch einen Motorroller kaufen.«

Moni küsst ihren Mann auf die Wange:

»Freust du dich oder freust du dich nicht.«

»Ja, natürlich freue ich mich«, stottert Carsten, »aber – ich meine…« Er kann nicht mehr, er ärgert sich: «Die kann ich doch dann niemals umbinden.«

»Die kannst du niemals umbinden? Wieso denn nicht?«

»Ach hör doch mal, Moni!« Carsten hat es aufgegeben, Freude zu heucheln. »Wenn ich mit dem Ding in meinen Kegelclub geh und meine Freunde merken, dass das eine echte Cartier ist – die lachen mich aus, die erklären mich doch für verrückt.«

Jetzt versteht Moni nichts mehr: »Ach nein. Und wieso?«

Carsten versucht, es ihr schonend beizubringen: »Hör mal, Moni, die protzen doch alle immer damit, dass sie ihrer Frau eine echte Louis-Vuitton-Tasche zu 200 Euro gekauft haben oder eine Gucci-Brille zu 50 Euro. Die machen sich einen Sport daraus, sämtliche Markenartikel von irgendwelchen Türken oder Griechen ganz billig zu kaufen.«

»Ja, Kunststück. Falsifikate. Kann sich ja jeder leisten.«

»Ja, sicher. Aber man kann sie vom Original doch nicht unterscheiden. Ich sage dir: Die sind heute so täuschend echt – die kann nicht mal der Markenartikelhersteller selber unterscheiden. Und wenn ich dann da mit meiner echten Cartier ankomme für 6.000 Euro. Die erklären mich für verrückt.«

»Ach nee!« Moni ist enttäuscht, Moni wird sauer. »Ich denke – die kann man von den gefälschten gar nicht unterscheiden.«

»Ja, sag ich doch«, sagt Carsten. »Aber da komm ich doch dann in einen Gewissenskonflikt. Ich müsste meine Freunde ja anlügen. Ich müsste ihnen die echte Cartier zeigen und sagen: Hier – hat nur 100 Euro gekostet, damit sie staunen und mich bewundern«.

»Wieso denn?« Monis Ton wird scharf. »Du hast sie dir doch nicht selber gekauft. Es ist doch ein Geschenk von deiner Frau!«

»Ach, das nützt doch nichts, Moni. Wenn sie wissen, dass ich 6.000 Euro am Handgelenk habe, dann muss ich bis an mein Lebensende das Bier bezahlen. Wer so bekloppt ist, sich eine echte Cartier zu leisten, die man von einer gefälschten überhaupt nicht unterscheiden kann, der kann auch einen ausgeben.«

Moni kämpft mit den Tränen. »Aha. Ja. Dann kannst du sie eben nicht gebrauchen!« Und sie will raus aus dem Zimmer.

Jetzt ist auch Carsten unglücklich: »Ich wollte dich nicht kränken, Moni. Bestimmt nicht.«

Moni sieht ihn an. Ihre Miene verzieht sich. Geradezu verächtlich sagt sie: »Tse. Ich frage dich eins, Carsten. Glaubst du wirklich, dass ich 6.000 Euro hinblättere, um so einem Idioten wie dir eine echte Cartier zu schenken? Hahaha!«

Carsten ist erleichtert: »Wie? Du hast das nur behauptet? Du wolltest mich reinlegen?«

»Ja, natürlich. Was dachtest du denn?« Moni ist nur noch Hohn und Spott. »Glaubst du, ich kaufe dir eine echte Cartier?«

»O Gott, da bin ich aber erleichtert. Dankeschön, mein Schatz. Und wie viel hat sie nun wirklich gekostet?«

Moni lächelt gehässig: »Man spricht nicht über den Preis bei Geschenken.«

»Ja, aber doch nur, wenn sie teuer sind. Nicht wenn sie günstig sind.«

Moni seufzt schwer und sieht Carsten mitleidig an:

»Ach so. Also gut. Du willst es ja unbedingt wissen: Sie hat überhaupt nichts gekostet. Ich habe mit meinem Chefredakteur geschlafen. Und dafür hat er sie mir geschenkt.«

Moni rauscht böse und beleidigt ab.

Aber Carsten steht da und sieht ihr ungläubig nach. Dann ruft er ihr hinterher:

»Wie bitte? Mit Brodersen? So ein Schwein! Der schläft mit meiner Frau und schenkt ihr dafür nur ’ne Fälschung! So eine Sauerei!«

Die Bergfee

Vielleicht bist du jetzt eingeschneit
bei Innsbruck auf der Höh.
Es ändert viel sich mit der Zeit.
Und Innsbruck liegt so weit, so weit!
O weh!

Vielleicht bist du jetzt schrecklich dünn,
verhungert halb und schwach.
Weil ich, du meine Königin,
ja auch nicht mehr derselbe bin.
Und ach!

Du liebes, gutes, schweres Kind,
du Nilpferd von den Almen!
Ich weine mir die Augen blind.
Dass ich dich nirgends wiederfind,
will mir das Herz zermalmen.

War das ein Augenblick der Lust,
als du mich zärtlich packtest
und mir an deiner Tirolerbrust
das Schlüsselbein zerknacktest.

Ich wusste wohl, dass Engel rund
und pummelig und nackt sind.
Doch Engel von zweihundert Pfund,
die wie der Teufel kerngesund,
kraftstrotzend und kompakt sind?

O schweres Mädchen, Donnermaid,
o Elefant mit Flügeln.
Wie brauch ich deine Zärtlichkeit!
Wär ich doch mit dir eingeschneit
auf deinen Alpenhügeln!

Es geht eben auch anders

Ich glaube, ich war achtzehn. Begeisterter Leichtathlet. Zwar kein Hochspringer, aber doch hin und wieder beim Hochsprungtraining dabei.

Und Hochsprung, das ging so: den stumpfen Winkel zur Latte anlaufen, mit dem Sprungbein abstoßen, aber das Schwungbein hochhalten; sich dann flach über die Latte legen und das Sprungbein nachschwingen. Scherensprung hieß das Ganze.

Eines Tages – das vergesse ich nie – kam ein Neuer dazu. Der lief an

– drehte sich unmittelbar nach dem Absprung mit dem Rücken zur Latte und versuchte, rückwärts rüberzufliegen. Die Latte fiel runter.

Großer Lacherfolg.

Aber der Typ hatte noch die Frechheit, uns zu erklären: Das sei eine neue Technik von einem Amerikaner. Fosbury hieße der. Und mit dieser Technik könne man größere Höhen erzielen.

Unser Trainer konnte nur den Kopf schütteln.

»Ich bin jetzt dreißig Jahre Leichtathletiktrainer. Aber solchen Blödsinn hab ich noch nicht gehört. Das Rückgrat ist doch gar nicht biegsam genug. Da müsste man ja wie eine Rakete hochsteigen.«

Aber der neue Typ war nicht zu belehren. Er versuchte es immer wieder. Irgendwann überquerte er sogar eine beachtliche Höhe. Jetzt kamen andere und sagten zu dem Trainer:

»Wir sollten das auch mal versuchen.«

Aber der wurde nur wütend.

»So, wie wir es immer gemacht haben, so machen wir es auch weiter. Ich habe zwei Deutsche Meister im Scherensprung groß gemacht. Ich werde es ja wohl wissen.«

1968 holte sich ein gewisser Dick Fosbury in Mexiko die Goldmedaille im Hochsprung. Er überquerte die Latte rückwärts.

Das Lied vom höheren Wesen

»Sie schlagen doch auch mal 'ne Mücke tot
und denken sich überhaupt nichts dabei.
Nur bei Tierversuchen sehen alle gleich rot
und dann gibt es ein großes Geschrei.
Das Thema ist doch rein emotional,
viel zu aufgeheizt, alles nur Hysterie.
Das Tier und seine so genannte Qual.
Und der Nutzen für den Menschen?
Daran denken Sie nie!
Die Forschung muss ihre Aufgabe lösen!«,

sagt Dr. Bernd Graumann vom Institut.
»Wir verstehen das Mitleid der Leute ja gut.
Aber wir sind doch alles Erwachsene hier.
So ein Tier ist doch weiter nichts als ein Tier!
Und der Mensch – ist ein Mensch.
Und als solcher ein höheres Wesen!«

»Delfine zum Beispiel setzt man auch viel
wie Torpedos ein. Man verwendet sie gern.
Geräuschlos schwimmen sie unter das Ziel.
Ihre Bombe? Ja, die zünden wir fern.
Delfin-Kamikaze wird oft trainiert.
Wir prüfen den Radar-Ausfall dabei.
Und wie die Fernzündung funktioniert.
Die Delfine – ja die züchten wir neu.
Kluge Tiere, die können ja beinahe lesen.
Sie sterben für Freiheit und Sicherheit.
Delfin tut Ihnen doch auch in der Pfanne nicht leid.
Meine Herr'n, um was geht es denn schließlich hier!
So ein Tier ist doch weiter nichts als ein Tier.
Und der Mensch – ist ein Mensch.
Und als solcher ein höheres Wesen!«

Ihr hörtet des Heiligen Vaters Wort:
»Siehe, eine Seele hat auch das Tier.«
Also steigt auch das Tier auf zum Himmlischen Ort.
Und wir – wir begegnen ihm hier.
O Mann, das dürfte nicht angenehm sein
auf himmlischen Wolken und Matten.
Es werden die Hühner uns nichts verzeihn.
Und die Meerschweinchen nicht und die Ratten.
Ihr letztes Röcheln war für sie ein Erlösen.
Ihr habt Kreaturen mit Seelen gequält.
Oder ob ihre Seele wieder weniger zählt?
Wollt ihr am Ende behaupten auch hier:

So ein Tier ist doch weiter nichts als ein Tier
und der Mensch – ist ein Mensch
und als solcher ein höheres Wesen?

Tiere

1990 war das Jahr des Tieres.
Der Heilige Vater verkündete:
Auch Tiere haben eine Seele.
Früher hatten Tiere nämlich keine Seele.
Also – für die Kirche.
Aber Frauen hatten ja auch keine Seele.
Für die Kirche.
Also – noch etwas früher.
Inzwischen haben Frauen ja eine Seele.
Das hat der Papst irgendwann mal zugegeben.
Die Frauen kamen also noch vor den Tieren.
Also erst hatten die Frauen eine Seele.
Und jetzt haben die Tiere auch eine Seele.
Also schon in dieser Reihenfolge.
Die Frauen kamen schon noch vor den Tieren.
Also Tiere haben jetzt eine Seele.
Fast so wie Frauen.
Und Frauen haben eine Seele.
Fast so wie Männer.
Fragt sich nur, ob es ihnen etwas nützt.
Den Tieren, meine ich.

Ein Versicherungsfall

»Verkehrsfunk WDR 2. Eine wichtige Mitteilung für alle Autofahrer auf der A43 zwischen Nottuln und Autobahnkreuz Münster: Ein fünfjähriges Kind läuft auf der Fahrbahn. Fahren Sie mit äußerster Vorsicht. Die Polizei ist unterwegs. Hier ist WDR 2. 21.30 Uhr…«

Zwei Stunden zuvor hatte Sabine noch neben ihrem Vater in seinem großen Auto gesessen. Es war das erste Mal gewesen, dass sie mit Vater allein auf so eine große Fahrt gehen durfte. Von Bremen nach Köln. Sie war doch so neugierig gewesen auf Vaters Beruf. »Ich gucke Schauspielern auf den Mund, und dann spreche ich für sie!«, hatte Vater ihr erklärt. »Meistens ist das nichts für Kinder. Aber manchmal doch…«

Und dann hatten sie den halben Tag im Studio verbracht, wie Vater es nannte. Vorn auf dem riesengroßen Fernsehschirm lief eine Geschichte mit einem Mädchen, das von zu Hause ausgerissen war und mit ihrem kleinen Hund mitten in den tiefen Wald, in den Dschungel, kam. Das Mädchen hatte große Angst vor den wilden Tieren – aber weil ihr Hund die Sprache der Tiere verstand, konnte sie mit dem Löwen und dem Krokodil und sogar mit dem unfreundlichen Stinktier über alles reden und ihnen helfen. Der Löwe hatte Zahnschmerzen, das Krokodil hatte Halsweh, und Meggi – so hieß das kleine Mädchen – musste ihm ganz tief in sein weit aufgerissenes Maul kriechen. Das war lustig. Aber das Beste: Alle Tiere und dazu noch der Hund Beethoven – das war alles Sabines Vater! Der Film war nämlich ein gezeichneter Film – und Papa musste allen Tieren seine Stimme geben – das heißt: seine vielen Stimmen. Ziemlich heiser als Löwe; furchtbar grimmig als Krokodil. Sabine wusste, dass Vater so viele Tierstimmen nachahmen konnte – aber nun durfte sie zum ersten Mal miterleben, wie Vater das machte – im Studio. Seine Arbeit eben. Und alle Erwachsenen waren so nett zu ihr gewesen. Kekse hatten sie ihr gebracht und so viel Limonade, wie sie wollte.

Jetzt war es schon dunkel draußen. Sabine saß neben ihrem Vater im Auto. Eigentlich dürfte er das nicht, hatte ihr Vater gesagt – aber dann hatte er es doch erlaubt. »So können wir uns besser unterhalten. Ich fahre auch vorsichtig.« Er hatte Sabine seine Aktentasche auf den Sitz gelegt, auf die sie sich setzen konnte. »Damit du nach vorn rausgucken kannst!« Aber da vorn gab es nun wirklich nichts Interessantes zu sehen. Immer nur der weiße Mittelstreifen, der unter dem Auto verschwand, die roten Rücklichter der Autos vor ihnen, hin und wieder mal ein großes blaues Schild, das mit großen weißen Buchstaben im Scheinwerferlicht auftauchte.

Sabine war schon ein bisschen müde, sie lutschte auf einem Bonbon – die lagen neben ihrem Sitz in einer Dose; sie brauchte nicht zu fragen, sondern konnte sich einfach einen nehmen, wenn sie wollte. Das war immer so, wenn sie mit Vater allein war. Nur wenn Mutter dabei war, gab es höchstens ein Bonbon am ganzen Tag – wegen der Zähne.

Sabine lehnte sich zurück und drückte ihren Kopf gegen das Polster. Vater tippte gerade mit der Hand gegen einen Knopf des Radios, um einen anderen Sender hereinzuholen – da geschah es: Sabine sah den Kopf des Rehs ganz genau. Es war wie ein Bild, das nur für einen einzigen Augenblick auf der Leinwand steht und dann sofort wieder verschwunden ist: der Kopf des Rehs nach vorn gestreckt, ein großes, fragendes Auge – nicht mal erschrocken oder entsetzt. Dann ein dumpfer Schlag. Ein dunkler Schatten flog vor der Windschutzscheibe hoch. Dann ein zweiter Schlag. Im selben Augenblick schlingerte der Wagen hin und her – Sabine wurde erst nach rechts, dann nach links gegen die Gurte gepresst.

»Scheiße!«, schrie ihr Vater. Sabine wurde nach vorn gerissen, aber gleich wieder in den Sitz zurückgestoßen.

»Verdammte Scheiße!«, schrie der Vater. Aber dann gleich zu ihr rüber: »Alles in Ordnung, Kleines? – O Mann, o Mann, das war knapp. Gott sei Dank habe ich die Bremse wieder losgelassen. Sonst wären sie uns vielleicht noch hinten draufgeknallt!«

»Was war denn Papa? Wo ist denn das Reh?«

»Hast du's auch gesehen? Das Biest hätte uns fast umgebracht. Rennt uns vorn in die Seite rein. Das hätte noch viel schlimmer enden können!«

»Und wo ist es jetzt – das Reh?«

»Na, irgendwo, vielleicht auf der Autobahn, vielleicht im Gebüsch. Ich fahr beim nächsten Parkplatz raus. Bestimmt hat es uns die halbe Seite weggerissen da vorn. Das wird wieder ein Schaden, verdammt. Ich Idiot bin doch nicht vollkaskoversichert. Ich war doch erst in der Inspektion. Die Motorhaube ist vor drei Wochen lackiert…«

Sabine verstand kein Wort von dem, was der Vater da schimpfte. Vollkasko und Motorhaube und Inspektion.

Aber sie hatte ein Gefühl – wie damals, als sie vom Fahrrad auf den Beton im Einkaufszentrum gefallen war. Dieser furchtbare Schreck – er kam nicht plötzlich, nicht auf einmal, sondern fiel über sie her wie ein unheimliches schwarzes Tier. »Papa, das Reh!«, wollte sie rufen. Aber sie brachte kein Wort über die Lippen. Es war ihr plötzlich so schrecklich und bange in ihrer kleinen Seele – dass sie keine Luft bekam. »Papa, das Reh…«, flüsterte sie.

»Ich muss die Polizei anrufen. Die müssen den Schaden aufnehmen!« Der Vater bog von der Autobahn zu der hell erleuchteten blauen Raststätte ein.

»Ist das Reh tot, Papa?«

»Wahrscheinlich. Bei der Geschwindigkeit. Viel wird wohl nicht mehr davon übrig sein.«

Er hatte angehalten und sprang aus dem Wagen. Dann lief er nach vorn und besah sich den Schaden. »Du großer Gott – das ist ja 'ne schöne Bescherung. Stoßstange, Blinkleuchte, der vordere Kotflügel!« Dann lief er nach hinten. »Die halbe hintere Stoßstange ist weggerissen!«, rief er nach vorn. »Das Tier ist hochgeflogen und hinten noch mal auf das Heck zwischen die Stoßstange!«

Sabine hatte ihren Gurt losgemacht und kletterte aus dem Wagen.

»Vorsichtig. Da können Autos kommen!«, sagte der Vater. Aber der Schaden beschäftigte ihn so sehr, dass er ihn unbedingt dem Kind zeigen musste: »Hier. Das ist Blut von dem Tier. Siehst du die Haare? Ein Glück, dass die Haare dran sind, das ist der Beweis. Die Versicherung zahlt nämlich nur für Haarwild. Wenn es Federn wären, hätten wir gar keine Chance!«

«Papa! Wir müssen zu dem Reh. Wenn es noch lebt? Es hat doch Schmerzen!«

»Ich muss die Polizei anrufen. Das dauert auch noch, bis die kommen. Wir kommen ja erst mitten in der Nacht nach Hause!«

Der Vater nahm Sabine an die Hand und betrat den Verkaufsraum der Tankstelle. Sabine sah die Regale mit Schokoladen, Bonbontüten, Keksen und Limonadeflaschen – aber sie nahm sie gar nicht wahr. Sie sah das große Auge des Tieres vor sich. Sie begriff nicht, was ihr Vater wollte. Konnte die Polizei dem Reh denn helfen? Es liegt doch jetzt da und verblutet vielleicht. Wir müssen es verbinden oder in den Arm nehmen. Was ist los? Was sagt Vater zu dem Tankstellenmann? »Protokoll... Ich kenn doch das Theater mit der Versicherung... Ich hab doch keinen Zeugen. Das Kind erkennen die ja nicht als Zeugen an... 2.000 Euro mindestens, schätze ich mal...«

Der Vater wählte eine Telefonnummer, dann wieder eine andere Telefonnummer. Sabine stand neben ihrem Vater – und hatte zum ersten Mal in ihrem fünfjährigen Leben das Gefühl, dass ihr Vater ein Fremder war. Warum verstand er sie denn nicht? Warum gab er ihr keine Antwort, was man tun muss? Das Reh! Das arme Tier. Es war doch nun schon so viel Zeit vergangen.

»Papa – hilft die Polizei dem Reh?«

»Die Polizei? Die muss den Schaden aufnehmen, Kind! – Nimm dir einen Riegel Schokolade oder ein Eis. Ich bezahl alles.« Und dann hatte er wohl die Polizei am anderen Ende der Leitung.

Damals – vor langer, langer Zeit hatte Sabine schon einmal so etwas erlebt, was sie nicht begreifen konnte. Als Frau Werner, die Reinemachefrau, ihrer Mutter gesagt hatte: »Tut mir leid, aber ich habe ihn gestern in den Müll geworfen. Da waren doch bestimmt schon Bazillen drin. Und überall guckte das Stroh raus...« Da hatte Sabine versuchen müssen zu begreifen: Es gab ihn nicht mehr, ihren Jimmy, ihren liebsten Teddybären! Nur weil er keine Beine und Arme mehr hatte. Auf den Müll hatte sie ihn geworfen. In den großen Mülleimer. Und der war abgeholt worden. Etwas war in ihrer kleinen Seele aufgestiegen, das die Erwachsenen wohl Hass nennen. Hass und Verzweiflung über die Einsicht, dass niemand unseren Schmerz versteht – dass die anderen nicht einmal auf den Gedanken kommen, wir könnten verzweifelt sein.

Dann war der Vater hinausgegangen. »Ich geh noch mal genau den Schaden besichtigen, bis der Peterwagen kommt. Das Kind kann wohl so lange bei Ihnen bleiben?«

Als ein anderer Autofahrer hereinkam, schlüpfte Sabine hinaus – niemand bemerkte es. Sie konnte nicht anders, es war gar keine Frage für sie, was sie tun musste. Es war dunkel und schon kühl, aber das kleine Mädchen hatte keine Furcht. Zuerst lief sie von der Raststätte in die Richtung, aus der sie mit dem Auto gekommen waren. Sie lief auf dem schmalen Streifen neben der großen Straße den Scheinwerfern entgegen. Immer wenn ein Auto ganz nahe war, musste sie stehenbleiben, weil sie nichts mehr sehen konnte. Dann lief sie weiter. Sie lief und lief – und sie fühlte, wie ihr leichter ums Herz wurde. Tränen liefen die Wangen hinab, sie schluchzte und weinte laut, und sie rief in die Nacht und in das Dröhnen der vorbeirasenden Wagen: »Ich komme, liebes Reh! Ich bin gleich bei dir! Ich komme!«

Das Ende ist schnell erzählt.

Erst als der Peterwagen kam, hatte der Vater das Verschwinden seines Kindes bemerkt. Die Polizisten gaben die Meldung sofort weiter. Dann dauerte es aber noch fast fünfzehn Minuten, bis ein anderer Wagen das Kind aufnehmen konnte. Sabine sah die Polizisten des Peterwagens und später ihren Vater wie im Traum. Es gab keinen Wutausbruch des Vaters. Wegen der Polizisten nahm er sich zusammen. Aber er war auch von den Minuten der Angst, die er durchlebt hatte, völlig erschöpft. Immer wieder hörte Sabine ihn sagen: »Mein Gott, warum hast du das getan? Was wolltest du denn auf der Autobahn? Wo wolltest du hin? Ich versteh das alles überhaupt nicht.«

Auf der Rückfahrt schlief Sabine auf dem Rücksitz ein. Der Schlaf erlöste sie vom Aufruhr der Gefühle in ihrer Kinderseele.

»Mein Gott, mein Gott! Zuerst das Viech – 2.000 Euro Schaden. Und dann läuft mir das Kind auf die Autobahn. Auf die Autobahn! O Gott!«, murmelte der Vater und gab wieder Gas.

Dokumentation VII

Satire darf alles – was die Polizei erlaubt

Schon wieder ein Strafmandat

Erinnern Sie sich noch an Schlagzeilen wie »Rassismus bei der Polizei«? oder »Polizei. Foltern ist Alltag«?

Berühmt wurde Fulda u.a. durch seine Polizei – weil die so ordnungsliebend war, dass sie Neonazis mit ihren Nazi-Symbolen ungehindert marschieren ließ. Fulda-Besucher aus den USA sollen damals nach Hause geschrieben haben:

»O, they handle a Nazi-demonstration like a folklore-procession.«

In diesen wilden Tagen wollte ich eine kleine Glosse in der Hamburger Morgenpost veröffentlichen. Das gab Ärger:

R/S · Samstag, 24. Oktober 1992, Nr. 248

Zur Person:

HANS SCHEIBNER, Kabarettist, darf nicht mehr seine satirischen Kolumnen für die *Hamburger Morgenpost* schreiben. Ein Text, in dem Scheibner die Hemmungen deutscher Polizisten gegenüber neonazistischen Straftätern anprangern wollte, wurde nach Angaben der Konzertagentur Funke vom Freitag nicht veröffentlicht. Chefredakteur Wolf Heckmann habe gesagt, damit würde der Berufsstand der Polizei verunglimpft. Nach Scheibners Weigerung, eine Ersatz-Kolumne zu schreiben, sei ihm fristlos gekündigt worden. Die Chefredaktion der *Morgenpost* bestätigte die Trennung von Scheibner, der sechs Jahre lang Satiren für das Blatt geschrieben hatte. Der Vertrag sah vor, daß die Chefredaktion den Abdruck einer Kolumne jederzeit ablehnen könne. Die Weigerung Scheibners, Ersatz zu liefern, sei damit ein „Vertragsbruch" gewesen. Der Kabarettist vertrat dagegen die Auffassung, er habe sich „gerade bei diesem zur Zeit von allen wachen Demokraten besonders kritisch beobachteten Thema eine Zensur nicht gefallen lassen können". (dpa)

Bildunterschrift

DOKUMENTATION taz v. 31. 10. 92

Die Polizei — Dein Freund und Helfer

Vor ziemlich genau drei Wochen krachte es gehörig zwischen der Morgenpost und Hans Scheibner. Mopo-Chefredakteur Wolf Heckmann wollte eine Satire Scheibners nicht abdrucken, weil er die Polizei in unzulässiger Weise beleidigt sah. Wir dokumentieren im Folgenden sowohl die Satire als auch in Auszügen den recht aufschlußreichen Schriftwechsel zwischen Scheibner und Mopo.

Polizeieinsatzleiter Siggi Seifert wirft die Zeitung auf den Tisch und schlägt so wütend mit der Faust drauf, daß seine Frau Heidemarie gleich einen Schreck bekommt.

„Eine Sauerei ist das, was die da schreiben!", schreit Siggi Seifert, „die Polizei ist wieder schuld! Weil wir angeblich nicht richtig durchgegriffen haben! Und vonwegen: Linke werden sofort von uns eingesperrt — aber die Rechten dürfen Brandbomben werfen! Die haben wohl noch nie was vom Gebot der Verhältnismäßigkeit gehört. Dazu sind wir als Beamte nämlich verpflichtet, daß wir genau abwägen, wie groß überhaupt der Schaden ist, der abgewendet werden soll! Kannst du mir mal sagen, welchen Schaden die überhaupt anrichten — diese sogenannten Neo-Nazis? Was wollen die denn schon Schlechtes? Sie demonstrieren für Recht und Ordnung, für ein sauberes Deutschland, wo Kriminelle und Fremdkörper keine Chance mehr haben! Ich als Polizist bin ja schließlich auch dafür da, daß Recht und Ordnung geschaffen werden — in dem Punkt stimmen wir doch sogar überein! Und was heißt denn hier: Nazi-Symbole zu tragen ist strafbar, schon deswegen hätten wir sie verhaften müssen?! Ich bin ja nun wirklich kein Nazi — aber ein Hakenkreuz — das steht ja nun in allererster Linie mal für Disziplin und klare Verhältnisse. Wo Sauberkeit und Gehorsam herrschen, da haben Chaoten keine Chance — und Kriminelle schon gar nicht. Oder nehmen wir die Zigeuner! Das Hakenkreuz — das verstehen sie, sag ich dir! Das ist für die ein noch schlimmeres Zeichen als ein Besen als Abschreckungssymbol! Und da sollen wir den Demonstranten die Fahnen wegnehmen — wo die doch eigentlich ganz in unserem polizeilichen Sinne sind?!"

Siggi Seifert ist richtig sauer vor Empörung.

„Gefährlich — das sind die Linken! Wenn die mit ihren Trillerpfeifen auf unsere Staatsmänner losgehen und unseren Kanzler lächerlich machen wollen: Da wird nämlich die Ordnungsmacht selber angegriffen! Da müssen wir dann natürlich dazwischenschlagen! Aber ein Molotow-Cocktail gegen die Fremdkörper des Staates ist zumindest als Wiederherstellung von Recht und Orndnung gemeint! Die Polizei, dein Freund und Helfer, heißt es doch. Ich bin bestimmt kein Nazi. Aber im Dritten Reich hatten wir keine Arbeitslosigkeit und keine Ausländerprobleme. Also — müssen wir doch denen helfen, die so denken wie die Polizei. Nach dem Gebot der Verhältnismäßigkeit."

Hans Scheibner

Scheibner an Heckmann (11. 10. 1992)

„Ich habe mir den von Ihnen beanstandeten Text noch einmal gründlich angesehen ... und kann nicht erkennen, in welcher Weise hier irgendwie unsachlich oder auf falschen Tatsachen basierend die Gesetze der Satire ... verletzt werden. Wenn es sich um ein beliebiges Thema handeln würde, würde ich die Sache auch ohne weiteres auf sich beruhen lassen und eben zur Tagesordnung übergehen. Hier aber gehen Sie mit Ihrer Ablehnung an mein Selbstverständnis als Satiriker."

Heckmann an Scheibner (14. 10. 1992)

„... es ist nun wirklich sehr hart für mich, einen Berg Arbeit beiseite zu schieben und erneut schriftlich zu begründen, was ich Ihnen schon am Telefon klarzumachen versuchte: Satire darf (fast) alles, unterliegt aber auch dem Gesetz der Verhältnismäßigkeit der Mittel und sollte, zumal in einer regionalen Tageszeitung, eine Bevölkerungsgruppe nicht pauschal beleidigen. ... In Hamburg kam die nach Rostock geschickte Polizei-Einheit mit rund 30 Verletzten zurück. Polizei tappt immer mal daneben — aber der hamburgischen werde ich keinen Satz dieser Art vor den Latz knallen: 'Ich bin ja nun wirklich kein Nazi — aber ein Hakenkreuz — das steht ja nun in allererster Linie für Disziplin und klare Verhältnisse'."

Scheibner an Heckmann (18. 10. 1992)

Ich habe den Eindruck, daß ich mit meinen Beweggründen bei Ihnen völlig ins Leere stoße. ... Ich habe gern für die Hamburger Morgenpost geschrieben — aber daß ich mich in meinem Anliegen einer Art Zensur unterwerfe, können Sie wirklich nicht von mir erwarten."

Mopo-Geschäftsführung am 21. 10. 1992

„Mit Ihrem Vorwurf gegenüber Herrn Heckmann, er verharmlose die nationalsozialistischen Tendenzen in Deutschland, (haben Sie) diesen in einer derart ungerechtfertigten Weise angegriffen, daß das für die Fortsetzung des Vertrages erforderliche Vertrauensverhältnis als zerstört angesehen werden muß."

Aber zum guten Schluss dann auch einmal ein Beispiel von Fairness: Ein Chefredakteur bedauert seine Entscheidung.

Wolf Heckmann **09.03.95**
Dorfstraße 108
21720 Mittelnkirchen

Herrn
Hans Scheibner
Ellerbrookswisch 27
22397 Hamburg

Sehr geehrter Herr Scheibner,

beim Inhalieren der Nachrichten über die Hamburger Polizei-Eskapaden fällt mir zwangsläufig unsere Auseinandersetzung von dunnemals ein. Dies besonders zwingend heute, als ich von den (zunächst offenbar vertuschten, siehe "Abendblatt") Grundströmungen in den Azubis der Hamburger Polizeischule las.

Da man vermuten darf, daß dies ein eher latenter Zustand ist, fühler ich mich verpflichtet, Ihnen zuzugestehen: Entweder hatten Sie damals bessere Informationen - was ich nicht vermute, denn die hätten Sie mir nicht vorenthalten - oder den besseren Instinkt als ich, und dies scheint mir das Zutreffende zu sein.
Da damals, wie auch vergebracht, gerade eine Hamburger Polizeieinheit mit mehreren Verletzten aus Rostock zurückgekehrt war, und sich dort auch wohl als einzige anständig und zielbewußt verhalten hatte, wäre es mir auch mit dem heutigen Kenntnisstand schwer gefallen, Ihre Kolumne zu drucken, aber das ist Schnee von gestern und schwer nachzuvollziehen.
Tatsache bleibt, daß Sie da zumindest etwas kommen sahen, was meiner voluminösen (und sonst ganz gut arbeitenden) Nase total entgangen war, jedenfalls was die hamburger Bullileinchen betrifft.
Sie haben zwar nix davon, aber dies zugegeben zu haben war ein Bedürfnis Ihrem

Herr S. warnt in einer leidenschaftlichen Ansprache vor den Gefahren des Alkohols

Eines müsst ihr doch zugeben:
Wär es gewesen Gottes Wille,
dass die Menschen im Suff leben,
hätt er uns eben
von vornherein mit soundso viel Promille
hergestellt oder angefertigt.
Infolge dieser Einsicht werd ich
nüchtern bleiben.
Prost!

Denn nur durch die Schärfe des ungetrübten
Gedankens vor allen Dingen
kann der Mensch die mit Recht so beliebten
geistigen Werke vollbringen.
Zum Beispiel... Mir fallen grad keine ein.
Sargdeckelfabriken oder Schnapsbrennerein
oder Lokusumrandungen oder Handgranaten.
Infolge dieser Einsicht kann ich jedem nur raten,
nüchtern zu bleiben.
Prost.

Auch aus ästhetischer Erwägung
soll der Mensch oder Invalide mit Holzbein
auf die anmutige Schönheit seiner Bewegung
achten und peinlich stolz sein.
Indem alle lieblichen Gebärden,
aufrechte Ohren und ähnliche Glieder,
unbrauchbar und schlapp werden.
Was also einsehn wir wieder?
Nüchtern bleiben.
Prost!

Und es kommt noch hinzu:
Schnaps erzeugt Wohlbehagen.
Aus Wohlbehagen könntest du
zum Beispiel deinem liebsten Vorgesetzten sagen:
Das größte Arschloch sind Sie noch längst nicht, Herr Klein!
Man schämt sich später jahrelang für solche
Schmeichelein.
Oder man schwört aus Wohlbehagen,
in Zukunft dem Alkohol zu entsagen.
Also nüchtern, wenn Sie mich fragen,
bleiben.
Prost.

Und damit will ich zusammenfassen:
Die Welt ist eine Trinkerheilanstalt.
Noch niemand wurde als geheilt entlassen.
Denn nüchtern ist: wer mit den Wölfen lallt.
Wer seine Leber liebt mehr als sein Leben,
ist sowieso besoffen – von Natur.
Und wer sich selbst erkennt, muss einen heben
und fliehn in die Sich-selbst-Entziehungskur.
Also, verliebtes Publikum,
nüchtern bleiben.
Ich fall gleich um.
Prost.

Weihnachts-Logistik

Wenn Petra, die Hausfrau, erzählt

Jedes Jahr am Tag vor Heiligabend bricht bekanntlich der Notstand aus in Deutschland. Zwei Feiertage stehen bevor. Mein Gott, wie soll man die überstehen, ohne zu verhungern. Außer dass die Kühltruhe eigentlich schon voll ist und der Kühlschrank überquillt und alles mögliche Gebäck in den Schränken gestapelt ist, hat man überhaupt keine Vorräte im Haus. Um Gottes willen: Der Notstand für die Familie in den Feiertagen – ich muss den Notstand abwenden, ich muss einkaufen.

Und wenn die Supermärkte längst leer geräumt sind? Die Kunden fallen doch über sie her, als wenn noch heute der Krieg ausbricht! Na, Gott sei Dank: Es gibt noch was: Schlangen vor den Kassen bis hinten an die Käsetheke. Drei, vier Schlangen nebeneinander. Hausfrauen mit ganzen Wagenladungen voller Lebensmittel und Klopapier. Und in allen Mienen das Triumphgefühl: Ich besiege den drohenden Notstand an den Feiertagen. Aber nun die Schicksalsfrage: Bei welcher Schlange stelle ich mich an mit einem Einkaufswagen? Als Hausfrau hat man einen geübten Blick: Die Schlange an Kasse eins ist kürzer. Da stell ich mich an. Aber nein, halt: Da stehen allein drei Frauen mit dem Extra-Riesen-Einkaufswagen. Großfamilien, die sich wahrscheinlich bis Ostern bevorraten. Das dauert ja ewig. Dann lieber doch die längere Schlange an Kasse zwei. Da sind die meisten einigermaßen normal beladen. Aber, verdammt, das sehe ich jetzt erst: An der Kasse sitzt ein Mann. O nein! Dann komm ich ja bis heute Abend nicht mehr raus hier. Männer als Kassiererinnen! Die müssen doch bei jeder Ware ohne Balkencode erst wieder nachfragen!

Ja, so ist das mit dem Weihnachtsnotstand. Nervenzusammenbrüche, Herzinfarkt, hysterische Anfälle, Selbstmordversuche verzweifelter Hausfrauen: das volle Programm.

Und dabei ist das Ganze doch nur: ein Logistik-Problem. Organisation, Delegation. Man muss eben nur Mutter von vier Kindern sein – und man darf den Überblick nicht verlieren:

Claudia, die 10-Jährige, stellt sich an der längsten Schlange an; **Ruth**, die Kleinste, 9-Jährige, stellt sich an der kürzesten Schlange an; **Maren**, die 12-Jährige, hat Butter, Milch, Eier und Käse zu besorgen. Bei Käse stellt sie sich an der Käsethekenschlange an, eine Subschlange, eine Unterschlange sozusagen; **Helga**, die 14-Jährige, hat den Auftrag, Knödel, Soßenfond, Toastbrot und Weihnachtsgebäck einzuladen; ich selber stell mich an der Schlachtertheke an der Schlachtertheken-Aufschnitt-Unterschlange an. Daneben gibt's ja noch die Frischfleisch-Unterschlange, an der muss man sich extra anstellen. Der Schlachter auf der Aufschnittseite weigert sich jedes Mal standhaft, auch Beefsteaks oder Koteletts mit abzuwiegen. Es dauert nicht lange, dann kommt **Maren** mit Milch, Käse und Eiern bei mir vorbei, lässt ihre Wagenladung begutachten, kriegt den Auftrag, noch Butterkekse einzuladen – und dann ab zur Hauptschlange zu gehen. Dort muss sie selber entscheiden: Übergibt sie ihre Ladung an **Claudia** in der kürzeren Schlange oder **Ruth** in der längeren? Es könnte ja sein, dass die längere inzwischen die kürzere ist. Durch ihre Entscheidung wird nun eine der beiden Mädchen aus der Hauptschlange frei und begibt sich ihrerseits mit ihrem Auftragszettel zum Gemüsestand: Rotkohl, Boskop-Äpfel für die Gans, Tomaten, Strauchtomaten, Suppengrün. Da muss sie sich in der Gemüse-Unterschlange anstellen wegen der Preisschilder, die aufzukleben sind.

Inzwischen hat **Helga**, die 14-Jährige, den Soßenfond, die Knödel, das Toastbrot und das Weihnachtsgebäck ausgesucht und eingeladen, fährt damit zur Hauptschlange und übergibt die Ware an **Claudia** oder **Ruth**, je nachdem, wer da jetzt steht. **Helga** kommt zurück zu mir zur Schlachter-Aufschnittunterschlange und stellt sich in die Schlachter-Frischfleischunterschlange. Ich erhalte den Aufschnitt, fahre schnell weiter und besorge schnell noch Hundefutter und Nutella. Ich komme zurück, übergebe Hundefutter, Nutella und den Aufschnitt an **Claudia** oder **Ruth**, die damit ins Hauptdepot, also an die Hauptschlange fährt; ich wechsle mit **Helga**, die jetzt schon ziemlich vorn in der Schlachter-Frischfleischunterschlange steht, erhalte das Hack, die Beefsteaks, das Schaschlik und die Putenbrust. Inzwischen hat **Claudia** oder **Ruth** die Gemüsestand-Unterschlange überstanden und alles Gemüse mit Preisschildern beklebt… Helga holt sie ab, wir treffen alle an der Hauptschlange ein, laden bei Ruth oder Claudia alles Eingesackte in ihren Einkaufswagen. **Maren** hat in aller Ruhe noch den Wodka für den Vater und den Kirschlikör für Oma sowie das dazugehörige Knabbergebäck angeschleppt und lädt es ebenfalls ab. Ich löse die Hauptschlangenplatzhalterin nun ab, es stehen nur noch zwei Kunden vor mir. **Helga** fragt: »Hast du an die mexikanischen Wraps-Maisfladen gedacht?« Nee, die hab ich vergessen. Kein Problem, sie saust schnell los. **Maren** sagt: Wir haben Papas Kaffeesahne vergessen – und rennt schon von selber los. Ich bin schon beim Ausladen der Waren auf das Laufband, da treffen die letzten Lieferungen von **Helga** und **Maren** ein. Eine Hausfrau meckert hinter mir: »So geht das aber nicht. Wenn das jeder so machen würde?«

»Ja, warum machen Sie's dann nicht?«

»Ich habe keine vier Kinder.«

»Tja, sehen Sie – die muss man natürlich erst mal gekriegt haben, um in dieser Schlacht die Erste zu sein.«

Und wo ist jetzt **Ruth**, die Kleinste, geblieben? Die ist sofort nach ihrer Ablösung rüber zu ALDI. Da steht sie schon an der Hauptschlange. Denn da geht das Ganze noch mal von vorn los.

Alles eine Frage der Organisation.

Der Lottogewinn

Vier Wochen vor Weihnachten hatte die 78-jährige Hertha Wiedemann abends vorm Fernseher gejubelt.

»Hurra, ich habe im Lotto gewonnen!«

Drei Tage später konnte sie sich ihren Gewinn abholen. Im Kiosk bei Manni Lühmann, den sie alle Käptn Lühmann nannten. Er war angeblich mal zur See gefahren. Aber jetzt freute sich Herr Lühmann für seine Kundin:

»Na, das wird doch wohl gebührend gefeiert«, sagte er – und blätterte Piano-Hertha, wie er sie immer nannte, die Euro-Scheine nur so auf den Zahlteller seiner Tonbank: erst einen 100 Euro-Schein und dann noch einen und dann noch einen halben.

Hertha strahlte nur so.

»Na klar, Herr Lühmann«, sagte sie, »dann kommen Sie heute nachmittag zu mir. Da machen wir einen drauf.«

Nachmittags um vier läutete es tatsächlich bei ihr an der Wohnungstür. Manni Lühmann wohnte nämlich im Erdgeschoss des vierstöckigen Hauses in der Stellinger Straße – Hertha Wiedemann wohnte im dritten Stock.

Hertha hatte auf die Schnelle einen kleinen Puffer gekauft, den Kirschlikör aus dem Schrank geholt und natürlich Kaffee gekocht.

Und so saßen sie zusammen und machten, wie es in Neudeutsch so schön heißt, Small-Talk. Natürlich auch das Thema Weihnachten.

»Sie sind ja bestimmt wieder auf Mallorca wie jedes Jahr«, sagte Herr Lühmann.

»Ich war in meinem ganzen Leben noch nicht auf Mallorca«, sagte Hertha.

»Aber das haben Sie mir doch selber immer gesagt.«

»Ja, gesagt«, sagte Hertha. »Sagen kann man ja viel. Kann ich mir doch gar nicht leisten.«

»Und was haben Sie dann immer gemacht Heiligabend in den letzten zwei Jahren?«

»Was soll ich schon gemacht haben. Ferngesehen.«

»Entschuldigung, geht mich ja alles nichts an, aber: Dann hätten Sie doch bei Ihrer Tochter und den Kindern feiern können. Oder wie?«

»Nee, Dankeschön«, sagte Hertha Wiedemann. »Die haben mich schon drei Jahre nicht mehr zu Heiligabend eingeladen. Da bin ich ja nicht gern gesehen. Mit mir ist es einfach nicht auszuhalten, müssen Sie wissen. Ich bin eine tüdelige alte Nervensäge, die der Familie den ganzen Heiligabend versaut!«

»Halt, aufhören«, rief Herr Lühmann. »Wer sagt das?«

»Mein Schwiegersohn. Ich hab es alles durch die Tür gehört. Sie dachten, ich bin in der Küche, aber ich war auf'm Flur.«

»Und Ihre Tochter denkt auch so?«

Hertha holte tief Luft:

»›Ach, nun reg dich man nicht so auf, Thomas. Einmal im Jahr wirst du die Alte wohl aushalten können. Sie geht ja bald wieder‹«. Hertha schnäuzte sich kurz mit ihrem bestickten Taschentuch.

»Wau«, sagte Herr Lühmann, »das ist ja ein Hammer.«

»Ach, lassen wir das Thema lieber.«

Dann wischte sie sich eine Träne ab.

»Die sollten sich was schämen«, sagte Herr Lühmann.

Aber beim Rausgehen sagte er:

»Ich stell mir bloß vor, wenn Sie nun eine Million gewonnen hätten im Lotto, ob die dann immer noch so ekelhaft zu Ihnen wären.«

Ob der Kauz Käptn Lühmann nun ganz genau wusste, was er tat, als drei Wochen vor Heiligabend Herr Thomas Engelhardt wieder sein Focus bei ihm holte, weiß niemand zu sagen.

»Na, Sie Schwiegersohn einer Lottomillionärin«, sagte Herr Lühmann zu Herrn Engelhardt.

»Haha«, machte der nur. Und das war schon viel. Denn er hatte nie viel Lust, mit dem Kioskmann zu reden. Der war ja schließlich auch nicht der standesgemäße Umgang für einen Herstellungsleiter im Fachverlag. Er packte das Focus-Magazin in seinen Aktenkoffer. Aber dann wurde er doch stutzig.

»Ach, meine Schwiegermutter hat im Lotto gewonnen? Sie machen Späße?«

»Wieso denn Späße. Sie hat den Schein ja bei mir abgegeben. Jahrzehnte hat sie davon geträumt, im Lotto zu gewinnen. Nun ist es endlich mal Wahrheit geworden.«

»Und wie viel?«

»Hm. Na ja. Hübsches Sümmchen«, sagte Herr Lühmann bedeutungsvoll.

»Lottomillionärin? Davon wissen wir ja gar nichts. Meiner Frau hat sie auch nichts davon gesagt.«

»Kann ich mir denken«, sagte Herr Lühmann.

»Sie will doch, dass es niemand erfährt.«

Der hat jetzt was nachzudenken, dachte Herr Lühmann als Thomas Engelhardt schnell den Laden verließ.

Zwei Tage später läutete es abends gegen 18 Uhr an der Haustür von Frau Hertha Wiedemann.

»Wird wohl ein Zeuge Jehovas sein oder so was«, dachte sie.

»Ja, bitte?«, fragte Hertha durch die Sprechanlage.

»Ich bin's, Hertha, Thomas, dein Schwiegersohn.«

»O Gott«, dachte sie. »Was hab ich denn nun wieder falsch gemacht?«

»O, wie schön«, sagte sie, »dann komm man rauf.«

»Mach dir doch keine Umstände«, sagte Thomas und wickelte einen Strauß Astern aus.

Hertha kochte natürlich sofort einen Kaffee und brachte ein paar Spekulatius auf den Tisch.

»Ist irgendwas mit Katrin?«, fragte sie.

»Nein, nein, wie kommst du darauf?«

»Na ja, ich meine nur. So überraschenden Besuch hab ich ja noch nie von dir bekommen. Da macht man sich richtig seine Gedanken.«

»Das ist es ja gerade«, sagte Thomas. »Ich will nicht lange drum rum reden. Mir ist irgendwie klar geworden, dass ich wohl etwas gutzumachen habe dir gegenüber.«

»Aber wieso denn, Thomas? Was denn?«

»Na ja... Ich war wohl manchmal etwas schroff zu dir, das ist mir schon klar. Das hängt damit zusammen, dass ich immer irgendwie im Stress bin, weißt du. Als leitender Angestellter lebt man ja heutzutage dauernd in Angst. Das Haus kann ich ja nur halten, wenn ich meine Stellung nicht verliere. Und so was wissen die Arbeitgeber heutzutage – je mehr Schulden man hat, desto unangenehmer können sie werden.«

»O ja«, sagte Hertha, »an so was denkt man ja als Rentner gar nicht mehr so. Was du so auszuhalten hast, davon mach ich mir ja gar keinen Begriff.«

»Na ja, Hertha, ich bin aber nicht hergekommen, um dir was vorzujammern. Ich soll dich ganz herzlich von Katrin grüßen und ganz besonders von den Kindern. Wir alle bitten dich herzlich, ob du nicht dies Jahr mal wieder Heiligabend bei uns sein willst. Die Kinder wollen Heiligabend einfach ihre Oma bei sich haben. Und Katrin und mir geht es auch so. Wir machen es dir auch ganz gemütlich. Und ich hol dich selbstverständlich mit dem Wagen ab.«

Hertha Wiedemann wurde ganz schwindlig. Das Erste, was sie dachte, war: Was bin ich bloß für ein hartherziger, böser Mensch. Drei Jahre maule ich herum wegen irgendwas, was ich durch die Tür gehört zu haben glaube. Und dabei machen sie sich Sorgen um mich.

»Ach, ist das lieb von euch. Ich weiß gar nicht, was ich sagen soll. Natürlich komme ich gern, ich freu mich auf die Kinder und auf euch…«

»Und deine Mallorca-Reise kannst du denn noch canceln?«

»Ob ich was? Ach so… stornieren meinst du. Ja, das kostet natürlich ein bisschen was. Aber da lach ich doch drüber. Wenn ich dafür mit euch feiern kann.«

»Klar, wenn man's hat«, sagte Thomas und lächelte wissend. Als er gegangen war – er hatte ihr zum ersten Mal einen Kuss auf die Wange gedrückt – benahm Hertha Wiedemann sich hochgradig albern. Sie rief Juhuuuu, holte den Kirschlikör aus dem Schrank und tüdelte sich einen an.

Dann schlief sie glücklich wie lange nicht ein.

Am anderen Morgen, es war Wochenende, die Kinder saßen mit am Frühstückstisch, Katrin hatte die erste Kerze am Adventskranz angezündet, gab Thomas seine Neuigkeit bekannt:

»Wisst ihr eigentlich schon, dass Oma Heiligabend bei uns sein wird?«

Katrin sah ihren Mann total überrascht an.

Die beiden Kinder freuten sich.

»Oma kommt«, sagte die kleine Mailin.

»Ja, aber erst Heiligabend«, sagte Holger. »Find ich stark!«

»Wieso denn? Davon weiß ich ja gar nichts«, sagte Katrin.

»Tja«, grinste Thomas. »Ich habe sie besucht. Ich habe sie persönlich gebeten, Heiligabend wieder zu uns zu kommen.«

»Augenblick mal: Du warst bei meiner Mutter? Ich fasse es nicht. Und wieso? Wie kommst du plötzlich darauf? Die fliegt doch wieder nach Mallorca. Wie jedes Jahr. Ich versteh zwar nicht, woher sie das Geld hat, aber sie hat es mir wieder gesagt.«

»Tut sie nicht. Sie storniert die Reise und kommt Heiligabend zu uns.«

Hör mal, Thomas. Was ist denn in dich gefahren? Du kannst doch meine Mutter nicht ertragen. Nur deinetwegen hab ich mich doch seit Jahren damit abgefunden, dass wir allein sind. Und jetzt mit einem Mal...?«

»Ach was, ich habe einfach nur gedacht: Heiligabend gehört unsere Familie zusammen. Solange wir eine Großmutter haben, gehört sie zu uns. Und wenn sie manchmal noch so nervt. Das muss man dann eben mal ertragen.«

Katrin saß eine ganze Weile still vor ihrem Marmeladenbrötchen. Dann stand sie auf, sagte kein Wort, beugte sich zu Thomas hinab und gab ihm einen Kuss.

»Danke«, sagte sie dann. »Ich glaube, ich kenn dich immer noch nicht. Das finde ich ganz groß von dir. Du gehst ganz allein zu meiner Mutter und... Thomas, ich liebe dich!«

So wurde es denn ein Heiligabend, wie man ihn sich harmonischer kaum noch vorstellen kann. Nun ja, bis auf eine kleine Entgleisung, will ich mal sagen.

Die Kinder waren natürlich begeistert, dass sie nun auch einmal eine Weihnachts-Oma hatten, wie sie sich ausdrückten. Zwischen den halbstündigen Wassergüssen auf die Gans – wegen der Kruste, weiß man ja – las Oma Hertha den Kindern Hänsel und Gretel aus Grimms Märchen vor. Die Kinder glühten vor Begeisterung. Sie kannten das Märchen nicht. Was Hertha natürlich zu dem unvorsichtigen Ausspruch verleitete:

»Was habt ihr bloß für Eltern!«

Thomas bekam das mit. Aber er lächelte nur und sagte:

»Hast schon recht, Hertha. Irgendwie hast du ganz recht.«

Da fiel es Katrin schon schwerer, an sich zu halten, als Hertha anfing, sie zu kritisieren. »Wann hast du eigentlich zuletzt mal den Kühlschrank abgetaut? Und hast du denn noch immer kein Majoran im Haus? Kind, ich meine es doch nur gut mir dir.«

Es war genau wie früher immer. Mit einer Ausnahme: Als Katrin aus der Küche kam und händeringend jammerte:

»Ich halt's nicht aus. Ich halt's bald nicht mehr aus mit Mutter«, war Thomas Antwort nicht: »Na, ich schon lange nicht. Schick sie doch nach Haus, die alte Nervensäge.« Sondern im Gegenteil: »Ich bitte dich. Sie ist deine Mutter. Und sie ist 78. Da kannst du ja wohl mal ein bisschen Geduld mit ihr haben.«

»Verzeihung«, sagte Katrin. Sie war wieder ganz gerührt, wie ihr Thomas sich verändert hatte.

»Du bist wunderbar, Thomas«, sagte sie.

Und so wurde es immer harmonischer. Bis auf die kleine Entgleisung, wie gesagt, die noch kommen sollte.

Thomas wunderte sich zwar etwas, dass die Geschenke von Oma kein bisschen anders ausfielen wie in all den Jahren vorher: Taschentücher und Ökoseife für Katrin. Ein Patentflaschenöffner für Thomas – und die Kinder bekamen jeder ein Würfel- und ein Kartenspiel sowie einen Wollpullover. Das war nun nicht grade der Luxus, den man von einer Lottomillionärin erwartet.

Die Gans war vorzüglich.

»O, Hertha, so kross kriegst auch nur du sie hin!« Thomas war sich diesmal auch nicht zu schade, die Köchin ausgiebig zu loben. Dafür hätte sie ihn umarmen mögen. Das mochte sie zu gern hören. Und Thomas wusste das natürlich.

Als sie dann nach dem Essen auch noch zwei, drei Gläschen Wein getrunken hatten, war Katrin so richtig froh und glücklich. Sie hatte endlich wieder ein gutes Verhältnis zu ihrer Mutter…

»Mutter, ich muss dich wirklich mal um Verzeihung bitten, dass wir dich die letzten beiden Jahre einfach so haben reisen lassen. Das war egoistisch von uns. Du bist doch bestimmt immer nach Mallorca geflogen, weil wir so unfreundlich zu dir waren – und ich besonders.

Das soll nun nie mehr so sein, glaub es mir.«

»Nein, nein«, sagte Thomas, bevor Hertha etwas antworten konnte. »Das bin wohl eher ich gewesen.«

»Nein ganz bestimmt nicht«, sagte Hertha, die sich vielleicht noch glücklicher fühlte als ihre Tochter. »Wenn hier jemand egoistisch und übelnehmerisch war, dann doch nur ich. Kann nicht mal ein bisschen Kritik vertragen. Und meine Lieben: Ich habe ein ganz, ganz schlechtes Gewissen. Ich muss euch nämlich ein Geheimnis verraten.«

»Soll ich mal raten?«, fragte Thomas.

»Was ist es denn. Nun sag doch schon«, drängte Katrin.

»26, 34, 21, 4, 12 und 17«, sagte Thomas.

»Wie bitte?«

»Ich kenn die Zahlen auswendig. Ich habe sie mir angesehen.«

»Na, was denn, Mutter?«

Hertha sah die beiden halb schelmisch, halb schuldbewusst an.

»Nicht wieder böse sein. Ich habe euch nämlich belogen: Ich war gar nicht auf Mallorca.«

»Nicht auf Mallorca?«, fragte Katrin. »Aber wo warst du denn dann?«

»Ich war zu Hause. Zweimal Heiligabend war ich zu Hause. Allein. Weil ich eine dumme, dumme alte Frau bin und weil ich eingeschnappt war. Ich schäme mich dafür.«

»Ach, Mutter!«, rief Katrin. »Das ist ja schrecklich. Mutter, das tut mir so leid.« Katrin war ehrlich erschrocken. »Wenn ich mir das vorstelle: Du sitzt da ganz allein in deinem Zimmer. O Gott, nein.«

Und dann zu Thomas gewandt:

»Und wenn du nicht gewesen wärst, dann würde sie dieses Weihnachten auch immer noch allein zu Hause sitzen. Ein Glück, Thomas, dass du Mutter eingeladen hast.«

»Ja, ja, aber da gibt es ja noch ein Geheimnis«, sagte Thomas...

Er zwinkerte seiner Schwiegermutter zu: »Nicht wahr? Ich weiß Bescheid. 24, 21, 32, 4, 12, 17.«

»Ach so, ja«, lachte Hertha, »du meinst meinen riesigen Lottogewinn.«

»Im Lotto hast du gewonnen? Mutter? Ist das wahr?«

»Ja, sicher – aber das war ja schon, bevor Thomas mich besucht hat. Sonst hätte ich bestimmt etwas bessere Geschenke ausgesucht.«

»Herzlichen Glückwunsch!«, rief Thomas.

»Danke, Danke! Aber leider... Nun kann ich's ja nicht mehr zurückholen. Ich habe alles dem Hilfsfonds für krebskranke Kinder überwiesen, wisst ihr, noch am selben Tag, als ich es abholte.

»Wie? Alles? Das ganze Geld?«, fragte Thomas entsetzt.

»Ach, Thomas. 250 Euro, was ist das heute schon.

Ja, wenn ich eine Million gewonnen hätte, da wüsste ich schon, was ich euch dafür kaufen würde. Aber 250 Euro.«

»Du bist so ein lieber Mensch, Mutter«, sagte Katrin. »Statt einmal an dich selbst zu denken, spendest du die ganzen 250 Euro den armen Kindern!«

Thomas war ganz blass geworden.

»Was ist denn, Thomas?«

»Ich krieg keine Luft. Ich glaub, ich hab mich verschluckt.«

»Thomas! Du weinst ja, du hast ja Tränen in den Augen. Ich denke, du bist nicht sentimental.«

»Einen guten Mann hast du, Katrin«, sagte Hertha Wiedemann. »Und von nun an komm ich wieder jeden Heiligabend zu euch.«

»Wunderbar«, presste Thomas heraus.

»Nicht wahr«, sagte Katrin und schlang den Arm um ihren Mann. »Und das haben wir alles dir zu verdanken.«

Wie gesagt: Es war ein wirklich schöner Heiliger Abend. Bis auf die kleine Entgleisung: dass Thomas sich im Laufe des Abends sinnlos besoff und hin und wieder vor sich hinlallte, was Katrin gar nicht verstand: »Diesen…, diesen Zeitungslottoheini, den bring ich um…«

Neujahrsbedenken

Als das alte Jahr
noch das neue war,
war das alte Jahr,
das schon vorher war,
das alte Jahr.

Aber als nun gar
jenes alte Jahr,
welches vorher war,
noch ein neues war,
war das alte Jahr
noch kein neues Jahr,
sondern gar nicht da.

Aber jenes Jahr,
das nicht da war, war
schließlich da, und zwar
als das neue Jahr,
das nun alt ist. Ja!

Aber eins bleibt wahr:
Dass das neue Jahr
mal ein altes Jahr
werden wird und gar
ein sehr altes Jahr,
das schon vorher war,
ja, das glaubt man zwar,
weil es stets geschah –
aber Vorsicht da!

Denn kein neues Jahr,
das noch gar nicht war,
ist als Jahr schon da.
Ist das klar?

Prost Neujahr!

Schwein und Meerschwein

Ein Schwein von rund
sechshundert Pfund
begegnete einmal
in einem verräucherten Schweinelokal,
wo die Bierchen flossen und Weinchen,
einem Meerschweinchen.

Ich heiße Schwein, sagte das Schwein.
Und wie heißt du, Freundchen?

Ich heiße Meerschweinchen.

Hoho, das kann wohl nicht sein,
grunzte das Schwein.
Du kannst doch nicht mehr Schweinchen heißen
als ich. Und das kann ich beweisen.
Denn ich wiege rund
sechshundert Pfund.
Aber du bist so winzig und klein
und viel weniger Schwein.

Nein, Meerschwein, sagte das Meerschwein.

Und dann hörte man sie hin- und herschrein.
Schwein! Meerschwein! Viel mehr, mehr Schwein!

Und das Schwein
schnappte ein.
Und ist wutentbrannt
aus der Kneipe gerannt.

Aber das Meerschweinchen

trank noch einige Weinchen
und lallte dann: Irgendwas kann da nicht stimmen:
Meerschweinchen bin ich – und kann so schlecht
schwimmen.

Die Weihnachtsgans-Reform

Da gibt's doch tatsächlich Leute, die essen Heiligabend weder Karpfen noch Puter noch Weihnachtsgans. Die sitzen einfach bei Würstchen und Kartoffelsalat und behaupten, sie feiern Heiligabend.

Solche Leute können dann natürlich auch überhaupt nicht mitreden über Karpfen blau, wie er eigentlich zu sein hat oder eben über das besonders wichtige Thema: Zubereitung der Weihnachtsgans.

Bei den Marquardts zum Beispiel spielte sich schon seit Jahren an jedem Heiligabend das Weihnachtsgans-Zubereitungs-Drama ab. Das allerdings hat im vorigen Jahr eine ganz besonders originelle Wendung genommen.

Großmutter Marquardt war seit zwanzig Jahren die unumstrittene große Weihnachtsgans-Zubereiterin. Eine Weihnachtsgans richtig auszunehmen, zu füllen und zu braten – das kann ja heute keiner mehr. Jedenfalls ist sie selbst davon überzeugt. Und darin wurde sie immer von allen bestärkt.

Großmutter Marquardt kam an jedem Heiligabend schon früh am Nachmittag bei den Marquardts an. Sie betrat die Küche mit der wichtigen Miene eines unentbehrlichen Experten. So herablassend mit diesem kompetenten Ausdruck im Gesicht benahm sich sonst immer nur der Heizungsfachmann: Ja, wenn ich nicht wäre, was wollten Sie dann wohl machen? Dann packte sie ihre Tasche mit einigen geheimnisvollen Instrumenten und Zutaten aus, legte die Schürze an und das Handtuch unter die Gans: Ich mache mich jetzt ans Werk. Und so wiederholte sich Jahr für Jahr eine Veranstaltung, wie sie bei so genannten »Kartoffelsalat-mit-Würstchen-Familien« überhaupt nicht passieren kann.

Unglücklicherweise ergaben sich nämlich im Laufe der verantwortungsvollen Zubereitungstätigkeit der Weihnachtsgans-Expertin jedes Jahr immer wieder dieselben Differenzen.

Und zwar zwischen ihr und Regina, ihrer Tochter. Die übrige Familie bekam davon allerdings kaum etwas mit. Alles spielte sich ja nur in der Küche ab. Es dauerte nämlich meistens nur ein paar Minuten, bis die resolute alte Dame schon anfing, am Zustand der Küche ihrer

Tochter herumzunörgeln. Oder auch deren Bevorratung zu kritisieren:

»Das soll eine Geflügelschere sein? Ihr habt doch Geld genug, warum kaufst du kein anständiges Werkzeug?«

Oder: »Was ist denn das für Majoran-Gewürz? Das ist ja schon völlig abgeduftet. Hast du kein neues gekauft?«

Und: »Hast du den Ofen vorgeheizt? Denkst du eigentlich überhaupt nicht mehr mit.«

Und ganz besonders beliebt: »Zu meiner Zeit haben wir aber bedeutend sorgfältiger gearbeitet!«

Regina war das seit Jahren gewohnt. Seit Jahren nahm sie sich vor: Ich hör gar nicht hin. Aber es war nicht auszuhalten. Ein paar Minuten schaffte sie es, ihre Wut in sich hineinzufressen. Aber dann:

»Gleich bringe ich sie um«, flüsterte sie vor sich hin. »Ich bring sie um, aber das darf ich nicht. Sie ist meine Mutter. **Tochter tötet Mutter Heiligabend mit der Geflügelschere!** Nein, ich darf sie nicht umbringen. Schon gar nicht am Heiligen Abend.«

Dann gab Regina sich einen Ruck:

»Mutter, das ist meine Küche, das ist mein Geschirr! Wenn es dir nicht gefällt, dann lass es doch!«

Also das typische Mutter-Tochter-Zerwürfnis, wie wöchentlich bei Dipl.-Psychologe Oderwald im Grünen Blatt nachzulesen.

Großmutter Marquardt war tief getroffen.

Immerhin, sie war ja der festen Überzeugung, das Kind (damit meinte sie ihre Tochter) würde die Gans doch unmöglich allein fertig zubereiten können. Das Kind wusste doch überhaupt nicht, wie man sie begießt usw.

Also sagte sie mit der typischen gekränkten Heiligabend-Stimme in eisigem Tonfall:

»Dann mach sie doch alleine fertig! Wenn du meinst, dass du das kannst.« Und glaubte dann jedes mal, ihren Ohren nicht trauen zu dürfen, wenn Regina – mit inbrünstiger Wut im Bauch – antwortete:

»Ja, Mutter, das mach ich auch. Du solltest dich sowieso lieber ausruhen. Setz dich doch ein bisschen zu den Kindern und spiel mit ihnen.«

Oma rauschte beleidigt ab aus der Küche.

Und Mutter Regina bereitete einigermaßen lustlos, aber ratzfatz die Gans zu. Auf die einfache Hausfrauenart. Mit Oregano statt Majoran. Sie hatte ja eigentlich gar keine Ahnung davon.

Aber dann am Abend, wenn die Gans auf den Tisch kam, waren alle wieder begeistert. Und weil sie von dem Streit in der Küche nichts mitbekommen hatten, hieß es natürlich wieder:

»Oma, das hast du ja wieder großartig gemacht.

So kannst eben nur du eine Gans zubereiten!«

Regina hatte die Plackerei und den Frust. Oma erblühte im Ruhm.

Ich weiß: »Kartoffel-Salat-und-Würstchen-Familien« können sich in solche Dramen nicht richtig hineindenken. Und dabei kommt jetzt noch der zweite Akt:

Seit einem Jahr macht nämlich Manfred, Reginas Ehemann, den Haushalt. Manfred ist arbeitslos. Das Geld verdient Regina zur Zeit am PC in der Spedition. Also sind die Rollen vertauscht: Manfred holt ein, Manfred macht die Betten, Manfred kocht das Essen.

Und Manfred hat Gefallen am Kochen gefunden. Jede Kochsendung im Fernsehen zeichnet er auf und kocht die Rezepte nach. Zweimal hat er schon eine Ente zubereitet. Und im Volkshochschul-Kochkurs hat er im November bereits zusammen mit anderen Männern eine Gans gebraten. Manfred hat es noch nie ausgesprochen – aber inzwischen ist er der Überzeugung: Kochen ist in Wirklichkeit Männersache. Witzigmann, Paul Bocuse – die besten Köche der Welt – sind Männer.

Nun ahnen Sie vielleicht schon, was am vergangenen Heiligabend auf Oma Marquardt zukam. Die Küche war besser bevorratet als je. Eine gute Geflügelschere war selbstverständlich inzwischen angeschafft.

Dafür aber stand nun Manfred neben Großmutter Marquardt in der Küche, sah ihr zu – und zwar mit wachsender Unruhe.

»Was willst du denn hier?«, fragte die alte Dame pikiert. »Was stehst du hier herum und guckst mir auf die Finger?«

»Versteh mich nicht falsch, Oma. Aber ich hätte die Gans mit Thymian gewürzt. Und vor allem: Man füllt so eine Gans nicht mehr mit Äpfeln und Rosinen. Ich habe extra Kastanien gekauft.«

»Willst du mir erzählen, mit welcher Füllung man eine Gans zubereitet?«

»Natürlich nicht, Oma. Das kannst ja nur du. Aber ich hab mich ein bisschen informiert. Man muss nämlich den Rücken leicht mit einer Rasierklinge einschneiden. Dann wird die Kruste besser. Das hast du noch nie gemacht.«

»Ach nee. War meine Kruste etwa nicht gut genug?«

»Durch die Einschnitte quillt das Fett heraus und so begießt sich die Gans von selbst.«

»Was du nicht sagst. Von selbst begießen. Du hast doch keine Ahnung! Von selbst begießen!«

»Und du musst das Schmalz nicht nur für die Sauce verwenden wie bisher, Oma. Sondern auch für den Rotkohl...«

Oma Marquardt war fassungslos:

»Du als Mann willst mir erzählen, wie man eine Gans zubereitet? Das ist doch lächerlich.«

»Und was ich dir noch sagen wollte, Oma«, Manfred machte unbeirrt weiter: »Man reicht zur Gans frische Cranberrys, mit etwas Zucker, Wasser und Zitrone gekocht. Und zwar die Cranberrys aus Lakeville-Middleboro, USA!«

Die alte Dame stand da und rang nach Luft.

»Was erlaubst du dir? Du Klugschwätzer! Aber bitte: Wenn du alles besser weißt: Dann mach es doch gefälligst selbst! Aus USA! Aus USA!«

Oma rauschte beleidigt und zutiefst getroffen aus der Küche. Aber fest davon überzeugt, dass Manfred sie in seiner Not zurückholen würde. Aber der hatte jetzt auch eine Wut im Bauch. Hab ich das nötig, mich von diesem Drachen anfauchen zu lassen? Er lief aus dem Haus und dreimal um den Häuserblock. Und fluchte.

In der Zwischenzeit aber – blieb Regina nichts anderes übrig, als mal wieder wie in all den Jahren ohne Fachkenntnisse und ohne Volkschulvorbildung die Gans fertig zu machen. Mit Majoran statt Oregano. Mit Äpfeln und Zwiebeln gefüllt und gerösteten Weißbrotwürfeln. Sie begoss sie auch wieder allein.

Und als die Gans auf dem Tisch stand, sagte Manfred kein Wort, aber die Kinder waren wieder des Lobes voll:

»Also wirklich, Oma, die hast du ja wieder wunderbar zubereitet. Das kannst eben nur du!«

Regina hatte die Plackerei und den Frust… Und Oma hatte wie immer den Ruhm.

Aber wie gesagt: Von solchen dramatischen Konflikten können sich diese primitiven »Kartoffelsalat-und-Würstchen-Typen« überhaupt keine Vorstellung machen!

Jauchzet, frohlocket

Sie muss so 12 oder 13 Jahre alt gewesen sein. Sie saß auf einem Poller beim Hansaplatz in Hamburg, ihre Haare waren knallgrün gefärbt und standen wie das Kraut einer Rübe steil nach oben. Für das diesige, kalte Wetter war sie viel zu leicht bekleidet. Zum Thema Weihnachten hatte sie das Folgende zu sagen:

Jetzt hab ich das tatsächlich auch mal gelesen,
wie das mit dieser Maria und Josef gewesen –
das finde ich voll super. Sozusagen: der Clou:
Bei uns zu Hause geht es so ähnlich zu…
Die Mutter ist fremdgegangen und spinnt:
Von 'ner künstlichen Befruchtung käme das Kind.
Und die von der Fürsorge haben den Alten
bedroht, er soll gefälligst die Schnauze halten.
Ein Heiliger Geist, sagt sie, tat sie begatten.
Und weil sie damals ja noch keine Pille hatten
und Wegmachen war ja volle Kanne tabu –
(die waren wohl katholisch und CSU) –,
musste sie das Balg auf der Reise werfen.
Diesem Josef ging das total auf die Nerven –
aber statt ihr die Fresse blau zu haun,
wie das Männer eben machen mit ihren Fraun,
hat er sich wahrscheinlich total besoffen.

Hat die Sterne gesehen, der Himmel war offen,
und rumphantasiert im Vollrausch dabei:
»Hosianna!« – will sagen: Der war absolut high.
Ist eingeschlafen und hat nicht mehr gemotzt,
aber vorher noch in irgendeine Ecke gekotzt.

Das ist völlig normal. So kenn ich das auch.
Das ist ja nun mal so der Weihnachtsbrauch.
Meine Alten werden nächsten Monat geschieden:
Aber Weihnachten machen sie Weihnachtsfrieden.
Mein Alter vögelt sich fröhlich durchs Land,
den hab ich neulich kaum noch wiedererkannt.
Aber beide labern die ganze Zeit:
Es tut ihnen meinetwegen so leid,
und grade jetzt in der Weihnachtszeit,
sie lieben mich so furchtbar – und ich würde schon sehn,
wenn ich größer bin, kann ich das alles verstehn.
Und dann sülzen sie noch bei Kerzenschein:
Man muss ja doch schließlich vernünftig sein!
Aber dann geht das Telefon irgendwann.
»Hier«, sagt meine Alte, »deine Nutte ist dran!«
Batsch! fliegt ihr das Weinglas voll an die Rübe:
»Du sagst nicht Nutte zu der Frau, die ich liebe!«
Und dann mein Muttchen: »Aus freien Stücken
will mit dir doch sowieso keine ficken.
Für dein Geld macht das Miststück die Beine breit.
Aber die wird sich wundern, tut mir leid:
Dir bleibt kein Cent mehr, du Hampelmann –
Ich zeige dich beim Finanzamt an:
Das Bargeld, das du hinterzogen hast!
Dafür geh ich mit Freuden sogar selbst in den Knast!«
Und dazu dann immer aus dem Radio:
Jauchzet und singet, frohlocket und so.

Also wie gesagt: Ich finde ganz echt:
Diese Weihnachtsgeschichte ist gar nicht so schlecht.
Ein unehelich geborenes Kind,
wo die Eltern Sozialhilfeempfänger sind.
Das hat was. Später hat dann der Sohn von den Alten
sich selbst für was ganz was Besonderes gehalten,
er ist Gottes Sohn und der Heilige Christ,
also richtig derbe: ein Fundamentalist.
Ja, aus einem kaputten Elternhaus
kommt meistens auch nur was Kaputtes raus.
So hab *ich* jedenfalls diese Story begriffen.
Frohe Weihnachten, Leute. Ich geh eine kiffen.

Der Einhandsegler

Bernhard der Weltumsegler
oder Eines Tages

Bernhard, der Weltumsegler mit Elbsegler auf dem Kopf und Marinejacke an, stand Pfeife rauchend an Bord von seinem selbstgebauten Segelschiff. Ganz ordentliches Schiff – zwei Masten und 'ne große Kajüte.

»Ich hab das ja früher schon immer gesagt«, erzählte er und guckt in seine Pfeife, ob sie noch Glut hat, »wenn Klara mal nicht mehr ist, meine Frau, dann hält mich hier nichts mehr. Dann hau ich ab. Ich segel mit meinem eigenen Schiff hier aus'm Kieler Osthafen los.«

Bernhard versucht, die Pfeife noch einmal anzuzünden.

»Zuerst segel ich durchs Skagerrak, dann an Irland vorbei und dann mit'm Äquatorialstrom rüber übern Atlantik. Arved Fuchs, das ist mein Mann, dazu zähl ich mich – und nicht wie die hier, diese Feierabendsegler in der Kieler Bucht. Also nee, da muss ich schon echt drüber lächeln. Die segeln einmal raus, dahinten um die Steuerbordboje rum und wieder zurück. Nee, wenn ich mal lossegel, dann komm ich wahrscheinlich nie mehr zurück.«

Er klopft seine Pfeife aus, sie brennt nicht mehr.

»Vor zehn Jahren war das schon mal so weit.

Ich hatte ein Fass Rum gebunkert, Astronautenkost und Pökelfleisch an Bord. Die Route war ausgearbeitet. Aber kein Wort darüber zu Klara. Weil: in so einem Fall, da musst du deine nächsten Angehörigen am Abend vorher vor die vollendeten Tatsachen setzen. Aber ausgerechnet am Abend vorher kommt Klara tränenüberströmt nach Hause und jammert: »Bismarck!« – also unser Münsterländer – »Bismarck muss am Hinterbein operiert werden.«

An und für sich war er ja straßenfest. Aber wahrscheinlich die läufige Hündin auf der anderen Straßenseite… Jedenfalls, das muss eine scheußliche Situation gewesen sein – der Lkw, die kreischenden Bremsen, ja: Bismarck muss am Hinterbein operiert werden. Tja,

Weltumsegelung – da konnte ich den Termin natürlich erst mal wieder verschieben.«

Bernhard stopft wieder Tabak in die Pfeife.

»Aber meine Kollegen auf dem Amt«, sagt Bernhard, der Weltumsegler, »meine Kollegen wissen Bescheid: Eines Tages kommt Bernhard mal nicht zur Arbeit. Und dann ist es so weit.

Dann ist er schon im Skagerrak und dann an Irland vorbei und mit'm Äquatorialstrom rüber übern Atlantik. Ein Mann und die See. Das ist nämlich der eigentliche Sinn vom Segeln, weißt du. Und nicht wie die hier! Er zeigt mit seiner Pfeife auf die Segelschiffe, die neben ihm liegen. »Da liegen sie das ganze Jahr Bord an Bord an der Ostseeküste, diese Schönwetter-Seeleute – nur damit sie einmal im Jahr Kaffee trinken können an Bord. Wenn es hochkommt, segeln sie einmal raus – aber schnell wieder zurück. Damit sie ihren Liegeplatz nicht verlieren.«

Bernhard lacht kurz auf, geradezu mitleidig.

»Na ja«, sagt er dann und zündet das Feuerzeug, »als Bismarck dann operiert war, da wurde er nicht mehr so richtig. Und Klara war ewig am Jammern. Und dann wurde sie selber krank. Hatte sie es mit der Galle. Dadurch blieb dann wieder mal alles an mir hängen: das Haus und der Garten und der Hund. Und damit ich dann nicht durchdreh, bin ich immer abends hier an Bord von meinem Schiff und hab den Rum getestet.«

Bernhard sieht mich ernst an.

»Da brauchen Sie nicht zu lachen«, sagt er. »Das ist wichtig! Wenn du nämlich da draußen bist auf See – ganz allein – da kommt dann diese ungeheure Einsamkeit und die gnadenlose Unendlichkeit des ewigen Meeres, die krallt sich in deine Brust. Und damit du dann nicht durchdrehst, musst du hin und wieder einen kleinen nehmen.«

So, die Pfeife brennt wieder.

»Aber dann so nach dem vierten oder fünften Rum«, sagt Bernhard, der Weltumsegler, und grinst, »da war mir dann meist schon so, als wär ich schon im Skagerrak. Und dann an Irland vorbei und mit'm Äquatorialstrom rüber übern Atlantik.

Ein Mann und die See.«

Bernhard blickt mit seinen blauen Augen weit hinaus auf die See.

»Und dann da drüben«, sagt er, »da drüben in der Karibik, da such ich mir dann so eine kaffeebraune Kleine, weißt du. Na, das hat man dann ja wohl verdient, nach all den Strapazen und übermenschlichen Anstrengungen.«

Bernhard nimmt die Mütze ab und kratzt sich am Kopf.

»So«, sagt er, »ich muss jetzt hier die Luke dicht machen. Muss nach Hause. Der Rasen muss noch gesprengt werden. Tja, seit Klara nun tot ist – vor einem Jahr kam ja die Erlösung – ich hab ihr das ja noch versprechen müssen auf ihrem Sterbebett, dass ich mich noch um ihre Rosen kümmer...«

»Ja, ja«, lacht Bernhard, »meine Kollegen auf'm Amt, die fragen mich immer: Wann segelst du denn nun endlich los, Bernhard? – Die haben gut reden! Und Bismarck? Ich mein: Er humpelt zwar, aber er lebt ja noch. An Bord kann ich ihn nicht mitnehmen.«

Bernhard hat die Kajüte abgeschlossen und schwingt sich über seine Reling an Land.

»Aber eines Tages, das kannst du mir glauben, da segel ich los. Durchs Skagerrak, an Irland vorbei und mit'm Äquatorialstrom rüber übern Atlantik, ein Mann und die See!«

Bernhard, der Weltumsegler, geht die Pier längs in Richtung nach Hause. Dann dreht er sich aber noch mal um und ruft mir zu:

»Und nicht wie die hier – die Feierabendsegler! Ahoi!«

Das macht doch nichts, das merkt doch keiner

Frau Lorenz lag mit einem Mann
im Bett. Da fragte der,
ob das nicht Ärger geben kann,
weil sie verheirat' wär.
Da lachte Frau Lorenz: Mein Kleiner:
Das macht doch nichts, das merkt doch keiner.
Kuckuck.

Es gab ein Mann der Steuer an,
was er verdient im Jahr.
Er gab natürlich nicht alles an,
er machte, das ist doch klar,
den großen Betrag etwas kleiner:
Das macht doch nichts, das merkt doch keiner.
Kuckuck.

Es steht eine Fabrik am Fluss,
die hat ein Abflussrohr,
von dem nicht jeder wissen muss,
das kommt ja überall vor.
Der Fluss wird davon zwar nicht reiner:
Das macht doch nichts, das merkt doch keiner!
Kuckuck.

Dem Minister zahlt den Urlaubsflug
ein guter Freund – na und?
Dafür kriegt der im Gegenzug
seine Baugenehmigung –
so wäscht man zwei Hände mit einer:
Das macht doch nichts, das merkt doch keiner.
Kuckuck.

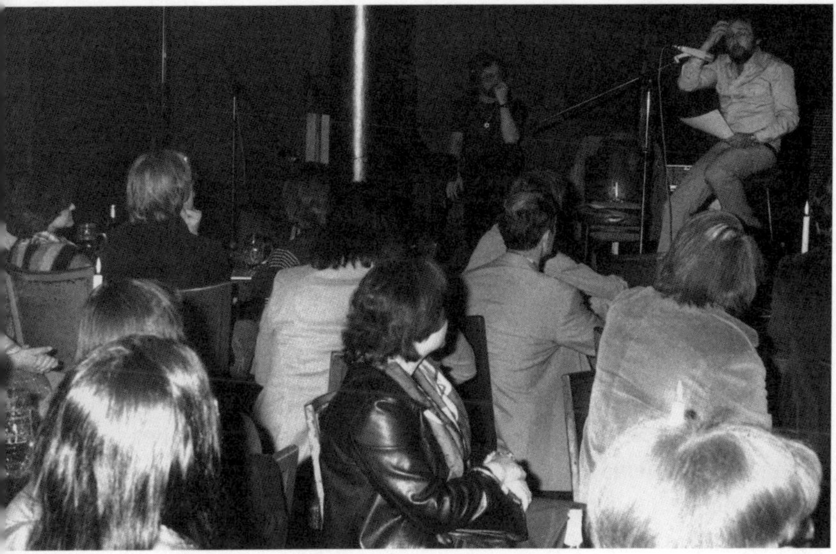

Im Kernkraftwerk, wie ärgerlich,
ging gestern etwas schief,
so dass ein bisschen – oho! – entwich
und der Direktor rief:
Hauptsache, es quatscht hier nicht einer:
Das macht doch nichts, das merkt doch keiner!
Kuckuck.

Ein Englein kam zu Gott, dem Herrn,
und rang vor Schreck nach Luft:
Die Erde, Herr, dein schöner Stern,
hat sich grad selbst verpufft.
Da lächelte Gott: Ach, mein Kleiner:
Das macht doch nichts, das merkt doch keiner!
Kuckuck.

Inhalt

Bildnachweis

S. 275: NDR mit freundlicher Genehmigung

S. 293 ff.: Irma Milchert, Zwei Hühner und ein kleines Mädchen

S. 331: Ullstein Bilderdienst

Alle anderen Bilder und Dokumente: Hans Scheibner